当代文学名家长篇精品书系

飓风

叶辛 著

叶辛

当代中国出版社
Contemporary China Publishing House

图书在版编目(CIP)数据

飓风 / 叶辛著. -- 北京 : 当代中国出版社,
2017.1
(当代文学名家长篇精品书系)
ISBN 978-7-5154-0758-6

Ⅰ. ①飓… Ⅱ. ①叶… Ⅲ. ①长篇小说—中国—当代
Ⅳ. ①I247.5

中国版本图书馆 CIP 数据核字(2016)第 297951 号

出 版 人　曹宏举
策划编辑　王延新
策划支持　文钻图书·傅兴文
责任编辑　王延新
责任校对　康　莹
封面设计　信宏博·张红运
出版发行　当代中国出版社
地　　址　北京市地安门西大街旌勇里 8 号
网　　址　http://www.ddzg.net　邮箱:ddzgcbs@sina.com
邮政编码　100009
编 辑 部　(010)66572264　66572154　66572132　66572180
市 场 部　(010)66572281　66572161　66572157　83221785
印　　刷　北京润田金辉印刷有限公司
开　　本　880 毫米×1230 毫米　1/32
印　　张　11.125 印张　1 插页　295 千字
版　　次　2017 年 1 月第 1 版
印　　次　2017 年 1 月第 1 次印刷
定　　价　38.00 元

长篇创作之路

1975年深秋

连绵无尽仿佛永远落不完的秋雨仍在下，茅草屋里光线晦暗，灰色的泥土墙上留着斑斑污垢的水痕，我趁着雨天仍在写作。

这已经是插队落户当知青第七年了。

房东家的儿子小兆发，大名叫袁匡发的，从公社邮局给我带回了一封信。看见我桌子上写好的一迭稿子，拿起来翻了翻，说：

"你写得这么辛苦，以后会不会出版哦！"

语气完全是怀疑的。

我用一句大俗话答复他："功夫不负有心人，你看到的这些稿子，有一天会印成书的。"

他瞪大了将信将疑的眼睛，叫起来："你这么有把握？"

我肯定地回答："有这信心。我还相信，有一天我会出版厚厚的英文版的书。"

小兆发在久长公社中学读初中二年级，课文中有英语，他时常抱怨，当农民，学英语有啥子用？他还不喜欢我读书写字，放学以后，希望我和他聊天、摆龙门阵，要不跟他上山坡去玩耍，抓鸟雀儿。

2016年5月18日22:56

澳洲的网络上发了一条消息。全文如下：

叶辛小说《孽债》英文版在悉尼首发成功

2016年5月18日，澳洲华人迎来了文化生活中的一件大事和喜事，中国作家协会副主席、著名作家叶辛抵达悉尼，应邀前来参加澳大利亚悉尼作家节活动，出席《孽债》英文版的新书发布会。

会场在悉尼CBD最大的老字号文学书店，出席发布会的有西悉尼大学副校长赫尔姆斯教授，人文学院院长彼得教授，出版社社长印迪克教授，中国驻悉尼总领事馆张英保文化领事，悉尼怀阳市长伊拉先生和夫人，澳大利亚中国知青协会会长李秉文、名誉会长许明辉、孙青福等。

澳大利亚中国知青协会的知青和华人华侨都慕名前来，纷纷到场祝贺。知青和悉尼们踊跃的买书让叶辛老师现场签名，场面非常热烈。叶辛老师的新书发布会取得了圆满成功。

《孽债》英文版由西悉尼大学、SBS电视台总字幕师韩静博士翻译，澳大利亚最大的文学出版社Giramondo出版发行，书名为《Educated Youth》，封面采用了叶辛青年时期在贵州拉手风琴的照片，上半部分是风起云涌的天空，喻示着波澜壮阔上山下乡运动造就了一代知青。《孽债》英文版的发行是中澳文化交流的一个重大成果，对于澳大利亚及西方读者，还有我们的下一代了解知青的历史和故事有着重大的意义。

· ·

网络上同时配发了26张照片，把书店里挤满了读者和许多社团的华人、华侨的情形，传送给了网络读者们。

抵澳生活20多年的黑龙江知青孙永新告诉我，书店经理一再对他说：想不到，想不到会有这么多读者到来。我们书店搞作家的新书首发，就是来七八个人，大家围坐在一起，就双方感兴趣的话题，聊一聊，喝点咖啡，让作家签个名，然后就散了。

我得实事求是地说，首发这天挤满在书店里的读者，约七成是华人、华侨，三成是澳洲的西人。

我以为接下来的两场活动，可能也是这样。但是事实上不像我预料的。

2016年5月19日23:08

隔开一整天，19日的晚上，网络上又发出一条消息：《孽债》英文版悉尼受捧，一日内首批书籍销售一空。全文仍照录如下：

今天在悉尼北区的车士活图书馆(Chatswood Library)举办了中国著名作家叶辛先生在悉尼《孽债》英文版发行的专题演讲，悉尼的读者对叶辛先生"孽债"英文版充满兴趣，网上预约报名参加人数超过限额，会场人数爆满，演讲过程中作家与读者互动气氛热烈，《蹉跎》小说不仅中国人喜欢，英文版也受到外国读者的热捧，他们也想了解知青历史，大家争相购书，排队请叶辛签名，首批出版书籍在一天内已销售一空。

讲座由墨尔本国际作家节凯斯女士主持，她首先向读者介绍了叶辛先生以及《蹉跎》英文版的翻译者韩静博士。

现场播放叶辛先生生平的纪实片，由韩静博士制作英文字幕，片子讲述了叶辛先生知青时代及其写作之路，全场观众看得聚精会神。

叶辛先生向读者讲述了《蹉跎》这部小说的时代背景、故事起源、构思的意向和情节的创作过程，韩静博士做现场翻译。

墨尔本的外国读者们以澳洲社会和生活的理解角度出发，就什么是知青？为什么会有上山下乡运动？知青时代教育资源是否缺乏等各自关心的问题，向叶辛先生求答。

叶辛先生逐一给予解答，既深层次的

帮助读者解析问题，又不乏诙谐风趣，给大家留下了深刻的印像，在场听众对叶辛先生的小说创作感言和问题解答报以热烈的掌声。

同时配发了现场的17张照片；在场的观众百分之九十是西人，华人华侨仅占了百分之十。

2016年5月22日 20:23

三天以后的5月22日，网络又发出第三条和我有关的消息：著名作家叶辛与著名作家贾佩琳悉尼对话，因也和《孽债》的英文版有关。全文照录如下：

为期一周的悉尼作家节(Sydney Writers' Festival)是全球最盛大文学节之一，今天在美丽的悉尼大桥湾作家协会会场，中国著名作家叶辛先生与澳大利亚著名作家贾佩琳进行了一场文学对话，叶辛以他精彩动人的演讲圆满成功地结束了在作家节的最后一场活动」他们三次演讲均受到澳洲文学爱好者们高度评价和认可。

今天的"对话叶辛"活动是收费的（每张门场券15澳元）但出乎意料的是，慕名而来的几乎全部都是澳大利亚本地的文学爱好者，全场爆满。澳大利亚著名作家贾佩琳（Linda Jaivin）主持了这场对话，她是一位有名的中国通和汉学翻译家。《孽债》英文版的翻译韩静博士担任现场翻译。

贾佩琳女士先向大家介绍了《孽债》这本书，并依据她本人对中国的了解，就这本书的内容、环境、和叶辛先生本人的经历提出了一系列深入而又尖锐的问题。例如，是怎样的一种情形？一种状况？一种历史背景下？使得那些知青可以舍下丈夫妻子和孩子而义无反顾地加入到返城大潮中去。这是不是跟中国传统的以家为重的家庭观念背道而驰？叶辛先生从知青运动的始末，当时的城乡差别，返城政策和有关规定、上海的生活环境和压力等方面，回答了这个问题。让澳洲的读者深深感受到这部小说的真实性生动性。对话过程中，作家们还就传记文学及时代大背景等问题进行探讨，在有限的时间里，听众提问举手的非常之多，积极性非常之高，最后主持人不得不限制每个人提问时间，遗憾的是仍然有很多举手的听众因为时间关系没有机会提问。这是一场高水平的文学与思想的对话，韩静博士非常专业的现场翻译，准确快速地表达了叶辛的回答，真可谓天衣无缝，非常圆满。听众们报以了热烈的掌声。

活动结束后，叶辛先生还接受了墨尔本文学文艺广播电台和澳大利亚国家电视台SBS"事实栏目"的记者采访。

报道配发了现场的三张照片。

41年过去了，小水发，当年房东家的儿子，今年已经五十多了，他还是一个农民，我们仍保持着联系。我把以上新浪博客的三篇报道，都转发给了他。

他很爽快，及时地回复我：“当年你没胡扯，今天你如愿了。”

直到现在我才知道，他当年以为我的话是胡扯。

其实，在《孽债》翻译成英文版之前，我也有过作品译成外文，中篇小说《玉蛙》翻成过英文，《家教》译成斯瓦西里语，部分散文、随笔曾翻译成英语、日语，《孽债》在上世纪九十年代，由越南中央新闻社的吴秋琼女士翻译成越语出版。《蹉跎岁月》《孽债》两部书，多次被告之要翻成外语，但是始终没有如愿。九十年代时，一对美国夫妇曾动手译过《孽债》，前后历经三年，最后给我写来一封抱歉的信，终于放弃了。他们甚至还给译成改了名《五子寻亲记》……经历了这一切，看到厚厚一本《孽债》的英文版放在眼前，并且进行了首发活动，我终于忍不住把这几条书讯，转发给了我的农民伙伴袁运发，不是向他炫耀，只是告诉他，厚厚的英文版的书，出版了。

我也想借此告诉所有的读者朋友，长篇小说的创作之路，长篇小说的走向世界之路，是艰辛的，漫长的。

也以此作为这一套长篇小说丛书的序吧。

2016.6.12.深圳归来于上海

叶辛

内容简介

姜宾扬是百万富翁的儿子，十七岁了，可是关于他的出生，关于他同自己母亲的关系，关于他在这个家庭里的地位，却始终是个谜。十七岁的他无忧无虑地生活着，浑然不知底细，亦不知美丽的姑娘童玛雅在暗中爱着他。

在“文化大革命”如飓风般席卷而来的前夕，他正沉浸在与漂亮姑娘尹丽妮的初恋之中，竟然没有觉察到他所置身的富足豪华的姜家花园即将破败崩溃。父亲婚外有爱，母亲从精神病院回家后疯病随时可能复发，三姐未婚先孕……

抄家的狂风呼啸着冲进姜家花园，父亲在与情妇幽会时当场被揪示众，母亲疯病骤发歇斯底里，三姐突然离家出走，富丽堂皇的姜家花园被查封了……哦，他命运犹如一片落叶，被抛进了惊涛骇浪之中。

但谁能料想到，许多年后，历经沧桑的姜宾扬重新成了姜家花园的主人，成了百万家产的继承人了呢？人活着究竟是为了什么？人生的意义到底在哪里？爱情真是永恒的吗？你会从书中受到启迪……

原序：永在流动的青春河

不知不觉，知识青年上山下乡，已经快五十年了。

近年来，不断地有人发来请柬，让我参加编撰与知识青年有关的丛书；不断地有人来约稿，希望我写一些和当年的上山下乡有关的文字；不断地有人发出邀请，要我参加与知识青年话题有关的座谈会、研讨会；不断地有人送来一厚沓的电视剧本，让我读一下这些准备投拍的、接近完成的本子，写的都是知识青年们的故事。仅近半年多，光这样的本子，我就拜读了好几部。就在上个月，我去黑龙江图书馆演讲时，还收到了哈尔滨知青们送给我的厚厚两大本哈青文选。为的是纪念上山下乡五十年。

有关知青当年的故事，有关知青返城后的沉浮，有关美丽女知青坎坷命运及恋人的故事，有关知青的子女们和他们的父母间的故事，还有侧重写今日的知青子女在都市里闯荡的故事。

最近以来，一些有了空闲、一些事业有成、一些发了点财的知青们，经常以“永难抹去的记忆”、“难忘的岁月”等题目，对中国知青的命运进行思考、回眸和述评。让人不由得会引出“时间是不是风化了情绪，历史能否沉淀出真谛的思考……”

一切迹象都在提醒着我，二十世纪六十年代至七十年代时中国发生的知识青年上山下乡运动，并没有从人们的记忆里抹去。有些剧本和丛书的编撰者则开宗明义地宣传，他们今天提起笔来描绘充满苦涩和辛酸的往昔，就是为了纪念即将来临的插队落户五十周年。

五十年了，半个世纪啊！真是人生易逝，弹指一挥间。

读着这些充满感情的文字，看着一部又一部描述往昔岁月的剧本，接触着一批批原先认识和不认识的老知青们，我不由得一次又一次地扪心自问：是啊，这一段历史是翻过去了，很多很多今天的少男少女，已经很难理解我们经历过的那段貌似奇特的生活。我接受过的几次电话采访，问出的一些话题，不得不引起我的思索。比如有一个问题是：曾经上山下乡的知青，究竟是多少人数？为什么有的说是一千四百万，有的说是一千八百万，有的则号称三千万？又比如还有一个问题是，描绘女知青遭受凌辱的故事，是不是为了迎合今天市场的卖点？

当然，提出这些问题的记者都很年轻。但是，时间只是过去了四五十年，事实却令人产生如此大的误解，这一现象本身就让我愕然。除了尽我的可能作出了回答和解释，又不得不引起我的沉思。那么，这一段难以忘怀的岁月，究竟留给了我们一些什么样的东西呢？重复地、喋喋不休地有时甚至是不厌其烦地去回顾以往，在今天究竟还有些什么样的意义可以探讨呢？

有人说，知识青年，是20世纪中国史册上一个无法抹去的凝重印记。

有人说，沉浸在知识青年们的如烟往事之中，是一辈子也走不出那条青春河。

有人说，频频回首风雨人生中知青们的故事，是在努力寻找青春的足迹。

有人说，知识青年的自省、忏悔和反思，是我们民族自省、忏悔和反思中一个重要的组成部分。因为这一代人已是社会的中坚……

有人说，什么中坚啊，随着岁月的流逝，这一代人正在退出历史的舞台。不是吗，再过二十年，我们都难相会了。

有人说……

各种各样层出不穷的话题和议论，搜集拢来几乎可以编成一本大书。

我也曾是一个知青，和成千上万的同时代人一样，经历了“文革”中那段长达十年之久的知青生涯。眼见耳闻了许许多多伙伴和同时代男女的故事。可能正因为自己当了整整十年半的知青，故而对于那段生活，对于同时代知青的所思所想所虑，我都有较为深切的体验。即使时间过得再久远，我也仍记得，自己曾是一文莫名的知识青年。我也想忘却，但我不会忘却。

在和读者的见面会上，在盛情相邀我去讲课、座谈文学的那些大学和城市，只要对方告诉我说他当年是一个知青的时候，我总是这么回答他们。当他们希望我说些什么和写些什么的时候，我往往就重复这句话。

我觉得有这句话就够了。

我在偏远蛮荒的贵州山乡整整待了十年又七个月的时间，一天也不多，一天也不少。我想，对于这么一截漫长的日子，我能说些什么呢?

能说的我都已写进了那些小说。插队十年，直接描绘知识青年命运的长篇小说，我一共写了七部：《我们这一代年轻人》、《风凛冽》、《蹉跎岁月》、《在醒来的土地上》、《爱的变奏》、《孽债》、《客过亭》。另有一些中短篇小说和散文、随笔。还有我和当年的恋人，今日的妻子王淑君分离时的书信，汇聚拢来竟有近 10 本。这些作品的汇集出版，我想，无论是对于我，对于曾经有过这段经历的知识青年读者，对于知青的下一代，无疑是一件十分有意义的事情。每当我参加图书馆、文化局组织的读者见面会，每当我应邀到各省去参加读书节、书市，每当我在又一部新书的发布会上，总会遇见一些和我年龄相仿的热心读者，挤上前来，遗憾地对我说：他是一个知青，很想买齐我所有描绘知青的书，可惜一直没搜齐。我想，叶辛长篇小说书系八卷本的出版，会受到这些情有独钟的读者的欢迎吧。

在这些书里，我说过我希望那样的日子再也不要回来了；我说过我的青春、我的追求甚至于我的爱情，都是从那时候开始的；我说过就是在那样的岁月里，我才真正了解了栖息在祖国大地上日出而作、日落而息的农民，他们渴望过上基本温饱、祥和美满的生活，但他们的愿望实现起来往往又是那么困难。

二〇〇五年秋天，当由我牵头筹资的“叶辛春晖小学”在当年插队的砂锅寨落成时，老乡们把我曾经栖身的一间小小土地庙恢复成了当年的样子，挂了一块“叶辛旧居”的牌子，当人群散去之后，我的儿子叶田在这间四五平方米的小屋门口站了足足四五分钟。看到的老乡把这一情景告诉我时，我想，尽管我从未对他讲过自己青春年代受过的苦，但他站在那里看一看，他会从潮湿、幽暗的小屋，从当年的煤油灯，读出他该读懂的东西。

更多的时候我不是说而是在回忆，默默地静静地回想那些已经逝去的却又是那么清晰地留在我脑海中的画面。粗犷的远山连绵无尽地展示着古朴原始的高地，苍茫的云空中有鹰在盘旋，从绿得悦目、绿得诱人的山林里，传来小伙子奔放的时而又是逗人的歌声，传来姑娘们嘹亮得飞甩到谷地深处的歌声，这歌声和恢弘的大山、和轻柔的蒙纱雾、和郁郁葱葱的大树林和谐地交织在一起，撩拨着人的心情，搅动着人的思绪。

哦，多少文思就在这样的冥冥中涌现出来。

我在一篇创作谈中写过：创作，是我生命意味的体现。而我生命的根，就是孕育在由高山河谷树林村寨组成的大自然中。我对大自然的情愫，对生活于广袤大地上的人民的感情，就是在上山下乡的插队落户岁月里从切身的体会中培养起来的。

知识青年的五十周年，是中国二十世纪历史中一道独特的风景。

我们今天又来叙说这一段往事，叙说关于昨天的话题，为的是更好地着眼于今天，迎来愈加美好的明天。愿这套文集的出版，能给历史留下一道印记。

2016 年 10 月改定

1966．4

一场震撼中国的风暴正在不动声色地悄悄掀起。

姜宗豪是有这种直觉和预感的。随着四月的来临，寒冽的西北风大大削弱，迎面吹过来的，更多的是潮润的东南风了。晴雨相间的上海天气，很难让人预测哪天夜间和黄昏会出现暴冷暴热。

平时很注意冷暖衣着的姜宗豪，现在的注意力几乎不在气候上。他必须关注形势。印象最深的便是进入四月以来报上的文章，自去年十一月批《海瑞罢官》的长文刊出至今，话已经由所谓的“评”一变而为“反党反社会主义”的“反动实质”之类。姜宗豪再笨，再在政治上貌似幼稚，都看得出来，报上骂的是古人，是编戏的学者，其真正目的，却是旨在掀起一场风暴。

难以在精神上摆脱的是，这一预感近日来一天比一天来得强烈了。他不能预见这一狂风骤雨将以一股什么样的势头在中国大地上席卷，更不能想象这场风暴将给亿万芸芸众生带来些什么。

他唯一关切和担忧的是自己的家业，以及这偌大的家业如何承继。他历来不关心政治，但政治却时常来骚扰他，以致他对政治敏感得近乎神经质了。多年的经验早已告诉了他，共产党要搞一次大的运动。

是的，风暴确实是在酝酿中掀起。

每一个字伴随着他的“怦怦”心跳出现在脑际。是安逸富庶的日子让人满足，还是天天如此、无波澜的生活窒息了人们的欲望，姜宗豪说不清了。反正，他似乎已经习惯了这种一潭静水般的天天如此的岁月：发财的念头是早已断绝了，但同时却也免除了破产的可能。共产党的赎买政策，保证了他近百万的家资，保证了他仍能居住在世人羡慕眼红的花园洋房中，只要不搞运动，他安全舒服地支取高达六百元的工资，领取款额不小的定息，开开神仙会，享受点统战待遇，他比一般人生活得优越。上海这个地方，自一八四二年辟为通商口岸以来，被洋人称作东方明珠的“冒险家乐园”的一切痕迹都已荡然无存，但是“只要有铜钿，就能买得来”的观念，在人们的头脑里还是难以清除。姜宗豪在任何场合，都能感觉到向他投来的种种羡慕尊崇的、妒忌的有时甚至是谄媚的目光。

他觉得日子满可以就这样一天一天过下去，如同春节礼盒上的贺词：年年如意，岁岁平安。

他不懂共产党为啥还要搞运动，为啥不喜欢平静？难道平静的世界让人感觉失去了控制吗？难道政权在哪些地方显示了不稳的迹象吗？

楼梯上响起了脚步声，姜宗豪听出是佣人邹素贞的脚步。

邹素贞在半开的书房门轻咳了一声，呼唤般低声说：

“姜先生。”

姜宗豪走到门边去：“人来齐了吗？”

“宾泓从学堂回来，我就同她讲了，你要和他们讲一件事，她没再出去。大小姐来了……”

姜宗豪不经意地蹙着眉，素贞的称呼总是改不过来，喊宾汶还叫大小姐，她都有自己的孩子了。他问了一声：

“牙牙带来了吗？”

“没有。我问了，她说阿婆讲，牙牙太小，春天里传染病多，不让带。”

虽然牙牙还小，不会讲话，但是看不到她，姜宗豪还是有点遗憾。他咕哝了一句：

“怕风吹，叫辆出租车来嘛。”

“是呵，我也这样讲。”素贞是老佣人了，摸透了姜家老少的脾气，说的话总能投人脾气，她不无遗憾地吁了口气，“宾涓到里弄办事处转了一圈，也回来了。就是宾扬还没回来。”

“唔，”姜宗豪沉沉地应了一声，“他去哪儿了？”

“不晓得。这些天，每天放学，他都回来得比以往迟。”邹素贞沉吟了片刻，像终于打定了主意般说，“姜先生，我要告诉你，那只白鹭——花园里的那只白鹭，还是飞去了。”

姜宗豪受了惊般问：“飞走了？”

“飞走了，没再回来了。”

“终于飞走了。”姜宗豪叹了一声，语气里透着悲凉，他自己几乎不曾觉察。姜家老少都熟悉这只白鹭，头颈雪白，羽冠乌黑，它的嘴长、脚长，抖开双翅时，洁白的全身像是泛着银色的光泽。每年初冬的一个夜晚，花园里传来几声粗哑低沉的鸣叫，白鹭便算是来姜家花园报到越冬了，它机警而性静，耐力极强。一整个冬天和早春，白天它几乎都栖息在花园里粗壮的香樟树巢里；夜幕降临以后，它鸣叫几声，拍翅飞到市郊去觅食鱼蛙、小虫、小鸟。天明之前势必回来。姜家的人都很喜爱这只远方飞来的白鹭，从不去逗它、骚扰它，有时候，白鹭在巢窝里呆得厌烦了，飞落在花园的草坪上，在几近干涸的池塘边散步，姜家的人说话、做事都小心翼翼的，生怕惊着了这位客人。昨天清晨姜宗豪站在阳台上伸腰曲背活动筋骨没见白鹭，早饭时随口问了一句，想必邹素贞留了神，特意来回这句话了。

一抬头的当儿，姜宗豪见素贞仍站在身前，不觉有点诧异了，他沉思默想好一阵儿，她还站着干啥？

“姜先生，还有一件事……”

“什么事？”

“何翠卓来了。”邹素贞说话的声音放得很低很低。

“她来干什么？她来干什么？”姜宗豪一腔的烦恼全被这句话逗了起来，挥着手道，“说……说我不在。”

“怪我，已经说先生在了。”邹素贞赔罪般低下了头。

“唉……”姜宗豪眼前掠过何翠卓同三个女儿在楼下客厅里坐着相对无言的尴尬相，眉头皱得紧紧，“她在客厅里吗？”

“不，在我那里。”

姜宗豪没再说话，转身就走。

邹素贞的屋子在厨房旁边，进花园大门绕过林荫小径，走进后门三五步就是。从二楼上下去，不走大扶梯，可以走屋角的小楼梯，转角楼梯下到底，几乎就是邹素贞的屋门口。

站在幽暗的门口，姜宗豪迟疑了片刻。他听到了一丝声音，细加辨别，才明白是自己的喘息声。太紧张了，三个女儿都在前面客厅里，儿子宾扬随时都要回来，而他……他一个堂堂男子，却同一个不是他妻子的女人，躲在佣人房里。姜宗豪眼前飞迸着闪烁光斑的星花，心里堵上了一块硬石。那天……那天猝然发生的一幕，陡然出现在眼前。

怪他和何翠卓太不检点，怪宾扬进来得太不是时候。能怪他吗？他走进父亲的房间从来没有佣人的习惯，轻咳一声，或是小心地叩叩门。这花园里的一切，这幢楼房里的一切，哪样东西将来不属于他呢？哪个地方他不能走进呢？他当然自在地随随便便走进来了。那么怪自己，怪何翠卓喽！天地良心，那天他俩私下在一起时，是最正常最守规矩的了。他们不是躺在床上，他们离床还远得很，她连外衣都没脱，他们只是相偎相依地坐在沙发上，他搂着她，她像根藤子缠着他似的抱着他，并没其他非分之举。

恰恰在这时候，宾扬门也不敲自由自在地走了进来，就像走进客厅倒水喝，走进餐厅找东西吃。

何翠卓的脸色倏地变得一阵阵苍白，双眼里露出恐怖的神情。姜宗豪只觉得两条搂紧她的手臂僵直了，心在跳……很少有时候，他会感觉到自己心跳。

他应声抬头的那一瞬间，看见了儿子惊骇的脸，看见了宾扬眼里显露的嫌恶神情，看见了小伙子脸上常会有的愤愤然的表情。门“砰”一声撞上了。

姜宗豪吃了一惊，佣人卧室的门几乎是无声地打开了。他看到了一张凄苦的、清瘦而憔悴的脸，脸上一对忧郁得绝望的大眼睛，在光线晦暗的黄昏时分，这张脸总比她的实际年龄显得还要年轻，年轻好几岁。

1980．9

在那场震撼中国的风暴陡然掀起的年头，他怎敢想象……

离座站起来走向濒临花园的窗口那一瞬间，姜宾扬突然意识到，他那封写了撕、撕了写，总也起不了头的书信，应该这样开头，直截了当地把最重要的事情告诉哥哥。

每当想起远在外地的哥哥姜宾成，宾扬脑际总会浮起哥哥讲的一个故事。那不是一个有趣味的故事，不是一个惊险的故事，严格地说那只是常识。宾扬那时候还很小，头一次从宾成哥哥的嘴里听说我们人类生活的大地是个球。他觉得这太令人惊奇了，将信将疑地望着宾成哥哥，缠着宾成哥哥给他细细地讲清楚。不料宾成哥哥越讲越玄了，他不但以肯定的口吻说到人类生活在地球上，他还叫宾扬大为吃惊地说这只球在十三四亿年之后，将要爆炸，地球上的一切都将化为乌有。宾扬怎么能相信呢，他逮住宾成哥哥的后衣袖追着问：姜家花园也要爆炸吗？马路也要爆炸吗？黄浦江和外滩也要爆炸吗？宾成哥哥说如果那时这些仍然存在，是会爆炸的……话未说完宾成哥哥让爸爸叫走了。宾扬眨巴着眼睛，纳闷了足足一晚上，那天夜里，他整个上半夜不曾合眼，孤零零一个人睡在静幽幽黑漆漆的屋子里，大睁着双眼想象爆炸那天的情形……哈，那时候他真是太小，连十三四亿年是个什么概念，他都搞不清。现在他懂了，宾成当年并没有骗他，五十年代的地学研究成果是这么说的。到了八十年代，到了今天，地学界的许多学说认为，自今日起计的五十亿年到六十亿年期间，太阳将会恶性地膨胀起来，它所释放的热量将会使地面温度升高到一千度，使海洋化为一整片覆盖苍穹的迷茫云雾，整个地球会变成《圣经》所说的一片地狱之火。到这焚天浩劫的岁月来临时，会是个什么景象呢？宾扬又读到的一本书里说，其实人类活不了那么久。地质记录表明，任何动物品种的平均寿命大约都只有五百万年，连一亿年都不到呢，何必去思考那五十亿年悠邈岁月后发生的日崩月裂之事呢！

但今天宾扬不是以童年时代杞人忧天的心理来看待这一科学预测的。是呵，人可以不去考虑不可确知的未来，可以不管五十亿年后地球上将是一片腾腾烈焰或五百亿年后地球会变成生命全无的冰天雪地，太阳将闪烁如星，月亮会被地球拉近。这些洞见未来的话同巫婆法师算命先生的胡言乱语一样可以被置之脑后。但人应该了解他作为一个过客生活的这个地球，应该了解漫漫的岁月和他生活的这块土地的演变及幻化无穷的可能性，从而更加珍惜他在人世间那短暂的几十上百年的时间，以便他竭尽所能地活得更有质量些。

新挂的印花窗帘拂上了宾扬的脸，尽管有风，天气却热得和酷暑天里差不多。虽已进入初秋，大伏天的余热仍然未消，这便是民间常说的“秋老虎”吧！

给哥哥的信总写不好，姜宾扬归罪于临近中午的这股难耐的酷热。

他拂去了印花的涤纶纱窗帘，目光落在花园里的草木上，除了那条幽僻的通后门的小径边一长排花盆被搬走了之外，花园里的一切面貌依旧。在这夏末秋初的日子里，满眼里的花草树木，似乎比当年更为繁茂、更为悦目了。幸好把他家从这幢花园洋房里赶出去以后，这里的住房分配给了六七家知识分子，房屋本身，连带洋洋大观的花园，都没遭到掠夺般的损害。当初这幢楼房，若是住进了街道办事处的某个单位，搬进了里弄生产组，什么人都可以进进出出，那么，眼前这派面目依旧的感慨，是呼唤不出来的。瞧，在几近干涸的池塘那边，当年一到冬天便会飞来的那只白鹭，是经常在昂首阔步走来走去的。记得，池塘水蓄不起来的日子，老佣人邹素贞曾向爸爸提议，请几个人来将淤泥挖除，重新灌上一塘清水。爸爸说，宾扬喜欢游泳，经常买不到跳水池的票，干脆打个报告，申请在花园里建个小游泳池吧。爸爸的申请递到区体委就给卡住了，人家根本不理会资本家的申请。但是宾扬当时很受感动，爸爸考虑问题，从来是把儿子的需要放在第一位的。哦，爸爸，现在这题目该由宾扬来做了。他当然不可能旧事重提，修什么私人游泳池，但他得尽快请人清除淤泥，把清澈澄净的池塘恢复起来。那是他美好童年的回忆，是他人生中最幸福的一段日子。

姜宾扬回到写字台边来，拿定主意要把给哥哥的信写完。提起笔来，他写得很顺畅，很惬意，奔涌的思绪全涌到了笔尖上。

哥哥，亲爱的哥哥：

我在给你写信，在那幢你也熟悉的花园洋房里给你与信。

这幢房子现在归于我的名下了。

在那场震撼中国的风暴掀起的年头，我怎敢想象，这幢房子还会回到我们的手里。

小时候住在这里，我实在不懂这幢房屋的珍贵，仿佛一切都是与生俱来的，一切都很自然，很随便。对这幢乡村别墅式的，采用露出木构架建造的、陡斜屋面的房屋，我所知甚少。是在被从这儿赶出去之后，我才懂得了这幢房屋的真正价值。可以说，被赶出来的年头愈久，愈加留恋这幢房屋里的一切。那上下十二间正房，那三层阁上的两间斜屋，那宽敞的阳台下面的厨房和佣人居住的屋子，那廊檐下可以来回散步的过道，多少年来一次次在我怀恋的梦乡里出现。现在这一切，都终于属于我了。不是它本身的价值使我感到满足，哥哥，我想你会理解，住回到这幢房子里来，对我来说更主要的是“象征”着一种回归。我用了象征这个词，就是说不仅仅我的躯壳，我的身体住回了老屋，而是我的精神也随之回来了，灵魂在飘荡了很长很长一段日子之后，也回来了。如同中国人常引用的那四个字：魂兮归来。

十几年前，确切地说是十四年前，也就是震撼中国的风暴正在掀起的年头，客观地说我也是有追求有理想的，这追求这理想可以讲同你青春时代一样的虔诚，一样的热烈。你会笑话我了，你会说你这一辈子毕竟造了几座桥，出名的大桥，在那些大桥上虽然没有镌刻你的名字，但你可以无愧地说，在那几座巍然屹立的大桥上，洒下了你的汗水，倾注了你的心血。而我呢，值得夸耀的成绩是一点讲不出来的。但我还得说，在十七岁那年，我一心向往的是如何去创造自己的“英雄业绩”，我对爸爸满心指望我承继家世的心愿不屑一顾，对姑娘们向我投来的倾慕、更多的是敬畏的目光兴趣不大。我想着的只是该属于自己的未来的事业、辉煌的前程，以及所有那个时代海市蜃楼般的幻想，我哪里想到，我的灵魂便是在那个时候怀着良好的愿望不知不觉地误入歧途的。多少年来，我的经历似乎只能说明在对自己的灵魂进行拯救。你一定要说我又把话讲玄了，一点不切实际。

现在我就来讲点实际。

今年我三十一岁了。该在三十一岁得到的一切，我好像都有了，但又仿佛什么都不曾得到。妈妈跳楼自杀以后，属于妈妈名下的一切归了爸爸。爷爷含冤死去之前，脑子是清醒的，他不能原谅续弦的婆婆一家在文革中的绝情绝义，留下遗嘱，将一切留来养老的生活资料给了爸爸。而爸爸，在所有的现金、冻结的款、折价的金银财宝和首饰等一切重新归于他名下时，却已气息奄奄，什么都不能享受了。不过他的神智是清楚的。他把三个在文化革命中坚决同他划清界限的女儿叫到身边，给了她们每人三万块钱，说她们虽然对他不孝不仁，他却不能对她们不仁不义，说到底，她们仨毕竟是他的亲生女儿。我当时真不解，同是子女，爸爸为何如此对待三个姐姐？我想替三个姐姐争辩，爸爸让我单独留下了。直到那时，我才晓得你不是我嫡亲的哥哥，你只是我的表哥，只因为你随姑妈姓，姓名和我仅一字之差，只因为要遮掩姜家花园的丑闻，我们家里才会有这么多的故事，才会在亲人之间造成必须细细解释方能明了的关系。兜了一个大圈子，原来我仍然是姜宗豪的儿子。于是乎，归于爸爸名下的全部财产，都变成了我的。天哪，乍一明白这点的时候，我几乎惊呆了，眨眨眼的工夫，我成了百万富翁。而我确确实实地又没有一个当代中国人该有的一切：称心如意的工作、好友、家庭以及功名。

还有对象。我对你说至今还没对象，你会不相信的。连那些好事的杂志都刊登，说上海嫁不出去的大龄姑娘有十几万。我会没对象，这不是笑话嘛！是啊，自从我重新有了一张上海户口，自从姜家的遗产和房屋遵照父亲的遗嘱大部分归到了我的名下，当面提议为我介绍对象的，还有那些大胆向我建议去喝一杯咖啡的，不知有过多少，以至我已磨炼出了一些应付的功夫。我已经不年轻了，已经没有那股浪漫的情调和对爱情想入非非的憧憬了。哥哥，不瞒你说，我很想尽快地有个对象，有个能从一而终的妻子，有个生活上的更多是精神上的伴侣。环顾左右，不是没有这样的人，而是我却决定不下，决定不下的根本原因，不是外界的，而在于我本人。我不知道你平反时留的那个尾巴是否彻底解决，不知道你近期有没有可能因出差或是干脆利用探亲假来一次上海，我真有很多话要和你讲，现在我身边简直找不到一个可以倾诉的亲人。你会说，不是还有三个姐姐可以商量吗？是的，我确有三个姐姐，很久以来，我一直以为她们不是我嫡亲的姐姐，而你才是我嫡亲的哥哥，这种错觉使得我同她们的感情越来越疏远，以致现在立刻要消除隔膜，很不容易……

电铃响了。正写在兴头上的姜宾扬没有理会第一声电铃，紧接着第二声又急促地响了起来。他只得搁下笔，朝墙角边的花架走去。

花架后头，那株攀石式的五针松盆景遮挡着一只嵌在墙缝里的话筒，不留神的人是决不会注意到的。这是爸爸在六十年代初给佣人邹素贞卧室和厨房装的，二楼上这套扬声传导设备，仅是串连一部分，当年只起提醒爸爸，家中来了什么客人的作用。重新搬进这幢房屋来之前，姜宾扬发觉这套设备全都失灵了，他执意要恢复。倒不是他想摆阔气、耍威风，在保姆没来之前，若是一听到电铃就往大门口跑，他一天少则要跑几十趟，那怎么吃得消？电讯设备修复后，虽然保姆还没走进姜宅，二楼上这套串连扬声设备日夜亮着指示灯，姜宾扬却省了不少事。

电铃声又急不可耐地响了起来。这会是哪位呢？自小，姜宾扬就听惯了各种各样的电铃，他晓得，电铃声和揿它的人的性格，是很相符的。

“哪位?”他问。

“是我。”扬声器里传来一个女人的嗓音。

姜宾扬正要接着问你是谁，忽然醒悟到这声音很熟悉，几乎是同时，女人又补了一句：

“我是玛雅。”

童玛雅。

姜宾扬觉得血在加快流动，他的手按上了打开小铁门的自动开关。

“进来吧。”

重新关上小铁门，姜宾扬的两眼凝视着花架上的盆景，一株粗壮的伸展着针叶的小松，几乎是从那块潮润的石隙中蓬勃而出。乍一眼望去，似乎看不出是五针松攀附着山石，还是山石依附着五针松，只感到两者之间，是相互依存，缺一不可的。那葱茂亮绿的针叶密簇处闪出了一对热切而锐利的眼睛，直往姜宾扬扫来。

宾扬不由得打了一个寒噤。她就这么快来了？来得如此迅速，他一点也没思想准备。她以为他就不晓得她多少年来的堕落和下贱吗？她以为她的美貌和妩媚就能征服一切吗？她太自以为是喽！

姜宾扬转身的当儿，不由得朝大花园里望了一眼，她正在朝里走来。明丽的秋阳下，她穿戴得花枝招展，步履轻盈自在，走路就像是在跳舞。现在兴跳舞了，她一定是舞场上的明星。她正穿过芳草茵茵的花园，碧绿的大草坪正好醒目地衬托出了她那条朴素的淡紫色的连衫裙。奇怪，同样的连衫裙穿在另一个姑娘身上，会显得寒伧，而一上了她身，那连衫裙竟变得如此熨贴，如此合体，仿佛她那已不年轻了的躯体真有什么灵性似的。

她也看到了他，向他扬起手来，手里的一方手绢随着她的挥动的手臂像团粉红色的火焰。她昂着头，脸上的神情显得亲切而又热烈，那双有多少人就能吸引多少人的大而闪亮的眼睛，一下同宾扬的目光交织在了一起。

姜宾扬心里颤栗了一下，没想到她仍是那副生气盎然的形象，没想到她那双让人恋而不舍的眼睛，还是那样有魅力。瞧，她仰起白皙的透着光泽的脸庞，仿佛把一整个太阳的光芒全吸引到她的脸上来了。乍一眼望去，谁能想象她竟然上了三十，是个新近称呼作“大龄姑娘”的女郎。

一瞬间，姜宾扬身上升起一股男子在这种时候常会有的萌动。他明显地意识到，自己真想跑下楼去，迎着她，把她这么个鲜活的灵气十足的女人，拥抱在自己的怀里。在这一瞬间，他忘记了她的堕落，她的无耻，她的难以言说的过去。几乎是在同时，他刹那间意识到自己的躁动不安，他正急于给哥哥写信，他在给哥哥的信上匆匆忙忙地谈及自己的终身大事……这一切全都是因为她，因为童玛雅！因为前几天无意中听说她至今未婚。

“怎么，还要我登楼吗？”玛雅清脆柔和的嗓音从楼梯口那儿传过来。

姜宾扬连忙答应：“来了，来了！你别上来了。”

他顾不得整一整衣冠，匆匆一个转身，扑向楼梯口，顺着拐向客厅的大楼梯，不失风度地轻捷自如地走下去。

下楼的顷刻间，他的心头陡然轻松下来，他觉得他也许会原谅她以往的一切，重新同她相识、相知并相爱。是啊，他恨她，恨得很厉害，恨得不可原谅。可这会儿他犹豫了。当年他不同样恨过父亲吗？结果怎么样呢？恨呵爱呵，统统随着时间的流逝而在心头淡漠了。是哪篇文章里说的，历史会冲刷一切，一切。

玛雅是揣着怦怦骤跳的心走进这条弄堂的，踏进这条弄堂的头一个感觉便是变化，她少年时期熟悉的、走过不知多少次的那条好像总有人喷过水的砂砾路，如今成了水泥路。她不知为啥铺成水泥路，而不铺柏油路，柏油路面跑起小轿车来，那滋滋的响声更加令人心醉。直到看见了姜家的大铁门，她的心头才油然升起一股激情。

大铁门是重新安装并喷了漆的，深沉的咖啡色的油漆。两根四四方方的凝重的门柱顶巅，仍装着四披形的门灯，嵌着厚厚的雕花玻璃，一到夜晚亮起灯来，给人一种恍惚迷离的感觉。小铁门边的竖头柱上，那一小点红色，是电铃。电铃下方一本书那么大的方孔内，装着和里面通话的扬声通讯设备。玛雅还记得，很小很小的时候，妈妈按了电铃，总有一个腰背微显佝偻，白皙的脸刮得精光的老头，先转动警惕的眼睛把她们母女俩看上一眼，然后才打开铁门。后来她似懂非懂的时候，记不清究竟是哪一年了，老头不见了，竖头上抠出了方孔，方孔内会传来邹阿姨的说话声，妈妈一答腔，小铁门就会自动开启，而当她们走进去，小铁门又会自动“嘭”一声关上，真是奇妙极了。

妈妈经常带着玛雅来姜家走亲戚，玛雅也喜欢跟着妈妈来这儿玩。姜家有大花园，大花园里有一个妈妈不准她走近去的池塘，到了冬天，池塘边有时会站着一只白鹭，玛雅总是怀着恐惧的心理远远地端详那只白鹭，她怕白鹭尖尖的长嘴巴来啄她一下。春天，白鹭飞走了，花园里的杏树开花了，李树开花了，桃树开花了……等到春天所有的花开完了，宾扬哥哥会在挨近园墙的香樟树或是桑树上抓到鸣叫的蝉，抓到金鸟虫，或者是花蝴蝶。吸引玛雅来这儿的，当然不仅是花园里的世界。她还不懂事的年头就晓得了，到了姜伯伯家，有好东西吃，上饭桌有鲜的汤，有美味可口的菜。她记得一个菜叫“八宝鸭”，一个菜叫“竹丝鸡”，还有，还有好多她叫不出名字的菜肴，她只晓得这些菜妈妈是从来也不做给自己吃的。她问过妈妈，为什么不煮好吃的菜，妈妈讲那种菜我们吃不起。而妈妈到了姜家的饭桌上，总是吃得很自在，吃得很多，吃完还抽烟，不抽她自己带来的，而是抽姜家茶几上烟筒里装的。那种烟真香，妈妈讲那是高级烟。玛雅很小的时候就有这种感觉了，到姜伯伯家去就像过节一样。去以前妈妈总要给她扎新蝴蝶结，换穿上新崭崭的衣裳。而在往常，妈妈是决不允许她穿新衣裳的。从姜家回来，她的新衣裳口袋里，总是揣满了好吃的零食：高级奶糖、巧克力、蜜蜜甜的枣糕和芝麻条。这些好吃的东西，有时候是邹阿姨往她口袋里装，有时候是客厅里没人的时候，妈妈叫她自己揣，稍大一点，她就自己动手从果盘里抓。

不晓得是妈妈有意无意地向她灌输得早，还是她自小就有的一种朦胧的向往和梦幻，她比同龄的姑娘们都早熟地意识到自己是个女人，到了姜家花园，她就爱找姜宾扬玩。尽管他们家有三个姐姐，宾汶、宾泓、宾涓，她从未感到自己是为了同她们玩去姜家的。宾汶、宾泓比她大好几岁，根本无暇来搭理她。宾涓仅比她大两岁。大人们都喊她随小姐姐玩，但玛雅就是不愿意。她出自本能地感觉到宾涓瞧不起她，宾涓对她经常使用吆喝或是命令的口吻："嗳，这个不能动!""这也是你碰得的吗？摔坏了怎么办？"她一听到这类语气就不高兴。姜宾扬从来不用这样的口气对她讲话，他总是拉着她到花园里去看他埋葬的小金鱼，或者领她走上那架上三楼的晦暗的小扶梯，从堆着乱七八糟杂物的断腿椅子后面，端出一只又一只蟋蟀盆，用丝草逗得蟋蟀振动翅膀"嚯嚯"欢叫。要不，他就引她到二楼上那间大屋子里，打开他的壁橱，抱出一叠又一叠大大小小的画书，两个人就坐在柚木地板上，头挨头肩并肩看着一幅幅夸张而多彩的画。他还会给她讲故事，讲那些奇妙的、妈妈从来不会对她讲的故事，每回她都听得津津有味。回到家里，临睡之前她把听来的故事讲给妈妈听，妈妈起先总是心不在焉地敷衍她，听着听着，会突然冒出一句："你听谁讲的？"当妈妈听说是宾扬哥哥讲的时候，脸上总会浮起幸福而欣慰的笑容，玛雅很少在妈妈的脸上见到这样的笑容。那一回，到姜家去，只要宾扬哥哥不在，虽然她也吃得很惬意，衣袋里揣满了食物，但在回来以后，她总会有一种隐隐的不满足，像失落了什么似的。最小的时候，她叫他小哥哥，后来叫他宾扬哥哥，再后来她自觉得懂事了，不喊他哥哥了，喊他"喂、喂"。

小时候的很多事情都忘得干干净净了，唯独有些事情是忘不了的，尤其是到姜家来当客人的一些事情。玛雅随着妈妈温媛来的时候，有时候碰得到姜伯伯，有时候见不着他。见不着姜伯伯的时候，妈妈就耐心地等他归来，吃过了午饭又吃晚饭，吃完晚饭还继续等。

玛雅楼上楼下四处跟着宾扬玩，妈妈没什么事。姜家三个姐姐都不怎么搭理妈妈，妈妈就从早到晚和邹阿姨钻在厨房间里嘀嘀咕咕，不知说些什么。只要见着姜伯伯，妈妈的脸上有神采了，眼睛里有光了，香烟一根接一根抽，说话嗓门也大了。妈妈不管讲什么话，讲到最后，总要讲"当年要不是姐夫做主，我也不至于落到这个地步，嫁个男人再是劣性，总还能养家糊口……"玛雅记得，每当这时候，姜伯伯总会皱紧眉头，轻声细气劝慰几句，随即就拿出钥匙开抽屉，掏出一只装着什么的信封来的；有时候信封直接从姜伯伯衣袋里拿出来，放在桌面上或是茶几上。奇怪的是姜伯伯一拿出信封，妈妈喋喋不休的话语就不说了，光是朝姜伯伯笑，对姜伯伯道谢。回到家，回到玛雅和妈妈栖身的那间不大不小十六平方米的屋子里，妈妈倚着床栏，从信封里抽出一叠钱，聚精会神点起来。这时候玛雅不论同妈妈说什么话，妈妈都是不搭理她的；这时候弄堂里哪怕吵翻了天妈妈也不会打开窗子朝外望一眼。而平时，闲极无聊的妈妈最巴不得弄堂里出点事了。点完钱，妈妈把钱塞进信封，仰面倒在床上，点燃一支烟，徐徐地吐着烟圈圈，眼睛瞪得很大很大。

玛雅自小就有个疑问，别人的家里都有爸爸，她家怎么光有个妈妈？别人的爸爸妈妈都要上班都有工作，她的妈妈怎么从来不上班不到工厂里去？

稍谙人事，弄堂里的小姑娘同玛雅吵架，骂她爸爸是逃到香港去的吸血鬼资本家，骂她妈妈是姨太太、小老婆，骂玛雅是舞女、交际花的女儿，玛雅开始有了自卑感，她晓得家里不但穷，而且穷得还让人看不起。弄堂里有个和她年龄相仿的小姑娘，爸爸是24路电车上的售票员，家里也穷，可没人骂她难听的话。

不知是妈妈有意还是无意，在玛雅十二三岁以后，妈妈就一遍一遍地对她说，你长大了，要嫁人就得嫁姜宾扬，嫁给这样的男人靠得住，一辈子吃穿不愁，一辈子享不尽的福，一辈子尽可过得荣华富贵。这念头不知不觉在玛雅心上生了根，她觉得自己和姜宾扬是天造地设的一对儿。但是到了她真正懂点事的时候，她知道了妈妈带她到姜家去是求接济，晓得了她们母女的生活，几乎完全依赖姜伯伯的施舍，她感到了震骇，感到了羞耻，感到站在姜宅的每一个人尤其是姜宾扬面前抬不起头来。她悲哀地发现人活在世界上是有等级的，而她所处的地位，简直不能同她心目中的姜宾扬相比。只因为他们家有钱，而她家呢……她没有父亲，从小不知父亲在哪里。妈妈呢，只会伸出双手求人，求姜伯伯这个远房表姐夫。妈妈生就姨太太的命，里弄居委会给她安排过工作，让她去服务站修鞋子，妈妈就是不去，她宁愿卑下地去求人。为此玛雅痛苦，玛雅愤恨，玛雅无脸见人。她有很长很长一段时间没再到姜家去，她没脸陪着妈妈走进那扇铁门，想起以往每次，妈妈让她换上新衣裳，扎上蝴蝶结，想起到了姜家就往衣袋里揣的那些糖果点心和小零食，她羞愧得无地自容，恨不能扯断了自己的头发。她觉得自己的行为恶心，妈妈的一举一动都恶心。妈妈似乎看出了她的心思，开始给她讲一些往事，一些玛雅还没来到人世间以前的往事：妈妈是什么时候来上海投靠拐了个弯的表姐宋婕茵的，表姐夫姜宗豪为借助大老板童仁亨的财力，是如何把妈妈介绍给他的。妈妈那时年轻幼稚，爱慕虚荣，只图眼前的花好月圆，是怎样在嫁了人之后才发现自己只是个姨太太的。姨太太还罢了，哪晓得童仁亨这个昧良心的“杀千刀”，临到解放，把在上海的财产席卷一空，带上大老婆一家，滑脚到了香港，把妈妈和玛雅孤儿寡母，扔在上海滩。妈妈不去投靠姜家，又去找谁呢？妈妈这么个弱女子，又靠什么把玛雅抚养大呢？玛雅瞅着眼泪巴沙、哭哭啼啼的妈妈，只觉得妈妈又可怜又可恨，谁叫你去当人家小老婆的，谁叫你连人好人坏也分不清的，谁叫……从此以后，“小老婆”“姨太太”的女儿就像紧箍咒一样阴魂不散地套在玛雅的头上，使她更觉在人前低了一等，感到自卑自怜。

幸好姜宾扬从未歧视过玛雅。当她很长很长时间之后又随妈妈到姜家去的时候，她特别留神宾扬对自己的言行举止，她打定了主意，如若他敢于在言行之间伤害她，她非要掴他一个响亮的耳光不可。

没有，姜宾扬还是像小时候一样喊她：“玛雅，你看过这本书吗?”“玛雅，电影《风暴》你看过吗?”“走，玛雅，大姐姐给我两张票，《章西女王》，说好看极了。”“玛雅，你说我装的半导体收音机，为什么老不响?”

玛雅有时候简直怀疑，宾扬的热情和亲昵是不是装出来的？她多次用眼角注意宾扬说话时的神态，终于发现他并没在她面前故弄玄虚，或是装出点儿虚情假意。

玛雅虽然比宾扬小一岁，可她的心理，却比宾扬成熟得早。她那少女的朦朦胧胧的对异性的兴趣，全部都倾注在宾扬的身上。

她曾经以为宾扬会永远永远不变地对她好下去，她多少次幻想着随着日子的消逝，随着她和宾扬一同长大他们会同结百年之好，她哪里想到世界会起天翻地覆的变化，属于姜家的一切会被全数抄没，连人也从花园洋房里赶出来。她还记得最后那次陪妈妈到姜家去，去要姜伯伯接济，去求人家施舍。哦，人对什么都可能忘记，唯独这样的经历忘不了，永远也忘不了，况且姜伯伯那天一下子拿出那么大一笔钱，况且姜家那天笼罩着一种抑郁的气氛，况且自那以后，玛雅和妈妈再没找过姜伯伯……

“童玛雅，你去哪儿?”

在缓步走向姜宾扬居住的花园洋房时，青少年时期的全部往事一齐涌向玛雅的脑际，她的整个思绪全都沉浸在对以往的追怀之中，根本无暇留神身前走过来什么人。而当一声略显惊讶的招呼把她唤醒时，她不觉一怔，定睛望去，才见一位年龄相仿的男子站在岔路口。

“噢，桑振业，是你啊。”一边说话，玛雅一边想起来了，他站着的那条岔路，是到宾扬家去的唯一的岔路。从这条三四十公尺长的岔路拐出去，便是一条长长的几乎与姜家花园洋房并行的弄堂。那条弄堂里的带阁楼的二层楼房，从外表看去也还过得去，一色的红砖房，但是走进楼去就晓得了，楼房内光线不足，没有煤气和卫生设备，一天到晚吵吵嚷嚷。这个桑振业，宾扬当年中学的同班生，就住在那条弄堂的16号里。他好像也曾追求过玛雅的，是否受过玛雅的耍弄，玛雅记不大清楚了，这十几年里，追求过她的男人实在太多了。瞧，他现在脸上还挂着殷勤的、谄媚的笑呢！没工夫同他啰嗦了。玛雅微眯起眼睛，每当她蔑视哪一位异性时，她就这样，用懒懒散散的声调道："我嘛，去那儿。"

说完不等桑振业有何表示，她昂着头微挺胸步履自在高傲地径直走去。这一瞬间，她忽然想起来，就是这个桑振业，就是他的哪个哥哥，曾经同姜家似乎也有过一些瓜葛，她的脑际掠过了那么一两件事情。

走到熟悉的故友重逢般的大铁门前，伸出手去揿电铃时，玛雅头一次不无自豪地意识到，她到这儿来，她走进这道门，不是来请人接济，不是来求施舍的。她现在也很有钱了，她现在完全是以一个地位相等的姑娘的身份，来见宾扬的。但是在电铃响起来的那一瞬间，她还是情不自禁浮起一阵渴望倒在宾扬怀里的欲念。这一刹那，十四年的岁月拉开的距离，似乎陡地缩短了。

一切，仿佛都不是发生在遥远的过去，而是昨天和前天。

1966．4

何翠卓不顾佣人卧室的门敞开着就倒在他的怀里，使得姜宗豪隐忍着的愤怒顿时形于脸色。他带点粗暴地关上了门，把她连搀带扶地拽到邹素贞的床边。

"你怎么又来了！"他没有留意何翠卓惶惶不安的神色，劈头就低沉地责问。

何翠卓柔弱的身躯打了个寒战，跌坐在床沿上：

"是……是宾扬在家吗？"

"他，他倒不在。"

"那是我碍眼了？"她可怜兮兮地问。

"不，是婕茵要出院了。"姜宗豪突然冒了一句，"今天我喊三个女儿和宾扬，都到这里来吃晚饭，把这事告诉他们。”

“婕茵的病……”

“病愈出院了。”

她失望地唉叹了一声：“啊——”

姜宗豪知道她盼望婕茵的病情恶化，恶化得不能痊愈。还在婕茵刚疯的时，她就给他提过，他该同婕茵离婚，同一个疯子是不能维持婚姻关系的，只要他提出，法律上是站得住脚的。他没有那样做，他考虑问题不像她那么简单，他必须给婕茵治病，做到仁至义尽。他上有老父，下有三女一儿，他得在他们面前有个交代。但何翠卓认定了她是有希望的。自从婕茵住进了精神病院，她起先是频频地打电话、写短信约他去她那里。他去了她家，她就缠绵地留他过夜，整夜整夜住在她那里，她甚至还异想天开地试图怀上个孩子，不是他坚持要避孕，真不知她会让事情发展到哪个地步。以后她对光是他去找她不满足了，她开始主动来找他，出现在花园洋房里，作为一个很难向人介绍的客人，幽灵般地来，幽灵般地去。他对此一直是有顾忌的，尽管有知情的老佣人邹素贞替他们遮掩，说她是婕茵面上的亲戚，给姜宅保守着这一可怕的家庭秘密，但他总怕有朝一日西洋镜拆穿。果然，纸终究包不住火，先是童仁亨抛弃在上海的小老婆温媛有意无意东问西问，接着他俩的关系就让宾扬撞见了。如若再任其进出事态会恶化成啥局面？他承认他是爱何翠卓的，就凭她多年不嫁，凭她孤身一人居住在离卢家湾很近的蒙自西路那个小小的庭院里。他深情地爱着她，给她留了足够享受舒适生活的钱，他也承认他是自私的，他既渴望着她的爱，又希望她严守秘密。他的理由很简单，他得顾全面子，做一个中国人，尤其是做一个像他这样让人感到堂堂正正的中国人，更得十分地顾全面子。他觉得自己并非仅仅是为了个人顾全面子，更多的还是为了自己的家庭，为那偌大的一笔家产来极力顾全面子。他不想让这个家庭的百万财富和赫赫声名沾染上一些给人窃窃私议和津津乐道的东西。当邹素贞告诉他何翠卓已在佣人房里时，他断然下楼来见她，就是想把一切向她摊牌，用最简洁明了的语言让她理解目前的形势和他的处境。他是爱她的。她把一切都给了他，她的青春，她的信任和她无私的隐在阴影里的爱，她给了他宋婕茵从未给过的欢乐和愉悦。是的，他也曾为她做了他能做的一切，为她买下蒙自西路上那个小套的庭院，那幢虽嫌粗陋却相当安宁静谧的三室一厅的小套房。起先是她同她的妈妈，还有那个自小痴呆的丈夫住在那里，后来她的一脸痴相、走路迈八字脚的丈夫终于死了，她的妈妈随后也去世了，唯独她一个人住在那里。他一去她就向他哭诉般地说她害怕，说她听到庭院里白杨树叶的唰唰声总觉得有贼骨头溜进来了。她完全是自由的，她尽可以改嫁，她的气质风度、容貌神韵准能让她找个好丈夫，姜宗豪没有任何权利约束她。但是她终究没有嫁人，而是默默地、孤寂地在那个庭院里期待着他的光临。和她给予他的比起来，他给她的那点算得了什么呢？而他现在又要把自己的意志强加于她。他必须这么做，不这么做不行呵！

他抚着她的肩说："婕茵一回家，你……你就不能来了……"他的语气，表现得好像无可奈何，但意思极明白。话出口，他发现说得过于武断了，他应该说她不能来得这么勤了。她怎么不能来呢？她本身就是婕茵在女中时代的同学、好友，他也是通过妻子才认识她的，她来探望病愈出院的老同学，理由很正当的。他怕她会驳斥他，不料她点点头，答应了。她朝着他仰起无声的啜泣着的脸，哽咽着说：

"可我……仍想见你。"

"我会去的。"他的眼前又掠过那条砖铺的两旁栽着杨树的甬道。

"常去吗？"

"当然。"

"宗豪……那天，那天宾扬撞见我们以后，后来，后来怎么样？"

姜宗豪的脸色阴沉下来了，近些天里他最大的心事，就是自己的儿子窥破了他的隐私，他可以想象自己在儿子心目中变成了什么样的形象。他抿紧了嘴说：

“什么事情也没有。”

“呃……”她不解地望着他。

“就是不理我，不，是不想见我。见了我他就躲。”

何翠卓瘦削的双肩耸动起来了，一颗一颗泪珠不时滚落，顷刻工夫把手心里的丝手绢都染湿了。

姜宗豪叹息一声，用宽慰的语气道：“这尚在其次。最要命的，是目前的形势，报纸上的文章，你看到了吗？一篇连一篇，不像是光清算清算邓拓、吴晗、廖沫沙就收场的样子。看样子，是要有大运动，有狂风暴雨。”

“也会刮到你头上吗？”何翠卓勉强止住哭泣，关切而又幼稚地茫然道，“你又从不写一篇文章。”

“唉呀，你啊你呀，四十岁的人了，还一点不懂事。”姜宗豪觉得有必要给她开导开导了，“共产党一搞运动，除了那些死老虎和地、富、反、坏、右，我这种人就是活靶子，万事都得小心。稍有不慎，稍有不慎那就是身败名裂啊。”

他讲得十分含蓄，不晓得她听懂没有。反正他是再清楚不过了，运动初期风乍起，什么帽子都担得下来，什么罪名都可以往人头上按。最要命的当然是反党反社会主义反毛泽东思想，但小民百姓最感兴趣的，却又不在于此，而在于桃色新闻和所谓资产阶级生活方式。一旦他和何翠卓的事情走漏了风声，那就糟了。他倒还能顶得住，他怕的是弱不禁风的何翠卓，只怕她连命都难保住。

何翠卓果然没听出他的弦外之音，只是蹙起眉间：

“地富反坏右，那么，我……”

他突然想起，她的丈夫虽是痴呆，却是地地道道的地主的儿子。而她的丈夫死后多年她还没改嫁，不也是话柄嘛。他只得安慰她，并把自己的意思讲明白：

“那倒不要紧，你名义上的男人死去几年了，再说他只是地主的儿子。我怕的是我同你之间这层关系，让人揪住了辫子……”

她的脸色在他说话间倏地变了，不等他讲完，就急急站起身来，说：

“我懂我懂，我现在就走，就走……”

她那双大而哀切的眼睛里又蓄满了泪水。他随她站起身来，她像风中柳条似地偎依在他的怀里，热切地藤缠树一般紧紧地搂住了他。他吻了她。她是一个十足的女人，每当和他在一起时，她就把她的柔情和神韵一齐真诚地奉献给了他。他亲她吻她的时候，自会感觉到她生命的电流在和他交融，他会情不自禁地涌起一股激情，唤起男子汉的气概。

她恋恋不舍地走了，终于走了。

他先离开邹素贞的房间，顺着小楼梯走上二楼，回到自己房间里，站在窗口凝望着那条由厨房后门绕过整个花园通向大铁门的幽僻小径。她躲躲闪闪地往门口走，他在窗口瞅着她的背影忽隐忽现，每次都是如此，每次都提心吊胆。她每次来，他都希望除了邹素贞，没有第二个人晓得。碰到几个子女中的任何一个，她可假借来问一声，婕茵是否出院了，病痊愈了没有？但几个月里只允许有一次。若遇到外人，特别是像温媛这样好寻根问底的女人，这样的措词很难令人置信，她很可能会想到别处去。在不知情的客人们面前，自有邹素贞去替她遮掩，说她是婕茵的亲戚。而在知情人面前，要瞒、要保住这一家庭秘密，实在不是容易的事。

特别是今天，在她走向大铁门的那一瞬间，姜宗豪真怕她会撞见回家来的儿子。在她打开小铁门，重又关上小铁门，身影消失之后的几分钟里，姜宗豪仍停立在窗口，盯着那扇小小的铁门。

若是这当儿姜宾扬回家来，他是一定会碰到她的！

谢天谢地，没出这样的事儿。他在窗户前足足站了十分钟之久，也没见小铁门有啥动静。暮色已把铁门吞噬得影影绰绰，看不分明了。姜宗豪转身走下楼去，他在考虑儿子是否会在他与何翠卓相会时已经回来了。

大扶梯下富丽的室内台阶上那只青铜铸的鹿在吊灯下闪烁着锃亮的光泽，扶梯旁边的钢琴和琴凳也擦得纤尘不染。台阶下铺着红地毯的大客厅沙发上，宾汶和宾泓正细声细气交谈着什么。

已经出嫁的宾汶见姜宗豪下楼，起身喊了声爸爸。待在闺中的二女儿只对爸爸微笑。

“宾扬回来了吗？”

“没回来。”宾汶说，“我从五点十分就坐在这儿翻画报，没见他回来。”

“弟弟这一阵每天都很晚回来，有时回来狼吞虎咽吃晚饭，有时又说在外面吃过了。”宾泓接着道，“爸爸，你该劝一劝他，现在是山雨欲来的形势，让弟弟没事就呆在家里。我怕他不懂事，闯出祸来。”

“对，对的。”姜宗豪点着头，他清楚，在这个家庭里，可能是受了爷爷姜宇溟的影响，可能是他和婕茵从小对宾扬的娇惯和溺爱，也可能是只有宾扬一个男孩子，三个女儿都非常关心和爱护宾扬，在宾扬还小的时候，她们仨不是一齐便是分别带宾扬出去玩，对宾扬的关心不亚于他们老人。但他此刻的心思并不在宾扬会出什么事情上，这孩子心地单纯，各方面都幼稚得可爱又可笑，他把世界看得一派光明，能出什么事！他烦恼的是宾扬不归家完全因为撞见了他的隐私。不错，他是有三个女儿，可三个女儿他一个也看不上眼，不是她们有什么不足之处，也不是中国人的传统观念在作祟，她们仨无论谁只要有那份才能，他是会毫不犹豫把偌大家业传给她的，不因为她将出嫁而有所踌躇。老大宾汶在医学院毕业以后，嫁了个在文研所做学问的女婿。苏彦倒是个本分规矩的男子，但似乎注定了要走他父亲的路，做个学究式的知识分子，这样的人是永远也不能掌管姜家的资产的。而宾汶呢，相当满足于在区医院小儿科里当一名医生，过她所引以自豪的自食其力的生活。老二宾泓高中毕业以后，没考上正规大学。以她的成绩是能考上“复旦”、“北大”这样一些名牌学校的，只因为六二年以后考大学讲究家庭出身，她落选了，进了两年制的教育学院，读了两年书，毕业后分在中学里当初中一年级的植物教师。六年制的正规中学，教初中已是够被人瞧不起的了，她教的还是连初中学生本身都藐视的副科植物学。但她却觉得挺自在、挺实惠。这样没有上进心的女儿，岂能管好百万家产？她如今安心工作，安心等待，等待在北京大学读书的男朋友于青南毕业，力争分回上海来完婚。于青南家是明哲保身的高级职员家庭，住房是有的，生活也能过上小康之家的水平，宾泓进入这样的家庭，太平安逸的生活想必是能过的吧。这两个女儿勉强还说得过去。小女儿宾涓初中毕业后，连高中都没考上。姜宗豪怪她学习成绩太差，说她不求上进；她却怪家庭害了她，说资产阶级家庭出身，把她的前途全毁了。动员社会青年去新疆时，她闹过要去；后来又不知为啥不去了。现在闲逛着，整天在街道上同一帮社会青年混，谁知将混到哪天去？面对三个女儿这种现状，姜宗豪自然而然便把充满希望和期待的目光投到唯一的儿子身上，指望着儿子能争口气，立足社会后挑起家庭这副重担。他从未把这层意思对家人谈过，但三个女儿仿佛都心领神会，言语行动之中，早把宾扬置于家庭的中心地位，连年过七十的老父姜宇溟，也是这么认定了的。

唯独对此无甚感觉的，就是宾扬本人。儿子是如何看待自己出身及家庭的呢？对姜宗豪来说一直是个谜。三个女儿虽然不说，但她们的行动和选择都说明了，她们是要同家庭划清界限的。自从强调“千万不要忘记阶级斗争”以来，社会上一直宣传出身于资产阶级和其他剥削阶级家庭的子女，要和家庭划清界限。连姜宗豪本人，有时也要言不由衷地对子女说，划清政治界限，对他们有好处。难怪啊，他的子女都在共产党的教育下长大成人的，接受的是共产党的教育，受的是社会主义社会的影响，他当父亲的，不也在追随形势以适应社会的变化嘛。宾扬呢，他将选择一条怎样的人生之路，会不会比他的三个姐姐走得更远，断然地背叛自己的家庭，远走高飞？这类事现在是到处都有啊！

自从被儿子撞见了他与何翠卓之间的隐私以来，姜宗豪的心头笼上了一层阴影，愈加变得忧心了。如若儿子真不能谅解他这个当父亲的，如若儿子坚持自己选择的人生之路，那么姜家的百万家产将由谁承继？这一大笔家产，两辈人的心血，不都付诸东流了嘛！

脚步声从走廊上传来，听着明明不是儿子的脚步，姜宗豪还是满怀希望地抬起头来。走进客厅的是三女儿宾涓，她喊一声爸爸，就在一张沙发上坐下，手托着腮出神。

现在三个女儿算坐齐了，只等儿子回来了。姜宗豪的目光在三个女儿脸上逐一扫过，她们都像他，相貌平平，脸庞沉毅端庄，却缺乏青年女性应有的妩媚娇雅和令人一见倾心的美貌。是不是百万家产投在她们身上的阴影，使她们都在有意无意之间显示出安详自傲的风度，有种冷漠的气质？这可能是她们意识不到的弱点吧！

这样的脸型长在男人身上，是令人神往和具有男性气质的；而同样的脸长在女人身上，却会损害女性的娇柔和秀美。

“爸爸，我想……我想告诉你。”姜宾涓的眼睛望着别处，有点不自然地说，“我想结婚了。”

“什么？”姜宗豪吃惊地盯住还不足二十的女儿：她是不是疯了？他的目光移向女儿腹部。

两个姐姐也都惊恐地转脸望着她。

“不要这样望着我。”宾涓淡淡一笑，漠视一切的目光朝宾汶和宾泓脸上掠过，“我已经决定了……”

她的话戛然而止。

邹素贞的身影出现在客厅侧门口：“姜先生，可以开饭了吧。”

“哦……”姜宗豪还没从震惊中回过神来，他抑制地用平静的口吻道，“宾扬还没回来吧？”

“没有回来。”邹素贞显然把厨房里的事情全都做完了，干脆走了进来，朝姜家父女们瞥了一眼，不无担心地说，“这一阵，宾扬常这样，连我也有点担心了。”

“是呵！”宾泓说，“学校里吵吵嚷嚷的，学生们对报纸上一篇篇文章充满了兴趣，哪里有啥读书的兴致？我真怕宾扬傻呵呵地卷进去。”

宾汶点头道：“爸爸，该同弟弟讲一下，提醒他注意。”

姜宗豪的两眼本盯着三女儿，邹素贞一进来，迫使他们将宾涓要结婚的话题停了下来，但他心中已被宾涓这句话搅得乱成一团。他默默地说：

“想想，宾扬又能干些啥呢？他还只是个初三学生啊！”

全部事情都是由一架罗莱弗莱克斯牌的相机引起的。

姜宾扬从三角花园矮矮的冬青树丛后面捡起这架像机时，绝没想到它会引出他这一辈子里第一次恋情。他捡起这架相机的那一瞬间，就认出了这是西德最名牌照相机之一。

后来尹丽妮对他说：“即使不知道这是西德名牌相机，随便哪个人也能从外表上看出这是架高级相机。哦，当临睡之前，发现我的相机忘记带回家之后我是彻底失望了。相机不同于其他东西，被人捡走之后，它就换了主人。新的主人只要多擅弄它几次，很快会熟悉它，仿佛熟悉自己的伙伴。它小巧，它易放易藏，它很少会被人送到失物招领处。那晚上我快疯了，睡意全消，穿着毛衣就跑到三角花园寻找，还向在那里遇到的每一个人打听，问有没有见人捡到一架照相机，那神情活像一个傻姑娘。嘀嘀！”

是的，地处岳阳路、汾阳路口的三角花园是个读书的好地方。每天早晨，普希金铜像周围的石阶上、椅子上、草丛边、白杨树下都会有不少即将参加高考的或是初中考高中的学生在那里背英语，看书，来回踱步。环境再好，姜宾扬也不消到这儿来。他家有花园，不论是室内还是花园里，都要比三角花园附近还要幽静，还更能使人专心致志。

是在撞见了爸爸和那个女人的私情之后，他才觉得在家里呆不住，在花园里无法忍受的。入中学以后，他就知道爸爸是资本家了，他开始懂得这是不好的家庭出身，他在理智上晓得该与这样一个家庭划清界限，至少是在思想上和政治上。但是他仍然很爱爸爸，在爸爸默默无言地瞅着他的目光中，他都能感觉到爸爸对自己的爱。他很难把庄重沉稳、风度翩翩的爸爸同《万恶的剥削阶级》那本书里画成大腹便便的资本家形象联系起来。他不能相信爸爸会像书里写的一些老板那样挥舞皮鞭打人，不能把爸爸和吸血鬼三个字画等号。不是吗？老佣人邹素贞、给爸爸开奥斯汀轿车的潘伯伯，都说爸爸是好人。他们俩该是劳动人民吧，他们不会对宾扬说假话的。

但是那天无意间撞见的那一幕，把宾扬一池清澈的静水般安宁的心境全搅乱了。爸爸亲昵地搂着那女人的一幕，不断地在他眼前掠过。他不能接受这事实，但这偏偏又是他亲眼看见的。那天夜里他失眠了，他的脑子里乱糟糟地涌现出各种各样的念头。他替住在疯人院里的妈妈可怜，他为妈妈感到愤恨，他认定终于看清了爸爸的真实面貌，他终于明白，过去他心目中的爸爸，是个虚伪的形象，爸爸的一切都是在他这个儿子面前假装出来的。

资产阶级本来就是虚伪欺诈、腐化堕落的嘛！

不是吗？爷爷姜宇溟，除了在永加路上有他们这个家之外，在陕西南路上还有一套公寓。在那套公寓里住着爷爷的小老婆，姜宾扬还得喊他小婆婆哩。爸爸虽然没有公开娶小老婆，但他私下勾搭情妇，瞒着一家老小，更瞒着妈妈。不，也许妈妈是心中有数的，她只是痛苦得不便说出来罢了。要不，妈妈怎会一受刺激就疯了呢？

撞见爸爸和不是妈妈的女人那一幕以后，姜宾扬上课时心神不定，睡觉时失眠，干任何事情都集中不起注意力。他想把这一幕忘掉，可在那一瞬间看到的情景却顽固地不时地掠过他的眼前，刺激着他的神经。这件事改变了宾扬对爸爸的看法，使他感到那个舒适的、宽敞幽雅的家庭的肮脏。

他不愿意在那样一个环境里多待了，他渴望着自己尽快毕业，去工作，去念中专技校、半工半读学校，甚至去新疆，总之，离开这个家。他逐步理解，他的三个姐姐为什么不像他原来那样依恋这个家庭了。每天放学以后，他没情绪在学校里打球、钻阅览室，也没情绪躲进电影院看一场没趣味的电影，但他也不想回家，他怕自己在家里又发现什么可怕的秘密。他家离三角花园不远，他便在放学后，时常到这儿来徘徊，静坐，苦思冥想。

这天他的心绪更为恶劣和压抑。下午第二堂课打铃的时候，他嘴里还在嚼奶油西瓜子，瓜子是乔美霞随手抓给他的，他不想把腻手的瓜子揣进衣袋，又不便当着乔美霞的面随手扔掉，只得丢进嘴里嚼着。

正在这时铃声响了，他急急走进教室。杨志平挡着他的道，他让杨志平站开，杨志平笑嘻嘻地向他伸出一只手来要瓜子吃，他把手里剩下的瓜子全给了杨志平。杨志平嫌少，手伸过来往他衣袋里掏，他的衣袋里揣着一封信，一封犯了学校禁忌的“情书”。信是同班女生方菊莉塞给他的。方菊莉的皮肤白皙泛光，人比同班女生都长得高，姑娘们都说她发育得早，刚过十六岁，胸脯就隆得高高的了。她长得实在不怎么样，圆脸，细长眼睛，眼角上散着几颗芝麻粒儿那么大的黑痣，说话的声音尖脆尖脆的，故意带点嗲腔。其实她在信中也没写啥不堪入目的话，她只在信中说，眼看初三快毕业了，与姜宾扬同了三年学，萍水相逢，她愿意在毕业后和姜宾扬继续保持联系等等，字里行间，有那么一股十六七岁的姑娘透过纸背弥散的柔情。姜宾扬当然明白这封信的真正含意，在他看来这便是“情书”了，尽管他读完信就打定主意不作答复，但他也不想把这事儿宣扬出去。信是方菊莉上午给他的，他还没来得及处理。如果杨志平的手伸进他的衣袋，就会摸出这封信。班上同学，互相之间一眼就能认出谁的字体。宾扬急了，用手护住衣袋，不让杨志平掏。他越不让杨志平掏，杨志平越加认定他的衣袋里还有很多瓜子，硬要把手伸进去。平时嬉戏惯了，杨志平知道姜宾扬怕搔痒痒，一只手伸过来掏，另一只手就往姜宾扬胳肢窝下搔痒痒。姜宾扬火了，张嘴吼道：

“别胡来……”

满嘴嚼碎的瓜子仁和瓜子壳儿，全喷射到杨志平的脸上。坐在座位上目睹这一幕的男女同学哄然大笑起来。杨志平尴尬地摸出手帕拭着脸，自我解嘲地努努嘴，退回自己座位上去了。姜宾扬正往自己座位上走，身后一声厉喝喊他站住。他回头一看糟了，班主任吴宪之在走进教室时，把刚才的情形看在眼里。他大踏步走到讲台面前，劈头盖脸朝着姜宾扬一顿训斥。他怒斥姜宾扬的资产阶级少爷作风，说他盛气凌人地侮辱劳动人民家庭出身的同学，说这件事，全班同学决不能等闲视之，要把这件事当成阶级斗争在班上的反映来抓。

姜宾扬在众目睽睽之下足足站了将近二十分钟，挨了吴宪之的臭骂不算，临到头来还得在下周班会课上向杨志平公开赔礼道歉，当着全班同学的面做检查。

姜宾扬沮丧地背着书包走出校门。他感到冤枉，碎瓜子吐到了杨志平脸上，完全是偶然的，可老师偏要把这事儿往资产阶级家庭上扯。他就喜欢出身在这样的家庭里吗？天哪，他真恨不能尽快脱离这个家庭呢。在家庭里他没有温暖，他看到了丑恶，而在学校里呢，他还要遭到歧视，还要被人揪家庭的辫子。这人世上，究竟谁能理解他呢？

他不想回到家里去，他又走到幽静的三角花园来了。他坐在一张椅子上，面对着一片新春的绿荫，郁郁寡欢地坐着。怕路人对他生疑，他还从书包里拿出一本英语书，仿佛是在那里默背单词儿。

暮霭低压了，书上的英字母一个个都快辨不清了，姜宾扬才拖着沉重的双腿站起来回家去。就在他站起来的那一瞬间看见了照相机，罗莱弗莱克斯牌的高级相机。

他家里也有这么一架相机，他知道这架相机的价值。相机跟前一个人也没有，他环顾四周，偶有自行车骑过响起的铃声，三角花园笼罩在静静的暮色里。他明白这是谁不慎丢下的。他背起了相机，在三角花园周围，徘徊着，足足等了一个钟头。他相信相机的主人一旦发现它丢了，是会赶来找的。但他没有等到，于是他决定第二天再去那儿等。

“真难为你了，我……哦，我简直不晓得用什么语言来感激你。”过去了三天，尹丽妮从姜宾扬手里接过相机时，激动得脸涨得绯红绯红，眼睛里闪烁出泪光，说话的声音颤悠悠的，“我真不敢想象，它还能回到我的手里。”

当她听说姜宾扬接连三天放学以后都背着相机到这儿来等待失主时，她发出一声接一声惊讶和赞赏的“呵、呵……”

她一再用那双探询的、充满稚气的亮闪闪的眼睛打量姜宾扬，终于忍不住问

“你知道这架相机的价值吗?”

“它大概值个几十块钱吧。”

她没有听出他的揶揄口气，活泼地摇晃着梳有两条长辫子的头:

“哦不，哦不，它比你想象得要贵几十倍，上百倍!”

“是真的吗?”

他装得那么像，她一点也没察觉出他是故意的。他怎会不知道这架相机的价值呢。班上，桑振业借来一架上海产的海鸥方镜头，都要引起校园里的男女同学半天轰动呢!

她双眼一眨一眨盯着他，像是在窥测他的心思:

“知道了它的价值，你懊悔了吧?”

“是有点儿。”他的话也变得多起来，“不过背着它，我只想着丢失它的人会怎样着急了。”

“你真好。

姜宾扬知道从十六七岁的姑娘嘴里吐出这三个字来意味着什么，但他照旧装出一副无动于衷的傻相:

“我真没想到它值多少钱。”

“你哪怕问问人家，就会马上知道了。”她沉吟起来，“不可思议，令人惊喜的不可思议。不管怎么样，相机终于回到我手里了，现在你想再夺回去，就要变成拦路抢劫犯了。哈哈。”

他也跟着笑了笑，迟疑了片刻说:“不过，用它替我照一张相，你总不会反对吧。”

“一张，亏你说得出口。我要给你照一卷。”她把相机往肩上挎了一下，眉飞色舞地说，显然为他提出的这个要求而高兴，“你……你不会拍照片吗？”

“噢，除了进照相馆，几乎没在外头拍过。”姜宾扬觉得这很好玩，装傻装到底了。

“那就一言为定，星期天，我给你照相。”她爽快地说，“说真的，我真不知道该怎样向你道谢呢。你叫什么名字？在哪个学校读书？”

她说她在女中念高一，听说姜宾扬还是初三生，她打包票说，她负责辅导他学习，保证他轻而易举、顺顺当当考上高中。

星期天，踏着春光，她真的约他去了虹口公园，给他照了整整一卷。在鲁迅墓前，在小湖岸上，在大树草坪，她不断地让他摆出种种姿势，照了一张又一张。而她自己，仅在他的一再要求下，照了一张。拍的时候，她怕他不懂，给他调好焦距、光圈、快门，让他只消对准她的身影，往下按一下就成。透过照相机的镜头，他端详着穿一件花毛衣的她，沐浴在春光里，笑盈盈地望着他。他看呆了，她真美！他忘记按快门了。她在催他：“拍呀，拍呀，快拍呀！往下一按就成。”

他没有按，她急急地向他比着往下按的手势，表现出一副又急促又无奈的嗔怪相，恰在这时他按下了快门，她“哎呀”叫了一声，肯定地说他拍得很难看。

他望着她，只是笑。

她便侧转脸盯他一眼，说他坏。

那天他们玩得又累又乏。照完一整卷相，已是夕阳西斜的时分，她还兴致勃勃租了条船，和他在绿波荡漾的湖面上划了一个小时。姜宾扬从没这样疲乏过，他从没玩得这样快活过。发现父亲隐私后的压抑，吴宪之逼他写检讨的不快，统统在与尹丽妮的交往中被置于脑后。是的，第一眼看到她，宾扬就被她深深地吸引了。她白净漂亮，她的身上洋溢着妙龄少女的勃勃生气。高兴的时候，她显得活泼、真诚、热情；沉思的时候，她又露出股自然的娴静和温柔。这些性情恰恰是宾扬的三位姐姐和他那个疯了的妈妈身上没有的。由于宾扬的出身，由于他家的百万财产，对宾扬有好感的姑娘不乏其人，她们有的坦率地向他投来羡慕和敬畏的目光，有的有意无意向他表示殷勤，像方菊莉这样大胆泼辣的，还向他写来表示好感的信。其中有些人，连宾扬都承认是很美丽的，但她们谁都不曾像尹丽妮这样深深地吸引着他。宾扬像怀揣无价之宝一样珍视这份感情。他入神地瞅着尹丽妮，觉得她是他生活里的灯塔，觉得她是他心目中的太阳，他心甘情愿地认为她是他的主宰。哦，那些描绘初恋和爱情的诗没有白读，他觉得就是把所有那些诗里的美妙词汇用来形容她，都不显得过。他是幸运的，他也是幸福的。为了她，他愿意献出自己的一切。

她约他一个星期后在三角花园看他的照片，他去了。他觉得这一个星期比一年还长，他厌恶家庭里沉闷窒息的气氛，他难以忍受校园里的喧哗和嘈杂，他默默地忍受着吴宪之对他那份检讨的挑剔和奚落。奇怪的是挑剔奚落一番之后，吴宪之并没再让宾扬重新写检讨，宾扬有股总算过了关的幸运感。现在他只有一个欲望，快点见到她。

翻看着她洗印出来的一张张照片，他很快发现其中少了一张，就是他给她拍的那张。他问她，那张相片好吗？她说拍得糟透了，她没洗。在他表示遗憾时，她又出尔反尔地说，那张像拍得生动极了，比她照的任何一张都好。他要看，她却说，正因为是拍得最好的一张，她不能给他看，不能。但她又补充说，以后有机会，也许……

他接受了她厚厚一叠照片，向她道谢。他吞吞吐吐、结结巴巴地说，去虹口公园玩，车票、门票、船票，还有胶卷、冲洗，还有当午饭的面包、汽水，全是她掏的钱，他很不好意思，他想请她看一场电影，不知她愿不愿接受？

她哈哈大笑：“我出了那么多钱，你就只请我看一场电影？”

但是宾扬看出来了，她非常乐意接受。

她来回看着那张小小的电影票："唷，还是一个小时的纪录片!"

纪录片名叫《第六纵队》，是揭露法西斯罪行的，姜宾扬这是看第二遍。看的时候他不时转脸偷偷瞅她一眼。她看得很入神，每当他瞅她时，她的一对眼睛就连连眨动。宾扬不知看完这场电影他们将怎样继续保持联系，他心中无底，他有种感觉，觉得她似乎是把他当作一个小弟弟对待的。这种感觉使他不舒服，也使他觉得怅然。不是吗？他仅仅是捡到了她一架照相机，他有什么权利老缠着她，难道还指望不断地从她这儿得到报答？到目前为止他们还只互相知道名字，知道对方在哪里读书，关于他们其他的一切，他俩都还没涉及到，他们的联系随时都可能中断。

一个小时的电影很快看完了，为了掩饰自己的不安，姜宾扬在随着人流走出影院时说，他看过一本描写希特勒冲锋队和党卫队的书，他被这本书吸引了，所以买了这样的电影票。

一同从电影院走出来的人流散向四面八方。他们站在十字路口，路灯的光照着她的脸，也照着他的脸，他觉得她似乎有些不悦，他不敢说话了，心头升起一缕不安。

她急急地往他手里塞了一张电影票："为了报答你，我也请你看场电影。"

不待他有所表示，她就匆匆忙忙走了，穿过了马路，一辆长龙电车开过来，遮去了她的背影。等电车开过去，她走得很远了，只能隐隐约约辨清她的背影。他不知道她的家住在哪里，但是他知道，她的心里也有他。

爸爸约他回家吃晚饭，并说有要事相告的话，邹素贞在午饭时转告他了。但他无法按时回家，尹丽妮请他看的电影，就在这天下午。

看的是场什么电影？电影里讲的是个什么故事？姜宾扬简直是边看边忘，他只记住了电影的一个细节，有个人做了件新棉袄，料子比较好，电影里就批判他资产阶级思想严重，必须加强教育。姜宾扬的脑子里乱哄哄的，做件好一点的棉袄都成了资产阶级思想，他吐杨志平一脸瓜子壳儿，那就更是资产阶级作风了。做人真难啊，像他这种出身于资本家家庭的，一举一动都得小心谨慎，才能避免人们随时可以扣来的帽子。

正在胡思乱想，他觉得尹丽妮轻轻拉了他一下。他转过脸，她朝他手心里塞了一只话梅，他瞅她一眼。她凑过来，耳语般说：

“吃吧，甜蜜蜜酸津津的。”

她额头上的一缕发梢触着了他的眼角，他的心里痒痒的，身上起了一种异样的感觉。他把话梅放进嘴里，他辨出这是奶油话梅，宾涓平时也非常爱吃的。他继续把两眼投向银幕，银幕上是个大特写，一个工人打扮的老头正在训儿子，说儿子把工人阶级的本色都丢了，沾染了资产阶级有毒的思想……姜宾扬陡地想到，尹丽妮家是什么出身呢？如果她知道了他的家庭出身，会不会厌恶他、疏远他，甚至断然同他一刀两断呢？这一思想的闪现使得他更觉电影兴味索然了。他决定暂时什么都不跟尹丽妮讲，为了免得她问及他的家庭，他也得抑制自己的好奇心，不去探询关于她家庭的一切。

电影散场了，已是马路上人流熙熙攘攘的华灯初上时分。他想起了要回家去吃晚饭的事，家里人一定都在等他了。但他决不在尹丽妮面前讲，他怕她借此问起他的家庭。他邀尹丽妮走进一家供应热牛奶和咖啡的店堂，准备喝一杯咖啡就同她告别。

她按住他掏钱的手，坚持要请他。他没有坚持，他怕自己大手大脚露马脚。有一回他在离学校不远的一家店堂里喝咖啡，请父亲是右派的肖实伟一起喝，正在品着清咖啡的味道是否正宗，店堂里拥进七八个同班同学，他觉得难为情了，掏出两块钱，给所有进店堂的同学每人喊了一杯咖啡。这一次吴宪之让他从思想深处挖根子，同班的桑振业举他请客喝咖啡为例，说他摆阔气要威风是一贯的，是资产阶级本性大暴露，是阶级斗争的反映。

可能店堂很快要打烊了，咖啡并不烫，只有点儿微温，尹丽妮喊来咖啡，他两口就喝完了。

“你是不是饿了。”她探究地偏过半边脸端详他，一脸的关切，“饿了我请你去吃面，这里过去有一家的虾肉面很好吃。”

说话间她把咖啡也喝光了。

他摇摇头和她一齐走店堂：“时间不早了，回家吧。”

事先他没再买电影票，她显然也没考虑。快要走到公共汽车站时，两人不由自主相对站住了，似乎直等到了此时，姜宾扬才意识到，维系着他俩关系的，是很细很细的一根纱线，如若他装糊涂直接坐上驶来的公共汽车离去，他和她的联系就算断了。他很难鼓足勇气主动跑到全是姑娘的“女子中学”去找她。

她仿佛也明白这一点，略显不安地望着他，一双平时瞅人就专注凝神的眼睛睁得很大很大。

在夜色初临的人行道上，她的脸显得格外地美。

一辆电车拖着辫子隆隆地驶过来，不时掠起点点撞击时的闪光。

“有事，我找你。”他说。

“你怎么找?”

“写信到你学校去。”

“别写信。”她断然地说。

“那……”他正不知所措，一辆公共汽车开过来了。她朝他手里塞了一张纸条：“车来了，你快去赶车。给我打电话。”

他跑到公共汽车站，车刚好停下。上了车，透过车窗往后望，沾着不少灰尘的车窗玻璃外，她在朝车挥手。

公共汽车离站了，他打开她塞给他的小纸条，纸条上写着一个电话号码，他几乎只看过一遍就把号码记熟了，但他还是小心翼翼地将纸条折起来，放进了衬衣口袋。

当他匆匆忙忙赶回家里，他看见宾涓从沙发上跳起来对爸爸大喊大叫：

“不，我就是要结婚，就是要结婚!”

宾扬从没见三姐有过这样歇斯底里的举动，他给闹糊涂了。

一切都在预示着，这个家庭将有一场灾难。宾扬撞见了爸爸和何翠卓之间的私情，还有当社会青年的三姐宾涓突然提出要结婚……一场震撼中国的风暴正在掀起，而这一切偏偏都发生在宋婕茵即将病愈出院的前夕。

姜宗豪烦恼得头涨心乱。他把三个女儿召集来，他邀四个子女一起吃顿饭，目的不就是为了给他们打招呼嘛。他们的妈妈即将病愈出院，作为子女、作为家人，特别要小心待之。“千万千万——”这是医生的原话，“不能让病人受一点点刺激。像宋婕茵这样的病人，一受刺激，就会复发。而且复发便会导致病情进一步恶化。恶化，懂吗?”

如果妻子一回家就听说三女儿莫名其妙地就要结婚，如果她从愤愤然的儿子那里知道了他同何翠卓的关系，那还得了啊!

姜宗豪庆幸听从了医生的劝阻，没有坚持马上把妻子接回家来。

今天是周末。昨天，正是昨天，例行的市精神病院探病时间，他到医院去了。

在走廊尽头的会客室里，她已经差不多同正常人一样对他微笑了，神智完全恢复，仪态雍容华贵。还在几星期前，她就能认清他是谁，能和他进行正常的交谈。而在昨天，她不仅仅眼神专注，微笑的时候神采飞扬，在凝神瞅着他的目光里，还饱含着一股温柔的情怀。这是他能强烈地感受得到的，以至他冲动地立刻就想给她办理离院手续。是医生，是那位有经验的老医生阻止了他，说作为院方，还要对宋婕茵继续观察一个星期。他呢，也正好趁这一个星期时间，在家里做好迎接病人的准备。医生补充了一句，主要是精神上的准备。

这真是一个好医生。

如若婕茵一回家便遭受刺激，谁能保证她的病不复发呢?

姜宗豪把四个子女喊拢来，是有自己的深谋远虑的。照理他完全可以用电话或是个别告诉子女，反正还有一个星期呢，碰到一个讲一个。孩子们都大了，最小的宾扬都已十七岁了，他们还能不懂得别让妈妈受刺激的道理？把四个孩子一齐叫来，一来显示他当父亲的对此事的重视；二来，恐怕是更主要的，姜宗豪怕和儿子姜宾扬单独照面，怕碰姜宾扬的钉子。他不能设想，和儿子面对面谈他妈妈回家的事情时，儿子会不会直截了当地点出他同何翠卓的事？哪怕他不直接讲，仅仅是——拿现在报上时光的那个字眼——含沙射影地点一下，他当父亲的自尊心也会觉得受不了。

姜宾扬的迟迟不归，本身就是儿子对父亲的一种蔑视。而现在，现在又横生出一件事来，女儿提出要结婚。姜宗豪觉得自己仿佛站在四面都是淤泥的沼泽地里，稍一不慎，就会陷身其中，不能自拔。反正，总之，在婕茵回到这个家庭里来之前，他得想方设法把这些可能引出事端的苗头统统压下去，至少是不露声色地遮掩起来。

邹素贞进客厅以后，干脆坐了下来。她手头上的事情想必全都做完了，只等给家人们开饭了。当着她的面谈宾涓要结婚的事，当然不是不可以，她知道的这个家庭的秘密实在太多了，况且她嘴严，甚至比这个家庭的成员还注意姜家的声誉。但是，当着她的面谈一件姜宗豪自己都还不甚了了的事，姜宗豪觉得不是滋味。

“素贞，或者这样，爹爹来了，在楼上，你给他先开晚饭吧！”姜宗豪用既似商量又像征询的语气对老佣人讲，“他要饿了。”

姜宇溟来到永加路的花园洋房，单独开饭是常事。姜宗豪的语气里丝毫没有支使人躲开的口吻，邹素贞爽爽快快离去了。

“宾涓，你要结婚，同谁结婚啊？”姜宗豪没开口，宾泓抢先轻声柔气地发问。这比姜宗豪问还要好。他把目光盯着三女儿。

宾涓的眼睑不悦地垂落下来，一个人也不望，胸脯却在起伏，两侧的鼻翼也在翕动。

“和谁？”她像赌气一样道，“和隔壁弄堂里的桑振中。”

“谁？”姜宗豪已经听明白了，但是仍故意这么问一句。隔壁弄堂里的桑家是老工人，食品厂的老工人。桑家老三振璐和宾涓曾是同班同学，读书时两人好得恨不能生一个脑袋，姜宗豪依稀记得，生得一脸胖鼓鼓的桑振璐来家里做作业或是玩时，常常对姜家的一切赞不绝口，羡慕得了不得。初中毕业后她同宾涓一样没考上高中，连中专技校、半工半读学校也进不了，结果作死作活地闹着要到新疆去，影响得宾涓也想跟着去。后来这个胖姑娘终于走了，没料到宾涓却会和她的二哥扯在一起了。只以为她离家就是去里弄组织的社会青年俱乐部活动，想不到……真正想不到她这一步走得那么快！姜宗豪连这个叫桑振中的是高是矮、是胖是瘦都弄不清。

“宾涓！”宾汶开口了，语气比宾泓严厉一些，冷静一些，“你要想到，你目前的处境。你没有工作，你连自食其力的起码条件都没有，结了婚，你靠什么生活，靠什么养活小囡？况且你还那么小，我一直以为你还是个不懂事情的小娃娃！”

宾涓陡地抬起头来：“我不是小娃娃了。桑振中说了，他愿意养活我。”

她显得很自豪。

“他一个月挣多少钱？”宾泓冷不防问。

“呃……”宾涓根本答不上来，生活在这么个家庭里，她从来没有想过钱的事，她同桑振中出去玩，有时桑振中掏钱，但是更多的时候，是她会钞。她斜了二姐一眼，咕噜了一句：“不就是几张钞票吗？”

语气之轻蔑，连姜宗豪听了都不是味。

“不在于几张钞票。”姜宗豪一下就将事情的实质看穿了，在三姐妹话来言去的时候，他注意到宾涓的胸部鼓得比两个姐姐还高，注意到三女儿的目光里显露出来的焦灼和忧虑，“你急慌慌要结婚，是不是……是不是出了什么事？”

宾涓搁在沙发上的双手不自觉地捂住自己的腹部，她看到爸爸和两个姐姐的目光从不同的角度审视般盯着自己，突然胡乱挥起手来：

“是的，就是的，我有啥办法呢？我只有结婚、结婚。你们不要教训我！宾汶、宾泓，你们大家一毕业，一个匆匆忙忙嫁了出去，一个做梦都在准备出嫁，难道不是想尽快离开这个家庭吗？难道不是要以脱离家庭表示同家庭划清界限吗？我为啥不能结婚？我也长大了，我找的还是个工人！”

宾汶的眼里露出嫌弃和同情交织在一起的目光。

宾泓厌恶地瞪着妹妹。

姜宗豪克制着自己的情绪，伸出手，点着宾涓道：

“少说几句吧，我的大小姐，这不是啥光彩的事，年纪轻轻没结婚就搞大了肚子，说到天边去也只会被人瞧不起。”

他几句话镇住了女儿，继而在一圈沙发中央来回走了两圈，然后站定下来，先分别瞅了瞅宾汶和宾泓，最终两眼犀利地盯住宾涓，咬字清晰、不容置辩地说：

“不管你出什么事，不管你怎么去处理，婚不能结！你这不是结婚，宾涓，你这是发昏！”

“不，我就是要结婚，就是要结婚！”

宾涓从沙发上跳了起来，朝着爸爸，对着两位姐姐，悍然不顾地嚷叫起来。

姜宗豪正喝斥她，看到了被宾涓的举动惊呆在门口的儿子。他迅速地掠了宾扬一眼，不等宾扬的目光与他相遇，便放沉了语气道：“你给我坐下！都坐下！宾扬，你也来坐下。”

姜宾扬困惑地走进客厅，在挨近门的单人沙发上坐下来，向回娘家的宾汶点头招呼。

姜宗豪不想等了，不想把话留在饭桌上再讲了，只要儿子回来了，儿子能听到，在什么场合讲都是一样的。

“不是我不近情理，也不是我残酷，宾涓，下个星期，你们的妈妈就要出院了。”

姜宗豪注意到四个子女的脸全朝他转过来了，连宾涓泪汪汪的一对眼睛，也困惑地不断眨动。

屋里一片沉寂，深沉的静寂。想必，他们都清楚，妈妈的归来，对他们的生活都会有一定的影响吧！

“宾涓你这种事，一个神智正常的人都接受不了，你的妈妈，一个神经极容易错乱的人，能接受吗？不许你插嘴，你给我听着。你们都已经尝够了一个家庭没有主妇的滋味，现在你们的妈妈终于在住院治疗一年多之后，要回家了，我希望你们懂得珍惜。千万千万。”姜宗豪很自然地讲起了老医生叮嘱的话，“无论如何，不要让你们的母亲遭受任何刺激，不要引起她丝毫的不悦。要让她充分地享受家庭的幸福、安宁和温暖，满足她的一切要求，抚平她心灵上曾有过的创伤。我不讲你们都知道，眼前的国家形势不大容易给你们的妈妈造成这个环境，报纸上的一个标题，令人触目惊心的一篇批判文章，都会唤起她往日的恐惧和惊悸。所以，我以一个父亲的名义，恳求你们……”

姜宗豪朝几个儿女扫了一眼，他看到儿子正用狐疑的目光盯着自己，一时语塞。是的，是的，姜宗豪看出来了，宾扬的目光里有着对自己的蔑视，甚至还有一丝嘲讽。宾场肯定以为他是一个虚伪卑劣的父亲。哦，儿子，我的儿子，你何曾真正理解你的父亲！姜宗豪说不出话来了。

“爸爸，你放心吧。”宾泓以为他太激动了，接过话头说道，“我在家一天，就会好好服侍妈妈一天的。”

宾汶也接着道：“妈妈回家后，我会领着牙牙经常来的。爸爸，你也不要太担心，外头虽然乱，今天的报纸批判这个名家，明天的报纸点另一个权威的名，一会儿是李俊民，一会儿是周信芳，一会儿又是贺绿汀，可那些毕竟都是外头的事。只要家里太平，我想妈妈不致受多大惊的。”

“但愿如此吧。”姜宗豪颔首道，在两个女儿说话间，他已恢复了平静，两眼咄咄逼人地盯着宾涓说，“至于你，如若非要在这个关键时期结婚，给家庭带来烦恼和丑闻，给你的妈妈带来刺激，你现在就给我离开这个家，永远不要迈进我姜家的门槛!”

这几句话显然是起了作用，刚才还吵吵嚷嚷得失态的宾涓，这会儿瞪直了一眼睛，呆滞而惊骇地在沙发里缩成了一堆。

姜宗豪的双眼由宾涓脸上移到儿子身上，儿子沉凝地望着沙发扶手。

客厅里又是一阵静默。

“噢，谢天谢地！”邹素贞的声音仍像平时那样啥事儿都没发生过似的传进客厅里来，“宾扬总算回来了。姜先生，开饭吧？”

“开饭，开饭。”姜宗豪由衷地感激邹素贞这个时候插进话来，他机械地连声应着，转身带头走向隔壁的餐厅，边走边大声说，“吃过饭，都上楼去同爷爷见个面。”

桑振业不敢相信这件事发生在自己家里，但这件事又确确实实发生在自己的家里。

他并不认为这事有什么厌恶之处。二哥振中把姜家三小姐的肚皮搞大了，在他们桑家，在他们居住的这条长长的直直的又有好几条横弄的永吉里，人们讲话都直截了当，肚皮搞大了就要养小囡，那也没有什么了不起，用不着大惊小怪的。

相反地，他对二哥做出这种事来，还有点儿羡慕，有点儿敬仰。不信，你拦住永吉里任何一位青春年少的男子要他们讲讲心里话，问他们愿不愿娶姜家的小姐，十个人肯定会有九个人在心里愿意，只是谁都觉得这种事像做梦似的，不可能罢了。姜家花园对永吉里的几百住户来说，是另一个世界。他们那种家庭里的少爷和千金，怎么可能来同永吉里平民百姓联姻？瞧，姜家大小姐宾汶，嫁的是位教授的儿子。二小姐宾泓，虽说没出嫁，对象也是早定了的，对方家庭是高级职员，家庭虽不能同姜家比，但比起居住得吵吵嚷嚷的永吉里来，也不知好到哪里去了。嘿嘿，现在那位三小姐，人们都说是三姐妹中最漂亮的一个，神不知鬼不觉给二哥搞上了，没有点噱头，二哥能把她骗到床上去？

桑振业吃惊的不是这件事本身，而是家人对这件事的态度。

照他看来，既然肚皮已经搞大，姜宾涓又同二哥山盟海誓有约在先，非桑振中不嫁，为了遮丑，为了面子，那就同意他们，在五一节结婚就是。桑家攀上一户家资百万的富亲戚，无论从哪个角度讲，都是好事情，有什么为难的！结这一趟婚，又不用像大哥讨老婆那样操心劳神，又是扳着指头算钞票，又是请人打家具，又是调整家人的睡处，到头来大哥大嫂还只能把新房布置在阁楼里，夫妻之间做起那种事，总生怕阁楼下的家人们听见。姜家有的是钱，像永吉里的人们说的，钞票多得莫佬佬①，怕什么！要依桑振业的心思，二哥结了婚住进姜家花园，他一个人睡楼下那间屋，拆掉二哥那张床，螺丝壳一样的房间里转身都要方便点。桑振业年龄愈是虚长，愈是感到家中住房的窝囊。现在好一点了，三姐振璐当了一阵子社会青年，去了新疆。要不，大哥的婚就结不成。大嫂家也是七兄妹，五仙女加二兄弟，她当然只有嫁出的份。三姐前脚去了新疆，大哥后脚就在第二个月结了婚。一家人的睡处也作了大调整，原来睡在阁楼里的振华、振中、振业三兄弟，把阁楼让给了大哥，老二和老四到楼下来睡。原来睡楼下外间的振璐和小妹振玲，一个走了，一个搬进只有八平方米大的里间，和老父老母挤一张床睡；每夜临睡前，还得挨着双人大床搭一块铺板。

在这样的家庭里过日子，振业和二哥的想法如出一辙：有什么劲？就为这样的住宿条件，初中毕业后他都不愿去读高中，情愿放弃进大学的欲望，考个好一点的中专，去住读算了。这样的生活条件，和姜家比起来，真是一个在天上，一个在地下。

还是在去年夏天桑振业的个头还没像今天这样蹿上来，心理上也处于似懂非懂的时候，他去过一次姜家花园。那时上海滩都在传说，解放前的代理总统李宗仁回来了。天天生活于平静之中的上海人在议论，永吉里的居民也都在议论，说能得见一面当年的李代总统，算是有福了。桑振业在学校里讲起这件事时，同样流露了类似的语气。这只不过是他学着永吉里大人们的口吻老三老四地随便说说而已，却不料和他同班的姜宾扬一口接过话去，爽快地说：

“要看李宗仁容易，夜里到我家来就行了。”

---

① 多得莫佬佬——多得不计其数。

桑振业吓了一跳，还以为大老板家里同李宗仁沾亲带故，李宗仁当晚要去他家里。他喘了一气说：

“怎么看？”

“看电视啊！报上登了，李宗仁到达上海的实况，电视里要播。”

对了，电视！他怎么就那样笨，连这点都不知道呢。离永吉里不远有家拉丝厂，厂职工食堂里有一架小小屏幕的电视机，桑振业跟着二哥，还有弄堂里一帮人，趁拉丝厂的门房不注意，曾进去看过一回电视，他由此便晓得电视为何物。他还记得那天夜里电视播出的是《杨门女将》，他看得津津有味。他问过二哥，这么一架电视机要多少钱？二哥说要几千。他当时想，他们家大概一辈子也买不起。没想到这玩艺儿姜宾扬家也有。但激动之余他又坦然了，他们家当然有喽，几千块钱对百万家产来说，算了啥呢！

他晚上当真去了，一个人去有点怯场，他拉了永吉里的同班同学肖实伟一道去了。

肖实伟的父亲是个右派。原来他在中学里教英语，是很受永吉里居民尊重的，不晓得他在教书时出了啥纰漏，不但当了右派，还被送到外头去改造了几年。回来之后，学校里没马上收他，他便天天在永吉里扫弄堂，把一条长长的永吉里扫得干干净净的。里弄干部召集四类分子开会，训斥地富反坏右，总有他父亲的份。肖实伟很小就晓得自己父亲的身份，话很少，连玩的时候都很拘谨。桑振业却爱同他在一起，他们有共同语言。两个人的成绩在班上都是数一数二的，两个人都不愿意留在家里，桑振业是因为家中挤，肖实伟则是因为父亲的身份。那天不算热，天阴着，却仍然黑得迟，他们去姜家花园，对大铁门上的电铃传声装置，对自动开关的小铁门，对偌大的花园里满目的花草树木，对砌满了白瓷砖的煤气大灶台，都留下了深刻的印象。是姜宾扬的客人，在进小客厅看电视时，穿香云纱的老佣人还端上来一托盘西瓜，要他们吃。

电视里播放李宗仁的镜头，只有一小会儿，桑振业过了几天就记不大清楚了，他只记得从飞机舱里走出来一个小老头，笑盈盈地摆手。但在姜家小客厅吃到的三块西瓜，印象却特别深。西瓜很甜，凉冰冰的，反正比在家吃到的要妙得多。事后他同肖实伟把这件事讲了半天，讲姜家客厅里那只外面商店里也很少见的雕花大座钟，讲老佣人那身崭新的香云纱衣裳比一般人家出客衣裳还好看。自然也讲到了西瓜。肖实伟说他只吃了两块，不敢多吃，心里是想吃的。桑振业说怕什么，他一口气就吃了三块，不是晚饭吃得太饱，他能吃半只西瓜。肖实伟又讲姜宾扬坐在旁边，一块也没吃，光喊他们吃，他怕姜宾扬事后笑话他们。桑振业满不在乎，但也不再说了。这是他们唯一的一次走进姜家花园。随着年龄增长，他们再也不提这一次经历了，除了固有的敬慕之外，他们对姜家花园的富丽堂皇和奢侈的生活方式，有一种本能的反感。他们懂得这是姜家解放前剥削劳动人民所得，尤其是桑振业，懂得自己家政治上要比姜家优越，尽管贫穷，住房紧窄，但他们家是社会主义的主人。明显的差距和贫富之间的对比，使得桑振业想起姜家花园，一见到姜宾扬，心头便会不由自主涌起一股情绪，讲不清是妒忌还是心理上郁积的不平之感。反正，他和既是小学同班、又是中学同班的姜宾扬之间，不能成为好朋友。不但不是好朋友，他对姜宾扬犯了什么过失，还有种幸灾乐祸的心情。前不久姜宾扬吐了杨志平一脸碎瓜子，吴宪之当众训斥了他，简直可说是一顿臭骂，骂完还要他赔礼道歉、当众检讨，桑振业十分快活。早该刹刹他的资产阶级威风，压压他那股趾高气扬的势头了。那天桑振业亲眼看见买办的女儿乔美霞塞了一把瓜子给他，妈的，女同学都愿意和姜宾扬说话，那笑脸那眼神，活像是在向姜宾扬表示，她们愿意同他玩，连奉帮裁缝的女儿方菊莉都这样，和姜宾扬说起话来，嗲声嗲气的，亏她还是劳动人民家庭出身的呢！

二哥要娶姜宾涓了，桑振业觉得这事妙极了。你家有钱怎么了，还不是被我家的堂堂征服了！二哥总算出头了，结了婚他也能住进姜家花园，过一辈子舒服享受的日子，他真的本事，别看他仅是个艺技刚满师的工人。

桑振业没料到爸爸会大发雷霆地拍桌子。二哥顶了爸爸几句，爸爸干脆把天天要喝的小酒盅摔到地上，吓得妹妹迈着罗圈腿，直往里面小房间躲。

桑振业起先以为爸爸喝多了，在发酒疯。仔细瞅瞅，爸爸眼睛一眨一眨，神智完全清醒，只是脸有点红，但决没有醉。那就是说爸爸在真生气。这在家庭里是少有的事，爸爸是劳动模范，是工人党员，是做糕饼的一级师傅，他对现在的生活感到满足。他每月有一百多元工资，在织袜厂当工人的妈妈有六十多，大哥二哥都有了工作，三姐一去新疆，家庭里真正要负担的，就只振业和妹妹两个。家里除了日常开销，还能进银行存点钱，爸爸妈妈当然满足喽！喝了点酒，爸爸就会说，这样的好日子，是共产党带来的。一举例子，他就会讲起生桑振业那年，要不是解放军打进上海，桑振业难保不会送给养不出小囡的人家。爸爸认定了一条理，只要共产党让他们干的事，他就卖命去干，工人肯定会得到好处。听到二哥要娶姜家三小姐，爸爸像受到侮辱般跳了起来：

“混账王八蛋，你丢我们工人阶级的脸，丢我这个老工人的脸！你去当资产阶级的孝子贤孙吧，你不是我的儿子！”

“她连工作都没有，她算啥资产阶级？”二哥吓得往桌子边角那头躲，讷讷地申辩了一句。

“嘭！”爸爸擂着桌子，瘦瘦的脸庞上皱纹全牵动起来，咀嚼着的嘴巴一动一动，尖尖的下巴上的胡子全翘了起来。他骂着粗话，气得青筋毕露，两只眼珠快要弹出来：

“她吃她老子的！她老子的财产，全是我们工人的血汗。她凭啥不工作就能过好日子，她凭啥不像振璐一样到新疆去自食其力。都是他娘的倚仗屋里有钱。我养了你，你倒替老板家讲起话来了。振华，给我打！”

大哥是复员军人，在部队里学过擒拿格斗，二哥很怕他。可桑振业晓得大哥不会揍二哥，大哥在建工局下头的工程队里当党总支副书记，很有水平的呢！他显然也重视这件事，两眼瞪着二哥，根本忘了吃饭搛菜。

二哥怕了，心虚地瞅瞅大哥，又扫一眼爸爸，没主意地说：

“那我怎么办？她的肚皮……”

“肚皮，那我不管，你有本事把她肚皮搞大，你就凭自己的本事去收场。娘希匹！”爸爸破口大骂起来，毫不顾忌邻舍隔壁会听见，他一发脾气，宁波腔特别重，“同这种人家的姑娘搞在一起，还有啥好事！你别看姜家眼前享福，马上又要搞运动，苦日子就在前头等着他们。我们家是三代工人，历史清白，你别把老鼠屎丢进我家这锅清汤里，让以后一家人受你连累。哼，我就不相信，社会主义社会，靠剥削起家的老板会永远比工人过得好。”

桑振业被爸爸这几句话讲得生出一股豪气，他起先不理解爸爸为何突然光火，不懂为啥爸爸不赞成这门婚事，现在他明白爸爸的想法是对的了。别看爸爸下班回家只会在弄堂里和人打打扑克下下棋，别看爸爸天天晚上两小盅酒一喝爱傻里傻气唱几句京戏，爸爸脑子是清醒的，他决不像永吉里的有些居民那样羡慕姜家花园，他有工人阶级起码的觉悟。桑振业这时突然想起自己是工人的后代，是共青团员，班上很少的三名团员之一，还是团支部的组织委员，凭这点他就能在气势上压倒姜宾扬。

大哥也说话了，他一开口便像在找单位里的职工谈心，轻声慢气，娓娓道来，水平很不一般：

“振中，不要怪爸爸发脾气，也不要贪图姜家的花园洋房，你真和姜宾涓结了婚，双脚就算踏进了污泥坑里，只会越陷越深，将来入党、提干，社会主义社会一切的一切好事，都轮不到你的头上，你的身上就此有了污点。一家老小的社会关系栏里，也会跟着有这一点黑。你想想值得吗？就因为你一念之差，害了一家人，你不觉惭愧吗……”

二哥噘着嘴，眼睛东扫西瞄，见家里谁都不站出来替他说句话，懊丧地耷拉了脑袋。桑振业看见，大嫂在伸手扯大哥的衣襟，示意大哥适可而止。大哥却不以为然，照样往下讲：

“你不动动脑筋，报纸总看到的吧。连爸爸都感觉得到的事，你会洋盘①一般啥都不晓得？马上又要搞运动，气势比社教、比反右还凶的大运动，你竟然还想同资产阶级臭小组结婚，这不是自己找着往陷阱里跳嘛！”

当天夜深人静，大哥大嫂的小阁楼里已经熄了灯，爸爸妈妈和振玲的里间小屋里响起了鼾声。桑振业确信家人听不见他和二哥讲话了，便把头凑近二哥：

“你准备怎么办？”

他虽然赞同爸爸和大哥的话，但他又觉得，读书时和三姐振璐很好的姜宾涓肚皮大了，二哥作为当事人，总或多或少有点责任的。

“我还得问宾涓，只要他们家同意结婚，我管他呢，照样搬进花园洋房去住。”二哥在桑振业耳畔嘀嘀咕咕地说，态度很坚决。

桑振业从小就跟着二哥玩，像影子一样追随在二哥身旁，什么都听二哥的，什么都模仿二哥，他很崇拜二哥，他相信二哥对他讲的是心里话，他感到家里的这出戏仅仅只是开始。

熄灯合眼时，他觉得自己似乎是理解二哥的，姜家花园，毕竟有着强大的诱惑力。但他又陡然意识到，即使二哥真同姜宾涓成了亲，他也不会对姜宾扬有好感，不会把他当亲戚对待，仿佛姜宾扬天生就是他的对头。

1980. 9

玛雅进屋以后，优雅自在地坐在沙发上，始终保持着她那特有的风度。姜宾扬觉得谈话从一开始就挺融洽，没有那股做作的腔调，也没有因拘谨而显得紧张，他们是很自然地谈起三姐宾涓的。

玛雅问及宾涓的近况，宾扬说三姐还在市精神病院里，他和宾汶、宾泓偶尔去探望她，她的病情正在缓和，各方面的情况在好转，人也在恢复之中，已经能认出他是谁了。

---

① 洋盘——呆子、傻瓜。

玛雅由衷地为宾涓感到高兴，她说下一次姜宾扬再去，一定约上她，她也要去看看宾涓。

宾扬答应了。但他依稀记得，小时候玛雅和宾涓并不要好，玛雅从不找三姐玩；而宾涓呢，历来就瞧不起这个漂亮得撩人的小姑娘。她跟着她妈妈温媛一在客厅里出现，宾涓就会对宾扬说：她们又来要钱了。虽然在姜家有不成文的规矩，小孩子不能过问大人的事，但爸爸拿钱给温媛毕竟是事实，全家人都知道。

是不悦的往事让宾扬产生了错觉？是玛雅主动提出要去探望宾涓让他觉得她是在故意讨好人？姜宾扬预感到，再和玛雅谈笑风生地聊一阵，她就该提出要求了，就像她的妈妈当年有求于爸爸一样。

这一感觉使宾扬顿时兴味索然。一些早已忘却的小事浮现在眼前，不止一次，宾扬在客厅里看见温媛把茶几上的香烟往她带来的烟盒里装，他甚至还听说，徐娘半老的温媛曾在妈妈发疯住院以后，引诱过爸爸。

难道过去的一切，还要在他们这一代人中间重演吗？

望着笑吟吟的玛雅，姜宾扬再无同她聊下去的欲望了。他几乎在掠过所有那些念头的同时，就打定了主意：如果玛雅真开口，他便爽爽快快拿钱出来，数目他还没定得下，不管是多是少，他都得明确给她打招呼，对他来说，这是第一次，也是最后一次；以后如若她再上门，他一律不接待。

事情急转直下地发生险变，全怪宾扬突然觉得不耐烦起来，他的脸上早收敛了笑容，手一扬，连她正在讲什么他都不顾了。他打断了她的话头，不无厌烦地说：

“想要什么，你就直说了吧，不要七弯八绕兜圈子了！”

玛雅在他打手势时已显得忐忑不安了，听他的话出口，她的脸色倏地变了，两道目光尖厉地向他射过来，只有她这种女人才会迸出如此委屈和愤怒的目光。宾扬正为自己的唐突疑惑，想说句什么缓和一下气氛，她已跃身跳了过来，没待他搞清是怎么回事，她的手臂已经抡了起来，响亮地抽了他一记耳光：

“你侮辱人，姜宾扬，你好好地去打听打听，我是什么人。你……你别了忘了，你也求过人，我要拿你求人的往事来羞辱你，你……你会怎么样？”

她缩回了手，哭起来了。仿佛不是她打了他，而是他把她打痛了似的。

姜宾扬惊愕地后退了一步，防备着她又一次扑上来。她却一挥手，转身边啜泣边跑了出去。

姜宾扬痴呆呆地瞪着她摇摇晃晃的背影，不知所措地停立在客厅中央。直到此时，他才意识到，他的判断错了，错了，她不是来找他要钱的。

她跑出去时在客厅的落地钢窗上撞了一下，窗门此刻还在微颤微晃着。

她以教训的口气让他去打听打听。她是什么人难道他还不知道？旧社会的交际花、舞女温媛的女儿，至今还没个正当工作，闲散在社会上、里弄街道里。前几天姜宾扬去街道办事处，看见她的背影从“乡办”那扇门里走出来，多年没见面，他不敢确认是她，要不是当时正有人缠着他讲话，他早追上去认一认，是否确切是她了。后来他办完事，顺便走进“乡办”，随手拿起那本“来访登记簿”，果然在名单中找到了她。他记得她填的几个栏目，没有职业，未婚，可她早就不是个处女了。他断定她准是在虚张声势，故意抬高自己，以一种居高临下的口气说话。

尽管如此，她的话还是击中了他的要害，至少是打动了他的心。

是的，他也曾求过她，请她帮过忙。虽说是十多年前的往事了，但那毕竟是事实。况且，他岂止是求她，他还同她发生了男女之间的那种事情。一个男人，尤其是一个中国男人，是很难忘记和他有过第一次性关系的女人的，眼下宾扬想否认这一点都做不到。像今天一样，那天她也打了他，打了他的耳光，奇怪的是那天的耳光和今天的耳光都没有痛的感觉。这耳光只让他感到震惊，感到羞愧……

1969．3

历史将一九六八年末至一九六九年初的那个冬天，编入了“上海之最”。姜宾扬从没感到冬天有这样冷过，他记得，在这个严寒的冬天，上海整整下了十六天的雪。

这时候他们一家已被从姜家花园里赶了出来，家也无谓家了。爸爸被关了起来，妈妈死了。忠实的老佣人邹素贞接到居委会的勒令，卷起铺盖回了浒墅关老家。大姐宾汶成了寡妇。二姐宾泓匆匆忙忙和分到军垦农场去的于青南结了婚，过着牛郎织女的夫妻生活，栖身在婆家的一间小屋里。三姐宾涓和家庭彻底划清了界限，跟着造反得势的桑振中过日子，也不知他俩到底结婚没结婚。姜宾扬在被骂过、打过、关过之后，总算走出了学校关牛鬼蛇神的那间黑屋子。不过走出黑屋子之前，校革委会已给他发出最后通牒，半个月之内必须离开上海，上山下乡去接受再教育；如果半月之内不走，马上重新关进“牛棚”。

出牛棚那天，他就报了名。他的嘴里刚刚说出“那我报名”四个字，话还没说完，身边那个刚刚改李文明为李要斗的体育老师，便喊姜宾扬跟他走。到了四楼上山下乡办公室，李要斗让他在门口等一等。一忽儿工夫，他拿了张粉红色通知书出来，递给了姜宾扬。姜宾扬一看那是张插队落户通知书，到哪个省哪个专区哪个县哪个区哪个公社哪个生产队都已用章印在上头了。

李要斗负责全校的毕业生上山下乡工作。他还算负责，一边和姜宾扬并肩下楼一边说：“如若家庭困难，可以申请补助。你家是大老板、巨富，不过抄家时大概也抄得差不多了。你要补助吗?”

姜宾扬一连下了十几级楼梯才闹清他说的意思，他这辈子从未因钱发过愁，但这会儿他突然意识到，他身无分文，回到家里，他吃饭、过日子都需要钱，他便点了点头。

李要斗从裤兜里摸出一张打印了些字在上面的纸说：

“你在这上头签个字，到总务处去领五十块钱。这是最高的补助额了。”

下到楼底过厅，李要斗又叮嘱了他两句，大意是说五十块钱出远门添置东西，大概还差一点，可以去父母工作的单位再申请一些，就说这是响应伟大领袖毛主席号召，走与工农相结合的道路，彻底背叛剥削阶级家庭，父母单位上会给的，对可以教育好的子女也一样。

关在“牛棚”里，整天听惯了红卫兵、造反派的训斥、审讯和咒骂，忽然有个人用通情达理的口吻同他讲话，姜宾扬感动得几乎掉下泪来。

以后几天，姜宾扬去了爸爸的机器厂，同样拿到了五十块补助。大姐、二姐听说他要去遥远的西南农村插队落户当农民，一人也给了他五十元。他有了二百元钱，可以统筹考虑该带点什么东西、添点什么东西、买点什么东西了，但他规划来规划去，二百块钱总是不够花。姜家花园的一切被洗劫一空，搬到永吉里来的，仅是最起码的生活必需品，即便把能带走的东西全带上，他也还得添箱子，买帐子，筹替换衣裳和日常生活用品。他列了好几张表，头脑很快闹昏了。不是忘了夏季的衬衣，就是漏写了冬天的棉鞋；不是没把雨具写上去，就是未考虑炊具。他只好去求带着牙牙绝望地生活着的大姐。宾汶耐心地劝他别急，到了星期天，她请准了假，一定陪他同去买东西。大姐说他啥都不会买，啥都不懂，要他千万别贸然买东西，钱一花出去，再要找就难了。

宾扬只好等大姐来替他规划，替他准备离开上海的一切。

他无所事事地在马路上闲逛、看橱窗，看新张贴的大字报。某某事件真相，某某首长讲话，哪里发生兵变，哪里又出现一个大阴谋，看起来倒也津津有味。糊里糊涂的，只顾着消磨时间，只顾挤在人群中看欢送插队落户去的队伍里那些胸前别着大红花的同龄人，姜宾扬身上的二百块钱不见了，不晓得是他掉了还是被小偷摸了。他又气又急，又懊恼又颓丧，几乎连回家的路都走不动了。他后悔到人堆里来挤，后悔没及时买东西，后悔听了大姐的话，后悔……

他的心往无底的深渊里沉，现在他怎么办？再去学校、去爸爸工厂里申请，人家全说他是个小骗子。去求两个姐姐，两个姐姐又哪来的钱。他第一次感到“钱”这个字烧灼着他的心，他想象着宾汶和宾泓将怎样埋怨他，怎样地唉声叹气，他绝望地恼恨地想去偷回这笔钱来，他自暴自弃地想：就这样赤条条一身无牵挂地去乡下，不信会饿死。他的脑子里嗡嗡响，他头晕目眩，他焦灼得晚饭也没吃。迎面行人的脸在他眼前晃动，高高低低的楼房在他眼前掠过，扩音喇叭声嘶力竭的吼叫时不时灌进他的耳朵。他急得眼睛也瞪直了。他逢人便说，说他掉了二百元钱，说他太不小心，不该去看热闹，说他的钱一直放得好好的，照理不该丢。后来他沉默了，不说话了，一句也不讲了。他猛地想起爸爸说过的话，说他们家族中有精神病史，受不得刺激，一受刺激就要发病。现在他受此刺激，一味地想，一味地说，搞不好也会得精神病的。他的神情已经有些木然，他的一双年轻的眼睛已显出呆滞，人家同他说话，都是小心翼翼地窥测着他的眼神。

他还记得那个主意是冯永杰出的，他没想到冯永杰会来和他讲话。冯永杰是独生子，是解放前的白相人、大流氓“冯天王”和小老婆“蟑螂”生的儿子。冯天王解放前是一跺脚三条马路都要抖一抖的流氓头子，解放后被抓去劳动改造十年放了回来。回来之后他一天到晚拎只小竹篮、竹篮子里有米花、有花生、有油氽黄豆、有瓜子，还有香烟、火柴和七零八碎的东西，他蹲在永吉里弄堂口卖给小朋友。他不是蹲在这边的弄堂口就是蹲在那边的弄堂口，姜宾扬从来没同他讲过话。有一次爷爷从陕西南路那边过来，姜宾扬送他回去，冯天王倒和爷爷打起招呼来，姜宾扬决没想到冯天王说话温声和气、文质彬彬的。一路送爷爷向陕西南路走去时，姜宾扬问爷爷，怎么会认识冯天王的？爷爷说解放前做生意开工厂，三教九流的人都要打交道，得罪了流氓白相人，他们寻起岔子来吃不消。说冯天王就是那时认识的。姜宾扬说冯天王讲话怎么这样和气，他一直以为冯天王开口肯定是凶神恶煞的。爷爷讲他当流氓头子时也那么和气。姜宾扬不理解了，怀疑爷爷是在美化大流氓。爷爷补充了一句：他们是骨子里坏。冯天王的儿子冯永杰小学里和宾扬同班，中学就各在一所学校了。姜宾扬所在的是重点中学，冯永杰进的是一所“垃圾中学”，校风极差。他们极少见面，即使在弄堂里、马路上迎面而过，也仅是点头颔首表示看见而已，从未停下来交谈过一两句。

就是这个冯永杰，在姜宾扬身边没人时，先拉拉他的袖子，继而问：

“听说你掉了钱?”

姜宾扬狐疑地瞅了他一眼，听出他的语气完全是关切的，便垂头丧气地“嗯”了一声。

冯永杰道：“我听肖实伟讲的，我们俩估计你的钱是被小偷摸去的……”

“好像……我的钱放得好好的。”

“要真的是小偷干的，有个人可以帮你把钱要回来。”

“谁?”姜宾扬顿时像打了强心针，眼睛亮了起来，就像大字报上写的，捞到了一根救命稻草。

“童玛雅。”

“你别哄我了。”一听童玛雅的名字，姜宾扬鄙夷地撇撇嘴顿时泄了气。她只会到他家来要钱，只会……

冯永杰没在乎姜宾扬不屑和失望的语气，他说：

“她有这个办法。你不晓得，在小偷流氓中间，她的名气大得很。有个绰号叫‘菲立浦’的流氓头子，为了得到她同‘黄狗’打群架，‘黄狗’被‘菲立浦’削掉了半只耳朵，‘菲立浦的脸上也被‘黄狗’划了一道大口子，高鼻梁断了，拉开的刀痕把他那张很像外国电影演员的漂亮脸庞全毁了。‘菲立浦’手下的人全归了‘黄狗’。‘黄狗’对玛雅言听计从。我听说，‘菲立浦，手下，就有一帮钳客①。你的钱要是真被偷了，玛雅有办法要回来，真的。”

三月早春的风吹进长长的永吉里，冷得冯永杰缩起了脖子。路灯的光从高处照下来，把他那张瘦瘦的刀条脸吹得青虚虚黄蜡蜡的。这个人长得真像他的母亲“蟑螂”。“蟑螂”脸上的肉都像被刀刮光了似的，过去姜宾扬看到她，总会疑惑大名鼎鼎的“冯天王”怎么会讨这样一个难看的小老婆。听说“蟑螂”在烟厂里当女工，一天要抽一包半香烟，把她那张瘦得皮包骨头的脸抽得黑黄黑黄的，一眼望去，只看见她脸上一对大得怕人的眼睛。冯永杰也有这么一双眼睛，这双眼睛多数时间是打瞌睡般半闭着的。也许他过早知道了自己的家庭背景，也许他很小就明白自己父母是什么样的人而感到自卑，他在小学里就是个猥琐的让人瞧不起的男孩。人家骂他他避开，人家打他他落几颗眼泪，连老师都不敢告诉。他活得十分窝囊。姜宾扬还是第一次听他一口气讲那么多话。

他将信将疑地望着冯永杰。冯永杰眨巴着一双大大的眼睛，道：“不然你怎么办呢？到乡下去总要随身带点东西呀！去找找她吧，她过去不是常跟她妈，到你家去要吃要用的嘛。”

“好吧。”

“你认识她家吗？要不要我陪你去？”

还是很小很小的时候，温媛非要带姜宾扬去她家玩，玛雅在一边又拍巴掌又吆喝，妈妈总算同意了，姜宾扬去过她家一次。他记得那条弄堂叫和安坊，弄堂口有家纸烟店，过街楼底下摆着书摊，离永吉里总有三四站路，要找总是找得到的。但他还是愿意冯永杰陪同一起去。

去玛雅家的路上，冯永杰一直在讲话，他说他也要去插队落户，凡是出身不大好的，都要到农村去。如果出身好一点，像他们家这种情况，姐姐出嫁了，父母身边就他一个儿子，有希望分在上海工矿，最苦也是到市郊农场，决不至于是插队的命。但谁叫他的父亲

① 钳客——小偷。

是个改造过的“白相人”呢！他不时地缩脖子，叹气。他说肖实伟也要下乡，家里吃教饭的小学里的女生卢培培，家住在永吉里的买办资本家的女儿乔美霞，还有女演员的女儿朱晓霖，都要去插队落户，凡是家里有污点、有问题、受过冲击的，全要走。朱晓霖的妈妈是个漂亮的女演员，她和朱晓霖在马路上走，让行人认出来会引起围观，远远看去她妈很年轻，就像她的大姐一样。只因为她妈妈在一部前几年被批判的电影里演了个角色，她家也被冲击得很厉害。噢，冯永杰还想起了什么似的补充道：“奉帮裁缝”的女儿方菊莉也要去农村，因为她的两个姐姐一个哥哥全在上海工作，她按条件被分到农村去，她气愤、她不服，她仗着家庭出身好，到学校去找到老师大吵大闹，又哭又骂，撒无赖，连闹了两个下午。到第三天下午她又去闹时，学校工宣队抛材料了，说她父亲虽然是裁缝，但她母亲表现不好，在里弄食堂里，和街道工厂的老师傅勾搭成奸，被人当场抓获，是个腐化堕落分子。方菊莉一下子瘪了，回到永吉里家中就骂母亲，摔茶杯，摔热水瓶，摔完了还得走。永吉里还有个人也要去插队，是大家想不到的桑振业。他的两个哥哥在上海，姐姐振璐去了新疆，照理他有希望留在市郊农场的。不料前几年去了新疆的振璐逃回来了，仗着造反爬上去的桑振中给她通了路子，神不知鬼不觉地将她的户口调了回来。这样，桑振业只得也到外地去了。不过，桑振中给他打了包票，到农村去镀镀金，玩个二三年，保证负责弄他回来。冯永杰讲了很多，他大概从来也没讲过这么多话，也从来没有一个人愿意耐心地听他讲点什么，他一点不觉得口干舌燥。他说前一阵走的人都想去黑龙江的国营农场。农场发军装、棉大衣，每月还有三十二元工资，比插队强。自从三月一日发生了珍宝岛事件大家都不想往北方跑了，说怕到了那儿打仗。尤其是出身不好的，怕一打仗就会被监押起来，所以他们纷纷往南方跑。南方三个省收上海知青，江西是井冈山革命根据地，名额早满了。这个月走的，绝大多数是西南地区的云、贵二省。

被人关进了牛棚，姜宾扬恍如隔世，想不到一两个月时间里，外面的世界又有了这么多变化。

和安坊到了。过街楼下的书摊早就不见了，只有弄堂口旁边的纸烟店，还亮着白惨惨的日光灯，把那些小商品照得一清二楚。

“你吃晚饭了吗？”

大概是姜宾扬一路上都无精打采、沉默寡言，冯永杰瞅了他两眼，忽然问。

姜宾扬摇摇头，他还不知道去哪里混这顿饭吃。

“那先去吃点东西。”冯永杰拉着姜宾扬走进和安坊对面一家单开间门面的饮食店，“你在这里慢慢吃，我先帮你去看看她在不在家。”

姜宾扬惊讶地仰起脸来：“你……你不吃？”

“我吃过晚饭了。”冯永杰笑了一下，他笑起来很难看，给人龇牙咧嘴的感觉。

姜宾扬感激地望着他，冯永杰却像受不了他的眼神般抽身走了，走得急急忙忙。

第二碗面没吃完，冯永杰兴冲冲地回来了：“算你有福气，童玛雅在家。她让你快去。”

姜宾扬随他走出饮食店时，他又说：“她家在弄内29号，后门楼梯走上去，二楼头一间。你去吧，我不上去了。”

姜宾扬想邀他一起去，他又说：“我家里还有事儿。”

姜宾扬不好意思拖着他了，谢了他，穿过马路走进了和安坊。和安坊的房子比永吉里好，似乎是属于新式弄堂房子，楼内有卫生设备，姜宾扬记得，玛雅家的厕所是和邻居合用的。弄堂里风很大，每一小条横弄都标着号头，21—29号是在左侧第三条横弄里。姜宾扬转了弯，往最靠里面的后门口走去。他心里有点别扭，上楼去，还得叫玛雅的妈妈“温阿姨”，他记得过去一直这样叫她。

出乎他意料，温阿姨不在。

玛雅家就十六平方米一间屋，一眼就看清楚了，家里只有玛雅一个人。

“快进来。”玛雅亲热地拉了他一把，“砰”一声关上了门，推过一把沉沉的柚木椅子。随后她又去五斗橱上舀麦乳精：“听说你被关起来了，吓得我魂都没有了。他们关你干什么？”

光这个话题，讲一通宵都讲不清楚。谁叫他去听肖实伟和哥哥肖定伟和尹继尘那番话的呢？谁又能料到他俩会变成“反动学生”、“现行反革命分子”的呢？姜宾扬闭了闭眼，他不想讲这些，他只想快点谈钱的事。他睁开眼睛，看到玛雅递了一杯麦乳精给他，两眼波光闪闪，哦，她长得真漂亮。他接过麦乳精，杯子很烫，焐焐冻僵的手真好。

“你妈呢？”

“她呀，上班去了！”

“上班？她上什么班？”

“中班。”

姜宾扬困惑地眨着眼睛：“她……在哪个厂？”

“不是厂，是里弄生产组。”玛雅不屑地哼了一声，“本来，一直靠你家施舍过日子，文化革命一来，没靠头了，她只得去干活。里弄里这回没喊她去服务站补鞋，让她进了围巾组。围巾组没活了，又说纸筒组活多，电池的纸筒需要量大，每天开早、中两班。你难得来一趟，还不见得是来找我妈的吧？”她站定在宾扬跟前，拉过一张椅子来，倚着椅背，自觉潇洒地歪着身子。

姜宾扬喝了一口麦乳精，他嗅到她身上洒了香水，那种廉价的花露水。

“是来找你的。”他垂下头，闷闷地说。

“找我什么事儿？哪个欺负你了？”她扬起了两条眉毛，“讲出来，我替你去出气。”

她那自负的口气使他感觉到她完全变了，除了脸，她对他来说变成了个陌生的女人。

“冯永杰没对你讲吗？”

“他只讲，你要找我，没说什么事儿。你讲啊，讲啊！”

她有点不耐烦了。

她已经有了脾气，再不像过去那样总是用羡慕的眼光瞅他，用温顺亲切的语气对他讲话了。她变了。他得尽快说，把自己被偷的事告诉她，说完了就走。坐在这里，他觉得心神不定，他够下贱够卑微的了，找到一个过去依靠他家施舍接济的人门下来求救。他又喝了一口麦乳精，第一口他没品出味来，第二口他喝出点味儿来了，很甜，甜得呛喉咙。他干咳了一声，讲起来了。他从走出牛棚拿到下乡通知书讲起，讲到他怎样四处伸手，凑齐了二百元钱，而这钱却被人偷走了，他是怎样由于这次被盗而慌张，怎样走投无路，怎样绝望。他已经找不到能帮助他的人了，爸爸至今仍被关着，两个姐姐泥菩萨过江，自己也顾不过来，而他的妈妈、他的爷爷……讲着讲着，完全是情不由己地讲起了家庭里自从文革以来的遭遇，被抄家之后，爷爷是怎样地郁闷难耐，可在嘴巴上却还得天天说，剥削来的东西应该被抄。爷爷想吃好东西，可又明知十二元一月的生活费绝对满足不了自己的欲望。爷爷是憋闷死的，是在矛盾的精神状态中窒息死的，临死他提出了一个要求，要宾扬去替他买一只葡国鸡来。他特地叮嘱，没有葡国鸡，红尾鸡也可以，要一客，只要一客，花三块钱，至多四块钱。当姜宾扬给他买回葡国鸡时，他是如何振奋地坐起身来，两眼灼灼地闪出光来，津津有味地把一客葡国鸡吃了个净光。坐在床边望着爷爷吃鸡，姜宾扬心里百感交集。是啊，姜家的百万家产，上海滩赫赫有名的达丰机器厂及其他一些产业，是爷爷一手创下来的，他为这笔产业倾注了毕生的心血，他又亲眼看着这笔产业化为乌有，他的心头是个啥滋味！姜宾扬知道爷爷是回光返照，爷爷马上要离开人世了，他是个明白人，他提出了最后一个要求，吃只葡国鸡……

姜宾扬的眼泪淌下来了，还有很多话哽在喉头，他又感觉说不出来，有的是他不敢说，有的是他明知说出来玛雅不会理解。他说话间玛雅把椅子拉转过来也坐下了，他没觉察玛雅眼里闪烁着泪光，没感到她坐得很近，没发现她的手搭在他肩上，直到他哭了，玛雅拿她的那条手帕拭他的泪，他闻到手帕上淡雅的香味，他才知道玛雅在默默地安慰他。哦，爷爷还算不了什么，他临死前总算身边还有亲人，还吃了一客价值三块钱的葡国鸡。最凄惨的是妈妈，他那可怜的疯了的妈妈，他那从精神病院逃出来的妈妈。她拄着拐杖爬上那座十一层楼的大厦，她是疯的，她怎么晓得那座大楼可以自由出入，她怎么还能乘电梯到六楼？姜宾扬无论如何想不通她从六楼爬上十一楼，是怎么爬的，她从十一楼顶的大阳台上往马路上望怎么会不害怕？她平时是最胆小怕事的呀，她竟然从那么高的地方跳下来了。看到的行人说她是飘下来的。她跌得粉身碎骨，但是那根拐杖她却留在宽敞的阳台上，她没把拐杖扔下来，她大概晓得拐杖扔下来会打死人的吧！大楼下面的马路上、人行道上，大楼侧面的弄堂里，每时每刻有无数的过路人，她可能是晓得的吧。现在还有人讲起妈妈，说她是十一层大楼上第一个跳下来的自杀者，说她是领头羊，说她第一个发明了这种办法。横扫一切牛鬼蛇神，揪斗走资派，抓叛徒、特务、阶级异己分子，特别是最近开始的清理阶级队伍，使得十一层大楼顶上经常有人往下跳，一般两三天跳一个，最多的一天里跳了三个。每跳下一个人，大楼周围、大楼里面的居民、职工就要讲起妈妈，说她是最先跳的，说都怪她，怪这个疯女人，资产阶级的骚婆娘。妈妈，噢，妈妈，你死了还不得安宁，还要被人诅咒，被人臭骂，被人贬得猪狗不如，有谁知道妈妈神志清醒的时候多么顾及面子，多么讲究自尊呢！也许正因为妈妈太要面子，自尊心太强，才会疯的呢！姜宾扬是在妈妈从精神病院回来以后的那几个月里，是在文革的狂涛掀起的那几个月里，怀着深切的怜悯和同情陪伴妈妈时，才知道妈妈是个非常讲究面子，自尊心特别强的女人，只有像妈妈这种性格的人才会疯，寡廉鲜耻的女人是决不会疯的。

想到妈妈所受的刺激，想到妈妈的死，想到整个家庭的破败和四分五裂，宾扬痛哭流涕，不能自抑了。他几乎忘记了来找玛，雅的目的，几乎忘记了这是在一个堕落了的女人家里。来之前他就晓得玛雅已经失身，名誉很坏；来之前他就听冯永杰说，玛雅混迹街头，和流氓、阿飞、小偷、打群架的鬼混，但此时此刻他都顾不得了，他被关在暗无天日的牛棚里憋闷得太久了，他需要倾诉，需要发泄，需要人的理解，需要有人来安慰他。

他坐在玛雅家里讲得神魂颠倒，他一停下来坐着就显得怅然若失，眼泪抑制不住地淌下来、淌下来。

玛雅拿着一块手帕拭着他的泪，泪水已把手帕染湿了，拭在眼角上、眼睑上、脸颊上湿润润的。宾扬感到舌尖腥苦，阳春面、咸菜肉丝面里的味精使他觉得咽喉干涩，他伸出手去抓不知什么时候放在五斗橱上去的那杯麦乳精，他的五个手指爪子似地挣扎了一阵没抓着。玛雅把麦乳精拿了过来，往他嘴里送了一口。他感到麦乳精真甜，甜得腻味，甜得不解渴，麦乳精已经凉了，冰凉了。玛雅又在他的嘴角上用力拭了一下，出其不意地俯下脸在他嘴上吻了一下。

宾扬陡然从昏昏沉沉的混沌之中清醒过来，他睁大了眼睛想看清她的脸，想弄清发生了什么事儿？玛雅的家里非常安静，静得让人怀疑是不是真的，只有阳春三月的风在窗外呼啸。

宾扬一下子警觉起来紧张起来，玛雅的嘴在动，她好像讲了一句什么他没听清楚。他只觉得自己呼吸急促起来，他明白了自己是和玛雅坐在一间紧闭房门的屋子里，这间屋里只有他们两个人，两个十八九岁的男女。屋里很冷，玛雅的身上却是温暖的，有股花露水香气。宾扬明知花露水是廉价化妆品，但他这阵儿对花露水香并不反感，他还觉得挺好闻。被关在学校牛棚里的时候，他每天晚上就睡在体育课翻跟斗用的垫子上，那垫子坑坑洼洼的，包着的一层帐布冷冰冰的，每当半夜里冻醒过来，他就怀念冬天姜家花园洋房里的暖气，怀念松软轻柔覆盖在身上的鸭绒被窝，怀念人切间曾经有过的关切和温情。可有谁来关心他，人们不是连自己都顾不上自己，便是唯恐牵连上自己而脱不了干系。他需要人的关怀需要人的同情需要人的爱，玛雅挨得这么近靠得这么拢坐在他身边，她没有穿外衣只穿着两件毛线衣，一件厚的一件薄的，她给他拭泪给他端杯子，她那双撩人的眼睛里溢出同情和怜悯的光，她呼出的温热的气息一阵阵扑来使宾扬感到惶惑感到惬意。躺在冰冷的垫子上熬过漫漫长夜时他不是期待、不是渴望过这么一幕吗？一双温暖光滑的手抚摸着他的脸颊，他忘记了一切烦恼一切痛苦，偎依在一个女人柔软的胸怀里。现在不正是这样吗？机会不是来了吗？难道玛雅在女人中还不算美吗？难道他还要迟疑还要犹豫吗？

“我明白了，明白了。我给你把钱找回来。”玛雅的声音在屋里变得响亮起来。她大约也感觉到了他的手搭上了她的腰背，她坐开一点，抓起他一只手，扬了扬又放下，眯缝起一双眼睛讥讽般瞅着他：“不过，有件事你得告诉我！”

“什么事？”

“那个女人的事。”

“哪个女人？”宾扬问出口，已经猜到了她问的是谁了，他的眼前掠过尹丽妮幽怨的气恼的脸，他的心一阵抽搐，闭上了眼睛。

玛雅忿忿地一点也不掩饰自己的妒忌：

“就是那个你不知在什么地方勾搭上的女人。你不是很喜欢她吗？你不是为了她理都不理我吗？”

宾扬真不敢相信玛雅至今还那么嫉恨尹丽妮，他总觉得，现在的玛雅是不会在乎这类事的。他吁了一口气，极力不让自己的语气显得过度失望：

“哦，你问的是她？尹丽妮，她叫尹丽妮，完了，从文革一开始，我们就不接触了，不来往了。”他讲了假话，不由自主讲了假话。

他以为自己掩饰得不露痕迹，但当他抬起头看到玛雅那对烧灼一般的妒忌的眼睛时，他才意识到恰恰是他的说话语气，泄漏了他的感情。他马上想起了那回玛雅撞见他和尹丽妮的情形，马上想起了那年四月里的故事。

三月的风还在窗外呼啸着。

1966. 4

姜宾扬没想到电话一拨就通，没想到接到他的电话尹丽妮会那么高兴，他还不知用什么理由约她出来，还在吞吞吐吐、结结巴巴寻找措词，她就主动约他了，约他星期天在十六铺码头见面。

听着她从电话上传过来的声音，他仿佛又看到了她那白净的笑脸，看到了她笑起来两排细小整齐、闪烁瓷光的牙齿，还有她走起路来那两条一甩一甩的辫子，好粗好长好美的辫子。看到了她的辫子，宾扬觉得自己三个姐姐剪的短发难看了。

她在电话里问他，是在哪儿打的电话？他没说是在自己家打的，他更没说是趁家人都不在时打的，他只说是在外头打的公用电话。她咯咯地笑了，说以后有什么事随时可以打电话来，花四分钱，很方便的。

他以为她是想在外滩玩，玩黄浦公园，玩对岸的浦东公园，没想到一见面她说，过江到高桥去玩。他没去过高桥镇，他只晓得高桥的四大名糕点：松饼、松糕、薄脆、一捏酥。爷爷最喜欢吃高桥糕点，说高桥糕点选料考究，制作精细，质软松脆，很适合老年人口味。宾扬想象不出那乡下地方有什么好玩的，但他没有提出异议，只要是她愿意去的地方，他都肯陪她去，哪怕她要去苏州、无锡，哪怕她要去的是空荡荡阒无人烟的沙漠、草原，他都愿去。

她仿佛看得出他的心思，坐摆渡船的时候，她侧过脸避开斜斜地射过来的阳光告诉他，她的故乡就在高桥，她爸爸是那儿人，现在她的阿爷和阿奶还生活在那里一个叫尹庄的村子里，那个村子里的人不是姓尹就是姓庄。她说她小时候就在那里长大，她说她来上海读书以后每年的暑假和寒假还到尹庄去。她喜欢那里的小河，喜欢那里的乡亲，她更喜欢大海，一望无际的蔚蓝色的大海。她说尹庄离大海不远，只几里路，骑自行车一忽儿就到。

过了江坐上去高桥镇的公共汽车，他迟迟疑疑地告诉她，说他不好意思到她的爷爷、奶奶家去，他怕。但他又讲不出自己怕什么。

尹丽妮一路上都在夸她的阿爷和阿奶，说他们如何好客，如何喜欢她带上海的同学去家里玩。她还爷爷是见过世面的，退休前是上海一家公司里的小职员，不是农民，现在他住在乡下，只是养老，说乡下的空气好，水也好喝。不管她怎么讲，他都觉得自己陪着一个姑娘到故乡的爷爷奶奶家去有点唐突。她见不能说服他，就爽快地说，那她一个人进尹庄去，让他在村头小河边等她，她去看看爷爷奶奶，把爷爷的自行车骑出来，两个一齐到海边去。

听说到海边去，喜欢游泳的宾扬兴奋极了，太阳大，气候温暖，午间跳到海里去一定不冷，一定非常愉快。可惜，他没有带游泳衣，尹丽妮讲得太迟了。

尹丽妮向他举起了手里的书包，问他会不会游泳，她说她带了游泳衣，把她哥哥的也带上了，不知他穿上是不是合适。姜宾扬笑了，他笑的时候显得很沉静、很有修养，从容不迫的，有一种天生的大家风度。想到能在她面前露一手，他不禁有点得意。

由她的哥哥，她讲起她的家，说她还有一个妹妹，比她长得还要漂亮，姜宾扬惊讶地扬起了富有表情的眉毛，在他眼里，她已是一个绝色美人，一个无与伦比的姑娘，她的妹妹比她更漂亮，他有点不信，他认为她是在夸大其辞，他说这是不可能的事。

尹丽妮奇怪了，说你没见过我的妹妹，你怎么断然说不可能。姜宾扬把眼睛转过去，望着车窗外绿色的田野上一块块醒目的金黄金黄的菜籽田，讷讷地道：

“在我的眼里，你是世界上最、最……”

他突然觉得难为情，不好意思讲下去。她也没再追问，只是默默地坐在他的身旁。但这一番对话显然使得她对他更信赖、更亲昵了。他感觉得出来，她有时扯他的袖子，有时随着车子的颠簸挨近他的身子，觉得她似乎希望车子颠摇得更猛烈一些。

她一五一十地讲给他听，说她的妈妈是个归国华侨，一个高级知识分子，现在一个研究所工作，是副研究员。女的当副研究员，那是很少的。她说她的爸爸本来也是知识分子，但他后来投身革命，不再搞科研了，他现在是一个研究所的党委书记，行政十二级干部。他爸爸和妈妈不在同一个研究所，但他们俩的结合是一个遥远的富有浪漫色彩的故事。

尹丽妮说话时不断地转过脸来瞅瞅姜宾扬，看他是否在听，听得是否入神，她有时又停下来，期待地望他一眼。姜宾扬心头明白了，她也想听他讲，讲讲他的家庭，他的家人。听她说到她妈妈是归国华侨女专家时，他觉得自己可以坦率地对她谈谈家庭，谈谈他家的一切，只要不炫耀、不夸夸其谈就行了。但是听说她的爸爸是老党员，是高级干部时，他就不敢讲了。他怕讲出来她会嫌弃他的家庭，会疏远他，所以他只得装糊涂，装得急切地想听她讲下去。她果然喋喋不休地说了下去，她说她妈妈谭其碧是浙江大学生物系一九四六年的毕业生，毕业后赴美留学。在浙大时妈妈认识了爸爸尹烛尘。爸爸是地下党员，边读书边搞革命工作。在学校时爸爸妈妈互相都有好感，萌生了朦朦胧胧的感情，但因为妈妈向往着留学深造，爸爸要搞地下工作，他俩都没把那层关系点穿。妈妈去了美国，在宾夕法尼亚大学研究院学习深造并担任助教，随后又在麻省伍兹霍尔（Woods hole）海产生物研究所工作。她勤奋的学习态度和一丝不苟的工作作风，深得指导她的莱文斯教授的称道，莱文斯教授说妈妈只要继续学习两年，就能得到博士学位。正在这时，新中国成立了，国内一些亲友写信盼她回来，说祖国需要她这样的知识分子，说她读书时见到的腐败现象和官僚作风，已被扫荡殆尽。其中最打动她的，是爸爸写给她的信。妈妈在美国待不住了，她的心已经飞回了祖国，飞到了爸爸所在的上海，她婉辞了莱文斯教授的再三挽留，毅然决然地回到了祖国。

姜宾扬赞叹着尹丽妮家庭的幸福美满，和这么一个革命家庭、知识分子家庭比起来，他家虽然非常富有，却呈现一派苍白。联想到爸爸背着妈妈搞上的那个女人，姜宾扬更觉得不能把自家的情况告诉她。

公共汽车在疾驶，辉煌灿烂的江南春天的阳光，把水乡的原野、小河、村庄、高压电线杆都镀上了一层烁眼的色彩。姜宾扬满眼里收尽了春日明媚迷人的风光，心头却隐隐地笼罩着一朵愁云。要在今天瞒过尹丽妮是容易的，可往后呢，他们继续接触、继续友好下去，难道能把自己的家庭永远永远瞒着她？

除了这一丝不悦之外，整整一天的高桥海滨之行，完全是在阳光、笑声、海浪和快乐之中度过的。

尹丽妮是在她爷爷家里把游泳衣穿上去的，当她在海堤下脱尽了外衣，穿着一身鲜红底雪花点的游泳衣跃身大海的时候，姜宾扬惊喜地高声喊起好来。当他穿上她哥哥的那条略显大了点的泳裤扑进大海的怀抱时，尹丽妮不断地拨打着腥咸的海水朝他泼去，闪烁银光的浪花劈头盖脸打来时，姜宾扬猝不及防地举起手来遮挡着。

“投降不投降?”尹丽妮乐得尖声大叫，更起劲地把水泼打过来。

姜宾扬的兴致倏地高涨起来，他大喊一声：“我要反击!”

他随即一个蝶泳朝她扑去，她的头往海水里一缩，惊骇地像条逃遁的海豚般游开去。姜宾扬奋起疾追，尹丽妮清脆地格格笑着，直往大海深处游去，游远了还朝姜宾扬伸舌头，做鬼脸，哇啦哇啦叫：

“不行了吧，快认输！自己张口喝海水。”

男子汉的自尊使得宾扬一次又一次划动长臂，呼呼喘着气儿，朝她发动进攻。她的乌发在海水中一起一落，盘在头顶上的长辫子在阳光和海水的浸染下乌光闪闪；她的红泳衣像团火样在宾扬的眼睛里闪烁，激励着他拼足劲非要追上她，她那张活泼可爱的脸不时地转向他，朝他微笑着露出雪白的牙齿；她时时伸出巴掌抹去脸上的海水，裸露的光滑细腻的肩膀像金子样吸引着他。

他起先不怎么适应海水，他是在室内游泳池里学会游泳的，他还没到大江大海里游过。一开头他总是追不上她，遭她奚落，被她取笑，但是很快他就逐渐适应了大海的浮力。他发现在海上游泳只消花费游泳池里的一半力气，有时只消漂浮在海面上就行了。他游得快起来，他要出了一手又一手引以自豪的绝技，他愈来愈逼近她，他甚至能嗅到她身上的气息了。而她呢，开始闹得太凶太厉害了，渐渐地显得后劲不足，气喘得越来越粗，说出的话没一句是连贯的。但她还在前面游，还在拼命挣扎。

他瞅准了她仅在自己前面三四公尺，他保持着这一距离，威胁着她，当他缓过气来的时候，便出其不意地大喝一声，扑腾着海水跃了过去。

她惊吓得锐叫了一声，还没来得及使劲蹬开去，他的一只手已经抓住了她的手腕，而另一只手牢牢扳住了她溜滑滑的肩膀。

她使劲踩水，像要打他似地试图挣脱他的手臂，但是他抓得那么有力、那么牢，她折腾得精疲力尽，终于边声“噢、噢”地轻唤着，脸挨着他的肩膀，连吐着水沫边道：

“我投降，投降！”

她的整个身子几乎都挨近了他，他伸过臂膀去，搂住了她弱瘦的肩膀，她怕冷似地打了个寒颤，却没动，没挣脱。

太阳光照在海面上，轻涛细浪变幻闪烁着千千万万个光斑光点，刺激着宾扬的眼睛，他眩晕地闭上了双眼。

尹丽妮忽然猛地推了他一把：“去你的，你还是抓不住我。”

她又像条美人鱼一样朝岸上游去。

他不再追她，只是悠闲地划动双臂，在她的后面，慢慢地朝岸上游去、游去，他的整个心绪，还沉浸在刚才搂着她肩膀的一瞬间的眩晕和幸福之中。他怀疑那不是真的，而只是强烈阳光刺激下昏昏沉沉闪现的幻影。

尹丽妮已经上岸了，闪烁银色光点的水珠从她穿着泳衣的半裸的身上往下滴落，她的一根粗长的辫子从头上垂落下来，另一根还盘在头顶上，但发束都有点儿松散了，这使得她的形象有点儿俏皮，有点儿滑稽。在湿透了的泳衣紧裹下，她的腰肢显出天生的纤细，可整个体态又是那么匀称、颀长，充满活力。浸透海水的泳衣紧紧绷在她胸前，把她那对小小的坚实端正的乳房，衬托得突起在胸膛上。

她跑到停靠在海堤边的自行车那里去了，从车架后的挎包里她拿出一块雪白雪白的干毛巾，在自己的肩上、脸上、手臂上疾速而有点儿惶悚地抹拭起来。她身上鲜红鲜红的泳衣闪出雪花点，她头上乌光油亮的头发摇来晃去，她手里雪白的毛巾在上下翻动，她那被海水和阳光镀上一层红晕的洁白的皮肤上，更似波光闪耀般刺激着宾扬的眼睛。

姜宾扬慢吞吞地从海水里站起来，沿着潮湿的有点粘脚的海滩，朝着尹丽妮走去。他目不转睛地望着美丽得惊人的尹丽妮，几乎看呆了。

一道白光掠过，没等宾扬闹清是怎么回事，尹丽妮手里的毛巾已扔过来，打在他胸膛上，他连忙用手抓住。尹丽妮朝他一努嘴喝道：

“转过身去，到海堤那边去换你的衣裳。”

姜宾扬的脸刹那间涨得通红通红，火辣辣地发烫。他顺从地转了身子，把毛巾摊开，蒙在自己脸上，贪婪地嗅着，他仿佛从洁白的微湿的毛巾上，嗅到了她身上的气息，闻到了她的发香。

由海边回尹庄村的时候，她让他用自行车带她往回骑，她说来的时候是她骑的车，这回该轮到他出力了。

宾扬也已游得精疲力尽，他很想喝一杯冷饮，是掺了咖啡的那种，喝了能提神，但在这海边的田野上，什么吃的都找不到。尹丽妮的双手起先抓着他的衣裳，后来扶着他两侧的腰，最后终于拦腰抱住了他，在他“吱哑吱哑”踩着乡村自行车踏板微晃车把往前骑时，她轻轻地吁出一口气，干脆把脸伏在他朝前倾的背脊上，低叹了一声道：

“哎呀，太累了！”

姜宾扬的背脊能够感觉得到她脸颊的温热，感觉得到她嘴里呼出的热腾腾的气息。他被她的亲昵大胆的举动惊得连喘气都小心翼翼的，生怕稍有不慎吓着了她。

午后的阳光明亮晃人地照耀在春天的田野上，离海滨公路不远的疏疏落落的农舍和村庄，都显得安宁而又静寂。一棵不粗的白杨树荫下，拴着两头毛色清白的山羊，正脸挨着脸表示着它们的亲昵。

哦，这一天他们玩得太快活了，这一天对他们来说太难以忘怀了。从尹庄村出来，尹丽妮又带着宾扬到高桥镇上，吃了一顿纯粹江南风味的饭菜。是午饭推迟了的缘故，是他俩都饿了的缘故，还是新鲜的蔬菜、豆腐、鱼汤格外诱人的缘故，姜宾扬狼吞虎咽，吃得津津有味。

当他随着尹丽妮回到市区的时候，已是下午的四五点钟，他从心底里感激她，从心底里想对她说他爱她，从心底里觉得有点恋恋不舍。他们默默地在熙来攘往的人流中走着，好像话全说完了。他想约她晚上再出来看场电影，就看那场没多少人看的《三进山城》。她说太累了也太晚了，看完第四场都要十点多了，她像看出了他的依恋之情般，微微一笑，安慰似地拍拍他的手背，说：

“还有机会，是吧?”

姜宾扬只好送她去坐公共汽车。公共汽车站在前面的水果摊那儿，两人站在站头上，远远的，一辆挤满了人的公共汽车开来了。她转过脸来，嫣然一笑：

“还是一样，有时间给我打电话。”

姜宾扬点点头。尹丽妮跨下街沿，和几个乘客几乎同时挤上了车，一到车上她就拼命转过身来，好像还让人抢白了两句，她也不顾，只把脸向着车外，倾着身子朝宾扬挥手。

姜宾扬举起手来，也向尹丽妮告别。

“她是谁?”童玛雅陡然出现在姜宾扬身边两眼盯着刚刚启动的公共汽车，追问着，“我怎么从来没见过她？你说啊，她是谁?”

“你别管。”姜宾扬仿佛什么机密被人发现了似的，淡淡答道，然后信步走开了。

“我要知道，宾扬，她是什么人?”玛雅的两眼喷射着妒忌的火焰，追着姜宾扬问，“你不说，我告到你家去。你在外头轧女朋友!”

姜宾扬讥讽地扫了玛雅一眼，从玛雅激动得有点异样的神情，他似乎感觉出了一些什么。自从和尹丽妮有了那种朦朦胧胧的恋情，他在这方面变得敏感多了。他不禁感到有点可笑，她童玛雅怎么能同尹丽妮比啊！尹丽妮对他来说，是阳光、是欢乐，是他的崇拜和爱，是给他的心灵带来一切新鲜体验的源泉，而童玛雅呢，他太熟悉她了，她虽然也很漂亮，可她和她的妈妈温媛是依赖他家生活的两个亲戚，他不像三姐宾涓那样对她们爱理不理，他还常同玛雅一块儿玩，但在心底深处，他也是瞧她们不起的，只不过他从来不说罢了。

"随你。"姜宾扬把头一昂，傲然道，"你愿管闲事，我有啥办法。"

说完眼角都没朝玛雅瞥一下，就迈开步子，随着拥挤嘈杂的人流走去。玛雅在身后叫他，他装作没听见。

1969．3

三月的风在玛雅家的窗户外面嘶吼得愈来愈凶了。

屋里仍很安静，静得宾扬不好意思抬起头来瞅玛雅一眼。那个时候他瞧不起她，而现在，他落难了，下乡去的盘缠钱被窃了，他又来找她了，求她帮忙，求她相助，况且、况且用的是种什么办法啊，让她去找流氓头儿，找小偷！姜宾扬深深地感到自己的卑劣和低下。他已经堕落到了什么程度啊！要是玛雅不答应替他找回这笔钱来，要是玛雅奚落他、漫骂他，把他赶出家门去，他又该怎么办哪？宾扬心头涌起一股对玛雅的歉疚。当初，他凭啥瞧不起她？不就是因为她家穷，不就是因为他家钱多嘛。她有什么罪呢？她只不过命运不济，遇上了个没良心的父亲罢了，她只不过让人可怜罢了。眼下，这一切不都全轮到他的头上来了吗？人啊，什么时候能预料乾坤颠倒、命运多舛呢！姜宾扬羞愧得垂着头，两个眼睑都在胀痛。

"这么说，她把你甩了？"玛雅的声音带着尖刻传过来。

姜宾扬点了一下头："嗯……"

“哈哈哈。”玛雅放声笑了起来，那声音让宾扬听得心惊，听得毛骨悚然。她的一双眼睛瞪得很大，闪着贼亮贼亮的光，她好像显得很解恨，幸灾乐祸，但她的眼里又明明没有一丝笑意。

宾扬有点害怕，有点懊悔找她了，他又想起了外面关于玛雅堕落的一些传言，她怎么勾引造反派，怎么拉人下水，阴谋是怎样被人揭穿的，她从此如何混进流氓阿飞队伍，一发而不可收。他听说像她这样的人，已经到了无所顾忌的地步，什么手腕都耍得出来，什么事儿都干得出来。瞧她笑起来那副狂样，多怕人啊！

宾扬挪动了一下身子，说：“我还是走吧。”

说着他就要站起来。

屁股刚离座，玛雅的双手压到他的肩膀上：“急啥？又没什么事。你身无分文，出去又能干啥？”

宾扬答不出话来，只得无奈地坐下，他是来求她的，总不能得罪她啊。她又往他喝剩的麦乳精里倒了点开水，端起杯子来尝了一口，皱皱眉道：

“还甜。不凉了，你喝吧。”

宾扬接过杯子，双手捧着并不喝。她用手把杯子连同他的双手托起来：

“喝呀！”

他喝麦乳精的时候，她的手指轻柔地抚摸着他的头皮，撩拨着他的头发，她说话的声音似乎隔得很远：

“看你头发乱的……宾扬，别把它全喝完，给我留一口。”

她夺过他手里的杯子，把杯子里余剩的麦乳精一口喝光，随手把杯子丢弃在五斗橱上。宾扬瞅着她神经质的举止，心头腾腾地直跳。这种心跳他还不曾体验过，红卫兵、造反队到家里来抄家时他也没这样心跳过；看着妈妈惊悸骇人的目光倏地瞪直变疯的那一瞬间，他也没这样心跳过；学校里的红卫兵拿着体操棒逼他低头走进牛棚里去时，他也没有这样心跳过；尹丽妮在漆黑一片的夜间扑进他怀里啜泣时，他也没这样心跳过。这是慌乱的、恐惧的，又掺杂着丝丝欢悦和亢奋的心跳，这是意识到罪恶感却又渴慕不已的心跳，这是绝望的惶惑的颤抖般的心跳。

“宾扬!”玛雅叫着他。他仰起脸来。玛雅的双手捧着他的头颅，抓住了他的两边耳垂，轻柔地把他往她的胸前扳；玛雅的两只眼睛瞪得又大又亮又凝神，她的低弱轻微的喘息带着股麦乳精的温热拂到宾扬脸上来。宾扬的心一阵擂鼓样地狂跳起来，他不敢继续望玛雅那对沉思的大眼睛了，这双眼睛仿佛一下子瞅到了他的灵魂深处，他那么强烈地感受到了青春的烧灼，感到麻木了多少日子的躯体内正在泛滥着洪潮。这洪潮具有一股狂乱的冲决一切的力量，像是烈焰、像是热风，它拂醒了宾扬沉睡的一直自认是见不得人的欲望。

宾扬半闭起眼睛。玛雅站在他跟前，她的乳房像两座小山般鼓起来，此刻也正在剧烈地耸动起伏。一阵令人眩晕的迷雾飘了过来，宾扬把脸埋进她耸起的胸部，听到了她的心跳，感到了她柔软的温热的胸脯在颤抖，他的双手有力地紧紧地搂住了她的身体。他觉得惶然，也觉得受尽折磨的心有了安慰，他无声地啜泣着。在没有认识尹丽妮以前，他千百次地想象过自己未来的恋人和妻子的模样，她无疑是美丽和诱人的，她有时候小巧玲珑，有时候颀长动人。他无论怎样变幻未来情人的形象，但有一点他从未动摇过，她该是纯洁的、神圣的，温情脉脉而忠贞不二的，而在认识尹丽妮之后，他觉得她就是他想象中的姑娘，她就是他一直在追寻的女子。他决没有想到她会离他而去，他决没有想过他要同一个像玛雅这样已经堕落的女人相爱。此刻，他却紧紧地抱着玛雅，一点儿不肯松手，什么力量也不能让他松手，他觉得自己浑身就像一团火，要把玛雅的一切都烧燃。

玛雅使劲让他仰起脸来，她几乎命令般说：“看着我，宾扬……哦，你哭了。”

宾扬不好意思地想在她胸前蹭去眼泪。玛雅用掌心把他的泪抹去，她抹得极其温柔，一下子使宾扬激动起来，他抱紧了玛雅，脸贴着她的乳房，渴望地盯着她。玛雅抖了抖一头乌发，俯下脸来，他急忙迎上去，热烈地接了一个吻。玛雅的舌尖探进了他的嘴里，他快活地叹息般哼了一声，从来没人这样吻过他。她的身子一软，倒进了他的怀抱。

风更大了，扑打着窗户隆隆作响。宾扬朝着窗子望了一眼，他看到他俩相搂相偎的影子在玻璃上晦暗地映出来，不很远的地方，亮着灯的一扇一扇窗户像眼睛般瞅着他们。他讷讷地说：

“窗帘……”

他想说窗帘没拉上，但他没说完，玛雅把手捂在他嘴唇上，轻轻捏了一捏，离开他的身子，走到门边去，“啪哒”一声熄了灯。

屋里顿时变得一片昏黑，宾扬还听见她把门落了锁，才又去窗边拉窗帘。

他惶恐地呆坐着，不由得咽一口唾沫，焦急地等着她回到他身边来。

她拉上窗帘过来了，却不再坐在他身上，她试图拉他站起来，他好一会儿才明白过来，她要他到床那边去。

他一小步一小步地移动着，紧张地随着她走到床边，进屋时他记得，她家的这张床上有些零乱，没好好铺过。

拉上窗帘后，房间里更黑更沉了。宾扬知道要发生什么事了，他知道这种事玛雅同别的男人也有过，在这之前他听见这种事就恶心，就嫌弃这个过去的伙伴。奇怪的是他此刻却没这种心情，相反他还觉得要来就让它快来吧，既然每个男人都该有这种欢悦，他为什么就不该得到呢？他也有权利得到，管他对象是谁，管他这女人怎么回事他已经失去了一切，恋人、家庭、母亲、爷爷，他还将失去在上海居住的权利，他马上要离开上海了，他很快要被充军发配到一个很远很远的山乡里去了，谁知到了那儿又会发生些什么，谁知未来还有什么厄运和灾难等待着他，趁现在尝一回禁果吧。但他毕竟是第一次，他的身子在颤抖，他的四肢不听使唤地打着哆嗦，他连说话的声音都变了：

“玛雅，玛雅，这样好吗……”

“有什么不好的?”她生气一般反问着。

“我……我是说，万一这时候，你妈妈回来……”

“她不会回来的，不到十二点，她是不会回来的，生产组干活是不能早退一分钟的。”她耐心地解释了几句，又不耐烦了，“就是回来，也不用怕……”

“呃……”

“就是看见我们俩睡在床上，我也不怕。是她很早就对我讲的，要我嫁给你，嫁给你，当你的老婆!”她忿忿地脱去了毛衣，往不知什么地方扔去。

宾扬听到了毛衣落在地板上的声音，他顿时显得手忙脚乱起来，他不知自己此时该脱衣裳，还是该到床上去。他的手一动，触摸到了玛雅穿着棉毛衫的身体，洋溢着温暖和热情的姑娘身体，他张开了双臂，奋力把她抱了起来。她的两脚离了地，低低地惊喜万分地叫了一声，随而轻快地笑了起来：

“宾扬，宾扬，我爱你，你是我的主宰，是我的一切!”

“我也爱你，玛雅!”宾扬忘乎一切地说，“你是我的，你现在是我的、我的……”

玛雅哼哼地答应着他的表白，无意识地遮挡着他的鲁莽的动作，她以一个过来人的姿势诱导着他，激发着他。

宾扬觉得自己似在空中旋转般昏晕了，十六平方米的房间像在沉沦。他能敏感地体验玛雅轻捷柔滑的双手在身上拂过时的种种欢悦，他身上的衣裳像被玛雅拂去灰尘般脱尽了。他的眼前掠过一片浩瀚无际的大海，他犹若置身在冬天的温室游泳池里，池水温和地淹过了他的裸体，涮洗着他的背脊，拂拭着他的腹部，他任凭巨手般的水流把他托起来又沉下去，沉下去又托起来。玛雅在他耳边柔柔地说着什么。他啥都没听清楚，啥都没听明白，他感到自己腾空坠落下无底的深渊，他升起一股自豪和英武的勇气，所有的忧虑和痛苦，多少日子来的愁闷和压抑，全被他忘置于脑后，他只觉得欢悦，只觉得生命的甘甜，只觉得吮吸雨露般的幸福和快活。

他俯身的时候，玛雅耸起嘴紧紧地有力地吻着他，他回吻她的时候热情更为高涨，他觉得自己的舌头碰着了她的牙齿，舌尖被她轻轻地咬了下，但是却很痛。这疼痛感刺激了他，他像在生死攸关的紧急时刻迸出了全身的力量，他忽然觉得自己充满了激情，他没料到在走投无路之际竟然还会有如此放纵的欲望和渴念，哦，他的生命中还有多少自己也搞不清楚的东西！

他宛若躺在被太阳曝晒了整整一天的沙滩上，大海的潮汐哗啦哗啦涌过来，有节奏地拍击着堤岸，有节奏地漫上沙滩，有节奏地把他托起又放下。

他从来不曾感到这么欢乐，从来不曾有过如此昂奋和醉狂的幸福。

大雨落下来了，落在原野上、沙滩上、草地上、柏油马路上，奏出一片回响。哦，那不是骤雨不是回响，他听到的是玛雅的喘息和如痴如醉的呻吟。

“玛雅！”

“哦，宾扬，宾扬！”她紧紧地搂抱着他气喘吁吁地嗫嚅着，“我早该找你，早该……我、我真悔，真懊悔，悔之莫及……”

她突然耸动起双肩呜咽起来。

宾扬像从树上跌落下来般躺在她身旁，不知所措地瞅了她两眼，他只看到一张白乎乎的脸和一双转动的眼睛，他俯下身去，安慰般地吻她。他吻到她脸上湿潮潮的温热的汗，他触摸到她的胸脯，吃惊地发现她的胸膛在剧烈地起伏。他惶惑地一动不敢动地望着她。

她猛地跃身跳起，胡乱朝他打过来，一下打在他的脸上，又一下打在他光裸的肩上：

“都怪你，怪你！谁叫你看不起我，谁叫你们都看不起我啊……”

她大声地哭嚎起来。

宾扬愕然地瞪着失态的玛雅，她打得并不疼，他却觉得极不自在。他悄悄地移动着自己的四肢，没趣地向床边溜去，没待他的脚伸到床外去，她又嘶声哭着扑了上来，双手紧紧地搂住了他，把满脸的泪和满身的汗全贴到他身上。她摇撼着他，哭嚷着：

“宾扬，这都是为什么啊？宾扬，你说啊，为什么你的家、我的家都要遭到这种命运啊？为什么你和我的命都那么苦啊？为什么你家的一切，突然间全被人抄走了？为什么一切的一切都破灭了呀？宾扬，你不晓得，你是个冷漠的家伙，我是一心一意想着嫁你、一门心思做你的人的呀！我……我……我现在……我不懂……你说呀，说是为什么啊……”

宾扬搂抱着在他怀里滚动哭泣、歇斯底里发作的玛雅。他不晓得，他确实不知道社会上发生的一切是怎么回事，他讲不清楚他们家的遭遇是怎么回事，他更弄不清楚，这个国家里惊天动地的文化大革命，是怎么发生的。

他把他的下巴压在玛雅的肩膀上，两个人紧紧地偎贴在一起，拼命地想从对方身上汲取热情和力量。

他们的心里，却是空泛虚无的一片充满了困惑和迷惘。

1971．11

天又下起雨来了，先是霏霏细雨，继而是长长的雨丝随风拂到正在敷田埂的姜宾扬脸上，冷浸浸寒冽冽的。他浸泡在翻犁过两道的泡冬田淤泥里的双脚，也感觉到了刺骨的凉意。

他是想把这块形状很像枕头的水田田埂敷完的，日子挨近冬天，越往后拖，天气越冷，光赤着双脚下到水田里，那阴冷的滋味愈加令人难熬。但是看来今天很难把田埂敷完了。

雨下得愈加大起来，风也刮得凶，泡冬田里的水起了涟漪。有一大片乌云飘过了起伏的山峦，和灰蒙蒙的稠雾交融在一起，凝然停滞在苍凉的天空中。

戴一顶斗笠已遮不住随风飘洒过来的雨点了，姜宾扬的背脊上湿了一大片。

他叹一口气，无奈地把双脚从水田里拔出来，小跑着沿田埂走到田缺边，用流到下面去的田水，马马虎虎洗净了脚，遂又往寨子上跑去。

幸好他及时跑回来，雨点织成了偌大的雨帘，顷刻间便把远近的山岭、田坝、蒿竹林、坡土和山野里的一切，全都笼罩在一片秋末冬初的密密的雨帘之中。

知青点茅屋还在寨子中心，跑不回去了。雨下得太大，姜宾扬趋进居住在寨子边上的大队会计的家里去躲雨。大队会计宋文虎家有幢砖木结构房屋，离这一片田土近，出工时逢到下雨、冰雹，社员们全跑到他家来躲雨。

宋文虎不在家，屋里头只有回娘家来的宋晓秀和她妈，母女俩热情地邀小姜在挨墙的板凳上坐。宋晓秀还去灶屋里倒来了一杯茶。

雨下大了，雨点打在麻石铺的院坝里，“噼里啪啦”直响。看来一时走不了，和宋家母女俩，又没多少话讲，姜宾扬闲着无聊，喝着青苦的茶水，转过脸来看糊满了板壁的报纸。

贴在墙上的报纸，有省报、有《参考消息》，虽是偏远的村寨，寨子上大队里，省报和《参考消息》还是订的。姜宾扬初下乡时，大队里没有资格订《参考消息》，好像就是从去年起，这份报纸下放了，大队里也能订了。只是，集体订的报纸，乡村邮递员照规矩都是送到干部家里。宋文虎是大队会计，家又在寨子边边，邮递员图省事，每次都把报纸和寨上人的信，往他家一扔就了事。

姜宾扬歪着脸，在墙上贴的《参考消息》里寻找着可读的文字。他很快看到了《毛主席会见美国友好人士斯诺谈话纪要》的消息。

在谈话中，毛主席承认中国需要更多的个人崇拜，也就是让全国人民更多地崇拜他。毛主席还讲，他觉得必须把刘少奇“从政治上搞掉”。

姜宾扬一口喝完了小瓷杯里的茶，喉咙里仍觉得渴。

闹文化大革命，是为了炮打以刘少奇为首的资产阶级司令部，这是宾扬早就晓得了的。而早在文化革命之前，要搞掉刘少奇，现在也非常清楚了。无处不有的小道消息还传说，刘少奇已经死了，看来也不会假。

姜宾扬想不通的是，毛主席想搞掉刘少奇，凭他的崇高威望和在全国干部群众中的号召力，轻而易举地就能办到，为啥非要在全国范围内搞一场轰轰烈烈的运动，为啥非要抄家、批斗、闹武斗，为啥还要让成千上万像他一样的知识青年远离故乡，跑到偏远闭塞的乡间来受苦受罪呢？人活在世上，受苦受罪是免不了的，但受苦受罪总该有个目的，有个盼头，有点意义。姜宾扬到乡间三年了，他亲身体验，山旮旯里的农民们并不需要他们，他也没觉得受到了多少教育啊！

他的脑子里更乱了。雨声嘈杂，屋外的雨下得更大了。姜宾扬从门洞里望出去，乌云和雾岚重重地压在寨外的山头上，吃过午饭才不多久时间，仅看天色，却会让人误以为天快擦黑了。

姜宾扬的心头一片凄凉。

“小姜，再替你掺点茶水吗？”宋晓秀端着一把茶壶，走近他身边。

“噢，好、好。”他忙不迭递过杯子去，“谢谢多承！”

宋晓秀满脸笑吟吟的：“好弯酸唷，喝口茶还那么客气！你呆痴痴坐着，想啥子心事呀？”她俯身倒茶时，冷不防往姜宾扬手上塞来一只折叠起来的信封。

姜宾扬吃惊地望她一眼。她瞅着他，笑眯眯地眨眨眼睛，转身走了。

姜宾扬不露声色地把信封团在手心里，他没看信封上写了点啥，心却怦怦跳起来，他断定这里有什么蹊跷。

端起小瓷杯喝茶时，他瞥了宋家伯妈一眼，宋晓秀的妈低着头，专心一意地缝补着布袜子，啥都不曾察觉。

他重又抬起头来，看到宋晓秀在灶屋里向他做着捉摸不透的手势。

1969．3

在这死一样寂静的深夜里，邻舍隔壁的三五牌闹钟敲打的当当声，清晰可闻地传进玛雅家杂乱无章的屋里。

听着那钟声敲打第一下时，姜宾扬就受惊一般地坐直了身子。他已经忘记了时间，在这度日如年的岁月里，他头一次忘记了时间，他惶惑而惊骇地期待着那钟声打完，他不晓得这会儿是十点还是十一点。如果是十一点那他该同玛雅赶紧起身，十二点温阿姨就该下班回家来了。若是让她撞见了……姜宾扬只觉得浑身发凉。他虽然熟悉温阿姨，也晓得温阿姨从来便喜欢他，但是出了这种事……钟声还在响，一下接一下敲打着，拖着缭绕不尽的余音。宾扬随着那钟声，心里默念着"……四、五、六、七……"

到钟实实在在敲打十一响之后，宾扬确实感到紧张起来，他察觉玛雅在匆匆地往身上套着衣裳，她的动作麻利极了。他的手东抓西摸，也想摸到自己的棉毛衫，恰在这时候，那钟又敲了一下，足足地十二下，低柔清越的钟声就像炮弹一样轰炸在他的心尖上。天哪，已经半夜十二点了！时间竟然消逝得如此之快，宾扬记得，他遇到冯永杰时，八点还没到呢！这四个多钟头怎么过得这样快啊？他紧张地把脸转向门那儿，他仿佛看见温阿姨急急地走进弄堂，匆匆地步上楼梯，习惯地掏出钥匙开门，门落了锁打不开，温阿姨急得大声地敲门砸门惊醒了左邻右舍，邻居们都聚到玛雅家门口来……哎呀！宾扬只觉得毛发全竖起来，四肢在床上不由自主地打起了哆嗦。

一件冰凉的棉毛衫砸在他脸上，玛雅愠怒地喝斥着他

"你发啥呆呀？快穿衣裳，我妈要回来了。"

宾扬更觉慌乱，他胡乱地拿起棉毛衫往头上套。原来玛雅也怕她妈回来，原来玛雅并不像她所说那样对这类事满不在乎。恰在这时，"啪哒"一声玛雅开了台灯。宾扬的头从棉毛衫里钻出来，看到玛雅已经穿好了衣裳套上了毛线衣，一件厚的一件薄的，穿戴得

整整齐齐，她的动作倒是快捷！当着玛雅的面穿内衣宾扬感到狼狈极了。他很小的时候就单独睡一间屋，从来不习惯在人面前穿内衣内裤，他显得手足无措慌慌张张。

玛雅笑了："哈呀，你慌啥呀，棉毛衫穿反了……"

说着她走过来掀起他的棉毛衫脱下来，重新挪正了给他套上，动作温柔体贴、不慌不乱，穿好了还伸手摩挲了几下。她耳语般道：

"别慌！十二点下夜班，坐三站电车，我妈总要十二点二十才到家呢。"

听了这话宾扬略觉安心了，他推开玛雅，辨认着自己的衣裳，一件一件地穿戴整齐了。玛雅给他端过一杯水来，他接过杯子，凝视着她，她的脸色有点苍白，发现他在端详她，她羞涩地转过脸去铺床。

宾扬轻轻道声谢，喝了口水，水是温的，喝下去比饮料还舒服。这一瞬间宾扬陡然对玛雅升起了一股复杂而微妙的感情。是呵，不管他承认不承认，男女之间有了这种事，他们的关系就起了骤变，变得同一般的关系不一样了。难道他同玛雅之间不正是如此吗？宾扬把一杯温开水全喝完了。

他对正理床的玛雅说他该走了，玛雅让他别慌，说她整完床就送他。她还宽慰地补充了一句："没关系，即使妈妈回来看见了你，就直截了当告诉她，你是来借钱的，妈妈也不会有话可说。"

话是这么讲，玛雅还是三下两下地把床整理完了，披上件薄呢短大衣就要送宾扬。宾扬说外面冷别送了。玛雅执意要送，还把他往门外推，说别拉拉扯扯的了，快走。

弄堂里冷极了，风凛冽地刮过来，冷得宾扬直打颤。

走出小弄堂，宾扬沿着总弄堂往外走，玛雅逮了他一把说，不要走那边，走后弄堂碰不着妈妈。

拐出后弄堂，是一条幽暗的小马路，人行道上阒无人迹，隔开老远才亮着一盏路灯。宾扬已稍稍适应了室外的寒冷，他坚持不让玛雅送了，但玛雅挽住了他的手臂，亲昵地挨紧他，光走不说话。

活到二十岁，还是头一次有个姑娘挽着他在马路上走步，宾扬觉得有些不自然，却又生出股莫名的温情。前面快穿过横马路了，玛雅一使劲儿，把宾扬拉进了路侧公寓的门洞里。门洞里漆黑一团，啥也看不清爽。玛雅凑近他耳边，悄声细语说：

“记着了，宾扬，后天夜里，你再到我家来。”

“嗯。”宾扬应了一声，遂而又问，“你能找回那二百块钱？”

“你不信？”

“呃……”

“我想能找回的，你是哪天掉的钱？”

“昨天。”

“那就肯定能我回。小偷帮里的规矩，扒到的钱物，存放三天才能处理呢！听说这种规矩，还是旧社会扒窃霸传下来的。”

宾扬的心头有股说不清的复杂滋味，他呐呐地应着，脑子里想的却完全又是其他的念头。要在过去，听见了这样的事他都怕，而现在，他却还得求玛雅去找流氓窝里的头子，为了这二百块钱，区区二百块钱。可没这二百块钱，他怎么去上山下乡，怎么到农村里去插队落户？他只有走这一条路。他机械地向玛雅道谢，并再次劝她回去，说她若送远了，他怕她回家路上不安全。不料玛雅听了这话哈哈大笑，她说在这附近马路上，没人敢动她童玛雅一个小指头。

宾扬借着远远路灯的微光，看到玛雅一双发亮得几乎疯狂的眼睛，心里不由得扑通扑通直跳。他想起了来找玛雅前冯永杰说的那些话，情不自禁地说：

“玛雅，这么说，外面传的那些事，都是真的？”

玛雅愣了一下，继而又直率地承认下来：

“是真的，都是真的，你听说的那些事，全是真的！不过我得告诉你，宾扬，所有那些男人，我一个都不曾爱过，一个都没真心地爱过。他们是在玩弄我，我……我哈哈哈，我也是要他们……”说着话，玛雅显出一副歇斯底里的模样朝天仰着脸。当她再把脸挨着宾扬时，她眼里溢出的泪水糊了宾扬满脸。宾扬震惊地搂住了她，感觉她浑身都在打颤，他惊骇地唤着她：

“玛雅……”

“是真的，宾扬，只有对你我才说真话。”玛雅一点也未顾及宾扬在说啥，只顾自己往下讲，“我也是今天才懂，宾扬，没有爱情，和男人干那种事，简直同禽兽没啥两样。只有爱……疯狂的强烈的爱情，那才是真正的幸福……”

乍一听宾扬没明白她的意思，直到她说完话，把脸埋进他的怀抱，双手紧紧地拥抱着他，全身偎贴在他的身上，他才陡然意识到她说的这些话的意思。他十分感动地搂着她，俯下脸去吻着她耳垂下边的地方。

宾扬不再催她回家去，他晓得她对家没有感情，她对温阿姨也没多少感情，她回去干什么呢？就像他一样，他回去后也睡不着，在发生了今晚的这一切之后，他怎能安然无忧地酣睡呢？还不如两人在一起多待会儿，多待会儿……

他俩慢慢地走出公寓楼道外黑漆漆的门洞，他俩慢慢地在马路上散着步，悄声细语地交谈着。他还能讲什么呢？讲不出几句话，就会讲起姜家花园，讲起家，讲起他家里的人。爸爸在厂里监督劳动，三个姐姐虽然从运动一开始就在那里挣扎、躲避，但仍旧逃脱不了厄运，尤其是三姐宾涓，她的命运最惨……

1966. 5

太阳光从没有完全拉拢的窗帘缝隙中射进来，亮得有点刺眼睛。

午睡的姜宾涓醒过来了，她舒展着乏力的四肢，大睁着一对忧伤的眼睛，木呆呆地瞅着壁橱门出神。

她又想起了这几天来的可怕的经历——她的堕胎，她的恐惧，她对桑振中的依赖和狐疑。四月里的那个周末，她是和桑振中商量好的，分手之后，回到各自的家里，向家人摊牌，说他俩的恋爱已经有了后果，他们必须结婚，他们一定要结婚，他们各自都又哭又笑地发了誓，他们都是吃老米饭的社会青年，明知自己还没工作和任何社会地位，提出结婚会引起家人的震惊，但她也得提。她相信，只要她耍耍性子，哭哭啼啼闹一阵，爸爸会依她的。三个女儿中，爸爸最喜欢她。爸爸有的是钱，他会给她一笔足够她生活一辈子的嫁妆钱和养儿育女的费用的。没有工作有啥关系呢？如若爸爸不让她结婚，她就将给姜家丢丑，这件丑闻将使爸爸感到丢尽面子。她晓得爸爸最讲究面子了，为了遮丑，为了面子，爸爸什么都会答应她的。

她没有料到恰恰在她急着要结婚的当口，妈妈会病愈出院。妈妈是患了精神病住进医院去的，这是姜家的阴影，是每个家人提起就痛心的伤疤。宾涓至今还清晰地记得妈妈发病时的可怕症状，妈妈笑着，像每个正常人那样露出谦恭的微笑，陡地，妈妈的嘴角向两边咧开去，嘴张得很大，头昂起来，脸朝天仰，两眼倏地瞪直，发出一串可怕的如泣如诉般的尖笑声。哦，宾涓真怕见到妈妈的这副模样，真怕妈妈再发病。妈妈一有了精神病，整个家庭、姜家花园的一切都变了，气氛变了，情绪变了，偌大的花园洋房，给人一种压抑感，连原有的两个佣人，都让爸爸辞去了一个，只留下了老佣人邹素贞。

妈妈出院回家来，听说她要结婚，自然会问为什么要结婚，一问就得道实情，一道出见不得人的实情，妈妈就会遭受刺激，受了刺激妈妈的病会复发。而且宾涓早就听说了，这种有家族遗传史的精神病，每复发一次就会比前一次更严重，并且损害病人的健康，急遽地缩短病人的生命。

不是爸爸的威胁恫吓骇住了她，是宾涓听说妈妈即将病愈回家打消了大吵大闹的念头。她是怀着疑惧的、忐忑不宁的心情去见桑振中的，她爱他。这个英俊的食品工人的儿子，曾经那样狂热地追求着她，只要她走出姜家花园，到居委会、街道为社会青年组织的俱乐部活动室去，他就会来等她，不论天色多晚，不论是否下着雨，他都会等。为的是同她说上一两句话，为的是——像他说的见她一面。她就是被他的这股劲头感动的，她接受他的邀请去逛公园，和他一起去看那些乏味的电影，听他喋喋不休地温存地讲些他读过的书和他所在车间里的趣闻。其实，对他产生好感，并不像讨厌其他男人一样讨厌他，这种意识在宾涓读书的年头就萌生了。小学里，初中头一二年，她并不喜欢到永吉里去，永吉里的住房拥挤，有的女同学家里，进去了坐的地方都难找。但是到了初三那年，她便接受桑振璐的邀请去她家了。除了桑振璐对她好，和她有共同语言，并不像班上有些进步学生那样嫌弃她出生于大资产阶级家庭以外，桑振璐对她还有种盲目的崇拜。振璐每次来姜家花园，总要用惊叹的语气赞美他们家的陈设、家具和日用品，这类赞美给宾涓带来一种满足和自豪，心里会涌起难以言说的志得意满之情。当这样一个女同学邀请她去她家时，她能不去吗？去桑家以后，她很快发现了桑振璐的二哥，由于翻三班常常在家里，他那健壮结实的体魄，他那漂亮的脸蛋和投过来的目光，对她都有一种莫名其妙的吸引力。渐渐地，她变得爱去桑家了。有时桑振璐并不邀请她，她也会找出理由到她家去一会儿。而当到了桑家，没遇到桑振中时，她离去时便会有一股隐隐的遗憾。这可能就是少女心灵中最初荡漾的恋情吧！直到后来，她同桑振中已相爱得难分你我，她才知道，在永吉里，很多人都对姜家花园有一种如同与生俱来般的羡慕和敬畏，以及隐隐的妒忌。她爱桑振中，对他有着无限的依恋，她喜欢瞅他那张生动的脸，喜欢看他翕动着嘴唇说各种各样的事情，他说些什么并不重要，重要的是他怀着柔情和殷勤在对她讲。最使她为之倾倒的，是他追求她时那股狂热得悍然不顾一切的劲头和勇气。他坦率地对她说，他把一生的幸福，把自己的未来，全都寄托在他们的爱情上。他不愿意像大哥桑振华那样娶个老婆在永吉里低矮得直不起腰来的小阁楼上栖身一辈子，他更不愿意像自己的父母那样辛碌地度过一生，他要走一条自己的路。这些带有很浓的男子汉气概的话使得宾涓听来心荡神迷，她认定了他是个有远大志向、有理想、有作为的男子，跟定他，她是会有前程和幸福的。

当最初察觉身体的异样不适，当意识到自己有孕了时，她虽曾有一种模糊的怅惘和隐隐的不安，但她并不后悔。她觉得已经历过的那种幸福和快乐，那种惶惑和惊喜，不是每个女人都能得到的。微闭起眼睑沉吟时，大睁着双眼思索时，她会情不自禁沉浸在和他度过的那些心儿迷醉、神荡魂摇的欢悦热浪中。她还记得，当他的双手第一次轻轻伸向她处女的身躯时，她的整个身心起了一股怎样的微波涟漪，啊，简直像是大海的波涛在起伏伸展，余波不尽。她整个儿地陶醉了……而现在，她却不能嫁给他，不能马上同他结婚。因为妈妈的病，因为妈妈即将出院了。

宾涓是怀着忧郁和颓丧的心情去同桑振中相见并互询家庭的态度的。她一点没有思想准备，她没料到桑振中比她更加无精打采，她更加想不到他的家庭也会反对这一姻缘。她忘不了他的激忿和气愤。他朝她挥舞着拳头说：

“我现在才明白，我直到现在才明白，要争取我们的幸福，靠我的家庭不行，靠你们家也不行。这幸福只有用自己的努力和奋斗去争取、去夺取……是的，刚刚才明白，似乎显得晚了一点。但还不算太迟，不算太迟……”

她没有心思去揣度他这些话的意思和潜台词，她只觉得些许宽慰。她怕的是他的家庭赞同他们结婚，而她带来的消息却是不能结婚，这样的话他俩就要起矛盾、闹冲突了。如今他们两家都不同意，至少他俩还是平等的。她瞅着他失望的样子，柔声问：

“那……那你说我怎么办呢?”

“怎么办?”他移开捂住双眼的两手，回头盯了她一眼。她忘不了他当时的痛苦不安的眼神。他的嘴唇颤抖着回答：“只有一个法子，不要这个孩子……”

宾涓哭了，泪水溢出眼眶，顺着面颊淌了下来。

这就是那些个欢乐激荡的心潮难以平息的夜晚的后果，这就是她狂欢的初恋的结局，这就是沉溺在肉欲中的好处。她早该预料到这一后果的呀！可她、她……不敢想象一个未婚姑娘如何走进医院，如何面对医生完成那样一个手术。

走廊里有了脚步声，接着门上轻轻地叩击了几下，宾涓连忙用巴掌拭去了眼角的泪痕，答应了一声。进来的是二姐宾泓，她微笑着，宾涓却觉得二姐的眼里并没笑意，更多的是目不转睛地盯着她察颜观色的神情。

“睡醒了，还觉得乏力吗?”

“好多了。”宾涓勉强回答二姐的问候，她知道二姐进屋来必定是提醒什么的。

“爸爸和宾汶已经去接妈妈了，车子开出去前，爸爸叮嘱了，让你来，到客厅迎候妈妈。”二姐柔声细气地说，“要我帮助你穿衣裳吗?”

“谢谢，我行。”

“那好。爷爷、苏彦、宾扬都在客厅里，你就起来吧。”

说着二姐就退出房间去了。二姐的语气里有股说不出味儿来的情绪，宾涓敏锐地感觉出来了。出了像她这样的丑闻，不用说是要让人鄙视的，可连嫡亲的姐姐也看不起她，又使她显得忿忿然。你又有什么好，你就算清白了，你还不是早早地找了个对象，希望自己像大姐一样体体面面地出嫁，走出这个家庭去。宾涓是感觉到二姐对她的不满的，那天去医院堕胎，她都不愿陪着去，而是大姐特地从婆家赶来，陪着她走出姜家花园，在人行道上走出一截路，喊了一辆出租汽车到医院去的。一切都像是在做亏心事，背着人，鬼鬼祟祟，偷偷摸摸，爸爸明明有一辆奥斯汀轿车，却故意不用，而走到马路上来喊出租车。车开到区妇产科医院大门前，桑振中已在那儿等着了，看到大姐，他显然觉得羞愧，连正眼也不敢瞅大姐一下，只是双手插在裤袋里，走在宾涓前面一两步。幸好事情总算顺利，有证明，医生一句话也没多说，就把人流手术做了。当她在那一瞬间感觉到身上的什么东西落掉了时，她的脸揪成一团，真想放声哭出来，她相信自己的脸色一定非常难看。振中在门外，宾汶迫不及待地俯身过来，在耳边轻声柔气地安慰她。谢天谢地，她到底把最可怕最说不出口的麻烦摆脱了，她额头上沁出虚汗，背脊上冷湿一片。她在大姐的扶持下，还能坐起身子，竟然还能走路。走出医院时，她头晕目眩，她几乎摔倒，不是大姐使劲搀扶着她，她是站立不稳的。坐上大姐喊来的出租车，歪倒在后座上时，她见大姐在对桑振中说着什么。桑振中一边听一边咬着嘴唇往下低头，极力想透过车窗瞅她一眼。车门关了，桑振中没有上车，大姐报了一声西爱咸斯路，出租车就开动了。忧心得烦人的事就此处理完了，她又可以装得啥都不曾发生过，像个普普通通的姑娘一样玩耍，一样无忧无虑地过日子了。但是她不行，这件事在她心上留下的痕迹太深了！就事情本身来说，一切都做得天衣无缝，是不会有啥后遗症的。证明是振中的大哥振华在单位上打出来的，证明上写的是振华和他妻子周小霞的名字，小霞在饮食店当门市部主任。他们俩都比振中和宾涓大几岁，目光犀利的医生护士是容易看出破绽的。但动手术那天，振中和宾涓都由于担忧、由于失眠显得憔悴疲乏，振中的胡子没刮，看上去和工作证上的振华简直是同一个人，根本看不出年龄的差异了。

宾涓慢慢吞吞地穿上衣裳，进了一趟卫生间，略事梳妆和打扮了一下，不仅是为了不让妈妈看出来，更主要的是不想叫客里的爷爷、大姐夫觉得有什么异样。好在家里的化妆品是全套的，从小受妈妈的影响，如何施得叫人看不出的本事，宾涓是有的。

走向客厅去的时候，她听到大姐夫在叹息：“唉，现在还研究什么文学，做什么学问，混混日子罢了。爷爷，我们所里有统计，光是这几年，批判过的小说、戏剧、电影就有十几部之多，什么《刘志丹》《早春二月》《舞台姐妹》《红日》……”

“还有一部《不夜城》，一部《林家铺子》，是吗？”爷爷在插话，照例嗓门洪亮。

“爷爷，没想到连你都知道这种事。”宾扬惊异地说。

“我怎么不知道，不知道还吃什么饭？”爷爷似乎在抢白宾扬了。家里就这样，哪个稍稍流露出点爷爷老了的意思，老头儿就不悦。

宾泓把话头岔开去了："哎唷，现在的学校里吵翻了天，学生根本没有读书的心思，连初中一年级的学生都不例外。我随便走进那个班级上植物课，教室里都像一锅滚沸的粥。学生们公开地议论'三家村'、邓拓、吴晗、廖沫沙，课根本上不下去。唉，真是前世作孽。"

"作啥孽？二姐，你没看报纸上的火药味越来越浓，走进学校阅览室，翻翻全国各地的报纸，都是通栏大标题愤怒声讨、严厉痛斥，我们的同学说这是炮声隆隆，山雨欲来。"宾扬兴致勃勃地道，"看来以后揪出的人会越来越多了。"

"宾扬，你千万别去瞎起哄。"二姐在劝着弟弟，"运动搞起来，说不定什么时候，矛头一转，就朝我们这种人来了。"

"是啊，"大姐夫忧心忡忡地叹了口气，"以后，做学问的、写文章的、演戏的、画画的，只会越来胆子越小喽！报纸上不是说，还要挖'三家村'的根子，扫荡'三家村'的追随者嘛！对小民百姓来说，邓拓、吴晗、廖沫沙都已经是老大老大的官了，要挖他们的根子，会挖到什么人头上？"

宾涓走到客厅侧门口，见一屋的人谈得专注，都没留神到她，便缩着肩膀，往就近的一张沙发上坐下去。

爷爷厚实的背脊靠在沙发上，冷冷地冒了一句：

"已经有迹象了。五一节庆祝活动中，北京市委第一书记彭真没有露面。"

不知是爷爷对形势如此敏感使大家惊奇呢，还是这一事实本身说明了时局的严峻，大客厅里的人都冷场了。宾涓正好趁此机会，免却了和爷爷、大姐夫一一招呼的难堪。

宾泓从衣袋里拿出一封折起来的信，说："青南从北京来信，说他们北大也正酝酿着一场风暴。去年这时候，北京市委领导的第二个社教工作队否定了第一个社教工作队'北京大学已经烂掉了'、'陆平犯了错误'之类的结论。今年呢，三月初康生老婆曹轶欧神秘地进驻到北大蹲点，看样子又要否定第二个工作队所下的结论，私底下的活动比公开的还要频繁……”

北京大学校园里发生的一切，和东海之滨的上海以及姜家花园似乎离得太遥远了。宾涓垂下了眼睑，没兴致听，她心里明白，二姐这么讲，无非只是想夸夸她那在北大的未婚夫罢了。要不是为了等妈妈，她真想抽身就走。

“宗豪讲了没有?”爷爷以同他年龄不相称的洪亮嗓门截断了宾泓的话。宾涓睁开眼睛，只见爷爷在沙发上坐直了身子，双手支着一根轻便的手杖，炯炯放光的双眼扫视着几个孙儿女：“外头发生的一切，都不要在你们妈妈面前谈起。连报纸都不要订了。”

“爸爸想到了。”宾泓道，“起先是想不订报了，随而爸爸又说，怕妈妈找报看找不到，反而生疑心，就讲报纸还是订着。但叮嘱素贞阿姨每天收捡好，妈妈不问，不要拿给她看。”

爷爷点头了：“嗯……宾扬，你二姐刚才的话是对的。”爷爷忽又转向唯一的孙子，以教训的口吻庄重地道，“学校里、社会上，随便发生什么事，你都不要掺进去。你同人家不一样，将来我们姜家的一切，都要落在你头上，你是不能有任何三长两短的。”

又是一派老生常谈，什么事都是儿子的份，女儿是要嫁出去的，背资产阶级出身的臭名声女儿有份，沾光休想！宾涓不悦地转过脸去，不想听爷爷啰嗦，也不愿瞅弟弟一眼。正在这时候，奥斯汀轿车的喇叭在大铁门外嘀嘀鸣了两声。宾扬跳起来去揿开了大铁门的开关。

顷刻工夫，大铁门自动打开，又自动关上了。黑色的闪光锃亮的小轿车，一直开到大客厅外的台阶下。宾涓随着客厅里所有的人一齐站起来，一齐迎到台阶上。

车门开了，最先跳出来的是大姐的女儿牙牙，她穿一身特意为迎接外婆归来而买的连衫裙，红艳艳的，既活泼可爱，又赏心悦目。她拍着两只小手，喊：

“外婆回家啦，外婆回家啦!”

宾涓站在爷爷、大姐夫、宾扬的身后，从宾扬的肩头上望去，妈妈在宾汶的搀扶下走上了台阶，妈妈的手里捧着一大束鲜花，妈妈显得又白皙又年轻，爸爸走在妈妈后面。大家都在和妈妈打招呼了。哦，妈妈笑了，宾涓真怕妈妈笑，她垂下眼睑，但妈妈的笑声那么清脆，不看到人会以为那是妙龄少女的笑声。宾涓睁大了双眼，她看到了妈妈甜蜜的微笑。五月的阳光照耀在妈妈的脸上，很难在妈妈的脸上找到皱纹，妈妈长得真美，遗憾的是，她的三个女儿，一个也不像漂亮的妈妈，都长得像爸爸。妈妈走到街上去，谁会想到她的外孙女牙牙都三岁了!

爷爷、大姐夫、宾扬一一和妈妈打过招呼，让开了身子。宾涓冲动地迎上一步，颤悠悠地放声喊起来:

“妈妈，妈妈，欢迎你回家来，妈妈!”

妈妈朝她点头、微笑，还扬了扬手中的鲜花，一个多么善良、慈祥的妈妈，一个像千千万万的母亲一样的妈妈，她终于病愈回家了，她终于又能使这个家庭充满温馨、欢笑和生机勃勃的活力了。妈妈，欢迎你!

1966. 8

预料中的红色风暴几乎是呼啸而起，一下子袭遍了神州大地。

令人惶惶不安的消息一个接一个传进了平静幽雅的姜家花园。

姜宗豪感到自己活像一只被火燎灼着的飞蛾，一只热锅上的蚂蚁。不，飞蛾还能拍着翅膀挣扎，蚂蚁还有脚可以逃，而他只能乖乖地束手待毙。他无路可走，他只能静观时局和形势的迅猛发展。

他看得很清楚，从“罢官”文章做起，到全国范围批“三家村”，文化大革命这把火刚刚烧起来，以彭真为首的北京市委就散了架子，败下阵来了。要命的是这仅仅才开始，六月一日北京大学七个人的大字报向全国一公布，《人民日报》连续五天，每天一篇社论，调子之高，胃口之大，让人一望而知，彭真还不是要揪的最大人物，还要揪睡在身边的赫鲁晓夫那样的人物。随后每隔上两天，就发一篇社论，各报都还转载了《解放军报》关于文化大革命的宣传教育要点，每天都有号召，每天都在大造舆论，推波助澜，把本来就好动好闹的年轻人的兴致逗引了起来，他们一哄而起，把运动在冲动狂热的欢呼声中推向高潮。报上的语言说，他们“群起响应，一批勇敢的闯将闻风而动，杀向社会，带头兴起了红卫兵运动”。于是乎，他们批判“走资派”，打倒“反动学术权威”，“破四旧，立四新”，“横扫一切牛鬼蛇神”，浪头越掀越大。

姜宗豪的内心也一天比一天愈加不安。批斗游街中打人的事情已有所风闻；脱尖头皮鞋、剪小裤脚管、给理飞机式头型的青年剃阴阳头等类侵犯人身权利的事情，已屡屡发生而成为市民们街谈巷议聊天时的热门话题；采取紧急行动的卡车在市区里横冲直撞；一些必须拔直了喉咙唱出的歌声回荡在街头巷尾。

恐怖的气氛笼罩着整个姜家花园，要瞒过妻子宋婕茵已不可能。夜里，姜宗豪失眠躺在床上，清晰地听到妻子在卧室地毯上散披着睡衣来回走动，有时喝兑了白兰地的咖啡，有时停立在窗口唉声叹气，见他没有动静，她会走过来，俯脸久久地凝视着他的脸庞出神。姜宗豪能听到她的心跳和她局促的时粗时细的喘息。

姜宗豪敛神屏息地装作酣睡，第二天也不向她提及。他真怕自己的不慎重又刺激了她，他知道婕茵现在是清醒的，她有恐惧感，她在为偌大的姜家产业担忧，这正证实了她的精神病确实在医院里痊愈了。只要没有重大刺激，他相信她还能挺得住。他明知妻子的心思同自己是一样的，但他就是不向她捅破这一层纸。

最令人心惊肉跳的消息还是传过来了。静安区一户反动资本家家里，在八月四日被抄了。抄家在中国，是古已有之的事情，但当前形势之下的抄家，意味着什么，姜宗豪的心里还是没有底。反动资本家，这“反动”二字，不是可以向任何资本家头上栽来嘛。有谁能申辩，说资本家不是反动的呢？

姜宗豪真正感觉到了灾难的迫近。文化革命的暴力挟带着恐怖，使他片刻都不得安宁，稍有空暇便愈加坐立不安，胆颤心惊，他甚至觉得，这一场风暴的来势，比上海解放时给他的感觉还要强烈。

那时候，一个阶级正在势如破竹地打进来，另一个阶级正在分崩离析地瓦解被推翻。虽然也有疑虑，也很慌张，但他心里多少有点底儿，地下党看得起他，给他发过《告工商界书》，他知道他决不会像苏联的地主、资本家一样被杀头，给赶出国土，他还能开工厂、做生意。而现在，解放十七年后的今天，闹文化革命，他的心里一点数都没有。

他时时觉得忐忑不安，时时都为家业担心，时时都在害怕妻子重新遭受刺激，精神病复发。看起来，姜家的好日子，是到头了。

每当在为妻子担忧操心的时候，他总是要懊悔。懊悔当年没有坚持自己的意见，懊悔答应了她，让她到社会上去工作。他要不让她去，现在他可以省多少事啊！

回过头去看，他更认定了这一点，婕茵去医院工作所得的那点工资，对姜家来说微不足道，相反倒是惹出了骚扰全家老少的麻烦。

但是设身处地地替婕茵想想，她在当年积极地走出家庭，踏上社会去工作、去学习，难道不也是响应共产党的号召，去当一个自食其力的劳动者，不甘于当一个待在安乐窝里享受的资本家太太嘛！

至于后来那些事，刚刚出去工作的时候，又怎能预见呢？又怎能责备她呢？

尽管有同何翠卓的那一层关系，姜宗豪心灵深处，还是爱妻子的。这种复杂的感情，对现在的年轻人讲，他们是不会理解的。可对姜宗豪来说，宋婕茵毕竟是他的孩子们的母亲，是姜家的主妇，是一个善良的纯正的女人。要不是她在生了三个女儿之后显示出神经失常的迹象，要不是她去杭州休憩散心，他决不会在感情上背叛她的。她天生显得年轻，有股一般女子难得的雍容华贵的风度，一个手势，一个眼神，都会令人经久难忘。谁能想到，这样一个聪颖的女人，会在遭受一点刺激之后，发作歇斯底里呢！浒墅关乡间在搞土改，属于宋家的九百多亩稻田、五百余亩棉田，分到了贫困农民的手上。天地良心，乡里农民对婕茵的妈妈和疯哥哥还是客气的。他们给母子俩留了十四亩好田，留了两进六间房子，为的是让他们还能把日子过下去。忍一忍，那日子确实也是过得下去的，乡间穷了，上海还有办法接济嘛。就姜宗豪来说，当时也考虑，等土改的风潮过后，去把岳母和内兄接到上海来。哪晓得，外甥姜宾成去晚了三天，等他赶到乡间，岳母已投身湖底，内兄神经病大发作，也跌进河里淹死了。他们的尸体被农民捞起，草草掩埋了。噩耗传来，婕茵的神情就大不对头了，说话颠三倒四，眼睛瞪直了，走路腰挺得僵直僵直，伸手拿什么东西，双手十指抖抖索索地在身前胡乱摸索半天。姜宗豪吓坏了，他从未看到妻子有过这种神情。直到此时他才想起宋家祖上有精神病遗传史。幸好察觉得早，及时让素贞陪她去杭州小住，远离尘世的喧嚣，天天在西子湖畔散步，令人心旷神怡的湖光山色，逐渐抚平了她心灵上的创伤，控制了她的病情。当她完全恢复正常回到上海之后，执意要出去报名填表，参加护士训练班，他能阻止她吗？他怕一旦不顺她的心，她的病又故态复萌啊！

事实证明姜宗豪顺从她并没错。以后的十二年间，她在医院里工作得一直很好，她由一名普通护士，升任了护士长。她的业务逐渐娴熟，没有人知道她并不是在为一个月的几十元钱工作，更没人晓得她有过歇斯底里的毛病，连家人们都认为，那一次她是受刺激太深而出现的难以抑制自己的暂时病态。她在医院里是一位好护士，回到家里是一个好妻子、好母亲。她对姜宗豪与何翠卓经久地保持着的那层关系浑然不觉，常使姜宗豪感觉到隐隐的内疚。

哦，要是她医院里的那个病人不死，要是病人家属不以贫协主席身份到医院里来大闹，要是这件事发生在四清工作队进驻医院的日子里，完全能得到公正的处理，可……

姜宗豪至今仍记得，妻子是在听说要把她作为报复杀人的凶手揪出来时疯的。她疯得那么突然，那么让人始料不及。后来医院的几位权威医生出具了证明，用有力的证据说明，病人是贻误了及时手术而致死亡的，那份罪名才没担在婕茵头上。

但婕茵已经疯了。

现在，经过精神病院医生的精心治疗，婕茵好不容易痊愈回家，偏偏却又遇上这场报上说是“史无前例”的文化大革命。她是个刚刚恢复不久的病人，能不能熬过这场运动呢？

姜宗豪实在是忧心忡忡的。

是不是忧虑过重了，轧账时，姜宗豪经手的粮票，竟然出现了一千多斤的亏空。起先他并不慌，他的账目一向干净，他相信那只是神慌意乱时写错了数目字，他耐下心来一道道地复核，一道道地计算，账目上竟然没出差错。他于是就相信那一千多斤粮票，是在心乱如麻中随手放错了地方。他开始寻找，每一个抽屉都找遍了，甚至回家来还询问了邹素贞，粮票没找出来。但账目上，就是亏空了这一千多斤。短少一千多块钱他会眉头都不皱一下拿出自己的来补上，亏空这一千多斤粮票，叫他怎么办？他的家里人多，亲戚朋友多，留下吃饭的也多，粮食并不富余，倒是还需要去市场上买点议价米。现在少了一千多斤粮票他到哪儿去找？他听说在社会的某些角落，有票证交易，但是要他这样的人去寻找这类角落，他实在没有这点勇气。况且是在眼下这种形势之下，即便某些角落还有这类私下交易，也会慑于风声紧张而转入完全的地下。这年头，谁都怕撞在革命的风头上。

形势的急剧变化，气氛的紧张程度，婕茵的病，亏空的一千多斤粮票以及为百万家业的忧虑，使得他整天绷紧了一张脸，神色黯然，眼神里透出明显的心事。他绝没料到妻子也会留意他的举止神态，以往，都是他用关切担忧的目光偷偷窥视她的背影的呀。

晚饭桌上，当他只吃了小半碗饭就搁筷的时候，婕茵先叹起气来：

“怎么只吃这一点点？”

她的一双大而明澈的眼睛朝他掠来，他晓得要想掩饰已来不及了。他勉强浮起微笑，嘴张了张，却没找到措词：

“呃……”

“是为宾扬没回来吃晚饭？唉呀，这段日子来，他经常这样。

问他，他都说是去看大字报。我叮嘱他，他就讲，妈妈，我懂，我只看不讲话，不会出事的。”

这事姜宗豪知道，他倒并不为儿子担心。他相信宾扬开始懂事了，十七八岁的人了，真要管，说实在也管不住。他朝妻子摇一摇头。

“是在想……”婕茵的双眼朝宾泓、宾涓扫了一下，“想那些传来的让人心惊胆战的事?”

姜宗豪垂下眼睑，轻叹了一声，默认了。没想到，她整日待在家里，不接触外界，竟也能风闻。

“我也怕啊，一开收音机，播音员讲起话来，腔调也同过去不一样，气势汹汹。要不要……”婕茵朝姜宗豪探过脸来，眼睛又朝厨房的门瞥一下，压低了嗓门，耳语道，“要不要收拾一下，往花园里埋点东西?”

姜宗豪陡然大睁双眼，他绝没想到，妻子想得比他还远、还周到细致。他没有马上表示可否，只用眼角分别瞅了瞅二女儿和三女儿，他想知道一下子女的态度。这年头，儿女背叛家庭，揭发剥削阶级父母的事，是时有所闻的。

宾泓连连摇头，声音低低地说：“妈妈，千万不能这么干！真抄起家来，来一大帮人，花园还不是照样给你兜底翻过来。青南从北京来信，说这次运动，眼下仅仅只是开始，势头之大，谁都还不敢预料。清华大学附中的红卫兵在大字报里写：革命就是造反，毛泽东思想的灵魂就是造反。青南还抄了一条语录，说是、说是‘造反有理’！你如果把金银财宝往花园里埋，万一被发现，就不得了啦!”

婕茵一双大眼睛瞪得直直的。

姜宗豪也忘了不在妻子面前议论外面局势的戒备，问二女儿：

“青南信上还写些啥?”

“他没多写。他只说，要讲的话多着呢，等见面再讲吧。”

“他快放暑假回来了吧?”婕茵兴趣颇浓地问。

“不，他说北京的红卫兵根本不提放假的事，他们正在积极地奔向全国各大城市，撒向四面八方去煽风点火。他想趁这个机会，回一趟上海来。”

“回来一定请他来坐坐。”姜宗豪道。

“我记牢了，爸爸。”

婕茵皱着眉头问：“那么，真来抄家了，我们怎么办呢？”

“听天由命吧，妈妈！”宾涓说，“二姐的话是对的。前头一条马路上有户人家，解放前只是开了几家商店，老板做得并不大，只因为平时日常开销，也喜欢像我们家一样记个流水账，日积月累，账本积了厚厚一迭。听到风声，他们怕人说记‘变天账’，就在夜里烧账本，烧一些书信日记。邻居看见他们家烟囱里冒出烟来去报告了。结果红卫兵天没亮就冲进他家，把他们家全抄了，所有东西砸个稀巴烂，还把一家老小拖出来，在弄堂里游街，游完了要他们跪在弄堂里，交代烧了多少‘变天账’，斗个半死！后来听人讲，不管是那人的单位上，还是里弄里，原先都没计划到他家去抄。”

姜宗豪朝两个女儿点头，随而转向妻子：“她们讲得对，看来只好听天由命。”

“那我听你们的。”平时很固执的婕茵，爽快地对两个女儿点着头。

宾涓接着道：“我还听说，永吉里居民委员会，已经对咱家进行了监视。除了派人日夜盯住咱家的大铁门，还在永吉里楼房的顶层阳台上设了了望哨，专门察看咱家花园里的动静，怕我们埋什么宝贝金银。”

婕茵听到这里，唉叹一声，整个身子倚靠在椅背上，瘫痪了一般睁大了惊慌的双眼。

饭桌上一片寂静。

姜宗豪明知宾涓还在同那个桑振中暗中来往，明知她的这些消息必定是桑振中透露的，也没情绪去追究、去训斥她了。他相信这些话都是实情，他愈加认定，姜家花园已经成了人们的目标，面对如此纷乱动荡的局势，他毫无办法。

工商界里一些朋友，历来都认为他姜宗豪有胆有识，是员福将，在各种重大历史关头，他都能游刃有余地应付过来。而现在他……

姜宗豪呆坐在饭桌边，两眼死死盯住盘子里一条几乎未动分毫的松鼠黄鱼，心里一阵悲哀，一阵凄凉，他又不由得想起了往事，想起了天翻地覆、改朝换代的一九四九年。那年五月，解放军打进了上海。苏州河两岸、市中心地带还在进行巷战，枪弹还在呼啸，他都不怕，他还敢换一身衣裳打扮成普通市民，去探探风声，去摸换情况。现在他敢吗，他有这个胆量吗？面对手中没有枪炮和手榴弹的红卫兵，面对这些年轻人狂涛般的造反浪潮他承认他怕，比当年面对面碰到佩着冲锋枪的解放军还要心虚胆寒。

说到底，当年他毕竟年轻，毕竟还有股应付时局的勇气啊！年轻的时候，血气总要旺些。

1949．5

五月二十四日上午，国民党雇来的一群地痞、流氓和浓妆艳抹的妖媚女人，还在南京路上招摇过市，庆祝什么高桥胜利，当天夜里，解放军已从四面八方冲进号称亚洲第一的东方大都市上海了。

枪炮声持续了两天。二十七日上午，全上海已宣告解放。

自半个月前上海战事一开始，躲在姜家花园深居简出的男女老幼，并没见穿军装的部队来包围花园洋房，也没见愤怒至极的工人潮水般冲进来，更没遇到像乡下农民分地主浮财般的场面，一家子人已松了口气，真正开始相信共产党《告工商界书》里讲的都是实话了。姜宗豪在家里更是待不住，换了身衣裳就跑了出去。

除了想出外眼见为实地看个究竟，除了年轻气盛胆子大，促使他急于往马路上跑的主要原因，是他迫切地想要看一眼自己的儿子姜宾扬。

可以说，姜宾扬是在解放上海的枪炮声中来到人世间的。现在，家园并未遭劫，一切看来无恙，他怎不急切地想要去妇产医院看看儿子呢？

当然，定心丸不能吃得太早。解放军正忙于消灭国民党军队，等把他们彻底消灭，回过头来对付没有枪炮的吸血鬼资本家，那也是易如反掌的事。正是基于这种担心，姜宗豪更想一路上细细看看苗头，看能否窥测到一点风向。

马路上的秩序很好，好得如同前两天没有发生过战事。能让人想到枪炮声和世界在变的，是一排排睡在人行道上的解放军，他们中有军官，有士兵。为避露水，他们有的睡在弄堂口的过街楼下面。天亮有一阵子了，年轻的战士中不少人抱着枪还睡得很熟，说明他们是太累了。

“仁义之师！”

共产党就是靠着这支仁义之师，打败蒋介石的。

姜宗豪在心头由衷地感慨。

天底下的军队，哪有打了胜仗露宿街头的？远的不说，年轻的姜宗豪亲眼见的，日本人打进上海，到处乱扔炸弹，南京路外滩挨了炸、大世界门口挨了炸，先施公司、永安公司门口挨了炸，死伤无数。至于日本兵的烧杀掠夺，在马路上挂起血糊糊的人头，那是不计其数。最使上海人寒心的，是日本兵逼着每个中国人过其岗哨时要鞠躬。那叫什么军队，那是一伙强盗。

国民党军队在上海，也是出了名的丘八老爷。对姜家这样的老板，算是客气的，动不动都要敲竹杠。纺织业巨头荣毅仁家门口，就被一连国民党兵堵住，机枪架起来，扬言要征用他家的住房。

一路走过去，姜宗豪边看边听边访，心头不住地翻腾，他记起人们关于共产党解放军的种种传言和猜疑。有人说共产党打得进上海，管不了上海，说上海连倒大粪都有粪霸，只要这拨人捣捣蛋，上海几天之内就会变得臭气冲天。金融界工商界有人嘀咕，说解放军进得来，人民币进不来。不少市民担忧，打起仗来，水要停、电要停、煤气会断，十万部电话会失灵，连菜都要没得吃，多少人家，酱菜、腐乳、萝卜头买了不少，以备不时之需。就是姜家花园，不也备了很多大米、奶粉、罐头食品嘛。

但从马路上行人的笑脸，从马不停蹄、忙碌奔波却又严守纪律的解放军身上，从一派秩序井然的景象来看，这些传言和预见都靠不住。

闲逛似地走出好几条马路，姜宗豪得出一个结论，共产党说话是算数的。只要说话算数，那么他们向工商界宣布的政策公私兼顾、劳资两利、发展生产、繁荣经济就不会只是一种宣传。

看样子，在人民政府领导下，资本家还是有一条路可走的。

得出这一判断，姜宗豪的心情顿时轻松起来。只要能活下来，只要有路可走，且还有利，姜家的达丰机器厂就能开工，就会有前程。多少日子来，由于时局的动荡、政权的更替，市民们惶惶不安，现在大家的心稍稍安宁了。姜宗豪顿感精神起来，心也一下子飞到前几天才出世的儿子姜宾扬身上去了。

儿子的名字是出生前就想好的，取名的时候他就没想过生下的会是个女孩，直接取了个男孩名字。他已经有了三个女儿，他该有个儿子了。姜家的偌大产业和家私，也该有了继承人了。他曾经担忧儿子出生在动荡的年头，初来到人世间就会遇到灾难，现在看来不是那么回事，在枪炮声中出生的宾扬看来预兆着大吉大利。

五月的上海气候是最惬意舒服的，五月的阳光是让人产生希望的激情的。前面是一条连贯两条马路的弄堂，穿过弄堂就是妇产科医院，姜宗豪不由得加快了脚步。他的眼前掠过儿子胖鼓鼓的脸蛋，他脸带微笑步履匆匆，他不但希望儿子平安来到人世，他还祈祷着一个新时代的开始会迎来太平盛世，儿子宾扬能在这太平盛世中健康成长起来，继承姜家的百万家产。这财产是姜家两代人在多灾多难的中国积攒起来的，但愿等这财产传到宾扬手里的时候，中国不要再蒙受灾难，而财产的数目字，也会在姜家第三代人手里，增加再增加……

1966．8

一辆红卫兵宣传车迎面开来了，车身两侧，红纸上写着巨大的黑体字：大破四旧，大立四新。一个吼叫得有点嘶哑的嗓门，随着车子的徐徐前行，用不太标准的普通话在呼叫口号：

“无产阶级革命精神万岁！”

“大破一切剥削阶级的旧思想、旧风俗、旧习惯！”

“铲除资产阶级的温床！”

……

嗓门吊得太高了，以至口号的最后几个字，像被人扼住喉咙挣扎着一般喊出来的，经过扩音器再一干扰，给人一种极不舒服且带点滑稽的感觉。被宣传车吸引的一些路人不由得笑了。

姜宗扬没有笑，他深知自己的身份，深知自己的家庭出身。他把目光移到前面十字路口一家南货店门口，那里正围着一大群路人，在看几名店员和红卫兵把显然是旧社会遗留下来的店名招牌往下拉。马路的自行车道上，烧着一小堆火，走近了还能看清火堆里烧的是火箭式尖头皮鞋，空气中弥散着一股皮焦臭味。有个身着旗袍的中年妇女，脚上只穿着一双袜子，一只手紧紧捂住从侧边被剪开的裙衩，啜泣着躲进一条弄堂里去了。

宣传车的扩音喇叭里，还在声嘶力竭地宣告：

“现在播送《向旧世界宣战》的红卫兵宣言：我们是毛主席的红卫兵，伟大领袖毛主席是我们的红司令。我们是旧世界的批判者，我们就是要造旧世界的反，我们一定要堵住资本主义复辟的路，砸碎一切培养修正主义的温床。‘飞机头’、‘尖头’、‘皮鞋奇装异服’‘港式连衣裙’统统在我们的取缔之列……”

声音渐远渐轻，终于听不很分明了。姜宾扬回头看看，宣传车转弯了。他仍在往前走，他要到学校去，看看大字报，要在教师和同学面前露露面，表明他还是参加文化大革命、投身于这场伟大运动的，他晓得班上至少有一半人是抱着同自己一样的心理到学校去的。文化大革命究竟怎么搞，他不晓得，好多同学也不清楚。右派教师斗过了，出身于资本家家庭的学校党支部书记和他那一伙校长、副校长，都被一一揪了出来，罚他们和几个右派教师天天扫厕所、扫走廊。还有什么事可以干呢？不晓得。时间已是八月，往年正是暑假，现在没有一个人敢说放暑假，怕被揪斗的教师和学生还像往常那样天天到学校走一圈，没有集会、游行一类的事，不写大字报的师生，待上一两个小时就回家了。

前两个月，宾扬也同千百万和他一样的年轻人怀着满腔热忱和激情，积极地参加教育革命，狂热地投身于文化大革命。人家写批判修正主义教育路线的大字报，他跟着签名；人家说学校里培养走白专道路的尖子，他也有同感；人家论旧的考试制度需要改革，他拍手称快。他虽然没去打骂右派教师，没有去围斗校长、教导主任，没跟着打碎玻璃窗、拆坏课桌椅、砸烂图书室，但他同样地狂热，同样地虔诚，同样地盲目。他跟着同学去复旦大学、华东师范大学看大字报，他一遍一遍地翻阅着关于文化大革命的最高指示、社论和《十六条》。他深信这场革命要砸烂的是一切腐朽、没落的东西，这场革命将迎来的是光辉灿烂的未来。只是近来他沉默下来了，不断传来的种种消息逼着他一次又一次想到自己的家庭出身，想到姜家花园的一切。各种各样的风声传到他的耳朵里，红卫兵要把所有地富反坏右和资产阶级的家统统查抄，把这些人家赶到乡下去；红卫兵勒令所有的地富反坏右和资产阶级，还有揪出的黑帮、阶级异己分子在自己胸前别上表示身份的标记；红卫兵要让所有剥削阶级子弟当众写出认罪书，背叛反动家庭……消息一个比一个骇人，风声一天比一天紧。钱在人的心目中成了灾祸的象征。社会上的迹象也越来越显示出种种不祥之兆。旧货店、寄卖店、信托商店里的家具堆积如山，贱极了。姜宾扬看到四把真正的红木靠背椅子，椅背上还镶有镜子，只标价二十元。弄堂里传出种种笑话，一家茶叶店老板的女儿，把金戒指埋在煤灰里藏匿，想趁倒垃圾时转移到亲戚家去，被抓到街道办事处去了。有个私人开业的妇科医生，被人在家门口贴了大字报，说他就诊时摸病人肚皮，侮辱产妇，而他的老婆，又同理发师勾搭成奸。有个演员，旧社会演戏时的一张剧照，被人翻出来，贴在她家门，剧照上是她同一个现在不是她丈夫的男人在亲吻……所有的隐私，所有阴暗角落里的东西，所有过去的久已被埋在记忆深处的事情，全被兜底翻了出来。姜宾扬倾听着，在大字报的字里行间寻找着，脑子里装进越来越多怪诞的形象。在读到类似的揭发，听到种种传言时，他的眼前总会不由自主浮现出爸爸和何翠卓搂在一起那幕活灵活现的情景，他的眼前总会掠过妈妈挺直着腰走来走去的疯相，他恐惧地预感到，所有这一切，也会在突如其来的一天早晨，被揭发在光天化日之下的。

他心慌，他忧郁，他害怕但又无奈。他已隐约意识到，他的家庭也将是运动冲击的目标，现在姜家花园的一切，都将被这场文化大革命冲击得荡然无存。他的激情被惶恐代替，他的狂热已变成困惑，他不知自己的命运，他只能疑虑重重地大睁着一对诧异的眼睛，观望这场运动的发展……

"姜宾扬，你到哪里去？"

宾扬的思绪被一声轻叫打断了，他略一定神见迎面站着班上的几个同学：脸色煞白的肖实伟、瘦高漂亮的乔美霞、母亲是演员的朱晓霖，还有动员她入团而她却不交申请书的卢培蓓，全班都晓得她家是信耶稣的。

"到学校里去啊！你们在这里干啥？"姜宾扬有点心奇，这里离学校不远了，转过街角就是。

"去不得。学校里出了新花样。"肖实伟瘦削白皙的脸朝宾扬凑过来，宾扬总觉得他这张过于白的脸上血色不够，有点营养不良之感。"你还不晓得啊，学校里成立了红卫兵团，一色的红五类子弟，哪家出身好、出身纯，哪个就当头头。桑振业家是三代工人，全校都找不出几个，他当了红卫兵团副团长。每个年级成立红卫兵连，每个班成立红卫兵排。奉帮裁缝的女儿方菊莉，还当了副排长呢！"

姜宾扬征询地望着众人："他们不让进学校吗？"

"不，他们把校门口堵住了。"乔美霞也走近来悄悄说。

"谁要进学校，就得报家庭出身。"朱晓霖补充一句，"校门口站两排红卫兵，一边六七个人，每人手里一根体操棒。出身不好的同学报出家门，体操棒劈头盖脑打下来，打得鼻青脸肿，拖上去关在教室里写认罪书。吓坏人了！”

宾扬看得出朱晓霖是被那阵势吓得不敢进校门的，而右派儿子肖实伟，官僚资本家的女儿乔美霞，信耶稣教的卢培蓓，都是听说了这件事畏而却步的。他当然更不敢去了，不要说几根体操棒一齐打来，就是一根朝他打过来，也招架不住啊！

“那怎么办呢？”他问众人。

“只有在马路上闲逛逛，看看热闹。”肖实伟道，“不能在这里站得太久，万一被红五类子弟们碰到，拖进学校去，男的一顿毒打，女的跪搓衣板。”

“走吧。”乔美霞催促一句。他们一齐急急地转身走了。姜宾扬瞅了美霞一眼，见她穿得特别朴素，白衬衫、蓝裤子，短发简简单单梳了一下。乔美霞在班上，平时不但以美貌著称，更以善于梳洗打扮出名。看来，破四旧以来，她改多了。

宾扬发觉大家都没多少话，都只是默默地走着路。要在以往，男女同学一齐走，欢声笑语不绝，讲什么的都有。他意识到点什么了，这几位同学，家庭出身都不好，想必他们也都和自己一样，不愿在家庭里多待。风声一天比一天紧，在家里碰到被抄家，那真是太倒霉了。

前面一堵大墙下传来阵阵喧哗，一片白衬衫在宾扬眼前晃来晃去，嘈杂的声浪忽高忽低传过来。

“是辩论，去看看。”肖实伟说了一句，就往前跑去。朱晓霖和卢培蓓也随他跑起来。

姜宾扬不想挤到人堆里去凑热闹，反而放慢了脚步，想等喧哗停息下来再走近前去。一转脸，他见乔美霞也站在身旁。

“你家怎么样？”他似从她的眼神里觑着了一点忧郁，放低了声音，“被抄了吗？”

“来过几次了。”

“抄得很凶？”

“不，本来家里也没啥东西，两只破沙发，送给人家也不要。”

乔美霞苦笑笑，凄然望着姜宾扬，眼睛里有两点闪光，“只是那股滋味儿难受，全家人分男女被关进厨房和卫生间，男的搜男人，女的摸女人，怕把金银财宝藏在身上。先是妈妈单位上来抄，随后是红卫兵，昨天又是里弄群众专政队都以为我们家有‘变天账’，有‘反动日记’或者用不完的钞票。”讲最后那几句话时，她似乎想哭，两边嘴角牵动几下，终于没哭出来，只是眼睛里的泪光，变成模糊糊一片了。宾扬真怕她哭出来，在马路上，万一被人注意，那……他想提醒她，她已觉察了，掏出一小方手绢，抹汗般拭了拭，勉强一笑说：“背着买办资本家的恶名声，家里穷得连吃肉都要扳手指头算。只有天晓得！像你家那样，福也享了，受点冲击，还不冤枉。”

她说的是实话。姜宾扬知道，她家住得离姜家花园不远，自从她父亲“三反五反”时被捕送安徽白茅岭改造以后，原先属于她家的那幢二层楼法式小洋房，一大半分给了人家住，她家只占了一大一小的两间房，厨房、厕所还是同邻居合用的。起先她妈妈没工作，一家人全靠变卖首饰、处理像点样子的家具、典当衣物过日子，后来能卖的全卖光了。她母亲为了抚养小囡，只好去请救济。再后来她妈就被分到工厂干活了，听说先在食堂，后来又干杂务工，再后来发现她妈有点文化，被抽到车间搞起统计一类活来。他们一家，就靠她妈那点微薄工资聊以度日。说起来可怜，吴宪之教师经常在班上不点名地批评她讲吃讲穿，喜好穿着打扮，哪晓得她的那些花哨衣裳，全是买的处理布料、零料做的。她买回家里，给弟弟妹妹缝衣裳，给自己裁衣裳，穿出来却给人新颖之感。奇怪的是明明冤枉了她，她却从不辩驳。姜宾扬问她为何白受冤枉，她说就让同学们将错就错地认为她家钱多吧。但她对姜宾扬却是惊人的坦率，什么话都愿意跟他讲。也许，那是宾扬从来不像有些同学那样用鄙视的目光瞅她吧！

“到你家来了吗？”她反问起他来。

“到今天为止，还没有。”宾扬说着，心兀自骤跳起来，若真来了，那局面那滋味……

辩论开始了，有个戴眼镜的青年跳上了为辩论而搭的台子——两张里弄食堂里的八仙桌，他挥舞着细长的双臂慷慨激昂地说起来：

“我说这副对联就是对，就是正确：老子英雄儿好汉，老子反动儿混蛋，横批是‘鬼见愁’。有哪位不服气的，有哪个狗崽子敢于跳出来的，都可以在这儿辩论。有敢上来的吗？”

他仰着脸，挑衅般环视着人群。

马路上的大辩论，姜宾扬碰见过多次了，有一回是福建厦门大学的红卫兵贴出了炮轰市委的大字报，被一群下班的工人围住了辩论；另有一回是两派大学生，在辩论一个叫常溪萍的北大“四清”工作团团长是不是叛徒；还有一回是两拨人论炮轰司令部对不对……姜宾扬站在密密麻麻的人堆外面听过几次，兴趣不大，辩论的这些事儿，离他都太远了，听不听都无所谓。而此刻，辩论的题目和他太有关了。他转脸说：“走，听听去。”

“好。”乔美霞答应着，又提醒般说，“我们不要挤到前头去，夹在人群里听得见就行了。”

姜宾扬也是这么想，他们走近了人群，穿过几行稀疏的听众，两人停了下来。

八仙桌上有个人在高呼“自来红万岁”的口号，呼过口号又“哗啦哗啦”翻动小本子念语录，念完语录便发表演讲。他说这副对联太好了，说出了他早就想说而一直没说出来的话，他认为这就是整个文化大革命期间我们应该坚定不移不折不扣执行的阶级路线。他的话赢得了一阵掌声。姜宾扬注意到了，不是所有的人都鼓掌，有些听众在左顾右盼，也有人在窃窃私语。随后大家争先恐后地抢着上台，上去的人不是先念一段语录，再自报家门，便是先自报家门，再念一段语录。参加辩论的，有工人，有干部，有中学生，有大学生，有外地来上海出差的，也有正赶去上班而被辩论吸引的。有人上台讲“老子反动儿混蛋”的例子，讲完了大骂狗崽子、混蛋、地主资产阶级的孝子贤孙；有人上台大讲“老子英雄儿好汉”

的光辉业迹。演讲被一阵又一阵掌声打断，演讲者愈加得意洋洋，认定只有出身红五类的红卫兵才是最最革命、最能为毛主席革命路线冲锋陷阵的。而对那些黑五类、黑七类子女，丝毫不能讲客气，就得狠狠地斗，七斗八斗斗得他们威风扫地，斗得他们背叛家庭、脱胎换骨，然后才能谈到去团结教育他们……有个拎提包的干部敢于冒天下之大不韪，上台以后斗胆提了个问题："那么我们有些刚被揪出来的黑帮，昨天他的儿子是好汉，睡了一觉起来，父亲揪出来了，儿子在睡梦中就成混蛋了？"人群里有轻轻的笑声，但八仙桌台上根本没容他继续往下讲，一帮红卫兵跃身而上，把他又推又搡，只几下就把那干部推下了台，引起台前台后一阵混乱，一片惊呼。姜宾扬一会儿瞅瞅台上，一会儿又踮起脚跟看看台下，人堆你挤我拥地乱了一阵子，又稍稍恢复了原样。不少人在催："讲下去，讲下去，我们要听。"当宾扬再次抬头往台上看时，他惊愕得几乎喊出声来。

尹丽妮亭亭玉立地站在台上。

她亮开嗓门说："我来讲几句。"

她的嗓音悦耳动人，没有那股粗直的火辣辣的味儿，却也不是矫揉造作的令人讨厌，比起前面那些人来，她的声音更容易让人接受，让人为之吸引。那声音圆润中带着爽利，嘹亮地送出老远。

"我是女中红卫兵连副连长，我叫尹丽妮，我的家庭出身是革命干部，我爸爸是党委书记，我想对这副对联表个态……"

她扬起手中的毛主席语录，翻了几页，念了一段关于团结百分之九十五以上的干部和群众的最高指示。刚把语录念完，桑振业不知什么时候爬上台子，振臂高呼：

"热烈欢迎女中的红卫兵战友！"

有几个嗓门跟着他吼了起来。

尹丽妮侧转脸，略带嫌弃地乜斜了桑振业一眼。桑振业笑吟吟地朝她连连点头。她矜持地淡淡一笑，眼角留神地瞥了他几下，似在表示他的口号干扰了她的演讲。她重又面对听众：

“我是基本同意这副对联的。但是，我建议把横批‘鬼见愁’改成‘基本如此’。我认为这样更容易让人接受一些。‘鬼见愁’三个字，太刺人眼睛了，有点谩骂诅咒的味道。毛主席教导我们……”

不等她重又背出一段语录，桑振业跳到她前面，挥舞两条手臂，激动非常地大叫大嚷起来：

“女中的战友讲得太好了。我认为她的毛主席著作学得比我们好，思想境界比我们高，我们马上把横批改过来。向女中的红卫兵小将学习！”

这回跟着呼口号的人比上一次多了。

姜宾扬自从尹丽妮在辩论台上出现，两眼没离开过她。哦，他同她有近三个月没联系了，不是他不想约她，凭良心说，他只要稍有闲暇，眼前就会浮现出和她一起玩的种种情景。夜深人静，她的音容笑貌，情不自禁便会出现在他的眼前。想到她的一个眼神，一个手势，他会忍俊不禁地微笑起来。她的电话号码牢牢记在他的心里，但是文化革命的形势像浪潮般扑来，根本容不得他沉浸在朦胧而浪漫的初恋情绪之中。他预感到他的家庭将遭受冲击，预感到同她的进一步接近只会导致烦恼，他克制了自己，再没给她挂过电话。没料想会在街头辩论台上看到她，况且，看啊，台上正在发生什么事儿……

尹丽妮伸出手去，爽朗地自我介绍：“我叫尹丽妮！”桑振业迫不及待地跟着把手伸出来，抓住了她的手，激动地摇晃着：“我叫桑振业。”旁边有个人在大声介绍：“他是我们红卫兵团副团长……”

声浪喧嚣，群情激昂。姜宾扬只看到尹丽妮正同桑振业说着什么，两个人又一次热情地握手。

姜宾扬的眼前升起了一团迷雾，人群中的嘈杂声音听不见了，他想寻找肖实伟、朱晓霖、卢培蓓，涌动的人堆里哪儿有他们的影子！有人在叫，有人在笑，有人在嚷嚷，什么人狠狠推了他一下。

他觉得乔美霞在耳畔说了一句："我们走吧。"他便机械地迈着脚步，费了点劲挤出了人群，沿着人行道慢慢走去。从一幢高楼顶上撒下了无数粉红色、黄色、绿色、蓝色的传单，许多路人冲过去跳起来争抢，他不由得放快了脚步。走出很长一截路，他的波动狂乱的情绪才稍稍平息，他的眼前出现的那团迷雾才逐渐消散。但他的眼前，却不断地呈现尹丽妮在辩论台上和桑振业握手的画面。那一瞬间，他的心像被什么戳了一下，一股他从没体验过的妒忌和随之而来的颓丧情绪，整个儿控制了他，以至他几乎没有意识到自己是如何离开辩论人堆，如何走出这一长截路的。

"姜宾扬。"直到乔美霞开口说话时，他才意识到，她的手一直挽着他在走，她一直随着他茫无目标地信步走着。他抬起手臂想挣脱她的纤手，她却趁机扯了扯他的衣袖，两眼一眨一眨地说："你家若被抄了，你一时无处可去，可以到我家来坐。听人家说，接连被抄过几次的家庭，是最安全的了。"

说完，没等他有什么表示，她就抬手向他做了个道别的手势，转身走了。

宾扬很纳闷，直等快看不见她的背影了，才明白了她说的话的意思。待他仰起激动的脸来时，乔美霞的身影已不见了。他定定神，辨别了一下眼前的路，朝家走去。

没走出多远，他看到二姐步履匆匆地迎面走来。

"宾扬。"二姐见他，先站下来招呼，"你、你……没在学校受侮辱吧?"

显然二姐也风闻了红卫兵对黑七类子女采取的行动。不，她也在中学里，很可能她的那所中学也出了类似事件。

他摇摇头。

"那就是万幸，我真替你担心啊！回家去吗?"

"嗯。"

"回家对爸爸妈妈说，我可能不回家吃饭，让家里别等。"

宾扬疑惑地望着二姐。二姐看出了他的心思，宽慰地道：

“别担心。我是去见于青南，他从北京回来了，想听他讲讲北京的见闻。”

宾扬点着头。二姐又叮嘱他几句，匆匆忙忙走了。他垂着头往回家路上慢慢走去。还记得，爸爸说过，如果于青南回上海，务必请他到家里坐坐。现在他连姜家花园也不敢去，和二姐见面，还要约在外头见，可见局势紧张的程度，是不同以往了，是严峻得有点骇人了。

幸好二姐每天硬着头皮到学校去转一圈，幸好她在当初一年级植物教师时没担任班主任，幸好她的个性天生柔弱随和、胆小怕事，幸好她从来不因初一学生轻视植物课而在上课时大吵大闹处罚他们。她在教师和学生中都没多少对立面，在中学生们一哄而起写大字报，乱批乱斗右派教师、走资派、放毒的牛鬼蛇神教师及反动权威时，她都不曾引起那些貌似青年更像孩子的初一学生的注意。她最为担心的是自己出身于大资产阶级家庭，会被学校管政工人事的党支部组织委员抛出来。

总之，姜宾泓还没遭受到直接的冲击，数以千万计比雪片还多的大字报上，几乎不曾出现过她的名字。

但她同样在提心吊胆中过日子。在学校里怕佩着红袖章、腰扎铜头皮带的红卫兵突然围上来，回到家里更是惊慌不安，时时得提防着抄家的红卫兵或是什么专政队闯进大铁门来。爸爸沉郁的脸色。妈妈睁得很大很亮的眼睛，近来到姜家花园日渐频繁的爷爷的咳嗽声，都使她感到压抑她不敢在学校里久待，不敢像宾扬那样一天到晚在外面看大字报，回到家里也静不下心，安不下神来。她知道万一姜家花园被抄，对整个家庭来说便将意味着什么，妈妈会再次发疯，爷爷将失去精神依托，爸爸要被拉出去戴高帽子，遭拳打脚踢、胡批乱斗，红卫兵对一个大资本家，决不会比对学校里的教师客气一点的。宾泓总觉得，一场灭顶之灾即将来临，困惑苦恼的是，她身边没一个人可以交谈。宾涓到了这种关键时刻竟然还偷偷出去同桑家那个流氓幽会。唯一能找的，是大姐宾汶，但宾泓不敢去找她，苏彦的父母都是教授、学者，也是这场运动的对象。宾泓唯一的盼望和精神支柱，就是于青南的来信。可自从上月以来，他的书信也很少，直到前几天，才简简单单写了封一窄溜纸条便可容纳的短信，说不日可以来一次上海，信还是寄到学校来的。

宾泓在去青南家的路上，一直在庆幸她应付地看了几张大字报以后，还到初一年级办公室去坐了半小时，如若她直接离校回家，她就接不到于青南打来的电话了。

青南已经安抵上海，他现在在家里等她，他让她从学校直接去他的家，不要回家了，回家后再去他家，他怕以后有什么事说不清。

他认为青南的谨慎是对的，抄家的狂风席卷全国资本家最为集中的上海，几乎每一户资产家的住宅门外，都有里弄组织的群众专政队的“眼睛”。惶惶不安的资本家家庭里，往亲戚朋友家甚至佣人家转移财产的传闻，几乎天天都能听到。她从学校直接去他家，可以免去很多麻烦。

今天极巧，在去青南家的路上，碰到了宾扬。这样她就心安了，她已去过学校，家里也不会替她担心，她可以在青南家里，安安心心地整整待一天，到夜里再回去。

青南家住的是上海滩的新式弄堂房子，外形参照西式小洋房，不采用上海极为普通的石库门高墙。而改为矮墙，小铁门，天井改为小花园。房间里面，客堂右边设门，二楼有阳台有煤气和卫生设备。

宾泓听爷爷讲起过，这类弄堂房子，是二十年代以后陆陆续续在上海出现的，经济实惠，住着也算舒适，在上海的住房中可属于中上层次的了。

新式弄堂的大门两侧，坐着两个臂佩崭新红袖章的老阿姨，近来马路上所有人臂佩的红袖章都是崭新的，是从工厂里匆匆赶制出来的。两个老阿姨坐在小板凳上值勤，注视着进出弄堂的每一个人。这一点缀使得神经刚刚松弛下来的宾泓顿时又紧张起来。她们看到她这个陌生人，会不会盘问她，盘问她的身份，盘问她的家庭出身？

宾泓不敢走进弄堂里去了，她在对面马路上，路人一般地走过了青南家的弄堂口。

哦，马上就能见到青南了，马上就能听到他讲一点北京的事了，偏偏弄堂口有两个值勤的，使得她迟疑不决地不敢走进弄堂里去。青南还在家里等着她哪。他们这一对两地思念的情人，已有足足半年没见面了。宾泓想他、思念他，做梦都在为他毕业时的分配担忧。她切盼着他分回上海来，哪怕他回到上海仅仅只是在一所普通中学里当个历史教师，她也觉得心满意足。是啊，在中学里教历史，那也同她一样，只能是个被学生都瞧不起的副科教师，连班主任都当不上。一般的大学毕业生，是会有怨言的。可宾泓不会有怨言，如若青南感到怀才不遇、大材小用而口出怨言，她会劝他的。她对未来的丈夫实在没有一般姑娘那些想入非非的奢望，她不指望青南追求功名，有朝一日名扬天下，她跟着沾光；她也不指望青南赚回大把大把的钱来，供她挥霍享用，她自小生活在姜家花园，对所谓的气派豪华见得多了，她不稀罕。她唯一的指望是和倾心想爱的青南厮守在一起，有一间配备煤卫设备的房子（那是起码的过日子的条件），过太太平平、甜甜蜜蜜的小家庭生活，不受什么风浪的袭击，不必低人一等地老是担惊受怕过日子。她喜欢烹调，偷偷地随着很会做菜的素贞阿姨，学会了做很多菜。她总在想，有那么一天，在青南家里，她给露一手，让青南一家人都惊喜愕然。她晓得自己这些愿望都很渺小，微不足道，她简直不敢在姜家花园里同家人们尤其是同爸爸讲。往常爸爸就已觉得女儿们没多大出息了，若让他知道她脑子里想的尽是这种事，只怕爸爸会更瞧她不起。唉，爸爸哪里晓得，现如今，就是这种渺小的微不足道的愿望，都很难很难实现呀！看嘛，眼前，走进青南家弄堂里去都这么难，这么难。

不知不觉地，宾泓走过青南家弄堂口一长截路了。转过身来，远远地望着那个弄堂口，宾泓仍在犹豫。怎么办？要不要进去，走进去的时候遭到盘问如何答？问到家庭出身时，她要不要说实话？不，不能讲，决不能讲实话。她们守在那儿，不就是监视弄内那些黑七类家庭和牛鬼蛇神嘛。妈妈的遭遇给宾泓的刺激和教训太深太深了，自那以后，历来胆小怕事谨慎小心的她，做什么事儿都瞻前顾后，树叶子落下来都怕砸破了头，她觉得活在这人世上，太难了，真是太难了！

自轰轰烈烈的文化大革命运动开展两个多月来，于青南已经是第二次产生惶惑不宁的心情了。

第一次是著名历史学家翦伯赞教授的死，使他如同遭了迎头一闷棍。翦伯赞教授是青南崇拜的偶像，他现在学习历史，不就是希望有朝一日也能当个如翦伯赞教授样的大学者嘛！做学生时，他不但把翦伯赞先生的史学著作都找来读了，连翦伯赞的旅途散文，他读后也是赞不绝口，从心底里佩服他的文采。可是自从毛主席点了翦伯赞的名，青南愣了。据说毛主席讲，翦伯赞写了那么多书。你能看？能批判？只有他们了解情况。我去也不行，只有靠革命师生。现在停课又管饭，吃了饭要发热，要闹事，不叫闹事干什么？

最高指示传下来，青南的理解是毛主席对翦伯赞写了那么多书不以为然，号召革命的师生员工起来批评他。可青南没料到批判便是游斗，便是强迫劳动，用烟头烫，用铁棍木棒打，用钢丝鞭抽。虽说狂热的红卫兵们嘴上喊，大字报上写，都讲是对这些阶级敌人怀着刻骨的仇恨，但是青南仍然不相信这类说法，他觉得这样的狂热中掺杂着人的兽性，就如同顺杆儿往上爬的猴子。文革乍然掀起时，他也曾狂热也曾兴奋过，但是要他抡起鞭子去朝人的身上抽打，他绝对不会干。

翦伯赞教授是铮铮铁汉，他忍受不了这种侮辱，夫妻双双服毒身亡。看到他俩尸体的师生，都私下摇头说惨不忍睹。青南没去看翦伯赞夫妇的尸体，他怕自己看了会吃不下饭，会呕吐，会接连几天睡不着觉。难道搞文化大革命，就是为了把翦伯赞这样的人物都逼上死路吗？于青南感到震惊，感到困惑，同时又感到郁闷。他的这些想法，一丝一毫也不敢在任何人面前流露，他知道一旦让人晓得了他内心深处的真实思想，他就会遭到灾祸。

教务长崔雄昆的死，再次使得于青南陷入慌乱不安的心境之中。这一次他看到了尸体，是从红湖里打捞上来的，停尸湖岸，身上盖一领破席，看到了破席外露出的那双光脚，他眼睛都瞪直了。比起中文系的总支书记程贤策来，教务长死得算是平静的。虽然广播里始终在哇哇大叫："罪该万死!""死有余辜!""死了喂狗狗还嫌臭!"但青南仍觉得程贤策死得太惨了。人若晓得自己要这样死去，那还不如趁早不活了。

这在北大不是什么秘密。

林彪有个女儿叫林立衡，体弱多病，成绩很差，在校读书留了两级。按北大规定，应劝其退学。林立衡的母亲叶群写信给北大中文系要求给予照顾，保留其学籍。事情涉及那么个大人物的千金，报告自然送到校长办公室桌上去了。在战争中失去一只眼睛的关东大汉陆平批示得简明扼要：按规定办。

执行这一批示的是崔雄昆和程贤策，任你是林彪之女，林立衡也无奈只好悻悻退学。本来这事也没多少人晓得。闹起了文革，程贤策吓坏了，逃到香山，在啤酒里混入敌敌畏，一气喝下，痛得在香山绿荫铺展的草地上翻滚、抽搐、呻吟、痉挛，当场死去。

到北大读书几年了，青南仍然无法适应北京的气候，冬天室外的寒冽且不去说，春末满天飞卷的黄沙，夏日里没有湿度的燥热，都使他觉得难耐。而今年的夏季，他几乎感觉不到这种不适。文化大革命形势的飞速发展，把他的心紧紧地攥住了。运动刚刚开始才两个多月，学校里的系、校两级干部，教授、讲师已有二百多人被打成了黑帮、走资派、反动学术权威。而不堪忍受折磨自杀身亡的，已有二十多人。全国闻名的北京大学，真有这么多坏人？青南当初报考这所大学时，对它可是充满了仰慕和崇敬心情啊！

从校外传来的消息，那就更可怕更骇人了。大兴县已打死了四类分子及其家属子女，北京市六中在红色恐怖的狂喝声里对黑七类子弟玩"扫堂腿"、"刀剁屁股"、"开水洗澡"、"油漆涂脸"、"火烧头发"的刑罚已到了惨绝人寰的地步。右安门一个诊所，一位病人打青霉素过敏死亡，医生被北京第二医学院的红卫兵活活打死在礼堂舞台上，罪名是故意陷害“红五类”子女……

青南在震惊和茫然中过着日子，他时时有一种被人揪住了头发根般的感觉。是的，青南的爸爸是个高级职员，青南的妈妈是银行里的小职员，他的家庭出身不是红五类，但也算不上黑七类。当然，若是查起三代来，那也是经不住查的，他依稀记得，祖父是破落地主，而外公和外婆，则是上海开纸烟店的小业主，店堂里也还雇那么三五个人的。幸好，他既非当权派也非权威人士，他仅仅只是个学生，安分守己用功读书的学生，在校期间又持明哲保身的人生哲学，没结下什么仇怨，无人来深究他家的底牌。他是为心爱的宾泓担忧，姜家将遭到什么样的冲击，仅仅只是像一般资本家家庭那样被抄抄家，搜查走一些账册、金银财宝、现金存折，还是会遭到毁灭性的冲击？他仿佛记得，宾泓的妈妈发疯，也是有人说她搞阶级报复，故意打针害死贫下中农。这件事，到了运动中，会被人重新提出来吗？若是提出来了，宾泓妈妈的命运会怎么样呢？青南简直不敢往下想，北大的环境也不允许他静下心来苦思冥想。

自从《北京大学七同志一张大字报揭穿了一个大阴谋》在六月一日晚八时向全国播放，六月二日的《人民日报》刊登了大字报全文，北京大学顿时变成了全国文化大革命的中心，日日夜夜都在沸腾。身为七人大字报之首的聂元梓，理所当然地被推上了中国文化大革命的政治舞台，成为神州上空一颗灿烂闪烁的新星。全国各地的大小报刊连续登载经过编辑精心布置安排的工农商学兵、各族各界人士支持聂元梓大字报的文章，从中国的四面八方，狂热的人们给这个并不相识的人寄来千千万万封声援信、电文。北大的校园天天都像开了锅，大字报布满了校园的每个角落，首都很多学校、厂矿、机关成千上万的人拥进了这一高等学府。只要聂元梓一出现，就被人们簇拥着、包围着，人们想听她发表高见，人们想一睹她那尊容，她由于大字报而成了一个传奇式的人物，成了一个显要的新闻人物，头顶上套上了光环，甚至连那张大字报张贴的地方，都由人特地设了一个讲坛，以供人山人海、络绎不绝的来访者瞻仰和排队登上台去表决心、呼口号。

七人大字报成了信号弹，成了势如暴风骤雨的无产阶级文化大革命在中国大地上兴起的进军号。

在这样的环境里，在这样的政治气候下，于青南几乎无暇顾及私情，他连给宾泓的情书都没时间写，也不敢写。他像所有的大学生们一样卷进了运动的漩涡，看大字报，参加辩论会，因一个小问题争论得面红耳赤。是的，他是学历史的，运动一开始，他就告诫自己，要用历史的眼光来看待、分析、判断一切的人和事，但他总又觉得，他将是中国第一代亲自参与了历史演变和进程的历史学家。他不能等闲视之不能袖手旁观，他正和所有的同时代人一齐书写着文化革命的历史。只是在稍有闲暇，在夜深人静的床榻上，他才能在心灵深处想一想宾泓，想象着远在上海的姜家花园会遭遇些什么。他和宾泓是高中里的同学，从相貌来讲，宾泓不是班上最漂亮的姑娘，她的衣着也极为朴素，直到升入高三，班上同学才知道她出身于大资产阶级家庭。而她的学习成绩，却始终和于青南一样在班上是名列前茅的。她从未在同学面前炫耀过家庭的富裕，逢到女生们叽叽喳喳地谈吃谈穿，她不是默默地倾听着便是悄悄地离开去。有的同学说她清高，而恰恰是这一点，吸引了于青南。由于成绩优秀，青南从来就把宾泓视作自己同一档次的同学。他们接近得十分自然，他们相处得相当客气和融洽，他们交谈得也比较投机。这样的关系终于使青南成为第一个有幸到姜家花园去做客的同学。要晓得在此之前，宾泓从未邀请过任何同学进过家门。青南问是何故？她说她怕，怕人说她在同学面前摆阔气，怕人说她故意炫耀剥削阶级的奢侈豪华的生活。大约恰恰是宾泓的这种性格，使得青南爱上她的吧！青南总觉得，在宾泓身上，没有那种资本家阔小姐的骄娇二气。相反，她非常胆小怕事，柔弱温顺，那双漠然的眼睛里时时闪出戒备什么的神情。这样的性格，到了如火如荼的文化大革命中，是要吃大亏遭大罪的呀！每当想到这一点，青南的心里总觉得不是滋味儿。

但他远在北京，这一丝惆怅和思念只能化为难以排遣的烦恼，他一时间回不去，不能很快地见到她。现在总算得到了一个机会，他回上海来了。到家的第一件事，他就是往她学校里打电话，然后匆匆忙忙地钻进浴间洗澡，洗去酷暑中火车上带回来的那股气味和满身汗垢尘埃。当一切都安顿收拾干净以后，他想宾泓应该来了，但她没有来。她在电话里说放下电话她就来的。从她任教的那所中学到青南家，路是不算远的，有半个小时是足能到的。她为啥还不来呢？青南已在窗口探过几次脑袋了，始终不曾见到她的身影。青南烦躁得在椅子上坐下又站起来，身上不时地在出汗，又咕嘟咕嘟喝尽了两杯白开水。当他再次满怀希望探头往弄堂里望时，他终于看到她了，她在沿着弄堂走进来、走进来。青南向她扬起了手，她没看见他，他抑制着自己没朝她喊，哦，他有那么多的话要问她，他有那么多的事儿要告诉她。

宾泓想到了青南会等得焦灼不安，她是被急切的想要见到情人的心情推动着，硬着头皮走进青南家弄堂的。那两个老阿姨只是瞅她几眼，并没盘问她。仅仅瞅这几眼，也把宾泓的心瞅得怦怦跳。

见到了青南，宾泓几乎不认识他了。他穿一条大热天里极不合时宜的洗得发白的军裤，眼睛亮得出奇，流露出他的兴奋和激动。他的目光追随着宾泓双眼闪烁出的疑问之色，解释说军装是目前北京最时髦的服饰，有了军装和一只红卫兵袖章，走到哪儿都能通行无阻，都没人敢来欺侮。他说北京的红卫兵有三个司令部，最初成立的以红五类为主体，由高干子弟控制的叫“红一司”；接着又有一个以劳动人民子弟为主体的“红二司”，现在最响亮的组织是以绝食出名的蒯大富为首的“红三司”。不过一般外地人分不清楚，看到一只红卫兵袖章就认定是首都来的，是来帮助“破四旧”，是到全国各地煽革命之风、点革命之火的。青南这次到上海，就是执行“北上、南下、西进、东征”，把文化革命推出北京、推向全国的任务。但他到上海来的目的，主要是为了看宾泓。

宾泓感动极了，忍不住扑进青南的怀里，无声的啜泣起来。到了这一关键时刻，姜家花园几乎是朝不保夕，一旦真被抄了家，宾泓很可能就将连栖身之所都没有。但青南仍然一如既往爱着她，她怎不动情，怎不深受感动呢？

青南抚摸着她，她依偎在青南的怀里。青南的双手，从肩膀慢慢地移到她背脊上，又移到她隆起的胸部，隔着衬衫柔柔地、慢慢地抚摸着她。她温顺地垂下了眼睑，不动声色地舒展着自己的身躯，任凭他的手解开她衬衫的钮扣，探进她的胸部。

她闭上了眼睛，只觉得一阵喷洒的水丝冲击在她赤裸的胸怀里，潮头般的水波在她的灵魂中扩散、扩散……

青南家太静了，静得简直如同一个世外桃源。很难让人相信，在文化革命掀起的高潮中，还能有这么一个安静的所在。青南的父母和弟妹似乎都晓得宾泓的到来，有意地回避着。半敞的窗户，夏日里的风把布窗帘不时地吹拂起来。

宾泓真想就这样永远永远地偎依在恋人的怀里，哪儿也不走，哪儿都不去，和青南相亲相爱地栖身在这幢安宁恬静的楼房中一间小小的屋子里。在这里可以太太平平生活，无波无澜地过日子，在这里不必担惊受怕，不必心神不宁。

陡地，一阵喊叫般的歌声气咻咻地传进了弄堂："……要是革命你就站过来，要是不革命，就滚他妈的蛋！滚、滚、滚，滚他妈的蛋！"

宾泓受惊地坐正了身子，顺手慌慌张张地扣着钮扣。

青南只向窗户那儿瞅了一眼，喃喃自语般说：

"好快啊！上个月江青在我们学校讲的话，马上就谱成了歌，唱到上海来了。"

"那还不是你们这些人的功劳。"宾泓斜了青南，"你们从北京带来的嘛！"

"是啊。"青南蹙眉沉吟着，"横扫得还不够，还要继续横扫、横扫……"

宾泓诧异而忧心地问："横扫什么？"

“横扫一切!”

“我不懂，青南，为什么好好的日子不让人过，为什么要这样乱折腾？为什么……”

“这种话，你在外头绝对不能乱说。”青南转过脸来正色道，“只要吐出一句，联系你的出身，打都要把你打死。”

宾泓吓得心“怦怦”乱跳，青南严肃的表情和峻厉的语气，是她很少见到的。好像是为了证实他所说的话，他随口便举了些例子。就在前不久，康生、江青、陈伯达、王力几个人，跑到北大，在东操场上开万人辩论大会，揭发批判工作组执行镇压群众的“资产阶级反动路线”。一个女红卫兵当众冲上主席台抡起皮带劈头盖脸地抽打工作组组长张承先，没遭到阻止，他说北京大学现在不是一所大学，而是一个政治舞台，中央的领导人来过不止一次了。七人大字报公布的第二天，康生喜形于色地来到北大，神采焕发地东走西看，气度不凡地在30楼和32楼间的空场上给师生们演讲，说大字报一广播，聂元梓解放了，他也解放了……青南给宾泓详细讲了大字报的内容及向全国公布的内幕。他还直截了当告诉宾泓，就是在大字报公布之后的这两个月时间内，运动出现了又一次起伏，而起伏的标志，就是派工作组和赶工作组的矛盾和冲突……

宾泓听得很是过瘾，她点着头说：“我虽然不晓得那么多，感觉还是有的，一会儿一阵风样派工作组，一会儿到处又在赶工作组，弄得人摸不着头脑，为啥非要捅到全中国去？这些事和我们小民百姓有啥相关？闹得人心神不定，日子都无法过。”

“我只以为自己思想准备不足。”青南委婉地说，“现在看来，你比我更幼稚。宾泓，实事求是地讲吧，这是政治，最大的政治。种种迹象表明了，刘少奇要被打下去……”

“真的？”宾泓吓了一大跳，“你别瞎三话四……”

青南沉思地说：“看来事情就是这样子，七月二十九日人民大会堂的会议上，刘少奇还讲了几句检讨的话呢。”

宾泓转脸望着于青南，两眼里布满了迷茫和惆怅的神情。

1980．4

刘少奇的子女刘平平、刘源、刘亭亭在《胜利的鲜花献给您》这篇怀念父亲的文章时写道：

> ……那天，我们从学校回来，发现爸爸、妈妈不在家了，只留下了一封长信。后来我们才知道爸爸和小平叔叔乘飞机去杭州向毛主席汇报运动情况，并请毛主席回京主持工作。毛主席委托爸爸相继处理运动问题。
>
> 7月16日，毛主席畅游长江。7月19日，毛主席回到了北京。7月24日，毛主席召开会议，批评爸爸和小平叔叔。7月29日，爸爸在人民大会堂万人大会上说："怎样进行无产阶级文化大革命，你们不大清楚，不大知道。你们问我们怎么革，我老实回答你们，我也不晓得。我想党中央其他许多老同志、工作组的成员也不晓得。""在新的条件下，在无产阶级专政的条件下进行革命，要重新学习，不仅你们要重新学习，而且我们也要重新学习，要在革命中学习革命。""派工作组是中央决定的，中央同意的。现在工作组这个形式不适合当前无产阶级文化大革命运动的需要，中央决定撤出工作组。"……8月5日，毛主席写了《炮打司令部》的大字报。

1966．7．16

他把手举起来一直举过头顶，十万人如浪似涛的欢呼声此起彼伏地响彻了长江两岸，响遍了宽阔的波涛翻涌的江面。成千上万参加畅游长江和站在两岸观望的人民高呼"毛主席万岁"的声音，在天地之间回荡。

他穿着条纹浴衣站在快艇上，挥手检阅正在长江中游泳的人流。他也向他的人民呼喊："人民万岁！"

在全中国，没有第二个人挥手时有他那样的气魄，有他那样的风度。他那带着浓重湘音的呼喊浑厚有力，传得很远很远。

“人民万岁!”

这是他出自肺腑的思想和感情。是啊，他热爱他的人民，他深深地信赖他的人民，他对他的祖国和人民有着如此厚重的眷恋之情。他经常说，全世界也好，中国也好，多数人是好的，百分之九十以上的群众和干部是好的。他们的心是善良的、诚实的，不是狡猾的，不是别有用心的。他发动的每一次运动都证明了他的论断。他本身就出生在人民中间，他的故乡湘潭在他出生的时候是地地道道的穷乡僻壤。自小他看够了骑在人民头上的土豪劣绅和剥削者的种种嘴脸，他深切体会到这片土地上人民生活的艰难困苦，他从青年时期就立下了根治这片国土上的疮痍和贫穷、扫除这片国土上种种不合理的剥削制度的雄心大志。无论在中国历史或是世界历史上，几乎难见出身于穷乡僻壤的人能如他那样完成这么多的壮举和伟大的业绩。他发动一场革命并使之获得了成功，书写这场革命的历史并制定了胜利的策略。因为有了他，城市和乡村的面貌大为改观，亿万人民才得以吃饱穿暖，生活得健康、幸福。乡村里成立了体现他思想的人民公社，城市里搞起了绿化并开始治理环境污染。生产在发展，他的人民在孜孜不倦地从事劳动，在恢复国家的经济。城市里的居委会管理着一条又一条街道上的治安，金钱再也不能主宰一切，物价稳定，取消了个人所得税，看病几乎是免费，人们有了最起码的医疗卫生条件。外国记者报道说在一片服装单调的人海里，你很难分辨谁是工人，谁是农民，谁是知识分子。殊不知这正是他的思想的体现。他的理论形成了一种思想，他的哲学引导着七亿中国人思考。他要带领他的人民在大风大浪中前进，在国际共产主义运动中开辟一条崭新的道路，就如同今天畅游长江一样，他要跟群众在一起。他多少次把人民比作水一样，而领导人就是游水者，并告诫他的各级领导者，不要逆水，不要骂群众，而要顺那个水。他之所以如此自信，是他相信我们中国人多数是好人，我们中华民族是个好民族，我们这个民族是很讲道理很热情的，很聪明的，很勇敢的。

他总是要造成这么一种局面，又集中统一，又生动活泼，又有集中，又有民主，又有纪律，又有自由。这么一种局面的产生，完全有赖于他倡导并建立起来的体制。人民崇敬他，全党信仰他，他也热爱他的人民。为使他一手缔造的共和国根据他的思想建立完善的制度延续下去，他一直在思考防止新社会蜕化变质这个问题，他怕新社会发生突变，走上歧途，他害怕它资产阶级化，害怕它变修。列宁故乡出现的卫星上天、红旗落地的悲剧，使得他认定在社会主义革命和建设时期，始终存在着两条道路、两个路线的阶级斗争。为了肩负起历史赋予他的时代重任，为了防止在中国土地上资本主义复辟，必须进行一场新的长征，打破那预示着腐败的平静，他要向全世界一切修正主义宣战，让中国走一条反修防修的道路，进行一场巨大的反修实验和演习。他不仅要揭露党内的修正主义者和走资派，还要通过这场斗争教育广大党员、干部和群众。近年来他一直在告诫他的人民，如果资本主义复辟、修正主义上台，人民就要吃二遍苦、遭二茬罪。他的思想和理论中关于党和国家要变质、变色、变修的阴影深深打动了全国的党员、干部、群众，且已形成一种普遍的社会心理氛围，为他即将发动和领导的文化大革命制定了必要的精神前提。他以更加严厉的目光注视着全党全国，他支持了姚文元《评新编历史剧〈海瑞罢官〉》文章的发表，一个半月前他在武汉同意康生广播北京大学的七人大字报。还在八天之前，他给他的夫人江青去信，以沉重的心情写道：“全世界一百多个党，大多数不相信马列了。马克思、列宁也被人们打得粉碎了，何况我们呢?”

如此严峻的局势并没有使他退缩怯场，相反他几十年革命生涯锤炼出来的反潮流精神和大无畏的斗争勇气，使他充满了决战的豪情。现在，号角已经吹响，烈火已经点燃，全国上下都已沸腾，他要像今天在长江里带领着人民游泳一样，激励着七亿中国人民到大江大海里去搏击。刚才他还对跟随他一块畅游长江的女青年说：“长江又宽又深，是游泳的好地方。长江水深流急，可以锻炼身体，可以锻炼意志。”世界上许多人不是总在推测他的身体状况和健康吗？他要让全中国、全世界人看到，他虽然已经七十三岁了，但他能在长江的大风大浪中游泳，他和他的人民一定也能在大风大浪中前进。

长江两岸、大江上下，人民还在朝着他高呼着响彻云霄的发自肺腑的心声：

“毛主席万岁！”

他还在朝着人民挥手，向他们呼喊：

“人民万岁！”

他是知道无产阶级文化大革命将怎样往下进行的，他是晓得这一场运动将达到什么目的。他要让世界人民看到一个崭新的真正依照他的思想屹立在东方的中国。

1966．8

弄堂里敲起锣鼓来了，有个苏州腔很浓的女嗓门在喊，每家每户，出来一个人作代表，上街游行，欢呼十六条的发表。她还像呼口号般嚷嚷，家庭妇女、退休工人也要参加文化大革命。

锣鼓声稍远稍轻时，宾泓两眼紧盯着青南的脸，说：

“这么复杂的背景，你还混在里面？”

“噢，你放心。我不乱讲话，决不会有任何贸然行动，我只是随大流。”

“随大流你也要避远点。”宾泓忧心忡忡地叮嘱。

“我懂。只是……你也晓得，人们都要投身这场触及灵魂的大革命。在大学里，要想公开当逍遥派，也会被人诅咒唾弃的。再说，我是学历史的，我有种预感，让我们这一代人亲身经历文化大革命，将来对我的学术研究，可能是有好处的。我还要求你呢，走到马路上，捡到的传单，买到的大批判材料、大字报底稿，统统帮我保存下来。现在这些东西不值钱，到了将来某一天，一张传单也会很珍贵的。”

宾泓大睁双眼瞪着青南，这个人归根结底是个书呆子啊。这种时候，他还有做学术研究的心思。想想，这大约不会惹出啥祸来，她默默点着头，说：

“以后看过什么传单，我不扔就是了。青南，你要答应我，千万千万别去参加什么派别，别卷入任何漩涡。你要晓得，我们家很快要遭殃，我……我无论如何不能再失去你了……”

宾泓哭了。她怕冷似地蜷缩在青南的怀里，青南的双手搂着她，紧紧地搂着她，像在对她下保证似的。

宾泓原想在青南家一直待到晚上，吃了晚饭再由青南伴送她回家，踏着柔柔的月光，顺着梧桐树冠罩下的浓郁的阴影，慢悠悠地走回去。可青南说他们同来的几位学生在等他，他虽不想参与任何决策和行动，但至少也得帮助了解一点情况。他的时间要到了，他不但不能留她吃晚饭，他也不能送她回家了，他们只能一起到公共汽车站。

宾泓凄然一笑，只能无奈地站起来。她吻着青南，任青南把她紧紧地、紧紧地拥抱了一次又一次。青南说了，回北京之前，他们一定再见一面。

回家的路上，宾泓一点也没因这次相逢感到欣慰，过去和青南幽会以后的那种轻松、愉快的心理，一点也找不回来了。她只觉得脑子里乱糟糟的，心突突地跳得比以往更凶，更不自在，那种六神无主、茫无所措的感觉，在听过青南滔滔不绝的一番话后更加厉害了。坐上公共汽车，她看到一家照相馆门口，正在焚烧结婚样照。

下了车步行回姜家花园时，迎面有帮红卫兵，把个留长波浪发型的少妇团团围在中央，一位腰扎皮带的女红卫兵，拿着把长剪刀“咔嚓咔嚓”把“长波浪”剪成了阴阳头，围观的路人和红卫兵们都在喝彩叫好。那个少妇脸涨得通红，想要哭又拼命抑制着不敢哭出声来。

步入弄堂里，弄堂里还静幽幽的，没任何不祥的迹象。宾泓走到刚能看见大铁门的拐弯处时，陡然收住了双脚。

姜家花园的大铁门敞开着，铁门两侧站着四五个臂佩袖章的红卫兵，从花园深处的家里，传出声声吼叫和嚷嚷。

宾泓的头脑里轰然一声响，眼前阵阵发黑，心倏地猛跳起来。来了，抄家的来了，果然来了，终于来了。她该怎么办？她本能地想要往家里冲去，想要急切地跑去看一眼。但恐惧和害怕的心理又扯住了她的双腿，她怕红卫兵扬起皮鞭，怕他们凶神恶煞的样子，听说还要抄身，虽说是女红卫兵抄，宾泓也觉得不堪设想。不，她不想回去，不能自投罗网，她得设法避开，远远地躲开！可她躲到哪儿去呢？血涌上了她的脸，两条腿却在一阵比一阵剧烈地打着寒颤，心跳得使牙齿都磕碰起来。她眼前的黑影散去了，妈妈的脸清晰地闪现在她面前。妈妈会是个什么样子呢？她若是发作起疯癫来，红卫兵会不会说她装疯卖傻，毒打她呢……宾泓不敢往下想了，她双手掩面，猛转身就往弄堂一侧跑去。

电铃声奇怪地响起来的同时，从花园大铁门外头，一阵阵“砰砰嘭嘭”的擂门声同时传进来。姜宾扬还听到一声比一声响亮的口号：

“大破四旧，大立四新！”

“横扫一切牛鬼蛇神！”

“打倒反动的资本家姜宗豪！”

“开门，快开门！不开门我们冲锋啦！”

“把吸血鬼揪出来示众！”

……

急促的、怒吼般催门欲倒的口号声、擂门声，陡然间停歇了下来，姜宾扬从二楼窗户疑惑地往大门口一望，赶紧缩回了头。大概是素贞阿姨把自动小铁门打开了，来抄家的红卫兵都没见过这玩意儿，疑惧地愣住了。仅仅片刻工夫，喧闹声又响起来，有人在喊砸烂它，有人说别忙砸，怕有鬼，冲进去断了电源再说，一阵杂沓的脚步声就冲进了花园。幽闭静寂的花园里传来几声惊呼：

“哎呀，好大啊！”

“他妈的，资产阶级的老爷太太、少爷小姐往得真舒服!”

“真像电影里的贵族花园!”

“冲上去，砸它个稀巴烂!”

……几天来一直心惊胆战等待着的抄家的狂风，终于刮到家里来了。奇怪的是姜宾扬并不像以往遇事那么慌张，他还是坐着，甚至没想到躲一躲或是避一避。也许，原先虽没经历过，但这些天里，听得太多太多，神经已有点麻木了吧！唯有胸膛里的那颗心，跳得像急骤的鼓点，任凭他怎样使劲地抑制，也不起作用。

楼下的落地窗门被重重地推开了，混乱嘈杂的脚步声涌进了客厅，有人在敲玻璃，什么东西被重重地砸在墙上，宾扬猜一定是那只清朝乾隆年间的大瓷瓶被打碎了，不然声音不会这么大。有人打开了钢琴盖，手在钢琴上一阵乱按。一个大嗓门在吼：

“让开，让老子来砸烂它!”

“住手!”一个脆亮得发尖的嗓门叫起来，“为啥砸烂它呢？把它抬进幼儿园，还能给小娃娃学唱歌跳舞用呢!”

随着钢琴盖“砰”的一声合上，喊砸的那个嗓门不满地道：

“资产阶级的东西，要它干啥!”

有人朝钢琴上重重砸了一拳，有人喊上楼去，一刹那间，咚咚咚的脚步声就冲了上来。再表现得无动于衷已不可能了，姜宾扬坐在椅子上，转脸朝门口望去，他先看到几个戴军帽的红卫兵的脸，他还看到桑振业的脸在门口倏地一闪就掠过去了。三四个红卫兵冲着他大吼大叫，要他站起来，走出房间去。一个手里拿扫帚的红卫兵，脸圆圆的，嘴里骂声“狗崽子!”手中的扫帚劈头盖脸就打了下来。

宾扬本能地用双手去护自己的脑袋，那红卫兵却在半空中收了扫帚，哈哈大笑：

“哈哈，王八蛋的丑态!”

血在往宾扬脸上涌，他从来没受过这样的侮辱，他真想不顾一切地冲过去唾还一口，但他仍忍住了，他克制着心头的愤怒气恼，他垂下了眼睑，朝门口走去。背脊上有人送了他一拳，他猝不及防，踉跄着冲出房门，险些跌倒。

“啊！”有人惊愕地大叫一声，宾扬仰起脸来，木然呆住了。

尹丽妮和一个单眼皮、小眼睛、皮肤白皙、个儿颀长的女红卫兵大踏步地向他迎面走过来。那声惊呼，正是尹丽妮发出来的。

姜宾扬万万没想到，会在这种时候和尹丽妮相逢，他瞅了她一眼，羞愧地不知所措地垂下了头。

“丽妮，你……你见过他？”尹丽妮身边的女红卫兵一开口，宾扬就听出来，这姑娘正是刚才在楼下阻止人砸钢琴的那位。他不由瞅了她一眼。

尹丽妮拉了姑娘一把：“不，我不认识他。李青艳，我们快去那儿看看。”

李青艳摆摆手，拦住姜宾扬问：“你到哪儿去？”

姜宾扬把手往刚走出来的屋子一指：“他们叫我出来的。”

屋子里，传出一阵桌椅倒地砰嘭乱响的声音。

李青艳把手一挥：“好，快到厕所里去，不准乱说乱动！”

姜宾扬点点头，朝卫生间走去。走过两个姑娘身旁时，他不由得用眼角掠了尹丽妮一下，尹丽妮也正用一双大而惊骇的眼睛紧紧盯着他，他连忙把脸转开了。

走到卫生间门口，伸出手拧门把时，宾扬按捺不住又往走廊里瞥了一眼，尹丽妮和李青艳两人的目光，还在远远地盯着他。他刚把门打开，陡地听到另一间屋里爷爷粗着嗓门在嚷嚷：

“啥问不得？国家有王法，抄家有手续，问你们是什么单位的都不能问吗？乌龟贼强盗，都能套上个红袖章冒充红卫兵，我就是要……”

“老甲鱼，你敢骂红卫兵是强盗！”随着这一声喝斥，宾扬马上听到爷爷的一声哀嚎。他向爷爷那间屋里冲去，爷爷正跌跌撞撞从屋里逃出来，额头上已经血糊一片。

“爷爷！”姜宾扬搀住爷爷大声喊着。

房间里跳出四五个红卫兵，姜宾扬转脸望去，这几个人全是他同班同校的，桑振业、杨志平、罗放、方菊莉。罗放是邻班同学，但他也住在永吉里，爱好体育活动，和姜宾扬是游泳时的伙伴，有几分友谊。他们四个一看见姜宾扬，不由得一怔，收住了脚步。

“老甲鱼，老子让你尝尝红卫兵的烙铁!”四个人身后，跳出学校里出了名的“咸带鱼”陶志雄，他抡起铜头皮带，朝爷爷打过来。

姜宾扬连忙拿身子护住爷爷，一皮带抽下来，打在他背脊上，痛得他直想躲脚。他一边推着爷爷走，一边避开身子。陶志雄又抡起了皮带。

“哎——慢着!”那嗓音脆得发尖的李青艳嚷嚷着跑过来，“先不忙打。问他，为啥抵制我们的革命行动?”

“他不肯交出保险柜钥匙。”杨志平忿忿地指着爷爷道。

“我确实没有钥匙啊!”爷爷的头顶还在出血，他被打怕了，嘶声申辩起来，“钥匙在宾扬爸爸身上。”

“是这样吗?”李青艳厉声责问姜宾扬。

“爷爷平时不同我们住在一起。”宾扬语气低弱地道，“钥匙是在我爸爸身上。”

“那你的爸爸呢?”桑振业声音缓和地问。

“他上班去了。”

“好，不准你给他通风报信!”李青艳尖厉地吼着，“把他俩关起来。”

“等一会儿，先搜搜他俩的身上。”方菊莉叫着把手朝杨志平一指，“你搜他爷爷的。”说着，她上前两步，逮住宾扬的衬衣袋，抖了两抖，又瞥了一眼，随后两只手拍拍姜宾扬的裤袋，摸了摸，息事宁人地道：“没藏金条!”

“有只皮夹子!”搜爷爷的杨志平嬉笑着举起爷爷那只厚实的有拉链的牛皮夹。

陶志雄劈手夺了过去，抡着铜头皮带道：“没收!老甲鱼，今天要不是有外校的女红卫兵，老子真想抽得你在地上打滚。快滚!”说着，虚抡了一下皮带。

姜宾扬连忙扶着爷爷，朝厕所走去。五六个红卫兵，都从不同角度监视着他俩。姜宾扬的眼睑在蝉翼般颤动，他留神了，尹丽妮自始至终都站在不远不近的走廊边，眼光复杂地盯着他。

他扶着爷爷刚进卫生间，门便被跟过来的人重重地关上了。门外，传来桑振业的喝令：

“陶志雄，把皮夹交给红卫兵团部!”

“呸!”陶志雄骂了声污言秽语，“这是老子的战利品。半夜里吃点心，人人有份。”

没再听到桑振业还有什么表示。宾扬晓得，爷爷的这只皮夹子，算是完蛋了。陶志雄在他们学校里，文革前就是一个响当当的令老师、教导主任、校长头痛的人物，扒窃偷盗、吃喝嫖赌，他样样都来，学校里给他记过一次大过。他父亲在小菜场卖鱼，母亲是永吉里的居委会干部，响当当的红五类子弟，现在当然是红卫兵喽。

望着雪白的瓷浴缸，宾扬还没从和尹丽妮的意外相逢引起的波动情绪中摆脱出来。她会怎么想象他？她曾经坦率地给他讲过她的家庭，而他，像坛子一样封得很紧，从来没对她提过自己的家。在捡到她的照相机之后，他还故意装成“阿木灵”，说不晓得照相机的实际价值。现在，西洋镜揭穿了，她一定会怨恨他，一眼把他看穿了，原来他是个剥削阶级子弟，是个狗崽子！她是怎样跑到姜家花园来的呢？肯定是桑振业邀她来的，没错，在辩论中他俩相识，相识后互有好感，桑振业说要到资本家家里破四旧，尹丽妮答应同往……一定是这么回事儿。

“贼骨头，强盗，一帮贼!”爷爷坐在抽水马桶色的盖子上，嘴唇嚅动着，低声地忿忿然地咒骂着。

爷爷真是不识时务！姜宾扬斜了爷爷一眼，血从爷爷的头顶上淌下来，淌到额角上，结了痂，乌红乌红的。他不由得有点可怜爷爷。爷爷七十岁了，历来习惯于把衣裳穿戴得整整齐齐，纤尘不染，肩胛或袖管稍有点不熨贴，他都要让人拿到裁缝那儿去重新改过。随便走到哪儿，都有人主动同爷爷打招呼，都晓得他是大名鼎鼎的达丰机器厂老板，百万富翁，很多人都尊重他。他一直过着潇洒的晚年生活，他哪里受过今天这种毒打和谩骂。但同时宾扬也有点厌恶爷爷，这不是因为婆婆死了以后爷爷续娶了一位阿婆，也不是嫌弃爷爷年龄大，他的厌恶完全是因抄家引起的，若不是爷爷解放前剥削工人，若不是他创办了达丰厂，当了资本家，谁会来他家抄啊！

“宾扬。”爷爷喊他了。他往爷爷身边走一步，疑问地盯着他。爷爷的眼睛睁得极大，脑袋始终微偏着，倾听门外传来的吼叫声、甩东西声和玻璃碎裂声。他的眉毛不住地颤动，嘴唇也一张一合不时抽搐，眼里闪烁着惊慌忧郁的光。多少人说过爷爷有一双炯炯放光的年轻人的眼睛，可这双眼睛里，此刻饱含着辛酸和愁悲。

爷爷扯住了宾扬的衬衣下摆，耳语一般道：“你得去打个电话。快，越快越好。”

“给谁打？”宾扬不解地瞪着爷爷。

“给你爸爸厂里。跟你爸爸说，快快报告厂里领导，一帮红卫兵在这里抄家，叫他们厂里快来抄家。”

宾扬没动。叫厂里人来抄家，和红卫兵抄家不是一回事嘛！难道厂里那些工人会客气点？况且，况且这会儿跑出去，弄得不好就要挨打。唉，还不晓得妈妈怎么样了？

“快去啊，宾扬。”爷爷催起来了，“你不去报告，家里东西要被他们抢光的。这帮强盗既不说是哪里来的，也不会开收据，抢光了怎么办啊！爷爷求你了，好吗？宾扬，你年轻，手脚灵活点。”

爷爷的眼睛里闪着泪光，急得要哭出声来了。宾扬的心收紧了，他明白爷爷的意思，厂里人来抄家，会开抄家收条，东西今后也有个查处。否则，所有东西都会像那只皮夹一样……

“好，我去打。”

“你爸爸的电话号码晓得吗？”爷爷问。

宾扬点点头，一步跨近门边，贴着门板，倾听卫生间外的动静。

楼上楼下都有掀翻东西的声音，走廊里仿佛安静一总。电话设在楼梯转角上，得趁没人注意的当儿，跑过去，用最快最快的速度拨号通话。

他拧开了门，走廊里没有红卫兵来回走动。隔着几道门，陶志雄在喊：

“嗨，来看，快来看资本家太太的照片啊！”

宾扬踮起脚穿过走廊，跑到楼梯口，一眼就看到了转角上的电话，幸好，电话线没被扯断。他一步一步往楼下走。楼下走廊里，杨志平在叫：

“快，把地毯拉起来，戳它几十个洞洞。”

宾扬来到楼梯转角，拿起了话筒，话筒里一串轻微的嗡嗡嗡声。他伸出颤抖的手指，心慌意乱地拨一个号码，又拨一个号码……他的心在狂跳，六位数电话号码，他觉得拨了好久好久。对方有人接电话了：

“喂，找谁？”

“姜宗豪。”宾扬轻轻地说。

“谁？讲响一点，听不见。”

宾扬又把爸爸的名字重复了一遍，对方以断然和不悦的语气说不在。宾扬急得毛发直竖，腿弯弯里在颤抖，他怕对方把电话挂断，更怕被人发现。

“喂，喂！”他不由得提高了声音，同时眼睛朝上溜了一下，他的血液刹那间凝固了，尹丽妮站在楼梯口，正居高临下地冷眼盯着他。对方又在催问什么事了，姜宾扬干脆放大了嗓门喊起来：“请你赶快报告厂部，有一帮红卫兵在姜宗豪这里抄家，有一帮红卫兵在这里抄家。请人务必报告。”

“好啊，姜宾扬，你在给谁通风报信？”楼下走廊里响起一声厉喝，杨志平、桑振业先后冲上了楼梯。

宾扬紧握话筒，粗声喊着：“请你快点报告，越快越好！”

桑振业和杨志平扑上来抢夺姜宾扬的话筒，宾扬避让着往后退，把话筒紧紧贴在耳朵上。对方终于答应了一声“好”，把电话挂断了。桑振业劈手夺过电筒，连声喝着“喂喂，喂!”没人答应他，他愤怒地把话筒往姜宾扬甩去。姜宾扬头一侧，话筒砸在墙上，墙皮砸落下一块。宾扬刚转过身想往楼上跑，楼梯口的尹丽妮被陶志雄一把推开，这家伙挥着铜头皮带，像条狼一样扑了过来。

宾扬想躲都躲不及了，他只好把头一缩，往陶志雄腿上拱去。陶志雄的铜头皮带落下来，打在宾扬肩头，宾扬痛得直咧嘴。

“这家伙抗拒抄家，阻挡我们的革命行动，把他押起来，送到派出所去!”李青艳尖脆的嗓门响彻了整个楼房。

“对!”桑振业把手一挥，“陶志雄、杨志平，你们俩把他押到派出所去。”

“我们也去!”李青艳一拉身边的尹丽妮，“我们俩是看到他偷偷摸摸打电话的。”

桑振业见她俩走下楼梯来，手一挥道：“好，我们一齐押他去。方菊莉，方菊莉，这儿由你负责。”

楼上的方菊莉手里抓了一大把照片跑到走廊里来，朝下瞥了一眼，答应了。

宾扬刚仰起脸掠了方菊莉一眼，头发就被陶志雄狠狠地扯住了：

“滚下去，狗崽子!”

宾扬没弄清是怎么回事，屁股上便挨了他重重的一脚，身子一歪，从楼梯上滚落下去。倒地的那一瞬间，他听到李青艳惊叫了一声，没等他抬起头，陶志雄和杨志平又同时冲下楼来，硬把他拖起来，反剪双手，像押犯人似地，押着他往大门外走去。

大铁门外停着四五辆脚踏黄鱼车，杨志平撒了手去开锁推车过来，陶志雄推着姜宾扬上了黄鱼车，逼着宾扬蹲下，又把他的头往车厢底板上按。

杨志平踏着黄鱼车拐出了弄堂，陶志雄和桑振业一左一右监押着姜宾扬。宾扬头垂得很低，却仍能感到，尹丽妮和李青艳坐在后边。天已近黄昏，马路上嘈杂喧闹、锣鼓声、口号声、宣传车里的喇叭声、自行车铃声、游街声响成了一片。宾扬不想让人认出自己，更不想看到任何人，他闭紧了眼睛，听凭他人发落。他记得桑振业上车时说了句，押到派出所去，太便宜他了，阻挡红卫兵抄家，给阶级敌人通风报信，死心塌地当资产阶级孝子贤孙，反动透顶，押他去公安局。

押进公安局的时候，宾扬心头一阵比一阵怕，他已经顾不上看尹丽妮在怎样瞅他，更顾不上留神她的言行举止了。他长这么大别说关进公安局，连派出所都没进去过。一旦关进去坐了监狱，什么时候会放他出来啊。他开始怨恨爷爷，懊悔听了爷爷的话，不打这个倒霉的电话，那就啥事儿没有。很多被抄过家的人，东西被抄走了，日子不还在过嘛。这下好了，连自由自在的日子都无法过了，要被关监狱了。监狱是个什么样儿，他不知道。他只在电影上看到过牢房，关进那里面，还有活吗？天哪，直到这时候，宾扬才意识到问题的严重，他还只有十七岁，他的青春才刚刚开始，他还没从中学里毕业，他就要失去自由，就要失去家庭，失去所有的一切吗？他简直要哭了。

公安局里也是一派混乱嘈杂的局面，公安人员进进出出，摩托车一会儿开进来一会儿又亮着灯开出去。一帮人围住两个公安干部，要求他们去逮捕他们单位的牛鬼蛇神；另外几个居委会干部，也要求公安局派几个人去帮助他们维持批斗秩序。电话铃响了，外面的交通警打来紧急电话，说游行队伍堵塞了交通，让赶紧去疏通。

陶志雄把宾扬押到门厅角落里，把他的脑袋一次一次往墙上撞，命令他老老实实低头认罪听候发落。桑振业和杨志平两人先进去找值班员联系。进去了好一会儿，杨志平跑出来了，说公安局不愿收，让陶志雄一齐进去帮着要求。陶志雄就叫尹丽妮和李青艳押着姜宾扬，跟着杨志平进去了。尹丽妮和李青艳等他俩一走远，就松了手。姜宾扬顿感好受多了，他先轮换地左右脚活动，继而站直了身子，然后干脆不再低着头，而把脸仰起来，只是怕她俩说他不老实，他仍垂着眼睑，不敢转过脸瞅她们。

大门外又吵吵嚷嚷起来，一大帮人推搡着一个呼天抢地痛哭流涕的中年妇女走进公安局。那中年妇女边哭嚎边喊叫：

“我没藏金子呀，我没藏金子呀！裤子都脱给你们看了，我藏到哪里去啊！”

那帮人还没找到进哪间屋，一帮红卫兵又押进个右派分子。红卫兵们连骂带打，那右派分子跺脚舞手地直着喉咙喊：

“你们凭啥抓我，你们有没有王法！”

红卫兵们说他反动气焰嚣张，一拥而上，拳脚齐下，把右派分子打倒在地。右派分子一边嚷嚷，一边哭叫：“眼镜，我的眼镜掉了……”

混乱中，宾扬根本站不住了，他被推搡了几次，只好回过头来，一看，监视他的李青艳和尹丽妮早被人堆隔在一边，走都走不过来。

这时他清醒地意识到，他只要转身走出门外，就自由了。他们没给他上脚镣，也没捆他，走出公安局，他就是个自由自在的公民，哪个认得出他？但他没有走，真要关他，走到哪儿他都要被抓回来的。再说，他仿佛一下子成熟了，既然公安局不肯收，就说明他不一定会被关，那他何必再逃呢？逃走反而罪加一等。

在地上翻滚哭叫的右派分子终于被人拖走了、门厅里又空荡起来。尹丽妮和李青艳笔直朝他走来，宾扬赶紧转过身子，背脊朝着她俩。

“还算老实嘛。”李青艳讥讽地道，“刚才，你为什么不逃？”

“我没罪。”姜宾扬不知哪里来的勇气，顶了她一句。

“没罪？你给亲戚通风报信，还没罪？”李青艳厉声说。

姜宾扬陡然一个转身道：“我给爸爸厂里挂电话，让厂里来抄家，有什么罪？”

“你狡辩！”李青艳虽在喝斥，脸色却并不凶，也没继续训斥下去，反而转过脸问尹丽妮，“他是给工厂挂电话吗？”

尹丽妮像遭受了侮辱般忿忿地道：“我没听见。”

“什么事？”桑振业和陶志雄、杨志平走过来了，三个人都怏怏不乐的。

李青艳反问："怎么啦?"

杨志平懊恼地摇摇头："白走这一趟。跟公安局讲了近一个小时，他们硬是不收，说这几天这种事儿太多了。红卫兵定的罪名，别说是阻止抄家，有抵触情绪，就是现行反革命，公安局都不能收。他们说了，定现行反革命，要有手续，像姜宾扬这种情况……"

"杨志平!"桑振业喝叫着阻止他，"公安局不支持红卫兵!"

"妈的，辩论了半天也没用。"陶志雄一甩皮带，朝墙上抽了一下，"走，送他进派出所去。"

宾扬心头有了底，不那么怕了。他们又把他往派出所送去。派出所门口在开批斗会，批斗一个隐瞒成分的逃亡地主，一盏大电灯从二楼上悬挂下来，雪亮的灯光里，杂乱喧嚣的口号声一阵阵响起，光臂膀拳头一次次举起。他们好不容易挤开一条路，走进了派出所。派出所说没关人的地方。桑振业、陶志雄、杨志平又到里屋去和派出所警察辩论。姜宾扬隔着一层玻璃窗，看到他们慷慨激昂、唾沫飞溅，舞动双手给警察讲。警察不时地一笑，或摆手，或摇头，或双手一摊，或拍他们仨的肩膀，不时有几句话声音吊得太高传出来，姜宾扬都能听见。警察赞扬他们的革命行动，说应该抄资本家的家，但是不同意关人，警察强调没有杀人放火投毒和呼反动口号，不能关。要是这种人都关，监狱里关不下。

最后桑振业他们仨只好退出来，忿忿地说今天算便宜了你，他们决定照派出所和公安局的意见，把姜宾扬关到学校里去。

再次坐上黄鱼车走了一段路，杨志平说肚皮饿了，踏不动车了，陶志雄也喊吃点东西再走。等到去吃时，三个男生又非要两个女红卫兵先去吃，说等她俩吃了回来，他们再去吃。

尹丽妮和李青艳去了十多分钟就回来了，她俩手里捧着煎饼，边吃边走过来，说让三个男生吃。三个男生说他们去买来再吃，急急忙忙走开了。尹丽妮和李青艳一边吃煎饼，一边看着姜宾扬。

大约到了晚上八九点钟了吧！姜宾扬肚里也饿了，煎饼的葱油香味一阵一阵随着夏夜的风吹过来，直诱他的食欲。他暗暗吞咽了几口口水，把头歪在黄鱼车上。

陡地，宾扬觉得自己的大腿上落了一块东西，他惊讶地睁眼望去，是一块切成三角形的煎饼，葱油混合着芝麻的香味儿，一阵一阵直冲他的鼻子。他的心头一热，这是哪个丢给他的呢？尹丽妮还是李青艳？他顾不得细想了，他觉得这一定是尹丽妮买的，他双手捧起煎饼咬了一口，哎呀，好香啊！这类粗俗的面食，平时是从来不买进姜家花园的。学校里哪位同学买来当早点，拿在手里吃，宾扬总是不屑一顾的。没想到，这会儿吃起来，滋味竟这么好。

宾扬小心地用身子遮掩着煎饼，闭着嘴轻轻地咀嚼、吞咽，细细地品着味儿。当听见尹丽妮和李青艳在他背后隔着黄鱼车谈论公安局里那个中年妇女时，他大着胆子侧转脸，用眼角偷偷瞥了她俩一眼。两个姑娘的背脊朝着他，几乎没把他当回事。

1980．9

夜的马路两侧、十字街头，高高低低、远远近近全是眼睛般的灯光。闪烁的汽车的尾灯，腾跃变幻的霓虹灯，飞泻而下的高楼大厦悬挂的装饰灯，笔直的伸展到远处去的路灯，围裹在缕缕热气中的饮食店灶台上的灯……所有的灯光、灯影全在宾扬的眼睛里晃悠摇曳。在潮水般的自行车铃声里，轻快悠扬的音乐从什么地方传了出来。

宾扬回头瞅了一眼刚刚用过晚餐的那家本地饭馆，确信那悦耳的音乐不是饭馆里的录音机传出来的。他不由得站定下来，侧耳捕捉着喧闹的市井声里的音乐。

每顿饭后都会不期而至地涌来的那点孤独感，那种寂寞而惆怅的心理，又升了起来。酒醉饭饱，精力旺盛，他却不晓得到哪儿去，不知道干些什么。难道上百万的巨资归属于他，他就该过这样一种日子！

宾汶对他说，宾扬，你的当务之急，是找个对象，成个家，这样你的精神就会有个依托。可她自己呢，苏彦死去都十多年了，她还同牙牙一起守着苏家二老，相依为命地过日子。她就不孤独，不觉得寂寞？

找个对象。

宾扬苦笑了一下。玛雅来找过他，打了他两记耳光，又远远地离去了。挨了这两记耳光，他什么心思都没了，连下决心要给哥哥宾成写的信，也只写到一半，丢在那里。

什么人开玩笑说的，对了，是方菊莉说的：“姜宾扬，你还怕找不到对象？真找不到，我给你出个主意，你在胸前挂块牌子，上面写着：本人继承遗产百万，欲求爱人一名。保证有几十上百的姑娘排着队找上门来……”

这玩笑开得太俗。不过，宾扬心里是清楚的，把他的条件讲出去，托点人，哪怕仅仅只托自己的两个亲姐姐，她们都会通过各种各样的关系，给他送来一个年轻貌美、温柔可爱的姑娘。

他之所以至今不松这个口，就是在期待，期待着一位意中人。

到了他这个年龄，对待爱情，已经很少有那种想入非非的浪漫情调了。

他终于分辨清了，音乐是从街对面的电影院里传出来的。听说电影院的地下室里，利用当年的防空洞，装修成一个别致的轻音乐茶座，他还从来没进去过。他被那音乐吸引着，朝人行横道走去。

马路上正在过车，他被迫站在马路边，滞留了两三分钟，等长长的车队开了过去，才和一群路人一齐过了马路。

电影院地下室里的音乐陡然转成节奏鲜明的电吉他弹奏，“咯咯嘭嘭”的击打声，盖过了十字街头的一切声音。

宾扬决定进去消磨一个夜晚。正在往台阶上走，一个声音喊着他的名字：

“姜宾扬！”

宾扬转过脸去，电影院门口飞泻跃动的霓虹灯影里，尹丽妮正从斜对面的台阶上居高临下盯着他。

她打扮得很年轻，裙子、衬衣、小巧的拎包，花瓣式发型使她显得秀丽动人。

“丽妮!”宾扬情不自禁向她迎上去。他是想称呼她全名的，可唤出声来的，却是两个字。

她浑身一震。他看出来了，她目不转睛地盯着他，她的鼻翼在翕动，她的嘴角也抑制不住地蠕动着。他发现她很激动。他先镇静下来，淡淡一笑：

“你……买电影票?”

“哦不，不是。”她急忙摇头。

“那你……”

“我找妹妹，找妹妹云妮。”

“没找到?”

“嗯。”

“她怎么啦?”

“呃……”丽妮的眼里噙满了泪，张了张嘴，无从说起地向四面环顾。

“我们……”宾扬提议，“走走吧。”

“不，就在里面坐坐，里面还清静。”丽妮转过身，带头朝里面走去。

宾扬跟着她朝右侧的楼梯走过去，从地下室里传来的男女声伴唱，直灌进宾扬的耳朵。丽妮踏上楼梯，往二楼走去。

二楼的厅堂里静无一人。电影正在开映，通向楼座的两扇门紧闭，只有隐隐约约的对话声从场子里传出来。地下室里的音乐声，也变得遥远了。

宾扬跟着尹丽妮在靠窗的一张休息椅上坐下，他无意识地扫视了一下厅堂，墙上挂着几张影坛新星的彩照。宾扬还记得，六十年代他还是中学生时，这几个位置同样挂着男女明星的照片，不过那是黑白的。他记得其中有一张是上官云珠，听说她在文革中已经死了；另外一个他喜欢的男演员，前几天他翻电影画报，这个男演员已是个老头儿了。而眼前挂的这些新星照，他一个也不认识，彩照下都有新星的大名，光线淡弱，他看不清楚，也不想去看。

“你说你妹妹……”宾扬主动拾起话题。

“云妮堕落了。”尹丽妮轻轻吁出口气，叹息道，“整天在舞场、音乐茶座、咖啡厅和宾馆里混。我找她，找她回家去。”

尹丽妮讲起妹妹，哭了。她转过脸去，不让他端详她的泪脸。

“噢!”宾扬还能说什么呢，听到这种事，除了叹息和沉默，他实在找不到话讲，安慰、同情的话，都是多余的。

马路上两行人在拌嘴争吵，很多人围过去看。宾扬朝窗外瞥了一眼，把话头岔开去。

“你呢?”

“我!”她睁大泪眼瞅了他一下，从小巧的人造革镀锌壳挎包里，掏出手帕拭着脸上的泪，“你没听说?”

宾扬听说了，他听说尹丽妮已同桑振业离婚，他听说尹丽妮提出离婚的时候，桑振业不同意，不过最终还是离了。是的，他点了点头，找不到话讲。

“你呢?”尹丽妮反过来问他了。

宾扬抬起头，正眼望着她。她也大睁一对泪眼，充满希冀和期待地望着他，他看出来她仍然很激动。他能讲很多，他回到了上海，他被确定了遗产继承人的地位，姜家花园还给了他，他承继到了在中国可说是巨额的遗产，他……可说这些有什么意思呢？他苦涩地一笑：

“你没听说吗?”

“没人给我谈起过你和你的家庭，没人。”她不再盯着望他，垂下头，不无遗憾地说，“当然，你家落实政策那些事，我全听说了。我想过去看你，不过我又怕……怕遇到你的……你快成家了吧?”

宾扬微微笑了，笑得甜蜜而又坦率：“是很想有个家的。不是嘛。经过了这么多年的苦难，经历了那么多几乎是不堪回首的折腾，是想早早地有个归宿，有个温暖、安定、幸福的小家庭了。我的两个姐姐甚至比我还急……”

宾扬察觉到尹丽妮的脸色变得冷漠而又惶惑，他不想往下说了。

“她是搞什么工作的?”他一不说，她又忽然转过脸来问。

“你问谁?”

“你的对象啊。”

“呃……”宾扬又苦笑了，“尹丽妮，你真以为找一个心心相印、忠贞不二、至死不渝的伴侣是容易的事吗?”

“你……你别来骗我!”她叫起来了，她的脸上闪出了红晕，眼睛里熠熠放光，“姜宾扬，说真的，你如结婚，我去喝你的喜酒。”

“欢迎你来，不收贺礼，可以让你尽情地一醉方休。”姜宾扬正色道，“尹丽妮，不过我得告诉你，不是开玩笑。我三十一岁了，从懂得和女性打交道，至今为止，还没一个姑娘真正爱过我。我从来没有得到过真正的爱情，如果这人世间确有真正的爱情的话。”

尹丽妮突然呜咽起来，她双手掩着脸，手里的那方手帕掉在膝盖上，又落到地上，她几乎没觉察。她耸动着双肩，她低声地啜泣，她的双腿无意识地在地上踢打。

她哭得很伤心。

宾扬看得出她是真伤心，他的心在这一瞬间也酸楚痛苦地抽紧了。他俯下身去，捡起她失落的那一方手帕，手帕上湿潮潮的，那是她的泪，伤心的痛悔的泪。他细心地小心翼翼地把手帕折了起来。

她还在哭，一边呜咽一边断断续续地吐出听不很分明的话来：

“你是在责备我，呜呜呜……嗯嗯，我知道，你在恨我。可……可我嗯嗯……可我当初、当初确实是一片真情地爱着你，真的，一片……”

宾扬折叠着手帕的双手一动不动地僵住了，他惊愕地睁大两眼，泥塑木雕般坐在那里。

马路上传来汽车驶过的隆隆声，地下室的音乐茶座有歌星在唱流行歌曲了……放映场子里，传出那女主人公的自白般的喃喃话语：

“……哦，对不起，我爱过你，别人我谁也没爱过，以后也不会。可是……”

宾扬的心愈加感到沉重起来。

1966．8

自从那次高桥海滨之游之后，尹丽妮天天在等待姜宾扬的电话。她想过，最多一两个星期，他就会打来电话，他们又能双双相约跑到一个谁也不知道的地方去玩了，玩得那么舒畅，玩得那么高兴。她和谁在一起，都没像同姜宾扬在一起那样，玩得如此尽兴和欢乐。清晨醒得早，她会躺在床上，双臂抱着松软的枕头，大睁着一对亮晶晶的充满笑意的眼睛，回想着和姜宾扬在高桥海滨玩耍的每一场景、每一细节。每当回想起她喝令姜宾扬转过身去不要看她，每当想起她累得疲乏之极情不自禁把脸靠在蹬自行车的姜宾扬背上时，她的脸上就烫乎乎、烫乎乎的，久久不会退下去。当她从床上跳起来站在梳妆台镜子前时，她发现自己的脸上一片辉亮一片红晕，双眼亮得像宝石般放着光。到了学校里，李青艳和其他同学见了她，都在说她越变越美丽了。听到这种议论，她常常会神秘而又含蓄地一笑，似是漠然视之，又仿佛让人捉摸不透，给人一个甜甜的悠长的目光。即便在大白天，在济济一堂坐满男女同学的教室里，她都会经常产生遐思冥想。特别是在老师讲课的时候，教室里很静，同学们都在聚精会神地听讲，她起初也是听得很专注的，陡然间，老师的话听不见了，眼睛里只看到老师在做手势，嘴在动，而她的脑子里却想着完全与课毫无关系的场景、画面。她经常像在梦境里一般，看到一汪水面，一个无边无际的湖，湖边长着稀疏的芦苇，芦苇被春风吹得微微倾斜，湖面上笼罩着雾岚，像被风吹散了，朦朦胧胧的湖光水色中，似漂似泊着一只柳叶般的小船。哦，她就像那只小船，在茫茫无边的湖泊里漂荡。她记不起在哪儿见过这样的湖。画面上？公园里？下乡参加三夏劳动时看到的江南水乡的景？都不是。但那湖却明晰地出现在她的意识中，仿佛湖岸边就是她的故乡，她从小长大的地方。哦，湖面上水漫漫雾茫茫永远不散，永远辨不清四周的远山和村落的景致。五月里有几个雨天，放学时雨下得大她走不了，男女同学中都有家长和兄妹送伞送雨披来，她大睁着一对眼睛，心突突地跳，期待着、期待着在走出校门那一瞬间，姜宾扬会带着伞站在校门口斜对面那家杂货店的屋檐下。她甚至想象得出他站立等候的姿势，他撑着伞走过来的姿势。她和他撑同一把伞，沿着雨天的马路走去，走进林荫密布的公园，走进那湖光山色的画面。哦，她又幻想起来了。她明知这样的事不会发生，但她耽于这样充满诗情画意的浪漫的幻想，她从中能得到乐趣、得到满足。她想他了，不，她不承认，她决不想他，她相反地有点恨他……

四月在期待中过去了，家里的电话机里始终没传来他的声音。每次电话铃响，即使爸爸妈妈在家，她都会跳过去，抓过话筒，只要响起他的声音，她一下子就能听出来，不需他报姓名。可是她失望了。但她又不承认自己的失望。五月的头几天里，她想去他的学校里找他，或放学的时候，站在校门口等他。她现在懊悔了，没有问他的家住在哪儿，没有问他是初三级几班的。怪只怪她太自信，她太自以为是了，太相信自己的魅力了。她变得敏感、烦躁起来，有一回她做作业，吸了墨水笔尖还是书写不出来，气得她把笔猛地扔了，扔了之后她又后悔竟然扑倒在床上嘤嘤哭了好一阵。回家来的爸爸知道了，反而过来安慰了她半天。

幸好五月里酝酿的疾风骤雨渐迫近，幸好伟大的无产阶级文化大革命及时掀起了狂澜，形势几乎不容尹丽妮伤感和颓丧。到了五月下旬那几天里，尹丽妮就学的女中几乎上不成课了，姑娘们为教育革命的远景而憧憬，伙伴们为阶级斗争的严峻局势而萌生按捺不住的激情。当广播里播出北京大学的大字报，当报纸上连续发表了七篇火药味很浓的社论以后，尹丽妮所在的学校每天的课程几乎就全是学习这些社论了。这所女中历来就有革命的传统，解放战争时期，女中就掀起过“反饥饿、反内战”的游行，声誉几乎可以同上海的名牌大学“复旦”、“震旦”、“交大”、“同济”媲美。在这关系中国命运的关键时刻，她又怎能自甘落后？从初中一年级到高中三年级，从十三四岁的少女到十七八的大姑娘，人人都为毛主席的身边竟然还躺着赫鲁晓夫而愤怒得发狂，天天都要在教室里尖着嗓门议论半天怎样防止中国改变颜色，怎样杜绝资本主义的复辟，怎样砸碎滋生资产阶级的温床……

尹丽妮是一个老共产党员、革命干部的女儿，她怎会游离于这场革命风暴之外。她同好朋友李青艳义不容辞地投身于文化大革命之中，揪斗阶级敌人，横扫牛鬼蛇神，写大字报批判几年来执行的反革命修正主义教育路线，炮轰党支部，刷大幅标语，呼革命口号。当北京传来成立红卫兵组织的消息，女中的红卫团也很快在阶级斗争的大风大浪里成立了，尹丽妮和出身工人家庭的李青艳当然就第一批加入了红卫兵。当北京传来红卫兵已杀上社会，从首都北上、南下、东征、西进的消息时，女中的小将们当然也觉得在小小的校园里闹腾已无多大意思了。她们还不想跑到外地去，她们一时还没那么大的勇气，但是在上海市的范围内，她们应该和所有的中学联合起来，她们要去大学里取经，和全市的大、中学生一起，把轰轰烈烈的文化大革命进行到底。她们以红卫兵排为单位，加入破四旧、立四新的队伍，她们要同很多很多中学的红卫兵串连，组成浩浩荡荡的红卫兵大军，向一切牛鬼蛇神，向资产阶级反动路线勇猛地进攻。尹丽妮的精神整天处于激动、亢奋之中，她一早走出家门，总要到夜深人静，才回到自己的家里。有几次，在充塞着人流和口号声的马路上，在复旦、华东师大川流不息的人群中，在夜深人不静的大字报前，尹丽妮会突发奇想地环顾周围的一张张脸，希图在晃摇变幻的每张虔诚、狂热而又显迷乱的脸中间，意外地见到姜宾扬。那时她该多么欢喜，那时她该多么兴奋！他在哪里呢？他在学校参加红卫兵了吗？他一定也在哪所大学、哪条街上在看大字报吧！对于他的参加红卫兵，他的积极投身于运动，她是丝毫不怀疑的。不是嘛，他连那架名贵的罗莱弗克斯相机的价值都不知道，还说它只值几十块钱，她一想起这事就会忍不住发笑。

今天在街上参加关于对联的辩论时认识了桑振业，听说他是邻校的红卫兵团副团长，正是尹丽妮和李青艳她们这个女红卫兵排计划要串连的对象，尹丽妮高兴极了。辩论结束，桑振业说永吉里居委会已来联系过，属于他们地段的姜家花园至今没有破四旧，也没抄过家，要求红卫兵去抄家。他邀女中的红卫兵们参加时，尹丽妮和李青艳爽快地答应了。两个学校的红卫兵，分坐五六辆黄鱼车，冲进姜家花园时，尹丽妮一眼看出来，这是一户大资本家，花园好气派，别墅似的洋房好富丽堂皇。她几乎没有打听这户主人是开什么厂的，姓什么。是的，桑振业介绍时说过这里叫姜家花园，她听过就算了，一点没往心里放，她还以为这家人姓蒋呢！在她心目中不管姓蒋也好，姓王姓张也好，只要是剥削劳动人民的吸血鬼资本家，一律都在横扫之列，一律都该狠狠地触及灵魂，管他姓什么呢！

当她在二楼走廊里一眼认出姜宾扬时，她太觉意外太感震惊了，她不由自主失声叫了起来。李青艳已经留神到了她的失态和颤抖的声音，一直在有意无意地窥视她的眼神和举止。她只能极力掩饰着自己，克制着自己，随着心怦怦地骤跳，她的脑子里乱成了一团。她恼恨自己怎么会同一个狗崽子交上了朋友，她怎么没有一眼穿透他那伪装的面目。天哪，他说不认识照相机，他说照相机只值几十块钱，全是装出来的，全是为了博得她的欢心。她的心躁动着，她真想不顾一切地咒骂他一顿，责问他为什么骗她。可她、她、她什么也没说，她甚至拼命掩盖着她曾和他相识的真相。幸好他也装作不认识她，幸好他一点也没显露出来。现在一切都可以解释了，他为什么久久地不在她的面前出现，他为什么再也没有来过电话，原因是文化革命开始了，他和所有的剥削阶级、牛鬼蛇神一样预感到了灭顶之灾。照理，了解了这一切她心头该坦然了，她可以庆幸一番了，她再不必想他了，再不必有那种说不出口来的失落感了，她可以毫无包袱地投身于如火如荼的文化大革命了。

天晓得是怎么回事儿，她一点也不高兴，一点也没庆幸的心理，自从和他相逢那一刻起，她的心一直是忐忑不安的，她一直在惦记着他，这真是罪恶的念头。

他走出卫生间到楼梯转角处打电话时，她早发现了他，但她没有喝斥他，只是远远地盯着他的一举一动。听到他当真在通风报信时，她真恨他，恨他不愿同剥削阶级家庭划清界限，恨他甘愿充当资产阶级的孝子贤孙，可当陶志雄抽打他的时候，她又觉于心不忍了，以往她从来没有这么软弱过。她觉得根据他的表现该押进公安局关起来，但当真把他送到公安局看到他将被关进监狱时，她的心又似猫爪抓着一般火烧火燎。桑振业让她和李青艳先去吃饭时，她们为抢时间只买了几块煎饼。在掏钱时，李青艳望着她突然说：

“我们给他买一块吧?”

“随便你。”她惶惑地答着。

“买还是不买?”李青艳如同摸她心思一般非逼着她表态。

她真怕瞅李青艳那双小小的、犀利的眼睛：“你要买你就买吧。”

李青艳多买了一块煎饼，并且真丢给了他！她们怕他难堪，更怕他抬起头来问她们什么，故意背着身不看他。在公安局门厅里，嘈杂纷乱的人群拥进来时，她俩也远远地离他足有十几步，还被人堆隔断了。他完全可以逃出去，她俩追不上他，他身上也没被捆被绑，可他却没逃跑。尹丽妮奇怪李青艳为啥对姜宾扬流露出一份同情，李青艳和他素不相识，是她……是她对姜宾扬也生出了好感?如若真是这样，那这个男人这个姜宾扬真是一个危险的家伙，一个魔鬼式的人物。

把姜宾扬押回学校监视起来以后，尹丽妮再没情绪返回姜家花园了，她借口家里有事向桑振业他们告辞了。李青艳和她一起回家，当她俩单独在马路上走着的时候，她以为李青艳一定要问她什么，结果李青艳却什么都不曾问。相反，她觉得平时话多得喋喋不休、性格风风火火的李青艳，今晚却显露出若有所思的神情，好像很怕她说什么似的。

回到家里，爸爸妈妈正在吃晚饭。时间已近十点了，妹妹云妮一边围着饭桌转，一边滔滔不绝地在给爸爸妈妈讲她上街宣传破四旧看到的好多事儿。爸爸妈妈心不在焉地听着，丽妮觉得爸爸妈妈脸色沉郁似有什么心事。见她回来，爸爸问在学校忙什么，她随口说跟红卫兵抄家去了，抄一户大资本家的家。爸爸的脸色当即严肃起来，他招手让丽妮坐到饭桌前，明确表示不赞同丽妮去抄家。爸爸说，一个人如果犯了罪需要查抄罪证，公安机关会按手续去抄的，不消由红卫兵代劳，而红卫兵现在随便抄家，是犯法的。爸爸见丽妮露出不解的脸色，解释说我们党对民族资本家的政策是赎买，对他们每一个人，是要求在社会主义革命和建设中逐步改造成劳动者，改造成新人。赎买政策贯彻执行得是极为成功的，受到国内外瞩目，现在忽然一下子去抄家，把什么都弄颠倒了，人家还会相信我们吗？我们把溥仪皇帝都改造过来了，我们当然也有信心把民族资产阶级改造过来。

平时，丽妮是很信赖爸爸、听爸爸话的。可今晚爸爸说的这番话，却使她难以接受。当然讲道理她讲不过爸爸，只是革命的烈火已经熊熊燃烧起来了呀，爸爸难道看不见？她辩驳道：

“不是说，要横扫一切牛鬼蛇神，对所有阶级敌人实行专政吗？”

“‘专政，这是一个残酷的、严峻的、血腥的、痛苦的字眼，这样的字眼是不能随便乱讲的。’孩子，这不是我的话，这是列宁说的话。”爸爸说话的语气凝重而又深沉，脸上露出丽妮很少见到的复杂表情。

“可毛主席支持我们红卫兵的革命行动，该对反动派造反有理。”丽妮很想这样反驳爸爸，但她没有说出口。一来她察觉爸爸今天的情绪不好，二是她自己心头也是乱糟糟的，她没有在家里辩论一场的激情。

夜深了，即使在她家居住的幽雅僻静的弄堂里，仍还能听到马路上宣传车里的喇叭声和隐隐约约的锣鼓声、口号声。

尹丽妮躺在床上辗转难眠，她闭上了眼睛，却分明地听到了自己的心跳，分明清晰地看到了姜宾扬的脸——一张生动的很富男子汉气概的脸。他不是那种彬彬有礼、温文尔雅、很会取悦姑娘的男子，他也不是那种粗犷豪爽、容易令姑娘钟情的男子。他的脸算不上英俊，却生得有棱有角线条分明，前额耸得挺高，眼神坦率诚恳，鼻子不高却很挺，这使得他的整张脸都生动起来。尹丽妮很难把这张脸从自己的记忆里抹去。不错，现在她恼恨他，恨他出生在那样一个富足豪华的家庭里，恨他是个狗崽子，恨他曾经像耍小孩似的骗了她。可是、可是……可是她心头又有一个声音在发问：他没给她讲自己的家庭就是欺骗她吗？她也没问过他呀。若是他在她面前炫耀花园洋房，炫耀他家的富丽堂皇，那才真叫浅薄讨厌呢！他不讲更主要的是怕她嫌弃、怕她心头产生其他念头吧！

鬼使神差一般，她失眠了。她从来不曾如此烦恼过。她要忘记他，尽快地忘记他，把她曾经对他有过的思念，全都忘记，全都置于脑后。唯如此时她的心才会得到安宁，才能全副身心地投身于文化大革命。

第二天一早她就到学校去了。李青艳约她到邻校去找桑振业，说和他商量相互串连、互通情报的事。她陪青艳去了，但是到了那儿她们没找到桑振业，于是她俩就在校礼堂一边看大字报一边等桑振业。看大字报时丽妮又想到了姜宾扬，她记得他昨晚上被关在堆放体育用品的一间仓库样的房子里。今儿不知道他怎么样了？有人给他送早饭吗？咋晚上他又是怎样睡的呢？

临近中午，桑振业还不见影，她俩便在校园里四处乱走。在食堂附近，她们终于碰到了一个熟人，丽妮记得她好像是红卫兵排长，叫方菊莉，抄家时很泼辣的。她正端着饭盒在吃饭，脸颊上几颗细小如芝麻的黑痣随着咀嚼扭动着。她说别找桑振业了，桑振业要和学校里的一批红卫兵骨干，当晚赶赴北京去，毛主席在 1966 年 8 月 18 日接见了首批红卫兵，说不定还会接见第二批、第三批的，桑振业正忙着组织队伍打点行装呢。丽妮连连点头，她很想问问姜宾扬的情况，但她开不出口。倒是李青艳随口问，昨天抓到学校关押起来的那个狗崽子，态度老实了吗？

方菊莉嘴里堵着一口饭，口齿不清地说，有人把他放回家了，不止放了他一个，近几天里学校关押起来的黑七类子女，全放回去了。她不知从哪儿得来的消息，说这样做不对，这也是群众斗群众的一种方式，干扰运动大方向。方菊莉一边说话一边喷洒饭粒，但她毫不在意，还在不停地说。

尹丽妮却听不见她又说了些什么了，她只想拉着李青艳快点离去。她好像为姜宾扬的释放感到欣慰，但又莫名其妙地感到一阵惆怅。有过了抄家这一段插曲，她和姜宾扬的联系是彻底地断绝了，而这件事究竟是怎么发生的，她一点也讲不明白。

有人把她从拥塞的人群里拉出来，她很恼火。转脸一看，拉她的是童玛雅。宾涓沉着脸，轻蔑而不屑地瞪了这小姑娘一眼，拉拉扯扯的，像个什么样子，真是个地地道道的姨太太的女儿。宾涓正在看牛鬼蛇神戴高帽子游街，这些天里，游街戴高帽子，已经不是新鲜玩意儿了。不过宾涓还从来没见过这样的游街场面，从来没有见过这么高的帽子。被游街的牛鬼蛇神有逃亡地主，有资本家的小老婆，有阶级异已分子，还有街道上的坏分子和破坏文化大革命的现行反革命。宾涓亲眼见一个红卫兵把满满一桶浆糊扣到一个现行反革命分子头上，随着那家伙一声哀叫，浆糊滴滴答答顺着他脸颊、胸膛、背脊往地上淌，眨眼的工夫，一张粗黑的墨迹未干的大字报贴在了他的背脊上。还有那个阶级异已分子，头上那顶纸糊的高帽子，足有两尺半高，他稍一低头，高帽子就要掉下来，他非得把头仰起来，高帽子才能戴正，可他刚刚戴正，愤怒的人们又吼起来，要他低头认罪于是乎，高帽子戴上去掉下来，掉下来又戴上去，引得围观的路人们一阵阵发笑。

宾涓也在笑，这有点儿好玩，她看得刚来兴致，玛雅却把她拉出了人群。

“有啥事？”她没好气地问。

玛雅的脸色十分紧张，满眼露着惊慌之色，她告诉宾涓姜宾扬被红卫兵押到公安局去了，她亲眼看到的。她说这几天她妈妈让她有事无事到姜家花园附近转转，看看姜家被抄了没有。她今天过来正巧看见红卫兵在抄姜家花园，她在附近徘徊，想晓得个究竟，天近黄昏，她看到宾扬被押了出来。

宾涓直到此刻才晓得家里被抄。自从抄家的风声一天比一天紧，她一刻也不愿在家里多待，除了吃三顿饭（有时连饭都在外头吃），睡觉，她整天只想守着桑振中。是的，桑振中让她遭受了不少罪，受了屈辱，在家人面前丢尽了面子，但她仍然爱他。他呢，也愿意陪她，只要有机会，他就磨洋工，开病假条，然后两人相邀相伴地逛公园、上饭店、钻进有冷气的电影院里寻欢作乐。好在她从家里抓了一大把钱，够他俩花的。不料从一个多星期前，一向闲暇无聊的桑振中忽然忙碌起来了，上班比先进生产者还积极。他告诉她，他在厂里组织了红卫兵，他当了头头，他要造反，要造资产阶级反动路线的反，要踢开党委闹革命，要火烧党委书记，砸烂厂长的狗头。他还要批判洋奴哲学、爬行主义，他说现在该是他出头露面扬眉吐气的时候了，他是响当当的“红五类”子弟，是受厂里压制的工人，现在若不造反，那他就永无出头之日了。“机不可失，时不再来。”他还引用了这句成语，从裤兜里掏出红卫兵袖章给她看。她细细地翻看了这只红袖章，注意到红卫兵三个字上头，还比人家多了三个小字：造反派。他说很多人的袖章上没这三个字，那都是些老保，早晚要垮台。她信赖而又有点崇拜地望着他，她真没想到她的爱人竟然有这么大的魄力，而且说干便干，那样坚决果断。她当然不敢阻止他，她已经是他的人了，她只好由着他去闯荡，她和他一样，赤条条一无牵挂。他们相恋相爱，并且有了结果怀了孕，可她的资产阶级家庭不允许他们结合，他的工人阶级家庭也不允许他们结合。他们要争来前途，只有靠他去造反，去满世界里闯荡。爷爷不是常说嘛，人世间的路，全是人凭着勇气和魄力闯出来的。她还有一种从长计议的考虑，别看姜家花园现在名声赫赫，富裕豪华，一旦抄了家，便将一贫如洗。宾涓前几天碰到一位住在公寓的同学，她家已被抄了，一大套公寓房子完全被查封，家里人全被赶进公寓底层的汽车间，苦不堪言。他们姜家自然也是在劫难逃的，真落到那么个地步，她怎么办？大姐二姐好坏有个工作单位，弟弟是个男子汉，她呢？她一个社会青年，靠谁去？只有靠桑振中，靠他到大风大浪里去冲杀出一条生路来。现在是工人阶级、红卫兵造反派吃香，她靠着桑振中，不会错。

看到玛雅那张俏丽风骚的脸急得揪成一团，宾涓只觉得这小姑娘太可笑。她妈妈温媛做惯了姨太太不要脸，还在玛雅十三四岁胸脯还没完全隆起的时候，就厚着脸皮在姜家客厅里说什么玛雅配宾扬是天造地设的一双，看来玛雅真把宾扬当成了她未来的男人了，看她急成这副样子，只差没哭出声来了。

宾涓心里也在替宾扬着急，可她一看见玛雅这张美丽得惊人的脸就不舒服，她甩开玛雅逮住她的手，撇撇嘴说：

“宾扬被抓走，我有什么办法？真是，皇帝不急急太监！”

玛雅一怔，眼泪垂落下来：“你……”

宾涓抽身急急地朝姜家花园赶去，她急着要去看看家被抄成什么样了，急着要去看看可怜的妈妈，她把玛雅甩在了脑后。

当她走进弄堂，远远地看到灯火通明的花园洋房处人影晃动，看到大铁门前停靠着的两辆大卡车和四五辆黄鱼车的时候，她又畏而却步了。回到家去有什么用呢？她转而穿过横弄走进永吉里，她下意识地要去找桑振中。如若那些抄家的人要在她家待一夜，那她一整个晚上都无处可去了。

永吉里在批斗冯天王。

从几户二楼居民的家里牵出了好几只大电灯泡，把永吉里的一端弄堂照得雪亮。批斗台四周挤了黑压压一大圈人，电灯光照耀所及的灯影里，依稀看得出很多人家的窗口、阳台上都探出一张张脸，在观看现场批斗旧社会的白相人头子冯天王。远远望去，冯天王秃得发亮的脑门在灯光里不住晃来晃去，喇叭里传出他哭丧般的认罪声。

“打倒冯天王!”“砸烂冯天王的狗头!”口号声响起来时，黑压压的人群里伸出一只只粗粗细细的胳膊。

可能是永吉里的居民们都跑出去看抄家、看批斗会了吧。宾涓走进桑家16号后门所在的那条横弄堂时，横弄里静悄悄的连个路人也没有。宾涓加快脚步朝16号后门走去，还没走到桑振中家后门，她就听到桌子上重重地擂了一拳，好像连茶杯碗碟都跳了起来，随着拍桌子声，桑家老大振华的嗓门传了出来：

“你想造什么反？造共产党的反吗？混账王八蛋！我提醒你，在一千万上海人中，你们那造反派只有三千，地地道道一小撮社会渣滓，杀头坯子。我真懊悔给你开证明去打胎，你这种人还配闹革命……”

宾涓站定下来了，她听得汗毛倒竖，心怦怦跳。振华骂起人来，怎么把这种隐私也骂出口了，隔壁邻居听到，桑振中和她的面子往哪里搁？

“轰隆”一声，桑家的桌子好像被掀翻了，叫骂惊呼声中，振中扯直了喉咙喊：

“这个反我造定了。一反到底！我的事不要你们管!”

“你给我滚!”随着桑家老父的一声吼，16号里面传出急促沉重的脚步声。宾涓连忙隐在暗中，只见16号后门口一条人影掠过，桑振中匆匆忙忙地冲了出来。从桑家屋里传出阵阵谩骂声，却并无人追出来。

宾涓看着振中从她身前闪过，往弄堂外走去，她一声不响地跟在他的身后，他走得多快，她跟得有多快。

是她的脚步声太重了，还没走到弄堂口，振中就发现了她。他回过头来，气咻咻的脸上瞪着一对惊异的眼睛：

“宾涓，你都听见了?”

“你到哪里去?”

“到我的造反司令部去，我们在一幢洋房里占了一个房间。我再也不回家来了。”

宾涓不知从哪里来的勇气，她快跑几步和他走个并肩，说：

“我跟你一起去！他们在抄我的家，我也回不去了。”

桑振中转脸凝神地看了她一眼，她看出他想说什么，她等待着。但他抿着嘴沉吟片刻，终究没说啥，只是朝她点了点头。

她的脚步轻捷起来，伴随着他走出了永吉里。在弄堂口转拐出去的时候，她听到一个声嘶力竭的嗓门在领着呼口号：

“冯天王必须低头认罪！”

桑振中从心底里恨恽兆康，是这书呆子气十足的家伙给他带来了厄运。

恽兆康有一回去师兄裘刚家玩，裘刚不在家，邻居家一个三十来岁的少妇给他传话，说裘刚让他稍候片刻，恽兆康就在少妇家门口搬了把竹椅坐着等裘刚。少妇在剥蚕豆，不时回头招呼屋里一个四五岁的小姑娘。恽兆康坐等无聊，一边帮那面容姣好却又在眉宇间残存丝丝积郁的少妇剥蚕豆，一边问小姑娘的爸爸在哪里工作。不料这话一出口，少妇脸色骤变眼泪汪汪欲哭无声。恽兆康惊愕之余惶恐而词不达意地安慰起少妇来，一边安慰竟然又一边询问起根由来。也许少妇看这二十出头的小伙子憨厚老实，也许她确有隐衷无人诉说，她稍许平静一点就对恽兆康讲了起来。她说她和女儿相依为命地生活，女儿的爸爸，在她怀着女儿几个月的时候，不知怎么就成了右倾机会主义分子，他想不通，他也不能想通，就在这间房子里，他把两截电线连接自己的身体，死了。真是一个悲惨的故事，恽兆康从屋门口望着光线晦暗的屋子，看清了屋里陈设的简陋。太阳光斜斜地照射在少妇的发梢上，少妇的眼里噙着晶莹的泪珠。不一会儿裘刚回来了，两人就一块出去了。恽兆康不晓得那少妇和小姑娘的名字，他也不好意思向裘刚打听，但少妇的形象留在他的脑子里久久不去。他爱好文学，喜欢涂涂写写，就以这件事作素材，写了一篇短短的小说。小说描写一个丈夫自绝身亡，遗下妻子和还没见过面的女儿。从此以后，寡妇带着女儿，过着在人前抬不起头的艰辛的日子，不得不扳着指头掐算家庭的开销，不得不省吃俭用，不得不忍声吞气面对众人的白眼和鄙视。尽管如此，还要时时处处遭受坏人的侮辱。母女俩没有办法，只好申请搬家，搬到一个无人晓得她们底细的地方去住。家是搬了，住得比原先更为破败简陋，但是她们的底细，很快又在左邻右舍间传开了，还有不怀好意的男人，偷偷溜进家里来试图欺侮她……小说最后有个尾巴，申明女人的丈夫是受了冤枉，他的死是人为原因造成的。

就是这么一篇乱编的小说，寄给外地的杂志，人家竟然要采用了，打出了校样，寄还给恽兆康。这书呆子得意忘形了，自己投了多年稿，总算使写出的字变成了铅字，要在刊物上登出来了。他把校改过的校样拿给桑振中、裘刚几个好朋友看，朋友们读了自然翘起大拇指赞他有才气、有本事，是未来的大作家。起哄赞扬之余，少不了敲他的竹杠，让他买来大包小包的熟食喝了顿啤酒。

可是恽兆康高兴得太早了，紧接着编辑部来了一封信，说经研究这篇小说不发了，校样不必寄回，就留给作者做个纪念吧。差不多在遭受这一挫折的同时，厂部政工科把他叫去了，没收了他的校样，要他老实交代写这篇反动小说的动机。恽兆康一再申辩这是小说，是他虚构的，回答他的却是拳打脚踢，是左右开弓的耳光。消息传遍了全厂，恽兆康利用小说进行反党活动，公然为右倾机会主义分子翻案，生活作风败坏，和自绝于人民的右倾机会主义分子的老婆勾搭成奸，是个地地道道的现行反革命分子。

平时和恽兆康经常混在一起的桑振中吓坏了，他看到事情急剧地升级，恽兆康被开除团籍、开除厂籍，送公安局拘留。传来消息说，他将被逮捕法办，判刑十年，押送到江苏大丰劳改农场。桑振中想赶紧洗刷自己，他拉上裘刚去厂部表白，说他虽和恽兆康经常接触，但对他写那些混蛋文章历来是反对的，他现在已认清了恽兆康的真面目，要和他划清界限，坚决划清界限。表白之后他仍然惴惴不安，他真怕他和姜宾涓的恋爱关系也在这时候走漏风声。由于他是恽兆康的好友，他被从金工车间调到厂里的热、脏、累最厉害的翻砂车间。文化革命一开始，他连干正式工的资格也被剥夺了，车间里勒令他干杂务工，随时听从召唤交代问题。奇怪的是，裘刚那家伙却屁事没有，还被调出金工车间，进了厂部宣传科。细细一想，桑振中脑子里清楚了，恽兆康的事情全都坏在裘刚手里。而他呢，完全是受恽兆康牵连。他恨恽兆康给自己带来了厄运，也恨裘刚出卖朋友。他万没想到，自己提心吊胆最怕泄漏的宾涓怀孕一事，倒太太平平地掩盖过去了，而却会一跟斗栽在好友恽兆康的身上，弄得他在厂里人不人、鬼不鬼，一点都抬不起头来。

文化革命的浪头掀起来，造反的风吹了来，他的心动了。他妈的，这样不讲道理、不问青红皂白的领导就得造反。他桑振中同恽兆康写小说的事毫不相关，他为啥要挨整，为什么活得那么窝囊？现在他还有什么，家里住房紧得转个身都困难，放个屁全家人闻臭气。好不容易把姜家花园三小姐弄到手，谁料想两头儿老人都反对。在车间里一天到晚出苦力，随便什么人都能指挥他、调遣他，他要忍气吞声、得过且过地混下去，一辈子也别想有出头之日。

造反，唯一的出路就是打出旗帜来造反，闹它个天翻地覆。

孙子姜宾扬打电话时被打、被抓走，姜宇溟在卫生间里听得一清二楚。

他失神地颓然坐在抽水马桶的乌木盖上。

是他把宾扬害了，是他几乎哀求般逼着宾扬去打电话的呀！

姜宇溟半仰着的脸上青筋毕露，两眼瞪得又大又亮，他否定自己般地摇了摇头。孙子十七岁了，他的这个孙子该挺起腰来挑一点担子了，以往总是说他不懂，啥都不懂，也许他倒是在动乱中很快地懂事了。

姜宇漠不就是在动乱的光怪陆离的上海滩上闯荡出来的吗？他额头上纵横交错的皱纹，就是那些动乱岁月留下的痕迹。他的那对炯炯放光的眼睛，阅尽了多少人世沧桑！他是经得起摔打的人，他能够做到猝然临之而不惊，他吃过苦，他享过福。自有了百万家产，自把大宗的产业移交给儿子姜宗豪，这十几年里，他似乎过了太多的安乐舒适的生活，他无须为破产忧虑。即使在三年自然灾害时期，肉卖到四五块钱一斤，鸡蛋卖到五角一只，市面上什么都缺，对他的影响也是微乎甚微的。他佩服共产党，远的不说，旧上海的吃鸦片吸白粉，五花八门的赌博，马路上乱窜拉客的妓女，下等按摩院、土耳其浴室、小舞场、交际花、咸水妹、茵花间、咸肉庄，污七八糟什么都有，哪个收拾得了？共产党来了，这些东西眨眨眼睛就绝迹了。社会风气搞得那么好，拾金不昧的事情那么多，南京路上好八连、学雷锋，真把个冒险家的乐园改造成欣欣向荣的新上海了。这不容易啊！谁不晓得，在旧上海做生意和经商、拼命地追逐金钱历来是比性命和人权都来得重要的。还有些白相人、大流氓，有谁对付得了！蒋介石看见黄金荣、杜月笙，都要让三分呢！共产党踏进上海，这批恶势力、地头蛇全给一扫而光。姜宗溟由佩服渐渐地变为信赖，他相信共产党不会像苏联人一样杀白俄，他还相信民族资产阶级确实会在社会主义的新中国有其一席之地。是的，三年自然灾害，外地是传来过偏僻农村有饿死人的事情，但对很少离开上海，即使离开上海，也只到南京、杭州、苏州、无锡，最远仅到过武汉一次的姜宗溟来说，这些传闻离他是很远很远了。他的舒适享受的生活是有保障的，他的日子过得是悠闲自在的，这就足够使得他满足和信赖共产党的一切所作所为。共产党反右派，他认为任何政权都要叫反对它的人晓得厉害；共产党搞四清，他觉得清出那些多吃多占的贪官污吏实属应该。但是这一次“文化大革命”，他觉得风头紧了，他觉出苗头不对了。经常在饭馆雅座里聚聚的工商界老朋友、自己的老搭档晁德宝说，日子过得太平了，有口饭吃了，看来又要折腾了。当初听时他还没当一回事，现在看来话全被晁德宝说准了。共产党这一次要向资产阶级开刀了，舒适惬意的日子看来得结束了。抄家的风声他听到了，扫地出门的事他看到了。他该怎么办呢？他已经七十六岁了，他在人世间的日子已经不多了。最要命的是他脑子里虽然清晰，思路敏捷，但年纪不饶人，他已是力不从心了。难道真要他临终不得好死？难道真要他眼睁睁地看着辛苦一辈子积攒下的百万家产毁于一旦？难道这真是剥削的报应？他在海滩滚打了半个多世纪，什么样的风浪没有经历过，什么样的事情没有碰到过，什么样的人物没有见过啊？

姜宇溟是在第一次世界大战前从阳澄湖畔踏进上海滩的。那时的上海已显示出殖民地的初步繁荣，那时的上海已有租界，租界里开始出现四坡顶的简易洋房。洋房往往建在漂亮的花园中，叫乡巴佬姜宇溟看了又惊讶又羡慕，世界上竟然有这么漂亮舒适的房屋，洋人们真会享受啊！那时候姜宇溟仅是经营点小生意，将阳澄湖畔的鱼鲜河虾卖给上海的饭馆摊贩，将青背白肚、金爪黄毛的阳澄湖大闸蟹贩进上海滩。经常出入饭馆，他看够了洋大人们奢侈到极点的享受生活。和掠夺式的洋人们的经商作风比较起来，他做的这点小生意，实在是微乎其微，只能糊口罢了。经商之余，姜宇溟喜欢在上海滩和三教九流各方人士相交相谈，喜欢睁大一对眼睛注视一天比一天在繁华的上海的变化。那时上海已经有了第一批影剧院；那时泥沙倒灌严重的强潮性河流黄浦江已经过整浚可以航行大轮船，为上海提供了新的飞跃的条件；那时上海滩活跃着各种各样的流氓头子、青红帮、洋场阔少、南北财团、地方权势、洋商买办可说是各显神通，钻头觅缝地设想着种种发财之道。姜宇溟看得太清楚了，上海的经济高度畸形发展，上海的劳动力由于大批大批灾民的拥入而低廉至极，一方面是灯红酒绿纵情享受，另一方面是无数的乞丐和衣不蔽体的穷苦孩子。哦，和风景秀丽、安静闲适的家乡二百里阳澄湖比起来，上海真是一个迷人的充满诱惑力的城市。姜宇溟做梦也在想着发财，想着在迷个城市里占据一席之地。可他始终也找不到机会，处处都有洋人的势力，处处都有白相人的触角，他只能在做些小生意之余，跟着红头阿三学点洋浜英语，赚些钱来熟悉人头，混迹于各种交易场所。

第一次世界大战把洋人的资金、精力和注意力都吸引回欧洲，他们对中国经济的压迫暂时放松了。辛亥革命后，南京临时政府颁布了奖励发展实业的法令。一九一五年，中国大众为反对“二十一条”在全国范围内掀起的抵制日货运动，对促进民族工业发展起到不少的作用，一般民族资本家，对发展资本主义工商业的愿望在这几种条件的刺激下变得更加强烈。不少积攒下金钱的洋行买办和进城来的有眼光的地主、商人纷纷买下了西方人开设的一些工厂（如香烟、丝绸、面粉、大豆、煤、橡胶等等）。姜宇溟看到蜂拥而上发展最快的主要是纺织业和面粉业，他不想失去这一良机，他没有跟在人家屁股后头去经营面粉业和纺织业，而是独辟蹊径走了机器工业这一条路。纺织业和面粉业的快速发展，势必使纺织和面粉加工机器需要量大增。而这些机器的构造，相对来说是比较简单的。姜宇溟下准了这一步棋，短短几年工夫，就把创办时期仅有手工作坊式的厂房和一二十个工人的达丰机器厂，变成了规模较大、技术水平较高、设备较好而又完全以他和晁德宝两个中国人自营的工厂。一九一八年十一月，第一次世界大战结束，欧美公司大举重返上海，中国民族工业很快就由繁荣转入萧条，陷入工业的恐慌时代，一家一家中国公司和工厂被洋人挤垮了。纱厂大多无利润面粉厂由出超转为入超，铁厂积货如山，无人过问，被迫停机闭炉。达丰机器厂却由于历来注重质量，赢得声誉而渡过了难关。喘息方定，在此后的十几年里，终于由只能生产单机而逐步达到初具规模的配套生产水平。这期间的利润自然也是相当可观的。

最可怕的年头要数日本人打进上海以后的孤岛时期。“八一三”以后，日本人简直想把中国所有的民族工业用一口吞尽，哪容得任何形式的发展！姜宇溟和晁德宝利用了公共租界和法租界的治外法权，借用美国人的商行做牌子，请了一两个洋人白拿巨额工资当名誉董事，改名更姓，挂羊头卖狗肉，以原来达丰机器厂产品的声誉和成就，在外国货、舶来品无法进口的情况下，竟然也创造出了奇迹，获得了高额利润，让人惊异地看到国破家未亡，还间接地依靠外力继续发展。

多少险恶的风浪都闯过来了，难道这一关就过不去？

楼房上下清静下来，红卫兵的叫骂声、砸物声都听不到了。他们在干什么呢？在敲碎枝形水晶大吊灯，在撬花心木雕花裙墙，在花园里四处乱挖？

姜宇溟听说其他地方抄家从花园里挖出金条，从柚木拼花地板下搜出美钞，从抽水马桶、屋瓦夹缝里找到过金戒指、首饰，他们是不是也在寻找钞票和金银财宝？这些红卫兵不是要革命吗？他们为什么对这些东西也那么有兴趣？噢，看来金钱还是有它的诱人之处啊。

姜宇溟的两眼瞪得那么大，那么亮，在他起身活动筋骨转向镜子的一刹那间，他自己看见都吓了一跳。他不由自主吁了一口气，看起来，兴旺的、盛极一时的日子是过去了，过去了。是呵，他的一生都在追求财富，他的一生都在追求金钱。为了金钱和财富，他出生入死、担惊受怕，有时敢作敢为，有时垂头丧气，好不容易同晁德宝一起，在达丰机器厂这牌子下，各赚下百万家产，各置下一幢花园洋房，跻身于上海二百六十八家大资本家的行列。他曾期望将这份产业传下去，姜家的子孙后代，凭着这笔产业，能在社会上立足，能在共产党中国的土地上过一份舒适的安逸的日子，并在社会和时代的变迁出现间隙和夹缝时，以此财力做一些于国于民于姜家都有利益的事业。解放十七年，共产党击破了金钱万能的神话，嘴巴上挂个钱字，反而会被人瞧不起。但姜宇溟还是相信，金钱是有其难以估量的作用的，小至到老虎灶泡一壶水要钱，大至国家造桥、修铁路、开工厂、造船要钱，钱岂是无用之物！对于那一类宣传，他是从来没有相信过。他有四个子女，他都曾对他们寄予希望。只是，他得到的却是感慨多于信赖。大女儿姜宗瑛，以他的心思，该是嫁给晁德宝的儿子的，这样联姻伙伴加亲家，无论是财力、实力和在社会上的地位，都会使达丰机器厂第二代更加显赫。哪晓得这个唯一的女儿自己找了个平平庸庸的教书先生，情愿走出姜家花园，下嫁给吃粉笔灰的平头百姓，过清贫淡泊的生活。大儿子姜宗豪，在他的熏陶培养之下，倒是挑起了继承家业的担子，把达丰机器厂管理起来了，在百万产业上又添了若干利润，可他婚后一口气生下三个女儿，直到临近解放，才有了姜家第三代的男性公民姜宾扬。二儿子姜宗翔，年轻时代就埋头书本，一心攻读。姜宇溟满心指望送他出国深造，学习国际上最先进的科学技术，回来给达丰机器厂改装世界先进设备，改进整套经营管理，使达丰的牌子不但在中国一敲当当响，还能把达丰的名声传到世界上去。哪料到，这个儿子既没成为内燃料机专家，又没当机动车专家，到了国外一心做学问，干脆走上了书海生涯，当起了教授，连老婆讨的也是美国人。三儿子姜宗斌更别提了，大学没读出来就当了地下党，后来给家里招呼没打一个，就跑到新四军里去了。解放后他回到上海，公私合营前跑到姜家花园来过一次，动员姜宇溟尽快跨入公私合营的行列。那以后，特别是一九五七年反右之后，他和家里的交往便越来越少。想起后面这两个儿子，姜宇溟的气就不从一处来，一个讨了美国老婆，连亲娘老子都不要，定居在异邦当起了假洋人；一个当了共产党，脑子里时时处处想着同资产阶级家庭划清界限，来往都很少。那家业的重担，自然而然就落在了姜宗豪肩上，而姜宗豪，偏偏只有姜宾扬一个独根苗儿子。对姜家的百万家产来说，这个对创业的艰辛毫无所知的姜宾扬，究竟担得起担不起呢？这个问题一直萦绕在姜宇溟的脑际。

这会儿，孙子宾扬给抓走了。他会被人毒打吗？他会让人关起来吗？他经受得了这无端地袭来的一切吗？这世道到底是怎么回事啊？随便抄家，随便抓人，随便对人施酷刑和谩骂虐待，真不让人活下去了吗？

姜宇溟的灵魂像烈火烧灼般地难受，他在卫生间里坐不住了，他真想不顾一切地跑出去拨个电话，给他那个当共产党大官的小儿子拨个电话，问问他这到底是怎么一回事？以往有任何风吹草动，以往搞任何运动之前，只要他当父亲的问，姜宗斌总会给他说明、给他解释，并且给他交代具体政策的。这次为啥他连一点风声也不透，这个不孝的儿子！

姜家花园的大铁门外响起了汽车喇叭声。姜宇溟的心“怦怦怦怦”跳了几下，他预感到这是达丰机器厂派出的人来了，姜家有救了。他连忙凑到卫生间窄长的窗子边朝外望去，铁纱窗上蒙了灰尘，再隔层玻璃，看不很分明了。他赶紧打开纱窗，隔着玻璃望去。是的，果然是的，来的是达丰机器厂的十几个老工人，臂上佩着红袖章，正在和迎上去的几个红卫兵说着什么。姜宇溟认识，为首的那个五十多岁的老工人，是个车间主任，还是总支副书记，解放前就在达丰厂里学生意，浦东人，是姜宇溟当年亲自招收进来的。

姜宇溟忍不住了，他再也等不及了，他要出去，他要迎上去对达丰厂派来抄家的人说，欢迎你们，欢迎你们及时赶来了。

姜宇溟打开卫生间的门，用同他七十六岁高龄不相称的快捷的步伐穿过走廊。楼道里被红卫兵们砸得已不像样了，那只花架给推倒了，花架上一盆半悬挂式盆景给摔在旁边，花架的瘦细玲珑的腿脚也给劈烂了。一帮强盗，姜宇溟心里咒骂着，你认为这是剥削来的，你把它搬回去就是啊，砸烂它干什么？

他匆匆忙忙下到楼梯转角处，正好碰上工人们和红卫兵迎面走上来。那个住在永吉里的奉帮裁缝的女儿方菊莉，指手画脚喝斥他为啥不经允许私自下楼，其他几个红卫兵也在吼叫。达丰厂的十几位工人也脸色严峻地望着他，向他宣布，他们是奉厂领导之命，前来抄家的。

“哎呀，谢谢你们，谢谢你们，你们来抄家我就心安了。”姜宇溟一迭连声称谢不尽，好像是在迎接尊贵的客人。那帮红卫兵像看西洋镜一样盯着他这个老吸血鬼，他连一眼也没斜他们一下。姜家花园让红卫兵们抄了家，谁给姜家开收据，谁来保管从姜家抄去的百万家产？现在达丰厂的工人们一来，一切都可以照手续办了。姜宇溟虽然年纪大了，但他眼不花耳不聋，抄家风乍起时，他早就打听得一清二楚，抄家要有正规手续，最好一式四份清单，将来好有个交代。最糟的抄家就是冲来一帮乱砸乱打的红卫兵，皮肉吃尽苦头不说，东西不翼而飞，还不准你提出疑问。

姜宇溟不顾红卫兵的推搡，对达丰厂来的人提出了要求，请他们去喊公安局和居委会干部。厂里来的人说，他们已派人去当地派出所和街道办事处联系了。姜宇溟被勒令站在客厅里不许乱说乱动。

姜宇溟心安了，他吁出了一口气，走进了客厅，姜宾扬的电话没有白打，孙子的电话奏效了。他奇怪的是，达丰厂来了抄家的工人，为啥不用车把宗豪拉回来。姜家的定期存款单、钞票、金银首饰和珠宝，全是由宗豪锁在保险柜里的呀！他不回家，这些东西都无法拿呀！

看到吼了他几声的工人和红卫兵们全都纷纷奔向各个房间，他身旁无人监视，姜宇溟便在沙发上坐了下来。

工人们很快和红卫兵混熟了，他们先把楼梯脚下那架大钢琴抬了出去，继而，其他的东西诸如红木家具、玉石台灯、精装本书籍、雕花木台钟，还有唐三彩、仿玉宝塔、悬挂的国画油画、竹根雕镂的笔筒和已被红卫兵们用铁棍捅烂的沙发椅子，全都抬到花园里去了。姜宇溟额头上的青筋嘣嘣跳，心也在跳，他只觉自己的五脏六腑像被利器割破一样，心里一阵一阵恶心。一眼瞥见沙发椅子的棕丝头发般蓬出来，弹簧钻出老高，他直想呕吐。这是抄家，地地道道的抄家，在有皇帝的年代，随着抄家而至的，便是满门抄斩。姜家会不会落到这种下场呢？共产党要杀资本家，为啥不在打下上海时就杀呢？他想不通这个问题，胸口堵着一口痰，不，不是痰，是憋着一股气。他觉得难受，觉得窒息，他歪歪脑袋，仰靠在沙发上了。

工人和红卫兵进进出出，花园里有人在清点抄出的家具什物，混进花园来的人在大惊小怪地议论那些瓷器和花瓶式样。天黑下来了，姜宇溟始终没见到一个亲人。宾扬是被抓走了。大孙女宾汶早已出嫁不住在家里。那么二孙女宾泓、三孙女宾涓呢？儿媳妇婕茵呢？这么长时间倒是没听见一声凄厉骇人的怪叫，看样子儿媳的病还不曾复发，要不，这会儿整幢楼便全是她的尖声锐叫了。老佣人素贞是不是在照顾她，她们几个女的是不是也被单独锁进一间房里了。

浦东人车间主任一个人走过来了，姜宇溟察觉了，连忙站起身来，弯腰立在他面前。他倒还客气，想必他还记得姜宇溟当年是怎样招收他进达丰厂的。他说该抄的东西差不多全都堆在花园里了，姜家现在只有姜宇溟和宋婕茵及老佣人三个在，他们晓得宋婕茵有精神病，只好请姜宇溟过目清点。

姜宇溟这时候才晓得家里仅有三个人，他连连向“小浦东”摆手，说花园里那点家具什物不值什么钱，两万块钱全都打尽了，那只是姜家财产的一零头，所有值钱的东西全在保险柜里。他恳请“小浦东”无论如何留下来，等儿子姜宗豪回来，把所有值钱的东西全抄去，他也好放心。他说如果抄家的工人和红卫兵们没吃晚饭，他可以请客。不知不觉间他又拿出了大老板的气魄，等他发觉想收回时已来不及了。

“小浦东”倒未在意，反而笑了，他见身旁无人，还凑在姜宇溟耳边，说姜先生你何必那么当真，东西抄走了将来还要搬回来，拿来拿去不是多费手脚嘛！

这一来姜宇溟几乎愣怔住了，这时候他才晓得工人们不是真心来抄他的家，这时候他才感到他对时局和对共产党的看法有点……但他马上清醒过来，他一把扯住“小浦东”的手说：

“你们别走，你们别走，千万等宗豪回来再走……”他似乎大着胆子咕哝了一句，说金银财宝存折现钞放在家里反而不安全，交给厂里他放心。他说下班时间早过，宗豪也该回来了，不会等很久的。

“我们接到这里的电话就去行政科找姜宗豪，行政科的人说，他身体不适，开来半天病假回家了。”“小浦东”也大感惊诧地说，他也留神到姜宗豪并不在家里。

姜宇溟顿时像被人打了一闷棍，儿子原来不在厂里呀！怪不得他没随车回来，怪不得这么晚了还不见他人影，怪不得……可这种形势之下，他、他会在哪儿呢？

姜宇溟心头一急，两眼朝天花板上一掠，被砸碎半边的枝形吊灯光影里掠过一张漂亮女人的脸，他的嘴张了张没发出任何声音便昏厥过去了。

姜宗豪是硬着头皮到卢家湾去的。他一而再再而三地细心翻查寻找，但是始终想不起那一千多斤粮票失落在哪儿。眼看查账的日子日益逼近，他得尽快找出一千多斤粮票补上差额。要在往常，一千多斤粮票的差错仅是经济上的错误，而在眼下，风声那么紧，贪污、挪用、偷窃，什么样的罪名都可能落到他的头上，他实在担当不起。接连几天、他眼前总是闪出面目狰狞的追问者的嘴脸，总是在恍惚间感到有人在向他拍桌子，逼他老实交代。他又一次起念头想花点钱去买上一千斤粮票补上，但这样的粮票贩子到哪里去找？即使在马路上碰到了，他敢买吗？到处都是挥着铜头皮带、唱着造反歌的红卫兵，那才真是自找火坑往里跳呢。

思来想去，只有一个办法，去找何翠卓想想办法。他记得她的饭量很小，每个月都要节余点粮票，日积月累，也许会有个几百斤，若有了这几百斤垫个底，他再私下找上海的亲戚朋友想办法凑点，还可能凑齐一千多斤。

他不是不晓得跑到蒙自西路去的危险性。何翠卓出身不好，又是个守寡多年的女人，一个人住着一幢带院子的舒适平房，到了这年月，她不会不是人们注意的对象。但是，不找她，他又能找谁呢？

他在交了半天的病假条，踱出达丰厂门口时，心里已拿定了主意，只是到她那儿谈粮票的事，只是见一面，他决不在她那里过夜。自从宋婕茵回姜家花园以后，几个月了，他们还没好好聚过一次。

马路上照例是口号喧天，锣鼓阵阵，到处贴着大字报和巨幅标语，一堆堆的人聚在街头大声辩论，喉咙一个比一个响亮。这里一张大字报的标题是炮轰上海市委，那里又有一张给毛主席的致敬电，抬头是四个“最”字。姜宗豪眼睛扫到下边的一堆署名，嗬，全部都是上海出名的劳动模范们在向毛主席告急，说红卫兵们要炮轰共产党的市委机关，他们坚决不答应，他们要誓死保卫毛主席他老人家，誓死保卫党的市委机关。

姜宗豪吁了一口气，看来不仅是他想不通眼前的一些事，就连这些最好的红五类，共产党最信任的劳动模范们，对混乱的现实也想不通了。这到底是怎么回事啊？毛主席在北京接见了红卫兵，他是支持红卫兵行动的，那么，他也支持红卫兵们把个好端端的中国搅得天翻地覆吗？

在走过一个传呼电话亭时，他给何翠卓拨了一个电话。她在进出口公司属下的一个仓库上班，平时的工作就是给仓库所存的进出口物资打英文清单和中文清单。工作不算辛苦，也并不紧张，但每天都有事，一般上半天都干完了，下半天经常是比较轻闲。

她一下听出了他的声音，在电话里都听得出她有点激动。确实，他俩好久没相聚了。倾听着从话筒里传来的她的局促的喘息声，他说他下午有空，想去蒙自西路。她很爽利地答应了，说她一会儿就请假赶回去。

搁下话筒付费时，姜宗豪沉吟地站立了片刻。仅仅只通了短短几句话，他就感受到了她的温存和柔情。哦，他不能否认，他真是爱她的、爱她的。

她比他早回到了蒙自西路，姜宗豪不能想象她是怎么这样快回家的。她得请假，她还大包小包地买了点熟食，中途她还要换一次车。她竟然还比他早到，撬开火把咖啡也烧开了。他问她，她只是笑笑，说她心里急得像团火。

她问他，出啥事了吗，她一天到晚在替他担惊受怕。

他告诉她，什么事都不曾出。她不相信，说：

“他们到姜家花园来抄了吗？”

“没有，真的还没来过。”

她倒在他的怀里，长长地吁了口气，说她真傻，有一次做梦，梦见他被人打得头破血流。他凝望着她，她的脸还是那么白皙俊俏，有几条细细的皱纹；她的眼睛还是那么充满忧伤，瞅他的时候有几分羞怯和怨尤。她对他诉说着她的孤寂，她对他诉说着她的思念。

她说她只有用看书来消磨时间，可到处都找不着值得一读的书。于是她只有枯坐，枯坐久了到了夜里一点也睡不着，她便整夜整夜地失眠，无奈地听着锣鼓声，听着红卫兵们的脚步声，听着呐喊般的呼叫和嚷嚷声，还有宣传车忽远忽近、忽高忽低刺人耳朵的喇叭声……她只顾自己诉说着。姜宗豪决不打断她，决不插一句话，他的眉头蹙起来，心头涌起的是辛酸、怜悯、自责和难以言说的复杂情绪。是呵，翠卓也是爱他的，她把她的青春、名誉，把她的追求和爱，统统给了他，可他……她见他久久不吭声，似乎意识到了什么，戛然收住了话头，问他，今天怎么有空来，来有什么事。他这才给她讲了失落一千多斤粮票的事。

她听着，轻轻叹着气为他焦急，为他不安。没等他开口，她就说她有存下的地方粮票四百多斤，连全国粮票共有五百多斤，她一齐给他。

“等你走的时候，我拿给你。”

说完这句话，她的双眼睁得又大又亮地望着他。他几乎可以在她那双忧伤和微显羞涩的眼睛里看到自己小小的形象。她白净细洁的双颊上染起了红霞，她的濡湿的嘴唇焦渴地努动着，她端雅的旋波式的短发随着双肩的颤动而微摇晃，仿佛阳光照耀下的波纹。

他张开双臂，紧紧地把她搂在怀里。她嗫嚅般道：

“天天想你，天天想……我们进里屋去吧。”

他和她几乎是相偎相依紧紧搂抱着挪进里屋的。她把他推坐在床沿上，敏捷地走到窗户边，关上了一扇半开的窗子，嗤嗤有声地拉上了窗帘。

姜宗豪躺在床上，盖着何翠卓缝进一条薄毯子的被窝，微微合上了眼睑，紧张地期待着她上床来，他的心在突突突地狂跳。宋婕茵办理出院手续的时候，医生对他说，像婕茵这样的病人，要尽量克制情欲。即便偶尔为之，也定要顺乎自然，两个人谁都不能有半点勉强，稍有不慎，都将刺激病人。宋婕茵回家几个月了，他们从未在一起过过夫妻生活。而由于形势骤变和文化革命掀天般的浪头，他和何翠卓除了通过几次电话，也好久未在一起了。

她上床了，掀开了薄被窝，她很瘦，但身上很热，热得发烫。姜宗豪舒展开双臂迎接着她……

以后的一切就是一场噩梦了。噢，岂止是噩梦，简直比噩梦还要可怕骇人，噩梦还有个醒的时候，姜宗豪却陷入了牢狱般黑暗的深渊里，始终不曾再醒过来。

他不明白那些臂上戴红袖章的红卫兵是怎么进入翠卓家小院的，他们平时冲冲杀杀吼声震天地闹惯了，今天进来时又怎会一点没声音的。当他们的脚步声雷响般跑进外面那间屋又乱踢乱砸里屋门时，姜宗豪的魂都落了。他和翠卓手忙脚乱地跳起来往身上套着衣裳，翠卓身上套了件睡衣却穿反了，他的衬衣还没来得及扣住，蜂拥而进的男男女女就把他往外拖去。他的耳朵里灌满了“老流氓，老流氓”的怒吼，在喧声如潮不绝于耳的怒骂和喝斥的同时，拳头、木棍和皮带像雨点般落在他的身上和头上，他痛得眼前迸溅着一阵一阵金星。但比皮肉更痛苦的是他的心的恐惧。他抱定了一个主意，决不说出自己的名字，不暴露自己的身份，不让姜家花园那头晓得这件事。

顷刻工夫他已被拉到了翠卓的院门口，那里围着更多的过往行人和里弄居民。正是下班时分，黄昏的暮霭里，传来红卫兵们的阵阵吼叫：“给老流氓戴上高帽子，给地主婆胸口挂上破鞋子，给这对狗男女挂上老流氓阿飞的牌子，把两个人的头发全剃半边……”起先的吼叫姜宗豪还能分辨，但吼叫和咒骂从四面八方传过来，他反而听不很分明了。他弯着腰，他低下头，他闭紧双眼不看一个人也不想让任何人看清他的脸。但是辱骂、吼叫、呼喊、喧嚷像潮水样退下去了，落在身上的拳头和皮带、棍棒也停歇了，如同暴雨过后暂时的平静一般，姜宗豪只感到周身疼痛。陡地，一个嗓门直冲他的耳根：

“问你，叫啥名字？住在什么地方？是哪个单位的？”

姜宗豪咬紧牙关不吭声。

“装聋作哑，打死你！”随着一声跺脚，一只皮带上的铜扣打在他后脑上，姜宗豪忍不住哀嚎一声，第二声还没叫出来，身上又是一番拳打脚踢。

这时，摇摇晃晃跌倒在地的姜宗豪听到了一声锐呼：

“不要打他，你们不要打他啊！”

这是何翠卓惊恐地喊出来的，她边喊边阻挡着扑向姜宗豪的人。

“都是我不好，是我招他来的，是我。你们斗我、打我吧。”

“嗨，这淫妇还满仗义呢！叫她也坐坐喷气式！”人群里响起了阴阳怪气的叫嚷。

“打这个淫妇！”

“偷汉婆！”

姜宗豪的心在恐惧地乱跳，他挣扎着从地上爬起来时，瞥了何翠卓一眼，正巧看见，有个人把一个尿盆狠狠地扣向何翠卓的脑袋，她凄厉地叫出一声，但那哀叫声刹时便被尿盆扣没了，尿盆里的污水顺着翠卓的前胸、两肩淌下来。

姜宗豪大张着嘴发自肺腑地哀嚎一声，没待他站稳，便眼前一黑倒在地上，啥也不晓得了。

姜宾扬被桑振业他们关进平时堆放体育用品的那间黑屋子的一瞬间，还以为房间里只关进他一个人。

随着门“嘭”一声关上，门外的脚步声踢踢踏踏远去，黑暗中有人小声嘀咕了一句：“又进来一个。”同时他听到移动的脚步声，他才晓得被关起来的不止他一个人，他的心也随之稍觉安慰。起先他什么也看不见，房间里没有灯，倒是弥漫着一股体育垫子味和陈旧的球类皮革味。过了一阵，约摸有三五分钟，他的眼睛逐渐适应了黑暗，就着走廊路灯从气窗射进来的余光，他依稀看到球架两侧，堆起的垫子边上，角落里靠墙壁的三抽桌旁，都有人影，男男女女还不少哩。

“他们今天肯定是统一行动。”

“所有黑七类子弟，都是他们要抓的对象。”

“早晓得他们会到我家来，我今天到外婆家去好了。我外婆是退休工人，包身工。”

“写认罪书，写什么呀？”

……

由于姜宾扬被押进来而停歇下来的悄悄的对话声，沉默了片刻，又叽叽喳喳地响了起来。球架子后头，有个女生在低低地啜泣。不过好些人的情绪还是满乐观的，不像姜宾扬那样感到压抑。

侧起耳朵倾听了一阵，姜宾扬开始明白，关押在这间屋子里的，全是学校的黑七类子女尚未交认罪书的，他们大多因进校门要报家庭成分而害怕得不敢到校，故意躲在家里。红卫兵团部发现了这一阶级斗争新动向，在今天下午采取统一行动，把凡是能抓来的黑七类子女，都抓进来了。弄清了这一点，姜宾扬又觉忧心和骇然了，他们仅只是写一张认罪书的问题，而他呢，对“文化大革命”有抵触情绪，不，不仅仅是抵触情绪，而是反对抄家，公然在抄家时给外面挂电话。他的问题要严重得多，还不知桑振业那拨人将怎样处理他呢！

“不写是不行的，硬要我写，我就写。外公从小向我灌输剥削阶级思想，吹嘘旧社会住得如何如何宽，吃得如何如何好，穿得如何如何体面，外公的思想反动透顶，时时刻刻在怀念他那失去的天堂……”

“你这样写外公，人家去揪他、斗他怎么办？”一个女生插问。

说话的男生笑了：“那我也没办法，只好由他们去揪斗了。”

黑房间里一片沉默，阴森森的沉默。

不料那男生又补充了一句：“反正我外公五八年已经翘辫子死了。”

房间里响起了一片克制的轻笑声。

笑声未毕，一个姑娘说：“对了，我也把坏事全推到外婆身上去。”

“这样写是不行的。”垫子那边一个男生道，“还要有具体细节，比如资产阶级奢侈的生活，怎么奢侈。反动剥削思想的根源，也要挖出来。”

姜宾扬正听得入迷，有人轻轻捅他的腰。他转过脸，凑近过来的人低低地叫了他一声“宾扬”，他没看清这人的脸，但听声音他晓得这是肖实伟。他忙问，你是怎么进来的？肖实伟懊恼地说，听辩论时他钻到人群前面去了，站在台上的桑振业发现了他，在辩论结束众人散开时，桑振业让三个红卫兵把他押到学校来了。肖实伟连声说着“晦气”，继而问宾扬是不是被他们从家里揪来的，挨打了吗？得到肯定的答复后，肖实伟又把了解到的情况告诉了宾扬。凡是被抓到学校的黑七类子女，统统先在黑房子里关一夜，第二天早上由各红卫兵排押回各班写认罪书，认罪态度好的，交了认罪书挨一顿训，就可以回家吃中午饭，饿不死。如若敷衍了事地写认罪书，或者抵制不写，或者态度傲慢、顶嘴、不服、反驳等，都要遭打，继续被关。继续被关就不像关进体育用品房这么轻松自在了，那得跪在搓衣板、碗碴、玻璃碴上，面对毛主席像足足关一夜。这一革命行动叫“煞煞狗崽子们的威风”。肖实伟了解姜宾扬的脾气，一面介绍情况一面耳语般劝他，现在是风头上，识时务者为俊杰，千万别把红卫兵们的过火行为当回事，更不能表现出高人一等的那种架势，平时班上同学中就议论他有大少爷作风，这种时候千万要收敛。宾扬感激实伟的及时提醒，觉得到这种时候他并不疏远自己，确实不易，便伸出手在肖实伟的手腕上重重握了握，表示心里已明了。但宾扬有苦说不出口，恐怕他现在态度再好，也躲不了跪搓衣板、跪碗碴、跪玻璃碴的惩罚，桑振业、杨志平、陶志雄三个，不是恨不得把他送进监狱的吗？

肖实伟好像感到闭着嘴难熬，又轻轻地嘀嘀咕咕地说开了。姜宾扬心烦意乱，焦虑不安，哪里还有心思听他说。但宾扬也不打断他，嘴里时不时“嗯”一声，表示自己在听着，这样总比一个人站着忍受孤独和寂寞好受些。肖实伟说他们班上关进来的，还有朱晓霖，她妈妈是演员，照理演员不属于黑七类，可她妈妈早被揪出来了，是个黑帮，黑线上的人物。听说她妈妈可风流了，曾经嫁过三个男人，现在的这个男人不是朱晓霖的亲生父亲，朱晓霖却跟着她这个继父的姓，不晓得她的亲父是个什么显赫人物……

半夜里，也许还不到半夜，黑屋子里的男女同学都已不由自主分成两拨打起了瞌睡。门突然打开了，走廊里路灯的光陡地随着门"嘭"一声推开而扑进屋来，猛刺着姜宾扬的眼睛。屋里起了阵小小的骚动，众人情不自禁站起来，女同学们都缩着身子偎依在一堆。

"出来出来，女生全部都出来，到四楼物理实验室去。"姜宾扬听见奉帮裁缝的女儿方菊莉在喊，"男生女生关在一起，好让他们胡来啊。快滚出来，快!"

女生们在她的吆喝声中磨磨蹭蹭地朝门口走去，一个跟着一个，一个挨着一个，几乎是贴在一起走出去的。

"走快点!"一个细高挑姑娘被方菊莉狠狠推了一把，"都是温吞水啊!"

女生们的动作利索起来，一忽儿工夫屋里的姑娘们走光了，亮晃晃的门洞里一个人影都没有了。姜宾扬期待着那一下重重的关门声，但是门久久地没再关上。宾扬正在疑惑，方菊莉的人影出现在门口吼道：

"姜宾扬，你也滚出来!"

姜宾扬的心头一紧。肖实伟在他耳边担心地低语：

"喊你呢，小心啊。"

姜宾扬的心怦怦跳着，站在原地没动。

"快点出来。"方菊莉又叫起来，声音尖厉而又刻薄，"你的罪行特别严重，别想混在过儿，快滚出来。"

姜宾眼前掠过跪玻璃碴碴的那副狼狈相，他一步步向门口走去。

"跟上!"走出黑房间，方菊莉重重地逮上门，对他喊道。

他抬头望去，先走出去的女生们已到了楼梯前，在上楼了，他大步地赶上去。可只走出三五步远，衬衣的后摆又被方菊莉一逮，她低沉地喝道：

“慢点，你想逃啊！”

他转过身来，想盯她一眼，没待他看清她脸上的表情，她又重重地推了他肩膀一下，喝令他走。

他只得又不快又不慢地沿着走廊走去。到了楼梯前，他刚转身准备上楼，方菊莉说：

“一直往前。”

姜宾扬听得出来，她这一声比刚才缓和多了。

走廊尽头的那盏路灯已被砸碎，走到那儿转过弯去，老教学楼里黑洞洞的。方菊莉要把他关到哪间屋去呢？姜宾扬迟迟疑疑地把脚步放慢了。

“快点！”方菊莉又在他身后催着，“一直走到老教学楼最后那扇门前。”

原来要把他单独关到那儿去。姜宾扬心里稍微踏实了些，又把脚步放快了。方菊莉不甘落后地紧追几步，几乎和他走了个并肩，他听见她的手里晃着一串钥匙，他还听到了她的喘息。

辨别着距离和走廊上的明暗，终于走到底楼的尽头了，方菊莉在钥匙的碰响声里寻找开门锁的那把，她烦躁地试过了几把钥匙，总算把门打开了。

随着屋门的打开，从屋里飘出一股清石灰的气息。宾扬想起来了，这间小小的屋子原来是学校食堂烧锅炉的校工和那个与老婆离了婚的断肋骨右派两人住的。文化革命以后，右派给了揪出来，关进了厕所旁边的“牛棚”，校工跃升到革委会筹备组，搬进原来校长的办公室去住了。看来，现在这里没人住。

“进去，傻站着干啥？”方菊莉拉了他一把。

他进门时，她又在他背后推了一下，然后关上了门。

他期待着方菊莉开灯。方菊莉压低了声音，忿忿地说：

“姜宾扬，我和你还有笔账要算！”

他转过了身子，心头“腾”地响了一下，他还以为她早忘记了呢，看来她是记得的。为了她写给他的那封表示好感和友谊的信，他曾得罪了杨志平，把碎瓜子壳吐了杨志平一脸，又被吴宪之老师斥为臭资产阶级的霸道作风。他淡淡地叹息说：

“你算吧。”

她又用力推了他一把，把他一直推到挨着墙壁。他在想，作为一个红五类子女，近些天来总是这样对待黑七类子女的吧。

“拿来。”她向他伸出一只手，尖溜溜的指甲几乎碰着了他的脸颊。

他讷讷地问：“什么?”

“信。”

“你给我的那封?”

“那还能是什么信。”

“我毁了。”

宾扬的话还没落音，她给了他一记耳光，很响。

“骗人，你休想骗我。”

宾扬挨了打的脸颊火辣辣的。她的巴掌打得并不重，只是因为挨她的打而觉得受了侮辱，他真鄙视她。

“我骗你干什么！收到你那种信，我除了把它毁掉，还能干啥?”

“为什么要毁掉。”

“我那时就想过，你总有一天要打人。”宾扬故意激怒她。

“你……”她扑了上来，一只手使劲地拧着他嘴角的肌肉，两只眼睛里闪烁着寒凛凛的光，声音几乎是从齿缝间迸出来的，“我警告你，姜宾扬，你若敢坏我的事，你若以后拿出我那封信来，我，我……我非咬你几口不可！”

她的唾沫星子溅到宾扬脸上，她的鼻腔里呼呼响着粗重的喘息，她鼓得高高的胸脯几乎紧贴在宾扬身上。姜宾扬有种异样的感觉，他真想唾她一口，但又有点怜悯她，这种矛盾复杂的心理使他觉得束手无策。他只要一使劲儿就能把她推开，一抡胳膊就能狠狠地回她个耳光，但他没这样做，是不敢，也是一种说不清道不明的心理在作祟。他晓得，她原来也在害怕，她的心灵深处也隐伏着不安，她怕她写给他的信还在，她怕这封信公诸于世，她怕这封信被上他家抄家的红卫兵搜出来。他嗓子带点沙哑地重复道：

"我是毁了，是划着火柴烧的。"

"我信了。"说不清她的声音是放心还是失望，她已不再拧他，而是拿掌心摩挲着她拧过的嘴角和脸颊。宾扬觉得又别扭又好笑又隐隐地有些舒适，他把斜到一边去的目光投到她的脸上，发现她的两眼里亮晶晶的。

黑洞洞的小屋里很静、很静。从新教学楼那头传来一张课桌被掀翻的轰响，继而一切又沉寂下来。

"听着，姜宾扬！这里有床，有热水瓶和杯子，还有点吃的东西放在桌上，我走了以后，你自己摸来吃，吃了便睡。"方菊莉突然改了一种和刚才完全不同的语气对他说，显得紧张而又局促不安，"别开灯，开也不会亮，我把灯泡打碎了。明天上午，我把你放回家去。"

姜宾扬简直不相信自己的耳朵，那她为啥还打他、骂他？那她……

她的比一般初中女生都丰满的乳房紧紧地压在他因喜欢游泳而锻炼得很结实的胸脯上说：

"听清了吗？"

"嗯。"

"那就这样决定了。"她又拧了他一下，离他而去，门开了，又重重地关上了，姜宾扬还听到她在门外加锁的声音。

放他回家，这是真的吗？宾扬似信非信地暗自忖度着。是她故意说来逗他、耍他，明天来了，她又绷一副凶神恶煞般的脸来对待他？她要放他，难道其他红卫兵会同意？桑振业、杨志平、陶志雄，他们恨不得把他送进公安局关起来呢，能同意就此白白便宜了他？宾扬越往细想越不敢相信她的话。这个方菊莉，真是个神秘的捉摸不透的人物，她究竟是什么意思呢？她给他写了那封表示好感的简直可以称作情书的信，她没得到他的回音，她恨他，她要报复他，但她又怕他把她的信拿出来，说她一个姑娘主动给狗崽子写信求爱，所以她……姜宾扬揣度着，仍觉这事是个谜。那么她现在对他还有没有好感呢？不会有了，决没有了，她冲到他家去抄家那股疯狂的劲头，她打他、拧他的那副凶相，哪里还会有哈好感可言？她纯粹是为那封信、为她的名誉和响当当的红五类子女的桂冠在担心，她今晚的所作所为，只是跟他做了一笔交易。姜宾扬想起了她临走前说的话，他确实也饿了，只在脚踏黄鱼车前吃了一块煎饼，实在不顶事。他借着从钉死的窗户缝隙中透进的微光，伸出手去往桌上摸索。他碰着了一只竹壳热水瓶，摇了摇，里面果然有水，他又摸着了一只面包，是包着蜡纸的那种面包。他还在靠近桌沿处摸着了一只搪瓷杯子，是脏是干净，他顾不得了，他机械地倒出点开水涮了涮杯子，又满满倒了一杯，让开水凉着，就撕开面包纸吃起来。

想想真可笑，当初接到方菊莉那封大胆的信，姜宾扬沾沾自喜，暗暗读了好多遍。他不爱她，也没胃口同她出去逛马路兜公园看电影，只要一想起她在班上和人吵架时那副泼辣相，他的隔夜饭都要恶心得吐出来。但他还是为她对他有着那么种感情而得到了心灵上的满足，她的字写得有大有小，表达能力也不强，但在她的字里行间，还是透出一股真情，他相信这是姑娘的真情。她长得不好看，眼睛小小的，颧骨高高的，皮肤虽然白皙光洁，却散着好几颗细小的黑痣，像零零落落的几颗黑芝麻。但她时不时会露出一副不使人讨厌的媚态，笑起来咯咯咯地颇有感染力，一对乳房也鼓得高高的。宾扬读着她的信，想着她，最终采取了没有理睬她的态度，把信毁了。但他丝毫不想讥诮她，更不想伤害她，他只想让这事风吹落叶般吹走就完了。当然，她对他有好感他自然没法反对。

今天方菊莉的行为举止，使宾扬怀疑起她对他的感情的真伪来了，其实她并不会真心喜欢他爱他，真心爱一个人难道会像她今天这样对待他！她喜欢他、她爱他，恐怕就是三个姐姐经常告诫他的

——羡慕姜家花园的条件。哦，爱情，被好些人说得那些美妙动人的初恋的情感，原来是这样的。

姜宾扬不由得颓丧怅惘起来。人的感情特别是爱情，实在是靠不住的东西，看嘛，尹丽妮曾对他是多么好，多么温柔关切，多么亲热和蔼，一旦知道了他的家庭出身，她对他的态度可说是骤然大变。他还是他啊，一点也没变，她为啥就把他看得如同洪水猛兽啊。

曾在宾扬心目中升起的艳若彩霞般的爱情，褪尽了它绚烂的色彩，赤裸裸地坦露出它的真相和实质。宾扬不由自主地感到深深的失望，难道那神圣的纯洁的爱情就是这样的吗？难道男女之间的爱就不能超越一切，脱离凡尘和世俗吗？难道那美好的充满诗情画意的爱的境界，就只能在书本中去寻找吗？

宾扬得到的回答便是冷酷的眼前的现实，他丢弃了手中的面包纸，“咕嘟咕嘟”喝了一大口凉开水，倒在床上绝望地喘着粗气，他哭了。他曾视为最最美好最最珍贵的那份感情，像肥皂泡似的破灭了。他现在已经什么都没有了，家被抄了，爸爸是肯定逃脱不了文化革命的冲击的，妈妈多半还会在受到刺激后精神失常，三个姐姐各有各的心思，他还有什么呢？可他还要活下去，活下去。

天亮以后没有人给他送早点来，更没人来打开这扇门。宾扬觉得天亮了好久走廊里才开始有稀疏的脚步声，他想一定是晚上闹得太晚了那帮红卫兵都在睡懒觉，所以清晨的校园里才会如此静。他却不等天亮就躺不住了，无法漱口无法刷牙洗脸，他只好坐在床沿上擦眼睛，把眼角上的眼屎擦干净。天亮了，他俯身看看自己穿的衣裳，短袖的白衬衣快变成黑衬衣了，这里一块污迹那里一块泥痕；挺拔美观、质地轻薄的派力司裤子，隐隐可见的有色细线条纹全揉皱了。这样子哪里还像人啊，姜宾扬长这么大，从来还不曾受过这种委屈，想想真是又伤心又屈辱。

尽管不相信方菊莉的话，他还是在满怀希望地等着她来放他走。大约总有十点多钟了，她才来，脚步声慢悠悠的，嘴里还在哼：“拿起笔，做刀枪……”

开门之前她又“哐”一声打开了走廊上的窗扇。听到她拿钥匙先开了门锁，宾扬的心“怦怦”直跳。门开了，她一步跨进来，手一挥道：

“快走，从操场后门走，后门口正在装垃圾。不要从走廊绕出去，出了门就从走廊的窗口跳出去，我替你把窗子开好了。”

宾扬又惊又喜地点着头，疾步往门口走去，从她身边擦过时，她又一把逮住他的衣领，两只眼似要弹出来似的说：

“记住，狗崽子，我们俩的账这下清了。”

宾扬又点了一下头。

她的手松开了，他连谢也没谢她一声，就冲出了屋门。斜对面紧挨着门敞开着两扇窗子，宾扬只一跃，就跳到了老教学楼的墙根脚。这里离操场的后门只有二十来步路，那扇专为方便装垃圾而设的小门果然开着，一个装垃圾的清洁工人正在那里把被废大字报塞得满满的大包往门口拖。宾扬环顾了一下四周，操场上来往过路的人没一个注意他，他故作镇定地甩着双手朝后门走去。到了后门口，他迫不及待地一跃跳了出去，随后就沿着弄堂跑起来。他怕人追上来，他怕离学校太近又被红五类子弟发觉，跑出了弄堂又继续沿着人行道奔，一直跑得气喘吁吁，他才放慢了脚步走。

一路上都没有遇到什么熟人，一路上也没有碰到故意刁难的红卫兵，连走进弄堂时，附近认得他的居民也仅朝他望望并没说啥。大铁门关着，但不像往常那样关得紧而是虚掩着，不费劲儿就能推开；小铁门敞开着，仿佛是在说明任何人都能走进去。姜宾扬走近大铁门，看到那上面贴着一张墨迹未干的大字报，粗犷的字体龙飞凤舞却又清晰可辨：

请看，反动资本家姜宗豪和其姘妇何翠卓的丑恶嘴脸……

那乌黑发亮的墨汁似飞溅起来，扑进宾扬的眼帘，他的脑子里轰一声响，大字报上的字一个个跳跃起来张牙舞爪，好像巴掌在举起打过来。宾扬的眼前掠过他曾在家里无意撞见的那一幕污秽不堪的情景，他记得那女人的相貌非常漂亮，他甚至还记得那个女人回头时一对惊惶的眼睛。没料到爸爸如此糊涂昏庸，没料到在这种形势下爸爸还在同那女人勾搭，羞愧和愤怒使得宾扬眼里冒火，他没有读大字报，他也不好意思站在门口看大字报，他一头冲进小铁门穿过花园就向客厅里疾走过去。花园里很静，露出木结构的英国式的楼房里很静，只是很多扇玻璃窗被敲碎了。

宾扬冲进客厅，客厅里也是静寂无声有点怕人。一只残破的沙发里二姐宾泓像小猫般蜷缩着，看见宾扬进屋，她坐起来问他挨打没有肚皮饿不饿。她说素贞阿姨在厨房里那里有吃的。她还说爷爷打过强心针，已回陕西南路，爸爸被拖到永吉里批斗后又押到厂里去了。她一边说一边哭泣显得怕极了。她说家里现在只有妈妈、素贞阿姨和她三个人，早上又冲来了一帮红卫兵，无缘无故打了她两皮带还批了妈妈。她说宾涓昨天一夜未归不知躲哪儿去了。她还说昨天大姐夫家也被抄了，大姐夫和来抄家的人争辩几句被打落了几颗牙齿。大姐夫的父母都是“反动学术权威”，又都是“洋奴”和“特务”。她还说牙牙见爸爸被打吓得在发烧……她越哭越凶最后讲不下去了。

宾泓的泪水仿佛浇灭了宾扬心头的怒火，他凝视着面目全非的客厅，在二姐嘤嘤的哭声里逐渐冷静下来。这就是“文化大革命”，他曾狂热虔诚地为之欢呼雀跃。这场大革命给他给他的家庭究竟会带来些什么呢？他总算看到一点了，他该怎么办他该怎么办他该怎么办呢？

是二姐的哭声引来了妈妈吧！妈妈突然从楼梯上走下来了，她的腰挺得笔直眼睛瞪得溜圆头发梳得纹丝不乱还抹了点闪光的油，她的神态有点古怪有点呆滞有点让人觉得陌生。宾扬忽然感到窒息感到喘不过气来，他慌乱地疾走几步迎上去勉强笑着招呼：

“妈妈……”

妈妈浑身一震就像怕人打她，她牵动一下嘴角想笑。宾扬看到的却是妈妈撇了撇嘴哭丧着脸，他连忙伸出手去想扶妈妈，妈妈把手一摆，风度极好，宾扬又略微安心了。

妈妈朝他点头，语气亲切地说：

“噢，你回家了，宾扬……”

宾扬正要答应，妈妈突然吐出一句让宾扬惊得魂飞魄散的话：

“你！你……你不是我的儿子！哈哈哈，宾扬，你不是我的儿子，不是啊！”

妈妈发出一长串令人胆战心惊的狂笑，她猛地转过身去，用同她年龄不相称的敏捷步伐跳起来跑上楼梯去，她一边跑一边尖叫狂笑，她的背脊随着飞跑颤抖着。宾扬惊骇地追了上去。妈妈在楼梯转角上跌倒了，他要去搀扶她，不等他近身妈妈跃身起来又疯跑上去，一边跑一边嘶声尖叫着狂笑着抓扯着自己的衣裳。

哦，妈妈，可怜的妈妈又疯了，她又疯了，她怎能不疯啊。这年头正常人都要发疯，何况像她原来就患过精神病。

宾扬站在楼梯上，泪水糊满了他的双眼。

有人说上海没有夜晚，其实上海是有夜晚的，只是说宋婕茵没有夜晚罢了。她眼前乌洞洞、黑漆漆的一片，不是夜晚是什么，难道是坟墓，是地狱，是阎罗王升堂的地方！

宋婕茵两眼睁得溜圆，瞪得发亮，她拿窗帘掩着半边脸窥视着漆黑的姜家花园，她又把脸转向永吉里方向，看到参差不齐的楼群稀稀疏疏的几个窗洞有灯光，她晓得家里人都怕她操心，怕她受刺激瞒着她很多事，还不给她看报纸。其实她的神智清醒脑子灵敏，她什么都晓得什么都知道，她真想对全家人喊她没有病，她是个正常人，不要把她当病人看待。但是她没喊，她晓得嚷嚷一阵也没用，这反而会使家里人更把她当作一个病人。

她是晓得姜家花园外面发生的那些事的，那些“破四旧”那些横扫一切牛鬼蛇神那些抄家的种种传闻，她的丈夫不在她面前谈起这一切，她的子女们谈得正热烈，只要她一走近大家便闭口不言。

但是邹素贞却会不知不觉地讲些给她听，外面怎样斗人，怎样游街，怎样疯狂地抄家。家人出于关心不让她看到报纸，但是他们忘了她还可以听广播，只要他们不在家她就打开收音机、电视机听那些播音员一遍一遍用严肃庄重的标准普通话念“两报一刊”社论，念评论员文章。她现在只要一听到那个浑厚严厉的嗓音，就晓得又有一篇重要文章问世了。她一点也没被吓着，这足可以证明她的精神病是彻底痊愈了，她现在不是那么容易被吓倒的了，她想得极简单也极自然，这既然是全社会所有的人和所有的资产阶级都要碰着的事，那么她害怕、她恐惧又有什么用呢？当外界盛传抄家的风声时，她确实紧张起来了，她开始失眠，她常常精神恍惚，像梦中般地看到她的故乡阳澄湖二百里碧波莹莹清澈见底的水面，湖光闪烁的点点涟漪道道水波中会荡漾出千亩肥沃的粮田和五百亩雪浪般的棉田，那曾是她宋家地主的田产，是由爹爹贩塘鳢鱼、贩鲜大蟹、贩水禽红菱茭白置下的田产。后来爹爹在三十九岁的壮年生肺病死去，田产一直由妈妈经管。达丰厂发不出工资那年工人们闹罢工，他们派出二三十个代表冲进姜家花园守在客厅里不走，自已淘米在厨房里蒸饭切火腿烧汤吃。宋婕茵看宗豪唉声叹气，看公公姜宇溟走投无路，便毅然决然回到故乡向娘家借钱。可怜妈妈节俭一生，但她只有婕茵和九岁时高烧不退吃了江湖医生的药变成神经病的哥哥一双儿女，她将来能投靠的只有女儿婕茵。妈妈听了婕茵的哭诉，想了一夜才数出一枚又一枚袁大头银洋钿。婕茵记得妈妈数的时候手在颤抖眼里闪着泪光，还嘀嘀咕咕地不停唠叨什么“救急不救穷”“一定要还”之类的话，听得婕茵身上直起鸡皮疙瘩，但她能体谅妈妈的心。是这笔钱在那个年头救了姜家的难使姜家渡过了激流险滩。姜家说话是算数的，渡过了难关便如数还钱给宋家。可是那时妈妈已经葬身阳澄湖，哥哥也因神经病发作在河里淹死，这笔款子于是便理所当然地成了婕茵的私房钱。她置了项链置了翡翠玉镯置了金银首饰和夜里也会放光的珠宝，这笔钱里有死去的爹爹的血汗，有死在湖里的妈妈的心血，她不能随便动用，不大不小一包她始终放在自己的加了暗锁的漆器小盒子里。红卫兵要来抄家看到金银财宝那还不是一抢而光，他们会说这是剥削来的必须缴公，不缴就打就骂就游街批斗。不不不不不，她不能让他们将这些东西抄走不能决不能，她要将这些东西藏起来，藏到一个谁也不知道的地方去，她不能让一帮强盗把一切都拿走。两个女儿说千万不能藏东西的话吓着了她，她忽然觉得姜家花园的里里外外都有眼睛暗中盯着她，她浑身火烧火燎一般坐立不安。几天里她的神经一直在“嘣嘣嘣”有感觉地跳，闭着眼睁着眼都会看到湖波闪耀着光斑光晕，光斑光晕里变幻出谷穗摇曳的粮田和雪白一片的棉田。宋家的人死得已经差不多了只剩下了她一个，难道宋家的气数当真尽了吗？她的三个女儿和一个儿子都不姓宋，她现在懊悔当初没听妈妈的话婚前和姜家达成契约，子女当中至少该有一人随着她的姓。她的几个子女都像避瘟疫一样回避着提起外婆家，因为外婆是阳澄湖边千亩良田的女地主，是抵制土地改革投湖自杀死不改悔的花岗岩顽固派，是个死有余辜的人。

她不能让骨血般贵重的小盒子金银财宝白白被人抄走，她一定要藏匿起来。她听说抄家时连地板都要撬开连墙壁都要打烂连屋瓦都要揭翻连女人的身子都要搜查，她还是要藏。这些天她脑子里只有这个念头别的啥都不想。夜深人静幽暗一片之中，她时常从床上起来走近窗边去窥视姜家花园里隐隐绰绰的花草树木，她还不时往永吉里那一头望，看有没有人站在屋顶上监视姜家花园。

谁说上海是不夜城上海没有夜晚上海的夜空是橘红色的？上海的夜晚在姜家花园里永远是静悄悄的。宋婕茵已望过好几个下半夜，她不相信永吉里的人真那么严密地监视着姜家花园的一举一动，没有月亮的深夜他们即使监视也看不清。她相信他们看不清，除非他们是千里眼和顺风耳是国际间谍，永吉里有灯光她远远地望过去都啥也看不清哩。她决定要把那一小盒金银珠宝埋在花园里，她已经想出了办法。她想起了通往后门的甬道上一溜放着的十几棵石榴。她非常喜欢石榴，这些石榴一株株都栽在一只只硕大的花盆里，那些花盆都雕着花鸟鱼虫她看着就爱。现在她要砸烂这些花盆，就像外面的红卫兵砸古董瓷器。她还要在花园里挖起一条栽石榴的畦沟。她没有力气干这些活，她只有求助邹素贞。她不告诉素贞她将把一小盒宝贝金银首饰装进一只仿古的有盖瓷罐埋在石榴树下头，她只说石榴树要养大不能老栽在花盆里，要把它们移到花园里去。她晓得把事情说穿素贞也不会讲出去，素贞是靠得住的老佣人了，是她结婚时带出来的，但她还是不说，认为这年头什么人都靠不住。素贞照她的吩咐做了，她做得很好，白天走到花园里一点看不出那些石榴是移栽进泥土里的。栽石榴的时候她让素贞去厨房替她倒杯水来，她说她渴了。素贞走了，她埋下有盖的瓷罐忙用园土盖没。素贞黑暗中端着杯水过来时，她正把从左往右数第六棵石榴栽下去。她陪素贞移栽完石榴走回厨房，从衣袋里摸出一只十四克重的金戒指塞给素贞，这只金戒指又粗又精巧，上面刻着她的名字。素贞要推辞。她劝着说反正要被抄走的拿着吧，没时间送回乡下就设法藏好，红卫兵要来抄家抄出来问起时，就说是解放前顶几年的工钿给她的。素贞收下了。她叮嘱素贞千万别把今夜的事跟任何人讲，哪个人都别讲不管他是谁。素贞答应着问那些花盆怎么办，这么多空花盆会引起人怀疑的。婕茵说把它们堆在一起放在花园角落里没人会费神多想的。素贞说她去办，她会办得很好不露痕迹。

做完这件大事，婕茵的心跳了一夜出了一身大汗。后来她天天在不同的时候观赏那十几棵石榴，她站在不同的角度凝望过它们，她看不出半点破绽，她是满意的，她是心安的。

红卫兵冲进姜家花园来抄家时，把她和素贞关进了厨房，透过厨房的纱窗看得到那十几棵石榴，自始至终没有人去挖花园的泥巴更没人去碰石榴。关她们进厨房时两个女红卫兵把她们身上搜了一遍，连下身也搜。搜的时候婕茵气得浑身颤抖，那女红卫兵以为她害怕，还喝斥她说不会打她，打她这种臭妖婆她们怕手脏。

是听多了还是有了思想准备，抄家并没给婕茵带来深重的刺激，她只觉得紧张只觉得神经绷得很紧。她一夜不曾合眼一夜都在担忧，宾扬给抓走了，宾涓没有回家，宗豪没有回家，她不晓得姜宗豪会在哪里，会不会被人批斗被人关起来。她不停地喝凉开水喝汽水喝橘子水，喝得肚皮胀鼓鼓的她还是感到口渴，感到头晕感到心里火灼一般隐隐作痛。她照那面被敲碎了的梳妆镜，看到她的脸像被砸烂的镜面一样布满皱纹憔悴难看，她有那么老了吗？她竟然那么难看，她还不到五十岁啊，天哪天哪天在催人老呀！上午吃粥时，她晓得爷爷硬留达丰厂的几位工人师傅在家过了一夜，她不明白爷爷为啥硬要挽留这拨抄家的人。早饭后的事情证明爷爷挽留几位工人师傅是对的，不知从哪里冲来的第二股红卫兵杀气腾腾冲进花园抄家时，工人师傅们跟他们说这里已由厂里负责查抄请小将们放心。红卫兵们只是谩骂一阵，用砖头打碎了堆在花园里的那十几只石榴花盆悻悻地退出去了。婕茵正为爷爷的英明而欣慰地叹出一口气，致命的一击就在这时来到了。

喧哗嘈杂闹哄哄的声浪里押来了姜宗豪押来了那女人那个她该称作嫂嫂却又比她年轻比她美貌的女人，看到他俩被同时押来的那一瞬间她就晓得了是怎么回事。远远地看见他俩被撕得稀烂的衬衣和在闪耀的阳光下裸露的雪白肩膀和拱起的背脊，她的眼前顿时迸散开湖面上那醉人的光晕光斑光圈，光晕在闪烁光斑在腾跃光圈在扩散在扩散在扩散，她被扩散的光圈颤得头晕颤得身摇颤得站立不稳，她觉得血管在爆裂心脏在蹦跳天地在翻转湖水要把她吞噬，她的眼睛恐怖地瞪得老大她的手在发颤地摇晃她的脸转向一边，她想哭她想叫她想发泄般地跺脚怒吼想肆意地悲号，可她张开的嘴巴里发出的却是笑声，是尖厉的怕人的撕人肺腑的长长一串连一串的笑声，她觉得自己飞起来了飞起来了脱离了丑恶的尘世脱离了无尽的烦恼和难以诉说的侮辱，她的意识陡然间又变成一片混沌一片翻飞的浮云一片跃动的幻影般的人和窗户……

她又什么都不知道了。

她疯了。

1980. 10

冯永杰要开一个修理电视机的门市部苦于找不着铺面，居委会街道办事处的干部说他若能吸收十五名待业青年，他们就可以为他提供一处位于十字街头的理想铺面。冯永杰和他们谈条件，说开张时他只能吸收七个待业青年，而且希望这七个人全是插队落户返城的，因为他除了有修理电视机的技术之外其他一无所有，要发出十五个人的工资来实在困难。居委会街道办事处研究了又研究居然同意了。冯永杰身无分文临到开张困难重重，他要替这七个人买修理工具买技术书籍买零配件，其余一切都好办，最大的困难就是没有钱没有现金。回城的插队知青来自五湖四海：黑龙江、内蒙古、吉林、安徽、江西、贵州、云南，他们到广阔天地去经了风雨见了世面，却仍是孑然一身和冯永杰一样穷。冯永杰只好来找老同学、老朋友姜宾扬帮忙。

宾扬听他谈了社会调查和市场信息，相信他说的现在电视机逐渐普及电视机的修理行业势必兴旺的理论是正确的，他又听外甥女牙牙抱怨家里的电视机坏了送出去修一个多月还没拿回来。特别是看到冯永杰年近三十没有工作还在为生计挣扎时，他心里已经同意冯永杰商借四千元钱的要求。但是他想到这是全权接受姜家遗产以后动用的第一笔款子，他还是持相当谨慎的态度。冯永杰建议他去看看铺面，他当真去了。

居委会街道办事处提供的铺面离十字街头还有二三十步路，虽不真正在十字路口却是经商的一个好铺面，经过打扫修整粉刷那铺面还像个样子，招牌和霓虹灯都没装起来，但是刚用红纸写出本店维修各种规格大小尺寸的黑白、彩色电视机，已有不少顾客来问哪天开业，可以想象正式开张以后生意是会很好的。宾扬没想到在铺面的三抽桌后会看到老同学肖实伟和罗放，两个人都站起来同宾扬打招呼对宾扬笑。罗放在插队期间和方菊莉恋爱有了身孕出于无奈而结婚，因为结婚因为有了娃娃始终没分配工作，不晓得他俩又用什么办法弄回了户口。宾扬听说一般已婚的插队知青上海不同意接受，原则上要当地政府解决的。肖实伟的父亲是扫弄堂的右派分子，他当然很难有一份职业，况且他哥哥在“文革”中还是个“炮打”分子被整得很惨打成反动学生和现行反革命分子押住农村。他们现在都很少同宾扬来往了，也讲不清是啥原因。肖实伟说他的爸爸和哥哥先后平反，他的工作是有希望的，言下之意只是暂时在电视机维修门市部待一阵。罗放在抽烟，他只是微笑着说：“混口饭吃吃。”

宾扬找不到更多的话讲，心里却颇多感慨。他们这一代人当初怀着各种各样的心情投身于伟大的史无前例的“文化大革命”，到头来兜了一个大圈子像在环形道上徘徊又碰在一起了，却仍是一无所有，青春倒消逝了，消逝得好快！

回家的路上，冯永杰说他的修理部里还有一个人是陶志雄，他家也住在永吉里。冯永杰见姜宾扬脸色阴沉抱歉地解释说他也没办法，他明知此人打过宾扬明知此人有流氓劣迹，插队十年还判过三年刑，但陶志雄的母亲过去是永吉里居委的干部现在是街道干部，如若不收这个人修理部就别想开张。冯永杰说他对陶志雄的要求很低很低，哪怕他天天不来上班每月来领工资也行，只要他不来捣乱不来偷店里的东西就谢天谢地了。

现在做点事情真难。

宾扬替冯永杰叹了一口气。

冯永杰一定以为宾扬失望了不愿借钱，一边在宾扬身旁走一边滔滔不绝地说，他是充满信心有办法把修理部办出色的，他的第一步计划是教会待业青年修理一般的毛病和排除常见的故障，当他们比较熟练地掌握了维修技术，他准备搞两条腿走路的方针，门市和上门服务一齐展开。他一面讲一面不断地转过脸来瞅宾扬的脸色，唯恐宾扬回绝。

宾扬看出了他的心思便在他略微停顿时说，钱他同意借，但“亲兄弟、明算账”，希望冯永杰的借条上有街道的公章。冯永杰满口答应顿时变得眉飞色舞，他说一定会按时归还，他说归还时他会照国家利率计息不让宾扬吃亏，他说他晓得宾扬现在是百万富翁不会在乎那几个利息钱，但他是一定要算的，这是他的为人之道。他陪着宾扬走回家来一路上都在兴奋地讲话，他说他实不好意思来找宾扬，怕宾扬误会，他是走投无路硬着头皮找上门来的，就像宾扬下乡前夕被小偷摸去了二百元钱出于无奈去求童玛雅一样。提到童玛雅他的话像流水般涌了出来，他说童玛雅现在再不是女流氓、赖三①、私生活放荡的女人了，她早已收敛且改邪归正，如今她已是富翁一心一意准备干点事业……

姜宾扬惊愕地转过脸去打断冯永杰喋喋不休的话头：

“什么什么，你说她是富翁?”

“是啊，她在银行里一存就是十万港币，她现在就靠这笔钱的利息过日子。”

“她……她哪来那么多钱?”

“哈呀，你真啥也不晓得啊，宾扬!”冯永杰的一双眼睛惊奇地瞪得很大，额头上堆起了一条条皱纹，“今年夏秋之际，她那解放前夕跑出去的父亲大老板童仁亨回来了，玛雅有意要跟父亲出去，但她父亲不知出于什么心理，没带她走，只给她留下十万港币……”

“真的?”宾扬只是习惯地脱口而出，他当然相信这是真的，冯永杰再聪明也编不出这种故事。宾扬的脚步放慢了，他像挨了一闷棍像被什么东西狠狠扎了一下。这么说九月份玛雅到姜家花园来找他并不是求他施舍，这么说那时她手头已经有了钱，这么说他几乎是侮辱了她，怪不得她会气愤得打他的耳光，怪不得她理直气壮地讲“你去打听打听”，怪不得她又委屈又伤心双眼饱噙着泪甩手便走。哦，他伤害了她伤害了她，宾扬感到深深的内疚。他不明白他的判断为啥总是出差错总是与事实不符，就如同一九六六年八月他

---

① 赖三，即混迹街头和男人勾搭的姑娘。

被方菊莉偷偷放回家见到妈妈，妈妈说的其实是大实话他却认定妈妈疯了一样。宾扬至今还记得很清楚就像记着昨天的事，妈妈一声又一声地仰天大笑凄厉地呼喊，妈妈颤抖地晃着双臂伸出十根尖尖长长的手指不断地嚷嚷：

“完了！哈哈哈，完了，一切都完了。宋家的稻田棉田完了，崩溃了，姜家花园也完了，什么都没有了。哈哈哈，完了，全完了……”

当时宾扬恐惧惊骇地望着狂笑不止的妈妈，心想若不是她疯了准有人来给她上纲上线，说她在哭诉阳澄湖畔殷实的封建地主家庭的崩溃，说她在哀悼姜家花园大资产阶级的破落，说她妄想恢复失去了的天堂，说她贼心不死。现在想来妈妈说得一点不错一点不错啊！人活世上仅仅是一根芦苇一根脆弱的易折断的芦苇啊，怎禁得住历史巨轮的辗压和揉搓。从爷爷到外婆，从爸爸妈妈舅舅到大姐夫苏彦，从阳澄湖畔的地主家庭到姜家花园的民族资产阶级家庭，都证明了历史的车轮极力地干预着人的日常生活，它挑逗着人同时严厉地惩罚了人，它引发人的欲望却又偏让人绝望，历史的魔掌翻腾起来，人的希望和失望显得是多么可笑可怜。可又有几个人真正看见了历史看见了自然界里一根根脆弱的易折断的芦苇的生长……

姜宾扬不晓得冯永杰是什么时候离开他的，他想冯永杰一定是见他脸色难看便告辞回去了。他觉得自己当时肯定很不礼貌没有回答冯永杰，他涌起一股歉意但很快便又消散，他想隔天再找冯永杰道歉补救还来得及，他现在只晓得该候一适当时间去找童玛雅。他既已得罪了她伤害了她就该去赔礼，他感到后悔感到深深的负疚。他们的年龄都已不小青春都已逝去，他们这两根芦苇不该再相互撞击而是该挨在一起了，即使挨在一起他们仍很脆弱很易被人折断，但总比孤零零地一根忍受风雨的袭击要好些要好得多。

是的，是的。他该去找她主动去找她找童玛雅。

他想还是越早越好越快越好，对了，他有一个现成的理由请她陪他一起去精神病院，是她曾经提议过的她愿陪他去探望三姐，他也早想去探望宾涓了这是他的责任。

他要去他要去他一定要去找童玛雅。

1980．10

他去找玛雅，玛雅会怎样对待他呢？

在向玛雅家走去的路上，宾扬一再地如此扪心自问。是的是的，她是在遭受他面对面地侮辱之后愤然离开的，不是气得发疯她不会贸然抡起巴掌打他的耳光，不会抽身就走。她可能也会以其人之道还治其人之身，当面羞辱他一番，用挖苦的、刻薄的语言骂得他狗血淋头，那时他该怎么办？

宾扬不晓得，也不敢想象，但他还是往玛雅家走，往和安坊走，事隔那么多年，他竟然还记得她家住在和安坊29号，在第三条小弄堂里。

他怎么能忘记？他不会忘记！男人可以忘记很多往事，却不易忘记和他有过那种事的女人，特别是像玛雅这样美丽妖冶的女人。她是同宾扬有过那种事的第一个女人，那时候他曾怀着多么纯洁和神圣的理想看待和女人的那种关系啊！可一旦面对生活，面对严酷的现实生活时，他却一点都不能忠于这一理想。在他近二十年的生活经历中，在他作为一个男子苏醒萌动起对生的关注的短短几年里，他一直把恋爱、婚姻看得十分神圣，十分崇高。正因为始终怀有这种虔诚的心理，当他发现了父亲和何翠卓的关系之后便觉得吞食了苍蝇般的恶心，便觉得他亲眼目睹的一幕犹如噩梦缠绕难以摆脱，以致急遽地改变了对父亲的看法和态度。他深深地同情和怜悯害精神病的妈妈，脑子里久久地摆脱不了阴影似的罪恶感。为此他恨过父亲，恨姜家花园，厌弃人世间的一切。他没料到，绝没料到他初涉人世撞着的第一女性就是这样的人。即便在那时候，玛雅就是远近闻名的堕落的女人了，她的丑闻被市民们添油加醋地传得神乎其神、不堪入耳，但他偏偏与她而不是同别的女人发生了那种事。事已过去了十多年，他还得找她，心神不宁地猜测她会不会饶恕他。

如若她记恨于他，他还不知将怎么办？这是不是命运呢？冥冥中是不是真有那种支配人的鬼使神差般的东西呢？

宾扬说不上来。可有一件事他现在是讲得清楚的，当初她并非有求于他，而是他去求她帮忙找回那二百块钱；她更不像是在玩弄他的感情，女人玩弄男性的时候决不会像她那么真挚和无私。从这点来说，他是欠了她一笔债的，一笔很难说清道明的人情债。尽管她那时已被人斥为堕落无耻，尽管她那时让人嗤之以鼻，但她在对待他时，却是诚恳感人让他经久难忘的。

不是吗……

1969．3

玛雅一直把宾扬送到离姜家花园、离永吉里不远的地方，在宾扬连声催促下，她才答应回和安坊去。宾扬要往回送她，她不答应，她温存地吻着他说：

“不送，不要送。你很累了，瞧你那样子，瘦得变形了，回去吧，回吧！记着，三天以后，晚上七点钟，到我家来拿钱……”

“能找回来？”

“我想能。”玛雅肯定地点着头，她抿紧了嘴，路灯的光照着她疲乏的俏丽的脸，她双眼倏地闪耀起一道犀利的波光，有点怕人，“要找不回来，我让人偷也要偷回来。记清了啵？三天以后。”

在往姜家花园旁的永吉里走去时，宾扬习惯地把双手插进衣兜里，他的手摸着了一些异样的东西。感觉告诉他这是钱，他大为疑惑，自从二百块钱遗失之后，他哪里还会有钱？在钱丢失的时候，他几十上百次地摸过身上每一个衣兜，那里面都空落落的。差不多在此同时，他已猜到了是怎么回事，这钱是玛雅趁和他亲昵的时候悄悄塞进他衣兜里的。这一细节深深打动了他，他激动得真想返身追上去把玛雅紧紧地抱在怀里，他恨不得就在弄堂里凑近昏黄的路灯光把钱点一下，要不是害怕撞着路人他早忍耐不住了。到家后他双手颤抖着把钱清点了一遍，三百块，整整三百块，是玛雅给他的。

姜宾扬呆若木鸡般站在屋子里，心头回荡着激情，脑子里残留着在玛雅家发生的看得见和看不见的一幕一幕。她的钱是从哪儿来的？她家本来就穷，靠爸爸的施舍过日子，虽然温媛阿姨眼下已有了工作，但在里弄生产组一个月能有多少钱？他预感到玛雅的钱来路不正，但他仍为玛雅的这一举动涌起出自肺腑的感激之情。只有对他，玛雅才会如此无私、如此深情。失钱的苦恼和烦躁消散了，焦虑、忧愁消散了，几天来绷紧的神经一下子松弛下来，他深感疲乏和困倦，躺在床上，却失眠了。他睡不着，为他和玛雅之间的关系起了质的变化，为他重又有了三百块钱，他一晚上都没合眼。

三天以后，他又到和安坊去了。不是为了那失窃的二百块钱，而是想见着她见着玛雅。这三天时间对宾扬来说过得太慢太慢，这三天里大姐二姐分别陪着他采购了些下乡必需的物品，他同冯永杰在一起消磨了半天，在冯永杰家的三层阁楼上听他讲童玛雅的魅力和奇闻轶事。还生平头一次和冯天王闲扯了几句，他听冯天王不无炫耀地吹嘘了一阵旧社会上海滩的白相人，什么水果月笙麻皮金荣，什么烟毒霸、码头霸、赌场霸、扒窃霸、粪霸、人力车霸、人贩霸等十大霸。宾扬意外地发现冯天王年岁虽大身体却出奇地好，好像“文革”初期对他连续的批斗好像解放后十年的劳动改造对他并无多大影响，他讲起人贩霸的暗语切口让宾扬听来简直等于是天方夜谭，什么专贩男孩子的叫“搬石头”，专贩女孩子的叫“摘桑叶”，高等妓院叫“长三堂子”，二等妓院叫“幺二堂子”，靠法租界一边的下等妓院叫“咸水妹”。如此消磨光阴宾扬仍觉得时间太慢了，只要静下来只要一到夜间，他就会感到忐忑不安感到内心矛盾。他想见着玛雅又怕见到玛雅。这三天里他一直在想她，三天后他到玛雅家肯定又要发生那种事情，他慌乱，他虽觉瞬间的快活但更多地却是感到惶惑，他渴望能和玛雅有第二次甚至第三次。有这种欲望的时候他丝毫不嫌弃玛雅，几乎想不到玛雅的堕落和坏名声。但即使如此又怎么样呢？他马上就要离开上海插队落户，不说永久但也是长久地分离在两地，玛雅要在上海混下去，而他去了乡下之后谁知是个什么情形？明知这一切，宾扬还是怀着焦躁怀着渴望想见着玛雅想和她亲热，宾扬自小认为自己是控制得住自己的，但他现在发觉远不是这么回事。怪不得书里说亚当夏娃一旦偷尝了禁果便不能自抑，他现在是不是这样呢？宾扬恨自己喜欢胡思乱想了，他满可以不去想照样过日子照样吃饭睡觉，活在这年头浑浑沌沌地过日子才是上策。他还有什么呢？他还能争取过什么样的日子呢？梦幻般的纯洁的初恋留下的只是苦涩的回忆，富丽堂皇的姜家花园已不属于他，亲人们死的死、亡的亡、躲的躲，留给他的只有前面一条不可知的充满荆棘和陷阱的路。爷爷常常说，路要靠人去走，可他怎么走呢？他对自己的未来简直可说是一无所知啊！

三天以后的夜里，他是准时到和安坊去的。走进29号后门上楼梯的时候他就觉得有点异样，楼梯上很亮，辨得出一格一格的阶梯和阴影。而当走上二楼时，他看到玛雅家的房门敞着，日光灯把屋内的一切都照耀得清清楚楚，玛雅在家，听到脚步声她就转过脸来对他做了个手势。宾扬没明白她那手势的意思却一眼看到了玛雅的妈妈温媛。他顿时感到一阵失望，他为什么没想到温媛可能在家呢？是呀，三天前她上夜班三天后她不一定还上夜班呀！温媛也转过脸来了，宾扬不得不硬着头皮叫了声温阿姨。

温媛用对待陌生人的那种冷漠态度瞥了他一眼，矜持地点着头，既不招呼他坐，也不给他倒杯水更不同他寒暄，只是回避瘟疫般站得远远地监视他和玛雅的一举一动。

玛雅也有点不自然，她半侧过身子给宾扬使个眼色随口说：

“你要认识的那个人我约好了。走吧！我陪你去见他。”

宾扬也不想在此坐下去，如果温媛热情些客气点他也许愿意坐下的，可温媛瞅着他的目光完全是戒备的漠然的。宾扬不由得想起温媛带着玛雅到姜家花园来时那副可怜兮兮的表情，那种恳求施舍的眼神，以及她死皮赖脸待在家里等爸爸回来时的无人理睬的情景，那时她只能找老佣人邹素贞叽叽喳喳说个不停，那时她远远地看到宾扬就会露出谦恭的讨好的笑容。而如今，姜家花园衰败了一切不复存在了，她就变了脸，用这样的态度来对待他。宾扬的心头一点不是个味，世态的炎凉使他心灰意冷。为礼貌起见，下楼时他硬着头皮同温媛打了声招呼，温媛竟然没搭理他，只用眼角嫌弃地瞅着他。宾扬的心抽搐了一下，极为不舒服，以致一直走到和安坊过街楼下他都没同玛雅说一句话。过街楼下晦暗一片，玛雅拉了他一把两人就近避在角落里，玛雅挨他很近一点也不回避进出弄堂的路人的跟光。玛雅把一只折过的信封塞到他的手里：

“给，这是你的二百块钱。”

“呃……”宾扬其实并不是来要钱的，他已经得了她的钱他哪里还能再接受，他推着她的手她的手冰凉冰凉，“玛雅，我已经拿了你的钱，多拿了，我不能再拿这钱……”

“拿着。”玛雅以不容置疑的口吻说，“那是我给你的钱，这是你让小偷扒窃的钱。”

说着她把钱硬往宾扬兜里塞。

宾扬不再推辞了，她说得那么坚决他还能讲什么呢？他带着惊讶和好奇道：

“你是怎么找回这笔钱来的？”

“你别管，跟你讲也讲不清。”玛雅今天的情绪和三天前的晚上截然不同，她把钱放进他的衣兜便张开双臂，猛地抱住了宾扬急切地道，“带我走吧，宾扬！到什么地方都可以，只要同你在一起，就是你把我带到天涯海角，我也跟着你。现在就走，我不愿过这种醉生梦死的生活，我愿意厮守着你，过自由的日子。宾扬，宾扬你说话呀，带不带，你说声带我走，我啥都不要就跟你走……”

弄堂口的风很大，宾扬只觉得冷，紧紧地抱着玛雅，仿佛是想从她身上得到点温暖和热量。他惶惑得不知所措，这事来得太突然太没头没脑了。就因为三天前他同玛雅有了那种关系，就因为他们相互爱上了，玛雅就下了这么大决心？他犹豫了片刻才问：

“玛雅，出……出什么事了？”

“妈妈要结婚了。”玛雅哽咽着刚说出一句，宾扬就听到弄内传来一声怒斥："好呀，姜宾扬，你倒狗胆不小，跑到和安坊来勾引起我女儿来了！老实告诉你，你休想你若不给我马上滚开，永远地滚开，我立刻就去找群众专政队来把你关押起来。你是什么东西，真是有其父必有其子，你老子是个腐化堕落分子，你也是个小流氓!"

温媛尖脆的嗓门引得进出弄堂的路人停下来观望着。玛雅早和宾扬分开了，她既羞且恼地瞪着她的母亲。宾扬只觉得头顶上烧起了一团火般地恼怒和狼狈，他手足无措地站在那里，任凭温媛尖声尖气地骂着。玛雅低声局促地催着他：

"快走，快走!"

宾扬抽身就往弄堂外跑，跑出了和安坊，他仍听到温媛在背后叫骂：

"小婊子，你倒会勾搭人啊！正正经经的人你不找，找个他妈的臭资产阶级的儿子…"

宾扬真想返身回去指着她的鼻子忿忿地吵骂一通，他要当众揭穿她求人施舍时的卑贱面目，他要好好地诅咒这个旧社会的交际花舞女一顿，她简直不是人，不是人而是条蛆，翻脸不认人的蛆！他气得真想抡她巴掌，赏她耳光。

但他终究没有转过身去，真要吵起来他不可能是她的对手，她什么词儿说不出来？什么脏话吐不出来？宾扬逃遁般地离开了和安坊，带着一肚皮的心事和满腹的辛酸悲愤。

几天以后姜宾扬在市郊的彭浦车站离开了上海，他记得那是三月里的最后一天三月三十一日，他一辈子永远忘不了这个日子。彭浦车站上人山人海，红旗、扩音喇叭和芦席围起的临时休憩处把个车站点缀得凌乱不堪，说它是个车站其实是抬举了它，所谓车站只是列车两旁有着宽敞的开阔地可以随意站人可以容纳成千上万的人。那些天里上海每日几乎有十来次列车往外输送知识青年，青年们要奔赴远方要到广阔的天地里去经风雨见世面，他们要去黑龙江、去云南、去贵州、去吉林和内蒙古，他们最近的也要去安徽和江西，他们是在伟大领袖的一声号令之下闻风而动的，他们是去接受再教育是去改造祖国山河的，送送他们是情理之中的事，而同上海这个城市极不相称的狭窄的火车站实在无法容纳如此众多的送客。起先规定过每位乘客只准买两张站台票相送，这样的规定似乎太不合情理，上海车站已遭受过几次冲击。可如若任凭送客们蜂拥进入车站，那么整个车站将陷入一片混乱之中。于是乎凡是上山下乡的知识青年统统都改在彭浦车站的旷野里上车，这里宽敞这里可以不售站台票让送客们人山人海地包围列车，哭声和笑声也容易消散。送宾扬的人倒不多只有他的三个姐姐和已决定去崇明岛的尹丽妮，一色的女将。他们也都显得安静，没有哭声没有呼叫只有一片沉默，大姐宾汶默默地拭着眼泪不时叮嘱宾扬注意这留神那，二姐宾泓一声不吭不时抬起眼皮瞅宾扬一眼，三姐宾涓是不赞同宾扬去农村的这会儿却又强作欢颜，唯有尹丽妮不笑也不哭只是站在老远的人堆后面凝神盯着宾扬。宾扬几次用目光招呼她走近来，她才迟迟疑疑地挤近车厢伸出瘦长纤细的手和他握了一下，握得比谁都短促和匆忙。这时候列车已经鸣起汽笛，昂扬亢奋的歌声顷刻间被一片哭泣淹没。宾扬没有哭泣掉泪没有道别只挥手表示自己的心情。就在列车启动的那一瞬间他听到了玛雅的叫声：

“我要回来的！”

他下意识地循声望去，只见隔开几个车窗口玛雅正探出半个身子在向送行的人群挥手呼喊。送她的那一堆男女穿得古里古怪，男的几乎全是红色的大翻领蓝色的大翻领，而女的更漂亮一件件棉袄罩衫和脖子上的围巾什么色彩都有。宾扬惊愕地缩回了身子木然坐下来，他晓得玛雅在那天夜里搂着他倾诉要他带她走时就已决定，她也要到乡下去了，只怪他当时太迟钝一点没想到，他只以为像她这样的人不经三番五次的动员甚至强迫命令，是决不会离开繁华的大都市上海的。他没料到她竟然如此坚决说到做到，说走便走。他依稀意识到她是为了他而去的，只是她既然爱他为啥还要同那帮不三不四的流氓们混在一起，难道她不知道他是鄙视这些社会渣滓的吗？

1980．10

那本被她读到一半扔在床上的杂志歪在被窝上，闲得发愁的玛雅百无聊赖地重又拿了起来，翻开的杂志上是一首诗：

少年时代是人生的开篇，
少年时代是这样的年龄，
你似乎觉得，
世界对于你
不过是个幻影，
现实……仿佛用火柴棍搭成，
只消一吹，就会上塌下倾。

玛雅懒心无肠、一目十行地看着。连续读下来的几行，好像有什么东西触动了她，是诗的韵律还是内容？她陡然觉得这首诗有着符合她此刻心境的东西。对啊，少年时代她曾期待憧憬的一切，全如同梦幻般地消失得无影无踪了。那些向往、那些追求仿佛不曾在她心灵上闪现过，后来发生的一切的一切，完全由不得她个人主宰。对她来说，已经逝去日子就是一场噩梦；而未来呢，似乎是衣食无愁似乎是可以过得安然无恙了，却也是黯淡无光的。

自从任性地跳起来打了姜宾扬两记耳光抽身跑出姜家花园，一个多月来她都心情压抑、心绪惶乱地过着烦躁的日子。要她回过头去再过那种放荡的今朝有酒今朝醉的日子，她不情愿也没那份情绪了，她深知自己已年近三十青春不再来，如若再放纵下去她的未来就会像一幅蹩脚漫画那样糟糕，她得有个归宿了！想到归宿想到未来她头一个想到的就是姜宾扬，不是听说了姜家花园已归宾扬所有她才这么想他，这些年来钱从她的手里大把大把地花出去她见得的多了，况且她现在自己也有了钱，这些钱不能同宾扬相比却也足够她后半辈子开销和享受了。正因为有了父亲给的十万港币她才觉得可以堂堂正正地去找宾扬了。她知道宾扬至今未娶至今还没有一个正式的女朋友，她同宾扬应该是平等的现在总算平等了，多少年来他们之间总是不平等总把两人的关系搞得那么糟。这不能怪她不能单纯地怪她呵，她是爱他的最早是爱他的后来是爱他的直到现在仍是爱他的，那些年里她交的男朋友愈多接触的男性愈多便愈明白，如若没有爱情男女之间那种事简直和禽兽没有差别，没啥差别。

她时常想着宾扬在他落难时在他重新搬进姜家花园时甚至在她自己寻欢作乐时。这成了习惯成了一种病，为此她烦恼她忧愁她忿然但积习难改病入膏肓医不好了。念语录的年头她读到过一句“毛之不存皮将焉附”，她觉得她家和姜家花园的关系也用得上这句话。“文革”前她和母亲是依附着姜家花园过日子的，姜家花园被抄宾扬被从那里赶出来，她家也陡然起了想象不到的变化。正是这样一种过去的关系奠定了她同宾扬之间的不平等，精神上的不平等地位上的不平等追求上的不平等。

她是爱宾扬的，那没错儿。但准确地说她对宾扬是既爱又恨，有时候爱得彻骨有时候又恨得咬牙。难道不是吗？她的命运她的喜怒哀乐甚而至于她的堕落都同宾扬对她的态度有关，不是宾扬偷偷摸摸和尹丽妮相识相恋玛雅决不会对狂热而一往情深的初恋绝望，不是姜家花园遭劫被抄家玛雅不会无依无靠，不是宾扬在被抄家后仍然用那种居高临下的态度对待她玛雅不会自暴自弃到沉沦堕落的地步。

哦，她的一切都是同宾扬连在一起的，她不能没有他。

近一个月来她整天都处在惶惑不安之中。她为打了宾扬后悔又为宾扬视她的拜访是一种乞求而愤恨。她后悔的时候多次想给宾扬打电话道歉或上门去当面赔礼。但她只要一想到宾扬那天的态度，郁积在心头的怒火又会莫名其妙地腾然而起恨不得再揍他几个耳光。这个家伙这个姜宾扬从来没把她真正当过一回事，他可以同尹丽妮恋爱可以同李青艳相好把那份真挚的感情献给她们，他对她却从不真心诚意，他只在走投无路时才来找她事后又置之脑后。玛雅无论如何也不能容忍姜宾扬对自己的这种态度，若是她在他心目中的这一卑贱地位不改变她就永远也无法在感情上得到他。

谈情说爱于她来说已不是什么新鲜事了，她早有了丰富的经验和犀利的目光。一个月来她内心煎熬着期待着忍耐着盼望着，宾扬的形象总是萦绕在她脑际晃动在她眼前，她和他的关系总像一团理不顺的乱麻样堵在她的胸口，她觉得憋闷觉得窒息，她夜里失眠白天躺在床上她的日子搞得一团糟。她知道这不是病这是爱情，任何男人从来没在她心中有过如此地位。她知道宾扬现在的身份地位和他拥有的财产，身后会排队般有着一帮追求者，而上海滩的漂亮姑娘简直可以说是不计其数，他的恋爱很可能会在短短的一个月内取得突破性的进展。她呢，当然她也不乏追求者，在追她的人中也不见得没有英俊潇洒出类拔萃的男人，但她毕竟无法同宾扬相比，况且她身后还留有那么多劣迹和飞短流长，光这一点就会吓跑大半男人。在这一点上，女人永远也无法同男人相比。更要命的是她已厌倦了那一套恋爱的把戏，能哄哄妙龄少女的浪漫情调对她来说只是陈词滥调和虚伪的矫揉造作，她一见到盯着自己漂亮脸庞凝望睇视的目光就想赏对方一个耳光。占据着她全部心灵的，现在只有宾扬、宾扬。

随着时间的流逝她一天比一天失望。新的一天开始她从床上起来总是充满着希望，希望宾扬会上门来会出现在这间屋子里，希望奇迹会在眼前出现，他若来了她一定对他热情相迎好好把话讲清楚全谈明白，他来了她愿意道歉愿意向他赔礼，她情不自禁想象起他来了之后他俩之间所有的行为举止谈话细节和气氛。她不乏想象力她读了很多很多小说，是那些描写初恋和爱情的小说。正是因为读了那么多书她在流氓群中有鹤立鸡群之感，一些比她更妖冶更妩媚放纵的女流氓在她面前全会逊色几分，自愧弗如；不少男流氓则在她的气势和目光的扫掠下收敛几分，他们赞叹着她的气质把能和她交往亲热作为吹嘘的资本。这都是那些书本不知不觉给予她的，而那些书差不多全是从姜家花园借来的。文革前两三年里她迷上了小说，她的学习成绩很糟好几门功课都只能勉强达到及格水平，但她读小说读得投入，读得没日没夜，读完几本她就去姜家花园换。有了借书还书的借口她可以落落大方地进出那扇装有传声装置的铁门，每次去她都盼望能遇到宾扬，那时她已萌动着少女的感情有了五光十色的梦，和安坊的人都说那时她像一朵出水芙蓉一样美说她艳丽得连鲜花都要黯然失色。而如今她年近三十脸颊上褪尽了青春胭脂般的红晕，不是真动情感她的脸上已不会泛起光泽显得容光焕发。她今天的美一半是靠着化妆靠着她那天生丽质，再过几年皱纹爬上眼角爬上额头那就全完了一切都完了。她怎能不焦虑不失悔不忿恨宾扬呢？每当夜幕低垂宣告又一天过去她的心头就被失望的情绪笼罩，她晓得这一天宾扬又不会来了她又得熬过一个失眠的长夜，而失眠之夜过去她更害怕站到镜子前面去。失眠让人变得憔悴变得苍老，一夜失眠几乎让人衰老几岁，临睡前她就得喝一杯满满一杯葡萄酒，让酒意催她入眠催她昏昏欲睡，这样她才能睡得充足睡得糊里糊涂什么也不知道也不想。

一个多月过去她已认定宾扬不会再来不会再上门，所有的失望累积起来使她眼里透出一股绝望的神情。她重又出门重又出入咖啡厅电影院餐馆饭店，她喝酒抽烟拜访一些可有可无的女友，她告诫自己千万不要重又滑进过去的泥坑和陷阱里去，在马路上弄堂里一旦有人挑逗有人盯梢，在馆子里咖啡厅里一旦有人嬉笑着上来搭讪，她便及时地滑脚赶紧脱身。今非昔比她往年的威风已消失殆尽。那时候若有谁敢如此轻佻，她只消对“黄狗”使个眼色那家伙便会被打得鼻青脸肿。那年头谁敢呀！现在削掉半只耳朵的“黄狗”还在劳改农场，活跃在市面上的流氓早换了一茬人了！

玛雅活得很累很沉重，她没有工作她无所事事她觉得时间很难消磨。她后悔打了宾扬，要是她当时沉住气把话平平静静对他讲完，也许情况完全不会是现在这个样子。

这天她刚从外头逛了一圈回来，公共汽车太挤她是步行回来的，她感到有点困乏有点累，便冲了一杯咖啡慢慢啜着，坐在椅子上歇息。正是秋日里下午四点来钟，无论是煮一个人吃的晚饭或者出去上馆子吃一顿都嫌太早，而她又找不到事做，躺到床上去她怕睡着，睡着了她那夜里就算完了，必定失眠无疑。枯坐着呢，实在太乏味了。她的情绪极坏。

她没有听到楼梯上的脚步声，是窗外对面阳台上的自来水龙头开得太响还是她心不在焉，她是直到脚步声响到门口来才听见的。刚才进屋时她没有随手掩上门，感觉到门口突然站着个人时她吓了一跳。她端着咖啡杯抬起头来，几乎不相信自己的眼睛，门口迟疑地站在那里的是宾扬，是她日思夜想的人儿。他看到她抬起头勉强笑了一笑。她觉得他的笑是硬挤出来的。他招呼了她一声：

“玛雅……”

玛雅出口就问：“你来干什么？”声音传出去她才察觉到自己问得极生硬很不客气。

他的脸上掠过一丝尴尬的神色，嘴巴张了张不知说了些什么，玛雅一个字都没听清楚。他站在门口张口结舌、惶惶不安，他竟然不再往里走了！玛雅心头郁积了多少天的愤懑悲哀刹那间喷发出来，她站起来大吼了一声：

“你给我滚！滚出去，快滚！”

她把咖啡杯朝着他窘迫的脸狠狠地砸了过去，咖啡杯没砸中他只砸在墙上，连溅出来的咖啡也没一滴碰着他，杯子倒碎裂了，发出一阵令人心惊的四散飞迸声。他转身走了，走得又急又狼狈，玛雅只听到一串急促的下楼梯的脚步声。

直到屋里又像原先一样宁静，直到泼散的咖啡溅湿的墙壁上映出难看的湿痕，从狂怒中醒过神来的玛雅才意识到发生了什么事，才明白她刚才干了些什么。

她忽然感到自己的心在狂跳，难道刚才的事真是她干的吗？她不是一直在盼着他来吗？她不是因他绞尽了脑汁也不得安宁吗？她都干了什么呀？上次她打他是因为他无凭无据侮辱了她，那么今天呢？他主动上门来了，她为啥歇斯底里大发作呢？在发泄的一刹那间她都不曾有丝毫的快感，她这是疯了吗？这下她算失去了最后的机会，这下她再别指望与宾扬相爱了。

一大团黑影朝着玛雅的头顶压下来，玛雅只觉大厦倾覆般的恐怖，她的心像让猫爪挠着似地痉挛起来，她凄厉可怕地锐叫了一声：

“宾扬!”

她像滚下去一般冲下了楼梯，跑出了小弄堂，跑出了喧嚷嚷的和安坊。

没有宾扬的影子。

弄堂里没有和安坊没有，弄堂外的人行道上也没有。

玛雅悍然不顾地一阵快跑，朝着十字街头快跑。

已到了下班时分，马路上的自行车骤然增多路人来往不绝，她一会儿侧身一会儿往左往右地避着行人，她不时和迎面来人擦身而过几次险些撞到人身上去。她一脸的焦急她满心的不安，她好不容易才跑到了十字街头。十字街头是一片人流和嘈杂的汽车喇叭声排气声刹车声车轮的滚动声，络绎不绝的行人们谈笑风生步履匆忙。玛雅站在路灯下朝着四面环顾，男男女女老老少少的脸在她眼前晃动，欢笑的脸平静的脸沉郁的脸无动于衷的脸，穿着各式服装的姑娘和敏捷的小伙子从玛雅跟前走过时，都要情不自禁朝她睨上一眼。玛雅以往在这种时候总会不由自主地显示出某种矜持冷漠的神情，腰挺得更直头昂得更高眼皮耷拉下来淡漠地瞅着自己的鼻尖，可这会儿她哭丧着脸几乎朝着十字街头嘶声嚎啕起来。她忽然想起十几年前她曾有过类似的情形，这全怪她的任性怪她古怪的任性，那一次的任性使得她急遽地堕落和宾扬断绝了来往，而别的女人就在那时乘虚而入把宾扬夺了过去。这回她比当年更厉害地侮辱了他，他能原谅她吗？别的女人特别是比她更年轻貌美大胆追求的姑娘同样也会把他夺走吗？当年宾扬处在被抄家被歧视的境况中，而今天的宾扬就是待在姜家花园里不出门，怕也会有姑娘找上门去呢！

玛雅浑身出了汗，不是因为跑得急而是因为心头慌。这一身透汗似乎把她出虚了，她觉得乏力觉得头晕目眩，来往不断的行人在她眼前晃动着变幻着，她分不清哪是男人的脸哪是女人的脸，她辨不明人们从哪个方向走来又往哪里去。往事全在这一刹那间涌了上来，她记得一切记得那些事情的来龙去脉。她知道被抄家后的宾扬已同尹丽妮断绝往来，而后来冒出来的那个李青艳那个影响了她和宾扬关系的李青艳，也是在那时出现的。全是玛雅自己出了个馊主意，造成了宾扬和李青艳的接触，面对面的接触……

唉，往事，所有的往事呀。

1969．9

李青艳好几天来都感到没精打采、郁郁寡欢，做啥事都有气无力的，洗衣裳、端脚盆、挤菜场、买煤球、整理屋子、带弟弟，她全觉得厌烦颓丧，毫无缘由地她会朝着还不懂事的小弟弟发火。晾着衣裳，她突然地把洗得干干净净的衣裳朝盆里扔，扔歪了落在地上，好久好久她也不去捡。

她的内心里是亢奋的，她的性情是暴躁的，脸色也像阴晴不定的黄梅天一样，说变就变。

她要给姜宾扬写一封信，她需要安静需要宣泄。可她的心静不下来，她一点都得不到安静。

她家住在公寓楼里，不是公寓楼的正房而是公寓楼的阳台。沿街公寓的阳台很大很宽敞，她家用木板搭起的屋子占了阳台的三分之一，还在稍稍懂事的年纪她就知道了自家这种房子和公寓套间的差别。一门关闭的幽暗的走廊两侧那些套间里，走进屋去什么都有，厨房间里有煤气，卫生间里有抽水马桶和浴缸，一些暂时用不着的东西堆在阁楼上，每间正房里都是干干净净整整齐齐的。公寓是仿照洋房盖的，每套房间的客厅里都有壁炉。虽说壁炉的烟囱早就堵塞，没有一户人家到了冬天还烧劈柴，可是光那个壁炉的式样也挺诱人的，半人高的壁炉台上放置的座钟、奔马瓷器、摇头娃娃和精装本的书、名人塑像，都令李青艳羡慕不已。这幢十一层的公寓楼被周围的居民们习惯地称之为大楼，一说住在安乐大楼，人们就会羡慕地瞅你一眼。只有李青艳不愿告诉同学说自己家住在安乐大楼里，班上除了尹丽妮，谁都不知道她家的真实情况。她的爸爸是医院勤杂工，她的妈妈是食品店营业员，李青艳从小就讨厌上医院和进商店买东西。她家兄妹七人，她有一个哥哥一个姐姐，两个弟弟两个妹妹，全家九口人，都挤在阳台上的两间板房里生活。近年来哥哥进入中专姐姐考取技校，都在校住宿，家中拥挤情况才有所改善。阳台上搭出来的板房，当然没有配备煤卫设备连最基本的自来水，也是时有时无的。她家住在七楼上，七楼住房在上海并不算高，只因为阳台上的自来水龙头是从大楼里额外接出来的水管，这种水管要比大楼里用的那种小一号，水不容易通过来，李青艳家加盖的大水缸里，永远盛满了备用水。随着年岁增长、个头往上蹿、生理上日渐成熟和一天比一天通达世态人情，李青艳越来越厌恶自己的家庭生活。她羞于拎着铁桶过马路穿弄堂去买煤球，她更羞于天天清晨拎着马桶下七层楼梯去后面弄堂口倒粪便。尽管她家的马桶早就改成医院专用的便桶，乍一眼望去和水桶同样雅致，但李青艳拎着它下七层楼梯时，迎面走来的人全都避让得远远的，脸上眼里不由自主透出嫌弃的表情。每当这时，李青艳便羞愧得低下头垂落眼睑，什么人都不望地往下走。天哪，她已经长大了，她已经长高了，她长得颀长挺拔，胸脯隆得很高，见过她的熟人都会说毛头姑娘十八变，她变得一天比一天更漂亮。可她的自尊心愈强，愈为自己家的居住条件难堪。如若她家干脆居住在统统没有煤卫设备的弄堂里，她反倒会觉得好受一些。而她家偏偏住在安乐大楼里，这幢大楼的住户绝大多数是高级职员、艺术家、戏曲演员、大学教师、中小学教师和不大不小的干部，和这些人家比起来，阳台上的两间板房显得格外的寒碜和破陋。七楼上套间里的住户，家家都到阳台上来晒衣裳，天热了，还有人搬几把凳子靠椅，到阳台上来乘凉聊天，有意无意，谁都要朝着日晒雨淋丑陋不堪的板房瞥一眼，好事者还会窃窃私议一番。七楼上的住户没有一家视他们为邻居，李青艳也从来不进任何一扇门里去闲聊，尽管她有几个小学里的同学就住在七楼，但她知道自己家里穷，她晓得公寓里的住户很多瞧不起自己家，所以每次走过走廊都是步履匆匆的。

由于家庭的贫寒，由于家务琐事的拖累，她的学习成绩不佳，在女中，她始终是个不起眼的角色。文化革命掀起来，她的地位很快地起了变化，引起了全班同学的注意。在她那个班上，真正工人家庭出身的姑娘，竟然数不出几个来，除了晨妹家爸爸是钢铁工人属于真正的产业工人之外，挨下来就轮到她李青艳了。她和尹丽妮、晨妹是女中第一批被吸收加入红卫兵组织的，革命的浪涛把她卷向了潮头。她撇下家务事不管，从早到晚待在学校里，值班、站岗、监督牛鬼蛇神、调糨糊、裁大字报纸分发给各班、辩论、参加批斗会……经常有同学来问她："李青艳，明天要到校吗?""青艳，星期六的游行在哪里集合?"她的情绪始终是高昂的，她的精神始终是饱满的。

很偶然的，随着尹丽妮，应桑振业之邀去抄家，走进了姜家花园。乍一走进那幢花园洋房，李青艳有种步入宫殿般的感觉。哦，那室内布置，那种种摆设和装饰，那一间连着一间的屋子，还有偌大的花园，这种环境李青艳只有在电影上才看到过。但她晓得，电影是假的，她没想到现实生活中，也有人住在这种富丽堂皇的地方。她的心头顿时萌生了一种极其微妙和复杂的感情，羡慕中暗怀颓丧，惊奇里带着崇敬。与其说她是在抄家，不如说她在看新鲜，这里的多少东西她连看见都没看见过啊！她忘记了这是一个资本家的家，忘记了她来此的目的，她被眼前的种种景象镇住了，钦佩、感叹、向往的情绪占据了她的整个心灵，她阻止陶志雄要砸烂钢琴的鲁莽行为，她上楼时摩挲着光滑的扶手心头连连赞叹。看到姜宾扬，只瞅了他一眼，她便爱上了他，她无暇顾及震惊不已的尹丽妮，她只以为尹丽妮同自己一样，也有那份感慨也有那份言语难以形容的心情。这才真正是豪华的气派，这才真正是讲究到家的舒适啊！和这里比起来，安乐大楼里那些住在房门紧闭的套间的人家，算个什么呢！

姜宾扬被关进存放体育用品的黑屋子后，她一直想着他。从方菊莉嘴里听说他被放回家了，她还是想着他。这是虚荣心，是丧失立场？她不断地反问自己。不是不是，她只觉得中了魔一样，忙忙碌碌做着家务时想他，静下心来更想他。她怕他被人欺负，她怕他遭受毒打，她莫名其妙地同情他的遭际。她明知她所见到的一切，花园洋房以及室内的各种陈设，都将被抄，都很快会被拿走，但她还在想他。

这次抄家影响了她的积极性，她不再到学校去了，她拿定了主意，尹丽妮来叫她也不去。稀奇的是尹丽妮也不来叫她了。她便还像过去一样，在家里煮饭、炒菜、照顾弟妹、上菜场、洗衣裳，干着一大家人永远做不完的琐碎的家务事。只是她经常地丢三落四，一坐下来，只要身边没人，她便会出神发呆。她的心跳得很快，她在想姜宾扬，这她也明白。她想见到他，想知道他的近况，想给他写封信，可她就是不晓得怎么去见他，怎么去了解他的近况，给他的信上写些什么。

她做的饭水放多了，煮出来像厚粥；她煎的带鱼糊焦了，一股熏鼻的味儿……夜里躺在床上，她又翻身又叹息，使得和她睡上下铺的妹妹都睡不好。

她这样自我折磨了好些日子，最后终于忍不住了，决定要给姜宾扬写一封信，想直截了当地把她的心事告诉他。她打了多少次腹稿，最终还是觉得把一切都坦率地说出来为好。为弄清楚姜家花园的准确地址，她特地跑到那儿去了一趟，去瞅门牌号码。她希望能在大门口、弄堂里或是附近其他地方碰到姜宾扬，可是那条弯弯的弄堂里静幽幽的，没什么人走动。抄家的狂风一阵刮过，姜家花园里外，好像又静寂下来了。

姜家花园的安宁静寂已不复存在。

妈妈的精神病，每天都要发作几次，姜宾扬的神经绷得紧紧的，一天到晚提心吊胆。他得时时刻刻侧起耳朵、睁大眼睛倾听着，一旦楼梯上响起慌乱急促的脚步声，一旦妈妈披头散发出现在走廊里，一旦那撕心裂肺的惨叫声倏地响起来，宾扬就慌作一团硬着头皮朝疯态毕露的妈妈跑去。只有看见他，妈妈的疯癫才会收敛一些。在妈妈初发疯的那几天里，二姐曾主动去妈妈身旁护理过她，可妈妈抡起巴掌打了二姐两个耳光，长长的指甲把二姐的脸抓破了，二姐的头发被拉扯得乱七八糟，衬衣钮扣都撕落下来了。历来胆小怕事的宾泓自此再也不敢接近妈妈，一听到妈妈的笑声她就浑身颤抖，脸色惨白，看到妈妈走近她，便迫不得已地狼狈避开。老佣人素贞给妈妈端去一杯红茶，妈妈突然一扬手把托盘连同茶杯、糖罐全都打落在地，吓得素贞赶忙退出房间。家里再没人可以照顾妈妈了，大姐很少到姜家花园来，三姐自从随桑振中离家之后不曾回过家来，爸爸仍被关押在工厂里，而爷爷抄家后也一直没有来过。宾扬成了姜家花园唯一的男子汉。可他算个什么男子汉啊，一个地道的怯懦的男子汉，父亲被关押他无能力，三姐被桑振中那小子拐出去他束手无策，他只有躲在家里混光阴在妈妈发疯的时候照顾她。

妈妈倒不曾打过他，也不曾朝他吐过唾沫瞪过眼。每当宾扬去搀扶她的时候，她的疯态会自然而然平息下来。有时宾扬给她端上吃的喝的，她会不由分说抓住宾扬的手腕让他在她的身边，这时候她的眼睛里闪烁出温顺柔和的光，脸上绷紧的线条也会松弛下来。她不忙着吃东西，她伸出微颤的手来抚摸宾扬的肩膀，撩拨宾扬的头发。这时候宾扬会感觉到母爱感觉到妈妈并没有疯，如果不是有一回妈妈的双手捧起他的脸颊吻了他，他很愿意经常坐在妈妈的身边，哪怕什么话也不说。

只有在不知从哪儿钻出来的红卫兵、造反派到姜家花园来的时候，妈妈才会变得彻底安静下来。他们让妈妈穿上抄家没带走的旧式旗袍、穿上高跟鞋、脸上涂脂抹粉在客厅里扭着屁股走来走去，名曰看看资产阶级臭婆娘的丑态；他们让妈妈到花园趴在地上学狗爬学猫咪叫，稍不如意他们就对妈妈拳打脚踢、抽皮带。皮带打在妈妈背脊上她像毫无痛觉，红卫兵造反派们喊她干啥她便干啥，妈妈从不反抗从不犹豫显得十分温驯。唯有宾扬晓得妈妈不是驯服而是恐惧，瞅一眼她那恐怖的眼神就能晓得妈妈是多么害怕。但她也不是因为胆怯才百依百顺做这些畜牲般的卑贱表演，只因为妈妈发作了精神病丧失了理智，要是妈妈的神经正常她大概一天也活不下去早就跳了楼，妈妈是个自尊心很强的女人。红卫兵们看着妈妈的表演放肆地哈哈大笑，妈妈也会跟着仰起脸放声大笑起来。听到那笑声宾扬像百爪抓心痛不欲生，他宁愿去死也不愿亲眼看到妈妈遭受如此奇耻大辱。在这样的笑声里宾扬的心一天比一天硬一天比一天狠。有一次，来的一帮男女在花里烧起一堆火，他们逼着妈妈在火堆旁一边爬一边学狗叫猫叫公鸡叫，火焰蹿得老高，妈妈的头勾得几乎擦着地面。宾扬忍无可忍冲进厨房抓起一把长长的西瓜刀要去拼命，不是素贞惊呼起来二姐跑进来拦腰抱住他连哭带求朝他下跪，他不知自己会做出什么可怕的事情来，他恨花园里围着妈妈拍手尖叫欢笑的那帮男女，他恨这场文化大革命。

红卫兵们来了一帮又来一帮，他们进入姜家花园愿干什么就干什么愿拿什么就拿什么，姜家花园的大铁门小铁门敞开着，他们白天黑夜都能冲进来，有来恶作剧的有来参观的有来顺手牵羊拿点什么的。里弄专政队早就勒令，姜家花园的门一天二十四小时都得开着，随时听从革命小将的命令接受批判斗争。为了免使妈妈遭到更大的侮辱，宾扬把妈妈锁在原先堆放陈旧家具什物的三层阁楼里，让她见不着人。那些陈旧的家具什物早在抄家时被拖走了，三层阁楼里空荡荡的可以待人。这办法奏了点效，但是后来发生的一件事吓得宾扬魂魄几乎落掉。

妈妈被关在三层阁楼里憋闷窒息，门被反锁了跑不出来她爬上了窗台，在窗台上探出大半身子又唱又笑。英国式露出木结构的屋顶坡度极陡，只要妈妈稍一疏忽她就会从窗口跌下来摔死。听到妈妈尖叫，宾汶、宾泓、邹素贞吓得脸色煞白。宾泓哭哭啼啼一屁股坐在地上，邹素贞连忙进屋去抱被子铺在屋檐下以防她摔下来，宾扬则没命地往三层阁楼上跑去救妈妈。

这件事发生以后，宾扬再不敢把妈妈锁在三层阁楼上了，他宁愿顺妈妈的心也不做任何违拗妈妈意志的事。宾扬也曾试着陪妈妈去看过病，但是医院一看病人是资本家家属回答得极干脆说一律不看。

唯一值得称慰的是不管爸爸厂里还是永吉里居委会，都没勒令他们滚出姜家花园，尽管这幢花园洋房已成了空楼无所留恋，但毕竟还舒适还是熟悉的家。宾扬听说过多起扫地出门的事了，这样的遭遇迟早总要来的吧。

就在这样的日子里宾扬接到了李青艳的信，信是素贞拿进来的，她出去买酱油买盐归来随手从砸破的信箱里拿到了信。

宾扬读着信只觉得好笑，信写得挺热烈挺多情。他还记得那个阻止人砸钢琴的嗓音，他还记得丢到黄鱼车上来的那块散发着葱油香味的煎饼，但记不清她的具体容貌了。他晓得她是尹丽妮的同学，当时她同尹丽妮在一块儿，他只顾得留神尹丽妮的一举一动了。他简直不相信世上会有这样的事，一个女红卫兵来抄家，抄完家她竟给他写了一封求爱信。自收到方菊莉向他表示好感的信以后，宾扬不大相信这种信上的字句了。不是吗？方菊莉后来对待他的态度，就是最好的证明。他鄙视来信的李青艳，他决定不理睬她，他感到不理睬她也是个很辛辣的报复。谁叫你跑来瞎起哄抄家的呢？到了夜里他重又读这封信，不是他想读是他太无聊，不知是夜深人静还是他被信上的话所感动，他发现她并无恶意她只是想见他想和他有所接触。他仔细回想抄家那天发生的一切，记不起她对他和他的家庭做过啥坏事，于是他鄙视她的心理消失了。相反，为她在这种时候还敢给姜家花园写信，他还感到些许慰藉，不过他仍旧不想和她有任何联系，既不回信也不去找她。她在信上请他回信，也欢迎他去她家。他不由得耸耸肩膀，自己家里一派凄惨景象，他哪有什么谈情说爱的兴致，况且她还是尹丽妮的同学呢！

这天他到药房去替妈妈买镇静药片，走出弄堂碰上了玛雅。玛雅说她常在这里转悠希望遇着他，她说不敢进姜家花园怕碰到红卫兵怕被人说他们暗中联络。宾扬见到她也感到高兴，近来他遇到的人太少了他总是躲在家里。玛雅陪他去药房还说可以帮他买点药，她说镇静药片一下子不能买太多，买多了人家要怀疑是不是想畏罪自杀。宾扬感激她的提醒随手抓一张五元的钞票递过去，玛雅把他的钱打回去说买几片药的钱她还有，请他别摆阔。宾扬尴尬地把钱放回衣兜摸着了李青艳的信，他拿出来让玛雅看，说这件事真是天大的笑话。

玛雅边走边看信读完了她把信一揉，冷笑一声道：

“你准备怎么办?”

“我还能怎么办?”宾扬反问一句，仿佛是对这个问题感到可笑，“付之一炬。”

“叫我，就去狠狠地奚落她。”玛雅忿然道，“出尽这种人的洋相。”

起先宾扬只以为玛雅是说说而已，是故意在他跟前说两句出气的话，后来，静下心来，说不出是出于何种心理了，他竟然真的想去，想看看李青艳究竟长得是何等模样，想瞅瞅她的眼睛，想知道当着他的面她会说些什么，还会不会自以为是、居高临下、盛气凌人。

是不是出于无聊、出于为异性所吸引、出于既带揶揄又含恶作剧的心理，宾扬说不清了，反正他隔了几天当真去了。他毫不费劲地找到了那幢安乐大楼，他顺着白天都很昏暗的楼梯上到七楼，他沿着那条幽暗静谧的走廊来来回回走了两趟，他凑近一扇一扇门细细辨别门牌号码。没错，走廊里一共有十二扇门，从 1 号到 12 号，唯独没有 713 号房间。但是李青艳的信上却明明写着七楼 13 号，她不会随手把 12 号写成 13 号吧？踌躇片刻，宾扬决定叩开一扇门来询问。他在 712 号房间的门上连连敲了好几下，门后头才隐隐传出趿着拖鞋的脚步声。门开了，门缝里探出一张睡眼惺忪的女人的脸，脸上一对鼓出的眼睛盯了宾扬几下，随而极不耐烦地问：

“你找谁?”

“请问，713 号……”

“在阳台上。”这个显然是在午睡时被人吵醒的女人没等宾扬说完，鄙夷地又斜了他一眼，吐出一句话，门便“砰”一声关上了。

姜宾扬微显纳闷地往阳台走去，阳台上太阳照耀得亮晃晃的，风把雪白的被单吹飘起来，发出“啪啪”的响声。

他踏上阳台看见那间让风雨剥蚀浸透得失去本色的板屋，终于明白了 713 号是怎么回事。板房的门半敞着，门口屋檐下有个煤炉，炉子上一把铜壶，水蒸汽正从铜壶里腾腾冒出来。炉子旁边有个敞口煤球箱，一把火钳插在箱子里，煤球箱过去是一口硕大的鼓腰大缸，上面压了盖。宾扬走近门口，正要往门板上轻叩，一眼看到个五六岁的男孩推着一只四脚朝天的凳子，嘴里呜呜有声地撅着屁股往里面冲，凳子冲歪了，撞在里屋门框上，发出“咚”一声响。里屋传出一声呵斥：

“阿七头，叫你不要闹，你又闹、又闹！”

宾扬听清了，这正是那个阻止人不要砸钢琴的嗓门。他停立在门口，瞅着板房里零乱的陈设和挤挤挨挨、七拼八凑的家具，多少知道了李青艳为啥会给他写信的原因，她家穷，那是一眼就看得出的。但她家居住在如此简陋、寒酸的环境里，那却是他想象不到的。宾扬晓得永吉里的居民都比姜家花园穷，宾扬也去过小学、中学一些同学的家，但穷到这个地步的家庭，他还没走进去过。

他正站在门口犹豫，阿七头转过身，又把凳子从里往外推出来，姐姐呵斥对他没起半点作用。他一边推凳子一边抬起头来，看见了宾扬，他那涂得像小花猫一样的脸仰起来了，细细的眼睛眨巴眨巴，盯着宾扬足有十几秒，嘴一张，他喊起来了：

“二姐，二姐，有人来了！”

“谁来了？谁来了？”李青艳从里屋走出来，她陡地认出了宾扬，细长细长的眼睛慌乱地扫掠了一下杂乱的屋子，随后急急忙忙捋着自己稍显散乱的鬓发，莞尔一笑：“你来了！进屋吧，快进来呀。阿七头，爬起来，阿姐给你五分钱，你去买几颗水果糖吃。”

阿七头利索地爬了起来，从李青艳手里接过五分钱，一闪就跑出门去了，宾扬看出李青艳既慌乱又局促，她一面招呼宾扬进屋，一面手忙脚乱地扶起四脚朝天的凳子，摆正桌上的茶壶茶杯，不时又扯扯衣襟。她身上套着件几种毛线织成的背心，背心显然小了，衬衣的下摆露了出来，她扯了几下忽然发现不对，又赶紧把衬衣下摆往毛背心里头塞，察觉到宾扬在端详着她，她的脸“腾”地涨得通红通红，胸部也紧张地起波动着。

宾扬望着她鼓得小山似的一对乳房让紧窄的毛背心裹得线条分明，急忙把目光移开了，他的心作怪地跳荡着，两眼不知往哪里望才好。李青艳颤抖着嗓音请他进里屋去，里屋比外间还显得挤，除了床，宾扬几乎看不见其他东西。他好不容易在三抽桌和两张床之间找到张椅子坐下来，斜对面又恰好是一只大便用的马桶。李青艳留神到了他的目光，似乎不经意地推了一下门，让门板遮住了马桶，她又折叠床上的被子。

宾扬这时才意识到她刚才一定躺在床上，阿七头吵闹着，她睡不着。他看到她光脚穿着海绵拖鞋，愈加肯定了自己的判断。她叠好被子，坐在他对面的床沿上，摘下头上的发针，重新别齐自己的乌发，双手一齐举到头顶上，她的胸部两座小山更高地鼓了起来。

宾扬垂下了眼睑。这回他把她的容貌全看清了，她的身材颀长，个头高挑，她的脸色白净细洁，她的两只眼睛细长细长，又秀气又明亮，不但中看且耐看。不，宾扬还感觉到，她的身上还有一股吸引着他诱惑着他的东西，就是这东西使他有点紧张使他心跳得很凶。但这东西是啥他讲不清楚，他只知道无论是玛雅身上或是尹丽妮身上，都没这东西。他忘记了自己是怀着奚落她的心情来的了，他那既带揶揄又有点恶作剧的心理也随之消失得无影无踪了，他只是有点忐忑不安地坐在那儿。

“喝水吗？我给你倒。”李青艳的声音轻柔好听地传过来。多少天了，所有的人都用训斥的疾言厉色的口气和他说话，乍一听她的声音，宾扬心头顿感一阵温暖。

“我不喝。”他的嗓子有些干哑，“坐坐我就走。”

“急什么，没人来的。”她像解释说，“阿七头到了后弄堂，不玩到天黑是不会回来的。我们家，白天没人来。”

刚说到这，阳台上有了脚步声。宾扬警惕地仰起脸来，侧耳细听，他不想让任何人知道他到了李青艳家。

李青艳声音低低地说：“是在阳台上晾衣裳的。这些天，爸爸的医院里在造反，那些医生护士推爸爸当造反队头头。妈妈的食品店忙得要命，上面一个电话，就要给静坐示威的造反派送面包送蛋糕。哥哥姐姐的学校里，弟弟妹妹的学校里，都是铺天盖地的大字报，造反、造反，不晓得要造到哪一天。”

宾扬想抢白她一句，你不也去我家查抄了嘛！但他终究没说出口，他只是点点头，表示自己在听着。阳台上的脚步声移到走廊里去了，她更亲切地问：

“那天以后，你家又被抄过吗?”

“天天被抄，差不多天天有人来抄……”

“你被人打过吗?”

“呃……”宾扬抬起头来，两眼定睛望着她。她的脸探过来，满脸是关切之情，毫无做作的样子。他想克制自己，可两眼里却忍不住噙满了泪。

她轻吁了口气，喃喃地道：“真可怜……”

宾扬想哭，又想嚎叫，但他不能当着李青艳哭，更不能在这里嚎叫，他陡然离座往外走：

“没什么事，我走了。”

李青艳一怔，继而追上来，堵在里间屋门口：

“就这样走了吗？就这样走了吗?”

宾扬推开她，想夺门而出，她双手扯住了他的衣袖。

“不要走。宾扬，姜宾扬，你听我说，听我说，没处可去的时候，你可以到这里来，我在家，天天都在。听见了吗?”

“到这里来?”宾扬不屑地环顾一下脏乱的内屋。

“嗯。”李青艳的双手把他的衣袖扯得很紧，身子几乎要贴上来。宾扬听见了她急促的喘息，看到了她一双泪莹莹的眼睛，他改变了忿然甩手而去的念头，点了点头。

她的两手放松了。宾扬的情绪波动得不能自抑，急急忙忙地往外走，只顾着望外面的阳台，脚尖在一条凳子腿上绊了一下，险些跌倒。他扶正了凳子，李青艳又追出来了，在他背后说：

“那我等你，等你。”

1980. 10

如同在睡梦中陡然被人唤醒，玛雅听到有人在喊她，她凝神定睛循声望去，在一家小酒馆门前，家里吃教饭的卢培蓓穿一件花花哨哨的绒线衫，正在向她招手。玛雅朝着卢培蓓走近去时，想起了近来关于这个人的一些传闻。她的未婚夫到美国去是通过她父亲教会方面的朋友办的，临行前他们订了婚，但是那家伙去了美国不到一年，给她来的信就少了，信上总是抱怨在美国难混，只字不提当初说定的站稳脚就接她出去的话。卢培蓓从另外的渠道听说未婚夫到了美国沾上了其他女人，因此她大感上当大感失悔。她变得烦躁而又颓丧，里弄生产组的活不去干了，不是怕活累而是受不了那些什么话都讲得出口的老阿姨们的冷嘲热讽。她白天在家里睡大觉，晚上像夜猫子出世，混迹街头，东家进西家出地串门。

玛雅走近她身边，卢培蓓朝玛雅挤眉弄眼地一笑：

“你吃过饭了？”

玛雅闻到一股酒气，再细瞅她的眼神，散而无神，脸上却是潮红一片，她又酗酒了。玛雅理解她，她把所有的希望和一个女人的未来，全一宝押在去美国的未婚夫身上，如今心灰意冷，怎会不自暴自弃？玛雅何曾不想喝个一醉方休呢？

玛雅正想说还没吃晚饭，卢培蓓身子一歪，就要往地上倒去，玛雅急忙扶住了她，这家伙喝多了。玛雅想到自己若真醉了也会是这副样子，不由又为自己一醉方休的念头恶心。

“你醉了，我送你回去吧。”玛雅扶着她的腰说。

“回去？回去有啥意思，冷清清一个人。”卢培蓓嚷嚷起来，声音一忽儿高一忽儿低，“又没个人陪。”

听她这一嚷嚷，玛雅不由得一阵心酸。卢培蓓此时此刻发泄的，不正是她郁闷的情绪嘛。一个男人甩了的女人，实在是很可怜的啊！玛雅记起了一件事，那是两年前了，一九七八年的冬天，她办妥回上海的手续，去找先她回来的卢培蓓聊天。卢培蓓单人独户住在一个亭子间里，玛雅敲了好一阵门，屋子里有一个男人，小伙子，比卢培蓓还小，穿着铁路制服。玛雅进屋以后，小伙子扣上帽子便告辞了。玛雅没打听他是谁，更没问他们在干什么，玛雅是过来人，连床上都不瞅一眼。卢培蓓反而轻描淡写地说，托人买票时认识的，逢场作戏。继而她郑重其事地请求玛雅，不要把这事对她未婚夫讲。她家是吃教饭的，老人只准许她在教友的子弟中寻找对象，她的对象在安徽插队，近几年来关系明朗化了，玛雅不仅知道，还见过那个有点近乎木讷的未婚夫一眼。她万没料到的是，卢培蓓也会瞒着人风流一番，找的竟然还是个有点办法的、比她还小的铁路职工，这显然是她的亭子间帮了她的忙。卢培蓓家“文革”前住在离锦江饭店不远的一条弄堂里，闹起文革以后，说锦江饭店经常要住中央来的要人甚至外国元首，靠不住的人都得迁出这一路段，于是便把她家迁出来，分了两处房子，一处是石库门的厢房和客堂，另一处便是卢培蓓现在住的亭子间。卢培蓓户口由乡下办回上海，就住在这里，三顿饭在父亲身边吃。现在那去了美国有点迂腐木讷的未婚夫沾上了别的女人，也算是对卢培蓓的报复吧！话又说回来了，谁又知道那个未婚夫在安徽乡下时，有没有同女知青勾搭过呢？

玛雅被这些念头缠得满脑子乱哄哄的，只感到厌恶烦躁。入夜时分的风吹过来，已经有了凉意，她为卢培蓓操那么多心干啥，她自己这些年来，不也过得十分窝囊肮脏嘛。她搀扶着卢培蓓往前走，心头涌起阵阵同病相怜的感觉。是呵，初回到上海时，父亲由海外归来，她有阵子和卢培蓓非常接近，她们一起盼过出国，一起想象不久的将来漂洋过海坐着飞机周游世界的情形，她俩有过一段友谊。可时间才过了多久呵，父亲丢给她十万元港币，一口回绝了她随他出去的要求。而卢培蓓，结局比自己还惨……

“你怎么样?”卢培蓓的脸忽然转过来了，即便是在路灯光里，也能看清她眼角扇状的扩散开去的皱纹，“去找过姜宾扬了吗?”

“我同他没半点联系了。”玛雅不防她提及宾扬，有些不自然地回答。

“真的?”卢培蓓双眼睁老大，停下往前挪的脚步，眼神也不散乱了，变得格外专注，“我可要去找他一次，是李青艳托的……”

“李青艳!”玛雅的心顿时收紧了，“她……她现在……”

“瞧你，一听她的名字，声音都变了。”卢培蓓哈哈放声大笑，“不过你不必担心了，李青艳已经像一具风干的僵尸，不可能找姜宾扬，不可能同任何男人相好了!”

玛雅仍是一副耿耿于怀的模样：“她怎么了?”

“瘦成皮包骨，要死了。”

“活该！这叫恶有恶报。”

“她人不坏呀!”

“还不坏，在我和宾扬之间插一脚，乘隙而入。”

“那有什么，你不和姜宾扬一刀两断了嘛！还吃醋？不过，临死她还让我给姜宾扬捎封信，求姜宾扬见她一次，看来，她心里还是有姜宾扬这个人的。”

“那是自作多情，妖精！她勾引了宾扬，又一脚把他蹬了。”

“哎呀呀，看你、看你，一提姜宾扬，你的眼睛都充血了。我看你啊，还是陪我一道捎信吧。”

“我不去。”玛雅嘴巴上断然拒绝，心里却动了一动。

“你不去，我可是要去的。”卢培蓓嘻嘻笑了，“受人之托嘛，况且是快死了的人。说实话，李青艳这一辈子，也真可怜，她蹬了姜宾扬，得到个悲惨的结局。她当初死心塌地跟了姜宾扬，只怕现在完全是另外一个人哩。”

玛雅看得出，卢培蓓的酒劲儿已慢慢过去，她不至于倒在街头，也不会找不到家了。玛雅不想同她谈论宾扬，更不想从她嘴里听到李青艳这个人，玛雅恨李青艳，比十多年前妒忌尹丽妮还厉害，李青艳现在若活得好好的，玛雅真想去把她撕成片片。她同卢培蓓道别，回头往和安坊走去。

人行道上已不像天将黑要黑时那么嘈杂拥挤，马路上的车辆也不像刚才那样喧嚣了。玛雅没走出多远，心里就开始后悔，卢培蓓约她去找宾扬，她该答应去，她错过了一个多好的机会。现在，卢培蓓要独自找宾扬了，宾扬一个人住在姜家花园，连佣人也没雇，他同样盼人去，见卢培蓓去，他会欢迎的。卢培蓓的未婚夫对她不忠，她本人也是个活宝，比她小的铁路职工她都要去勾引，见了姜宾扬她会无动于衷？况且她是个过来人，懂得如何讨好男人如何让男人喜欢……玛雅脑子里闪出这些念头顿时慌得六神无主。她该怎么办？她无法阻止任何人去找宾扬，她对宾扬没有权利，照理她也是过来之人懂得如何和男人周旋，多少男人在她身边团团转被她搞得昏头昏脑，可为什么到了宾扬面前她一点手腕都耍不出了呢？她为什么连稍稍卖弄一下风情都不会了呢？怪只怪她是真心爱宾扬呀，她要在宾扬面前摆出个正正派派的女人的派头呀。不，她必须设法去接近宾扬，必须改变和宾扬之间的关系，他主动来找她，说明他的心里是有她的，她还有希望她不能再任性，他们是一对冤家，但是这一对冤家要成眷属。马上去找他当然不行，他正在气头上不会饶恕她的，而他一发火一给她脸色看，她的自尊心就会受不了脾气顿时变得暴躁狂烈，只有等几天耐心等几天。对了，他不是说要去探望宾涓嘛，她可以到那里去等他，在那里相遇会显得自然一些。其实，玛雅心里比谁都清楚，她和宾涓格格不入，她怕去见宾涓，不要说她是个精神病人，即便她过去是个正常人，即便她没疯的时候，她对宾涓也没什么好感。她和这个终于疯了的姜宾涓，可是有十几年没有见面了。她们最后那次相遇时，玛雅才知道，宾涓跟着那个像条野狗样四处乱窜的桑振中非法同居已有一段日子了。也是那一次相遇，宾涓一眼看穿了她和那个叫顾元伟的造反司令之间的关系，宾涓肯定很快将她和“小白脸”顾元伟的事情告诉了宾扬，造成了宾扬和她之间感情上的第一次破裂，也是一生中最惨重最无从弥补的破裂。哦，玛雅就是由此而堕落的。玛雅以为这些事自己全忘了，哪晓得神经末梢稍一触动，这些往事便浮雕般显现出来。

过去——像人的影子一样是摆脱不了的。

1966. 10

宾涓死心塌地跟着桑振中跑出来，拿定了他走到哪里她跟到哪里的决心，姜家花园她是不想回去了，与其待在那里让一批一批来抄家的红卫兵和造反队员谩骂呵斥甚至抄身毒打受尽侮辱，与其整天瞅着妈妈的疯相和疯笑疯叫，与其随时准备让人揪到永吉里群众大会上被批斗，她不如跑出来，是死是活跟定桑振中。她是做好了吃苦的准备的，她暗中揣了八百块钱在身上，她不料桑振中那么有办法，她更没料到桑振中也有大笔的钱。他当夜就把她带到了一幢沿马路的三层楼洋房里，这幢楼临马路的那扇台阶上的门被七八张封条死死地封住了，以致贴在门上的大字报原文都看不清了。宾涓记得桑振中是领着她绕到后面一条横弄堂里开了后门走上楼梯的。她跟着桑振中来到三楼最靠里面的两间内外相通的房子里，房间里竟然没任何人。

“这是什么地方?”宾涓借着已敲烂大半的吊灯灯光环顾室内，诧异地问。

房间角落里有糨糊桶、有用来书写巨幅标语的扫帚和墨汁桶，有好几卷没有裁开的纸，白纸红纸都有，有一张大写字台，内室里还有两张床，一张席梦思大床和一张小钢丝床。

桑振中告诉宾涓，说这是他设在厂外的造反司令部，对厂里绝大多数人是保密的，只有几个造反核心人物知道，有了紧急情况需要商量，他们便聚到这儿来。这幢楼的主人已在抄家初期被红卫兵们赶了出去，八九月份最热闹的时候这里每一间房子都是一个红卫兵总部或是司令部，后来大概是嫌这里紧靠马路，总部、司令部、战斗队部都挤在一起不方便，他们才纷纷撤离到了更好的据点。现在这两间房是他厂里同事裘刚的弟弟让给他们的，裘刚的弟弟他们设在这两间房里的“星火燎原”战斗队重新占据了一幢二层楼的花园洋房。说着话桑振中从衣袋里掏出一叠造反队袖章，捡出一只扔给宾涓，让她戴上，并且道：

“从今以后你就是我们霹雳造反总司令部的勤务员，天天在这里值班。”

“值班？”宾涓觉得颇为好玩。

“那当然，我不在的时候，你的任务是守住这台电话。”桑振中走到写字台旁边，一脚踢开倒扣着的废纸篓，地板上搁着一台电话机，桑振中把它拿起来放在写字台上，“电话本来是走廊里的，我把它移了进来。有事，我会随时给你打电话。”

宾涓望着桑振中惊喜地点点头问：“你的意思是说，我就在这里过日子？”

“造反，闹革命，投身于轰轰烈烈的文化大革命。”桑振中郑重其事地纠正道，“你要说过日子也可以，过革命造反的日子。”

说着他从衣袋里摸出两沓五元一张的人民币来，丢在写字台上。宾涓仅瞅一眼，就估摸出约是千把块钱，姜家花园的人都有这个本事。她奇怪的是桑振中哪来这么多钱，他家里穷，他的工资低，逛马路时经常用她的钱。她问：

“你从哪借来的？”。

“借？”桑振中冷笑道，“冲到我们厂资本家家里抄家时，顺手牵羊捞的。”

宾涓的心头紧了一下，她联想到了姜家花园正在遭受的洗劫。但她继而又一笑，哪里管得了这么多啊，他妈的反正是人家来抄我们，我用点桑振中搞来的钱有啥关系？这千把块钱和姜家花园被抄走的数目相比，算个啥啊！桑振中又告诉她，离此不远一条小马路上，有生煎馒头铺子，有卖早点豆浆和熟食的摊子，还有一家饭店，一天三顿饭可以到那里去吃；如果吃的不合口味可以自己煮，这幢楼的底层有间厨房，厨房里有煤气有自来水管，只是有没有油盐酱醋他不知道，没有也不要紧，可以去买点来。说话间她还被拉到一个壁橱前面，他出其不意地拉开壁橱门，宾涓“嗬”一声叫起来，壁橱架上堆满了各类罐头：猪肉罐头、牛肉罐头、水果罐头、鸡鸭罐头，还有整整一排几十听炼乳。

瞅着她那喜不自禁的眼神，桑振中俯过脸来得意扬扬地问：“怎么样，住在这里不会亏待你吧?”

宾涓忖度着在这里避过几个月风头看来是没问题了，她的神经松弛下来，至于几个月以后再怎么办，她是不去想的，瞎操心有什么用，这年头对她来说只有得过且过。她偎依在桑振中怀里，眼里含着泪说：

“振中，以后只有靠你了。”

“这形势，我是认定了，只有造反，一反到底，我桑振中才有出头之日。”他顺势搂住了她，在她耳畔咬牙切齿地说，“没有文化革命，没有造反，会有这幢房子吗？会有那么多供我挥霍享用的东西吗？只要形势朝着有利于造反派的方面转，我们的好日子还在后头呢！”

“我等着你的好运气，等着你的好日子。”宾涓紧紧地贴在他身上，轻柔柔地说。

桑振中把灯熄了，屋子里漆黑一片。宾涓惶恐地感到被他抱了起来，她的眼里掠过窗外马路对面那些亮着灯的窗户。他把她放倒在席梦思床上，然后压在她身上，贪婪地吻着她。是的，在这里接吻不必提防路人的目光，是的，在这里两人是充分自由的不必害怕谁会撞见。但宾涓的心还是跳得很凶，从下决心跟着他出来她就知道要发生这件事，她已是无所顾忌，但事到临头她还是心慌意乱。她需要他她得靠着他，她是他的人那是无疑的了，但她初尝禁果已经知道了这件事将引出什么样的结局，冒着桑振中的嫂子周小霞的名去医院堕胎的一幕急速地在她眼前闪过。噢，他在脱她的衬衣了，他的双手有力地把她的衬衣下摆从裙子里抽了出来。宾涓慌忙一把抓住了他的手，气急声颤地哀求着：

“振中，你想过吗，我再怀上怎么办？”

“怕啥！造反队有公章，打张证明不费吹灰之力。”

宾涓不再抵制他了，她恐惧害怕的后果，对他来说简直不是回事。她的思想上卸去了负担，身心也跟着升起了欲望。不错，振中是她爱上的第一个男人也是唯一的男人，这个男人迷恋着她深深地吸引了她，她早就是他的人了，今后她一辈子都得靠他，姜家花园是靠不住了永远地靠不住了，她当然该满足他让他觉得欢乐觉得快活，况且她和他在一起时也会得到安宁得到幸福。他吻着她，吻得又长又久。她在他喘息时回吻他，还在他手忙脚乱时轻柔地劝他：

“别急，别慌，慢一点。”

他接受了她的规劝，他是愿意听她说的，他也从她的话声里听出了顺从，他变得温柔多了，吻她的时候小心翼翼的，双手像怕碰疼她一般触摸着她滑爽的肌肤。她感觉到舒适感觉到惬意，她的心狂跳着血液在肤下奔涌着，她的脸颊灼烫浑身上下一阵阵发热，她隆起的胸膛起伏着。他褪去了她身上所有的衣裳，这会儿她一丝不挂地躺在陌生的床上了。她合上了眼睑，她羞涩得不想瞅他，不想看到窗外对面马路上那些眼睛一般的窗户。有一阵她意识到他的双手离开了自己敏感的充满弹性的身躯，她听到他急促的喘息和脱衣服的轻响，继而他的身躯重重地倒在她的身旁，席梦思床颤动着，她连忙贴过去偎近了他。他喘吁吁地在她耳边低语呢喃：

“宾涓，我亲爱的，我太爱你感谢你了，太……”

她没让他说完伸出手捂住了他的嘴唇，他吻着她的掌心双臂环抱搂紧了她，她哼哼着返手抚摸他那结实光滑的背脊，她闭紧的双眼里看到了绿茵茵的草地，看到了一碧无涯的晴空，看到了耀眼的闪烁光斑的滔滔海水，她觉得冲动觉得快活……在他又一次俯脸吻她时她热烈地回敬着他，她的双手紧紧地抱住了他，她需要他需要他，她觉得席梦思床像条船一般摇晃起来，在绿波荡漾的湖面上轻摇微晃，耳膜深处似乎响起来了歌声……

马路上陡地响起了刺耳的喇叭声，那是一辆广播车，正在沿街宣传，声音直冲云霄：

“现在播送最高指示，现在播送上个月我们伟大的领袖毛主席发布的最新最高指示：‘凡是镇压学生运动的人都没有好下场。’‘组织工农反学生，这样下去是不能解决问题的。拟定中央发一指示，不准各地这样做，然后再写一篇社论，劝工农不要干预学生运动。’我们伟大的领袖最最支持红卫兵。毛主席万岁！万岁！万万岁！”

桑振中刚才对姜宾涓说得振振有词，现在心里却是颇为不安。自从在厂里揭竿而起，公开打出造反的旗号以来，几十天里，形势果然朝着他预料的对造反派有利的方向转了。斗厂里的“地富反坏右”，他领头斗了；抄厂里的资本家的家，他也带头干了。那些个“地富反坏右资”，都他妈的是一斗即垮一斗就倒的家伙，有的甚至不消他组织斗，他们就低头认罪，乖乖地清扫厕所，早请示晚汇报，不敢乱说乱动了。“炮轰厂党委”“踢开党委闹革命”的口号，他也大着胆子喊出来了，不要说厂党委一时轰不垮踢不开，就是轰垮踢开了，桑振中一时也无法驾驭全厂的局面。自从他的霹雳造反总司令部成立以来，厂里面又一连成立了十几个革命造反组织，战斗组、造反队、总部、兵团一夜之间可以冒出好几个来，他们的成立宣言中照例标榜自己是最最革命、最最无私的无产阶级造反派，他们要造帝修反的反，造反动的资产阶级的反，他们同样批斗“地富反坏右资”，他们在批斗时比桑振中干得还要彻底还要革命，有的历史反革命分子脖子上挂上了特大号黑板，有的资本家被打倒在地还真正踩上一只脚并被摄下了照片，有的漏网右派被打得鼻青脸肿……所有这些人全都被关进了“牛棚”，随时随地可供造反派拉出来揪斗批判。为了表明他们造反到底、誓死捍卫毛主席的无产阶级革命路线的决心，他们有的造反组织联合起来去冲击了党委，以实际行动批判党委压盖子的阴谋。党委和厂部软弱涣散了，全厂上下出现了不大不小的混乱，但是没有一个造反组织挑得起全厂的担子，更别说带领全厂群众把无产阶级文化大革命进行到底了。桑振中发现所有的造反队之间谁都不管谁，谁都不买谁的账，他们各行其是，各自要在职工群众中表明自己是最革命、最造反、最有威信的。但厂里大多数只晓得上班干活按月领工资的职工，都持观望态度，他们能混则混不能混便干一些活，厂里稍一乱就全部跑回了家。桑振中除了抱怨厂里的造反派不向他这个老造反靠拢之外，简直一筹莫展，他无法控制他们，革命不分先后，造反不分先后，他有什么权利去控制和指挥其他组织，就连霹雳造反总司令部里的人，都不是一心一意听他的话呢！

桑振中从切身的经验中深深体会到，他缺乏实力，缺乏强有力的靠山，没有一支几百人的队伍，没有一个靠山，在造反组织愈来愈多的情况下，他最终要被淹没，要被人家吞噬。他开始担心，他一天比一天焦虑。

也是天助他要成功，那天他从厂里出来，赶往他设在厂外的总部去，那里是他的秘密据点。没有人知道宾涓匿在那儿，没有人晓得宾涓是大资本家的女儿，更没人明了他俩不伦不类的关系。桑振中沿着人行道信步走着，眼睛不时掠过墙上贴的那些大字报、致敬电、公开信、大幅标语和控诉材料、海报，到了十字街头，他跨下街沿正要过马路，被红灯拦下的车流中有个沙哑的嗓子喊了他一声。他回过头去眼睛不由地一亮，车流中有辆摩托车，摩托车上坐着的正是“烂香蕉”——比他稍长两三岁的永吉里邻居。这家伙穷得连辆自行车都买不起，哪来的摩托车？桑振中脑子里闪掠过“烂香蕉”趁着文革混乱偷盗的念头，但他脸上还是浮起笑容和“烂香蕉”打了个招呼。

“到哪儿去？”烂香蕉问。

桑振中他不便说去姜宾涓隐匿处，只尴尬地道：“随便看看。”不料“烂香蕉”热情地邀他坐在后面：

“来，我带你兜兜风。”

盛情难却，桑振中坐了上去。红灯变绿灯，摩托车“突突突”

直冲而去。桑振中为岔开话题，故意问，摩托是哪来的。“烂香蕉”洋洋自得地说，这是他们造反兵团的，小意思，他们兵团这样的摩托车有八辆。现在家底这么厚实，还有不小的一支队伍。光摩托车就八辆，那他没有一二百人的队伍，是保不住的。“烂香蕉”边驾着摩托边问他，混得怎么样，桑振中正想支支吾吾搪塞，“烂香蕉”又截住他的话说：

“听说你拐上姜家花园的三小姐，在外头鬼混。老弟，听老阿哥一声劝，现在机会难得，可不是玩女人的时候。你们家牌子硬，地地道道的工人阶级，不趁这种时候搏一搏，你就太亏了。”

没想到“烂香蕉”全知道了，桑振中脸红了一下，还没找出话来敷衍，“烂香蕉”已把话题扯到他感兴趣的地方去了。他连忙问：

“你说怎么个搏法?”

“跟我走吧。”“烂香蕉”简单说了一句，不再吭气，揿了两下喇叭，把摩托车开得飞快。

桑振中只觉得自己在车流人群中横冲直撞，他不晓得“烂香蕉”将把自己带往何方，他暗忖，哪怕是光听“烂香蕉”吹吹牛，可能也会受点启发。既然他混在混乱中拉得起队伍，还有八辆摩托的家当，就说明他是有实力的。坐在“烂香蕉”身后，他不由记起了关于“烂香蕉”的身世。在永吉里，“烂香蕉”算得一个大名鼎鼎的人物了，很多人包括桑振中只晓得他姓李，却不知他的名字叫啥，但一提“烂香蕉”，在永吉里以及周围弄堂，可说是妇孺皆知。“烂香蒸”的父亲倒是个老实巴交的理发师，永吉里的人全叫他“剃头师傅”李师傅，在理发店他还算得上是个先进人物。可是“烂香蕉”却不像他的父亲，永吉里的居民都说他从小在菜场里跟着他妈学坏了，他学会了小偷小摸，在菜场偷，进水果店偷，连在学校里也偷。三年自然灾害时，他刚上初中读不进书，自动退了学，摆香烟摊，卖豆腐渣饼，烤熟山芋卖，十六岁那年抽烟就有瘾了。后来自然灾害过去，又不准做小买卖了，他找不到生路，就子承父业给人理发。他不摆摊头专门走街串巷上门服务，收费还比理发店低，也算找着了一门自由职业。他上门到居委会理，到街道办事处理，还到人家家里去理。他不但会理男发还会理女发，街道、居委一些干部找他理的时候，他不是少收费便是不收费，因此颇为得法，经常受到表扬。他们还给他许诺，说来了名额，一定让他分到全民所有制的大厂矿去。眼看他的声誉逐渐好起来，不料他理发又理出了事。在上门到私营牙科医生家做头发时，牙科医生的老婆和他勾搭上了，被牙科医生在床上当场抓住，顿时永吉里一整条弄堂传得纷纷扬扬。在附近颇有声誉的牙科医生扬言“烂香蕉”勾引他女人，破坏他人的家庭幸福，非要告他流氓罪置他于死地而后快。但是居委会和街道办事处出来说公道话了，说“烂香蕉”还不到二十岁，那牙科医生的老婆三十好几，谁勾搭谁说不清楚，于是事情也就不了了之。不到半年，“烂香蕉”收了理发推剪被分进了一家几千人的大型机械厂，直到如今。桑振中和“烂香蕉”接触不多，只是在大热天乘凉时他和“烂香蕉”及一帮年龄相仿的小伙子经常聚在旧社会的白相人冯天王身边，听冯天王吹山东莫永员和上海白瘌痢之斗，听冯天王讲白相人解放前怎样在上海滩玩女人、搞倾轧、拉山头，听冯天王有声有色地讲三大流氓头子黄金荣、杜月笙、张啸林以及啥叫青帮洪门，啥叫恒社，啥叫“药水小开①”，还有流毒上海滩的鸦片和白粉的来源……桑振中承认他也听得津津有味，但他不像“烂香蕉”那么入迷上瘾。他记得“烂香蕉”有一回听过之后对自己说：

“现在看来白相人的日子过得真是舒服，妈的只要有本事，混在什么社会都能出人头地。”

桑振中有了工作之后和“烂香蕉”的接触越来越少，但是毕竟同住在永吉里出出进进时常见面点个头问声好，有兴趣还闲聊几句，但深谈却是从不曾有过。没料到闹起文化革命才几个月时间，“烂香蕉”已经有了市面闯出了一条路子来！

---

① 药水小开，指旧社会吃喝玩乐、耗尽家产、学得一套欺骗手法，转而坑害别人的资产阶级子弟。现在的上海话“吃药”即骗人之意，由此而来。

“突突突突!”摩托车放慢了速度拐进一条弄堂，桑振中抬头看认出这是离永吉里不很远的和安坊。

摩托车开进第三条横弄最后一扇门靠墙停下来。进后门时“烂香蕉”提醒桑振中，这是29号请他记住，以后有事可到这里来找他，找不到留一句话就行，他会及时晓得的。

桑振中跟着“烂香蕉”上楼，心头有些不以为然，这家伙吹得凶怎么到破破烂烂的和安坊找个据点?他的司令部还不如宾涓现在隐匿的地方呢!

楼梯有点黑，桑振中没头没脑跟着“烂香蕉”上了三楼。这是三上三下的上等石库门住宅，客堂旁边有两大间厢房，客堂前面有外阳台。桑振中注意了，一楼二楼上少说有七八家住户，可上了三楼，空空荡荡一个人也不见。“烂香蕉”告诉他，这是他们造反兵团司令顾元伟弄来的房子，作为召开核心会议、决定重大行动之前聚会的地方。当然，狡兔三窟，也为以防万一避风头用，所以知道的人不多，没什么闲人进出。他把桑振中带进左侧的厢通房，往桑振中面前放了两瓶汽水，自己仰面朝天在挨墙的床上一躺，说:

“今天有点空，和你老阿弟聊聊。你倒给我讲讲看，社会上闹得轰轰烈烈，很多学生饭也不吃觉也不睡，还全国各地四处串联，到底在搞啥?”

“搞文化大革命呀!”桑振中也不客气，把汽水瓶压在桌沿上，“啪”一下砸开瓶盖，仰脖喝了一口说。

“那你讲，文化革命是什么?”

“呃……”桑振中让“烂香蕉”一下问住了。他想讲是造反啊，转念一想这么答水平未免太低，愣怔片刻，他才道:“报上不是都登了嘛!”

“那都是屁话。”“烂香蕉”在床上坐了起来，挥着手臂说，“要叫我说啊，文化大革命是机会，是趁机坐位置。桑振中，你说说看，世界上哪个国家有我们这么多人?你凭什爬上去，就凭机会，凭本事，凭在关键时刻一搏了!否则，在厂里干活，从二级工爬到头发白。”

真是回肠荡气，令桑振中茅塞顿开，他不由连连点头：

“对，对！”

“烂香蕉”见他几句话就镇住了桑振中，眉飞色舞地说：

“为啥要闹文化大革命？就为这一个字：权！伟大的政治家，都要照自己的设想改造世界。毛主席要照他的办法改造中国，刘少奇要依他的主意建设国家，两个人都是主席，互相拍不拢，毛主席就要把刘少奇搞掉。刘少奇岂是好搞的？他革命几十年，手下大大小小的干部一大批，毛主席只有发动文化大革命，靠红卫兵靠工人农民去冲杀。不是有条语录讲了嘛……”

讲到语录的时候，“烂香蕉”张口结舌，背不下来了。他把手忿忿一摆，接着说：

“反正要搞清这一点。这一点都搞不清，跟着出动瞎胡闹，还不如回家吃饭睡懒觉，当个逍遥派。”

桑振中虽然不全赞同“烂香蕉”关于文化革命的理论，但是他仍觉得，听“烂香蕉”短短几句话，比他这几个月来读很多报纸，听很多文件，背几十条语录都讲得明白。从这点来看，“烂香蕉”确实是有一套的。

“烂香蕉”还在唾沫飞溅地发挥着：“沪剧里头唱：只要有铜钿，就能买得来。批判这是资产阶级思想。对了，资本主义是金钱主宰一切，有钱能使鬼推磨。那么社会主义呢？社会主义是权力主宰一切，你抓不到权，屁也没用。现在全国多少人喊造反、他妈的一大半都是阿木灵在瞎起哄，你看那群中学生横扫一通，得到个啥？抄家抄得那么凶，抄出的金银财宝、存折现钞，还不是让曹××他们在人民广场宣布，我们抄出了多少多少金子银子，功劳变成他们的了，一帮笨蛋。近来大学生们特别会闹，你看着，也闹不出啥名堂。真正成气候的，不是别人，正是我们工人。不是那些个只晓得埋头干活的本分工人，这种工人在老板手下照样也本分；真正干大事业的，就是我们这种敢想敢说、敢作敢为的工。工人阶级登上政治舞台，你瞧着吧，很快就会取代盲目冲杀的红卫兵。而工人造反要有力量，就得联合起来，团结就是力量。现在造反组织多如牛毛，三五个人成立战斗组，一二十个就是司令部，乱七八糟，最易被人各个击破。告诉你，有魄力有远见的造反领袖，早在动脑筋把全市的工人造反派团结在一面旗帜下了。”

“真的?”桑振中听了“烂香蕉”这一番话，不由佩服得五体投地，到底是在社会上混得久的，说出话来不大一样。三言两语，就把桑振中困惑苦恼着的问题，讲得清清楚楚。

“老阿哥骗你干什么?”“烂香蕉”得意地撇嘴笑了笑，“怎么样，跟着老阿哥干吧?”

桑振中皱起了眉头：“我们不在一个厂，不在一个系统啊！不是说，不准跨系统跨行业……”

“那都是条条框框。”不等他讲完，“烂香蕉”气魄很大地一挥手，“哈哈哈，没想到你还那么缩手缩脚呢。告诉你，老阿哥造反团的二三百人，都不是一个厂一个系统一个行业的。我们想成立造反司令部，再不管什么单位什么系统了，只要造反，都收。”

桑振中把一瓶桔子汽水凑到嘴上，“咕嘟咕嘟”一口气喝个精光，随而重重地把空瓶砸在桌面上：

“我跟着你干！我们霹雳造反总司令部，也有几十个人，统统听从你的指挥，听从你的调遣。”

“好！男子汉大丈夫，爽快!”“烂香蕉”大喝一声，翘起大拇指，从床上跳下来道，“来，讲讲你们厂的情况，有老阿哥帮着的地方，老阿哥为朋友两肋插刀。”

1980. 10

展开卢培蓓交给他的一张纸条，宾扬来回细读了两遍，他的眉头紧蹙，心也随之跳得快起来，他怎么也无法平静，无法克制自己。这是她写来的，字迹虽然歪歪扭扭、长长细细的，但他认得出来，这是她的字，李青艳的字：

我要死了。

求你，来一次吧。

在离开人世之前，我唯一的请求，是瞅你一眼了……

没有抬头，也没有署名和日期，但这是李青艳写给他的，宾扬知道。他的双手颤抖着，身子站立不稳，一下子跌坐在沙发里，脸色非常难看。送纸条来的卢培蓓有点发慌地问：

“你怎么啦，姜宾扬，哪里不舒服?”

“没……没什么。”

“可你的眼神、脸色，都不对头。”

他怎么能对头呢？他和李青艳断绝所有来往已经七八年了，可她给他精神上造成的创伤，却始终不曾愈合。不错，她是他命运中出现的又一个女性，是又一个背叛他的女人，她背叛得那么突然那么彻底犹如疾雷轰顶。他可是对她一往情深把她当作自己亲人来看待的啊！可她毅然决然地离他而去了，连一点挽回的余地都没有。宾扬仿佛现在还能听到安乐大楼七楼阳台上那扇板门“砰”地一声在自己眼前无情地关上的声音，那扇板门的雨侵蚀斑和画的粉笔道道，他至今还记忆犹新。他怎能忘记这种难堪可悲刺激深重的经历?他忘不了他到死也无法忘。而此时此刻，她倒可怜巴巴地写来一张纸条，要他前去，要他满足她让她看一眼。他不能去他还没有那么卑贱低下，他受她的侮辱难道还不够吗？是的，现在他倒是可以去报复她了，可以幸灾乐祸地走到她跟前去了。但他没有这种情绪，他只是想把她置之脑后，只是想把噩梦般的往事埋葬在心灵深处，他不愿意去揭伤疤。

“你很难受，是吗?”卢培蓓坐近他身旁来了，她那双有点近视的眼睛瞪得大大地凑近过来探询着他。他能闻到她身上洒的一股香水味儿，挺好闻。

姜家花园的底层大客厅里空落落的，就他们俩。

“那你准备去看她吗？”

“不去。”

“为什么？”

“就是不愿意去。”

“那你不是太残酷了嘛，姜宾扬。你没有看到她，见了她，你一定会可怜她的……”

“我不想可怜什么人。”宾扬抢白道。

“我不能把你这样的话去回复她，我得带回去一个满意的答复。姜宾，我不知道你们之间有过一些什么事，但是我想既然李青艳这个濒临死亡的女人，提出要看你一眼的要求，总是有缘故的。我多多少少也听到过一些你和她在插队岁月里相好过一段的事情，感情这本账永远是说不清道不明的。”卢培蓓说着说着动了感情，声音也大了起来，“我想，即便她过去有啥对不起你的地方，即便她曾经伤过你的心，现在人家要死了，哀求你见一面，你也不该拒绝。你是个人，一个堂堂的男子汉，你连这点胸怀也没有吗？你说啊！”

说到最后，卢培蓓伸出双手，猛地扳过宾扬的肩膀，要他做出回答。

宾扬微显惊愕地瞅着她，这个家庭信教的姑娘。是的，卢培蓓是他初中里的同班同学，后来又一起插队落户，他们之间不可能不熟悉，但却从未有过任何深交和往来，十几年里可以说都是客客气气的。还在中学里的时候，方菊莉去过她的家，看到她家吃饭之前要祈祷，像发现了新大陆一样到学校里来宣传，男女同学都视她为“怪物”。况且，她每个星期六从来不到学校里来，更给“怪物”添了点神秘色彩。“文化大革命”中一帮又一帮红卫兵冲进她家，说她家不信仰马列主义毛泽东思想倒去信仰上帝，把她爸爸斗得够呛。近年来只听说她一心要出国，大概早晚总是要走的。宾扬始终认为她是一位娴静文雅的女子，没料到她激动起来讲话如此流畅像开机关枪呱呱狐，且还带有几分泼辣。

宾扬定睛望她时，似乎意识到了自己的失态，收回双手不好意思地垂下了眼睑：

“好吧，隔一两天，我去。”

“太好了，我马上告诉李青艳，她会高兴的。”卢培蓓两条淡淡的眉毛扬了起来，兴奋地说，“你要觉得一个人去不方便，我来陪你去，约定个时间就是了。”

“那就谢谢你了。”

“我得代李青艳谢你。”

卢培蓓顿时显得笑逐颜开，喜吟吟地告辞走了。

宾扬跌坐在长沙发里，歪着身子，懒散倦怠得一点不想站。往事，那些同李青艳有关的往事，像一盘经过剪辑的录像带似的，一幕幕在他眼前掠过……

1971．11

寒冽冽的秋雨总算不下了，宾扬搁下小瓷杯，向宋家伯妈道谢告辞，走出了那砖木结构的农家屋。

到了寨路上，他才展开宋晓秀不动声色递给自己的信封，这是在上海崇明跃进农场的尹丽妮写给李青艳的信。信封的一角，还有李青艳的钢笔字，写得又密又小，说让姜宾扬读了信，到李青艳插队的寨子上去一趟。宾扬给闹得莫名其妙。这是姑娘之间的通信，尹丽妮告诉李青艳，他们农场里正大搞农田基本建设、疏通河道，深入进行扎根海岛的教育，但是信的主要内容，却是说近半年来她先后给姜宾扬写了五封信，寄的还是挂号信，奇怪的是从未接到过姜宾扬的复信。尹丽妮请李青艳务必替她打听一下，是怎么回事。是姜宾扬因故转了点，还是他受不了山乡农村的苦情绪颓丧低落，或是他到了插队环境中另有了新的对象？总而言之她想知道，她离他太远了杳无音信心头实在不安，哪怕是得到他一点简单的消息她也会高兴的。宾扬读完这封信愕然失色，这半年来他一直在为收不到尹丽妮的信而痛苦。崇明岛跃进农场虽也是乡村，但那毕竟是农场，每月有固定工资，二十多元三十多元多少是钱，而且崇明岛离上海又近，坐船一块钱都要不了就能回家。这些条件和插队落户在西南山区偏远村寨比起来，可说是一个天上一个地下。再说尹丽妮长得那么漂亮，农场连队小伙子们谁不想追她？而宾扬自惭形秽却又死要面子，接不到她的信他也不写。读了信知道尹丽妮给他写了五封信而且寄的还是挂号，他真是又急又纳闷了。这是怎么回事呢？农民们喜欢报纸那倒是真的，但他们从来不会扣压知青的信件，他们知道知识青年们盼家信时常会盼得哭起来。乡村邮递员偶尔让同一村寨的人带信，失落一封两封也是可能的，但决不可能接连遗失五封信啊，况且还是挂号信，挂号信是有人签收的。姜宾扬下决心要查个水落石出，决定明天就到公社邮电所去查。

“读完信了吗？小姜。”宋晓秀肩上悠然担一挑空水桶，站在姜宾扬身后问。宋晓秀婆家在青坪寨，一个坐落在大山旮旯里的偏远小村落，离宾扬落户的打狗湾有二十六里弯弯拐拐的山路，甩起手走要三个多小时，路还不好走，李青艳就在那儿插队。

“李青艳请你去，你去吗？”宋晓秀颇有意思地眨动双眼问。

宾扬一扬信封：“想去……”

“想去就和我一路。李青艳也是这么说的。我回娘家来，拉她一路来耍，她先说没住处，我说可以住我家，和我睡一起。她又说怕你不在，让我把信悄悄传给你，不要让任何人晓得。嘻嘻。”宋晓秀不厌其烦地讲着，大概觉得这事好笑，又乐得笑起来，“你们这些人哪……”

“你哪天回去呢？”

“天一朗开就走。今天顶着毛毛雨赶路，撑把伞几次打滑，险些摔进山沟沟里。天晴了，路也好走。”

“那我跟着你去。”

说定了去青坪寨找李青艳，宾扬的情绪莫名地亢奋起来，干什么事都没了心思，他一心要把信件遗失的真相查清楚，似乎不这样做就对不住什么人似的。

事很简单，却是查不清道不明。问宋晓秀的爹宋文虎，老会计说知青点的报纸和私信件，来了以后他从来不敢卡，赶紧让集体户的户长桑振业来取。知青的信多，他已经记不清哪天哪个人的什么信了。有时知青赶场上街，自己找到邮电所去拿，乡邮员也给。要查清事实，只有去邮电所问。至于挂号信，宋文虎明确回答，说他没代姜宾扬签收过。第二天宾扬工也不出，踏着泥泞的山路走了一个多小时，来到公社邮电所询问，好不容易等到了出去接邮包的乡邮员。乡邮员翻查了签收本，说两个月前上海崇明寄来的挂号信，姜宾扬已经签收了，说着递过本子来。宾扬吃了一惊，凝神细看，那四四方方的格子内，果然签着他的名字，字迹大大的，下雨一般往左边斜。宾扬问乡邮员还记得是哪个代签的吗？乡邮员摇头说记不清了。宾扬声明那是有人冒领了他的挂号信，乡邮员不由一怔。是哪个人会冒领他的信件呢？桑振业、陶志雄、杨志平、肖实伟、冯永杰、乔美霞、方菊莉，卢培蓓、朱晓霖、罗放……宾扬挨着个儿把在打狗湾大队几个寨子落户的知青猜疑了一番，仍然摸不着头脑。这些人的字迹，没有一个是签收本上那种下雨似的斜体。这是哪个搞的鬼呢？气恼焦急之下，他当场掏出笔，在邮电所找了纸和信封，给尹丽妮写了封短信。怕尹丽妮不信，他决定跟着宋晓秀去青坪寨，让李青艳帮他向尹丽妮解释解释。回到知青点集体户茅屋里，他没跟任何人讲这件事。平时说不上话的桑振业和陶志雄是别提了，就是偶有交谈的方菊莉和卢培蓓，宾扬也没问。

秋末的雨停停下下，下得人心烦了雨丝还在飘。天始终不曾朗开，宋晓秀在娘家住久了，等不及出太阳，候着一个雨住了的阴天晌午，她跟宾扬说，要回青坪寨了。宾扬换了一身干净衣裳，戴一顶竹篾斗笠，就随宋晓秀上了路。

连续下了好几天的雨，路确实不好走，湿漉漉的，拐弯多，又易打滑，有了身孕的宋晓秀打着一把桐油布伞，走得特别慢。宾扬只好跟随着她，踩蚂蚁般走着。

还算赶得及时，走进青坪寨时，天刚擦黑。宋晓秀给姜宾扬指了知青点那幢茅屋，急忙回婆家去了。

寨子上的泥路沾脚，宾扬拖着沉重的雨鞋走到黄泥墙茅屋门口。满屋的烟气往外飘来，灶里，一个女生呛得在连声咳嗽。宾扬不敢贸然闯进去，放声问：

“屋里有人吗?”

腾腾烟雾中跑出一个袅袅婷婷的姑娘，手里抓一把蒲扇，脸上被烟火熏得花里胡哨，她应了一声，跑到门口一眼看清是姜宾扬，嘴里惊叫一声，又退回屋里去了。

宾扬正在诧异，她又从烟雾中跑了出来，脸上已经擦干净了，是李青艳。她请宾扬在门口稍等一会儿，说炉火熄灭了，她正在生火，阴雨天，柴不干，闹得三大间屋子里全都是烟。她打开门窗，尽快让烟雾飘散出去。

过了一顿饭工夫，宾扬才随着李青艳走进屋去。幽暗且有些杂乱的屋内仍有股呛人的烟味，李青艳把宾扬迎进女生寝室，室内弥散着阴冷的潮气。宾扬在李青艳铺着塑料布的床沿上坐下，发现另外几张床上的帐子全已拆下，铺盖打成了整齐严实的包包，堆在竹笆上铺的草席上。李青艳边给他倒开水冲麦乳精，边告诉他说同室的女生们全在秋收以后回了上海，这个屋里只有她一个人了。她把一杯不很烫的麦乳精递给宾扬，顺手摸了一把宾扬的衣裳。

“哎呀，你的衣裳淋湿了，快脱下来，脱下来我替你去烤一烤。”说着不由分说地替宾扬解钮扣。宾扬把杯子顺手搁在床头边的木箱上，脱下了学生装卡其布蓝外衣。李青艳又摸了摸他的绒线衫，惊叫起来：“天哪，你的毛衣也全湿了，你捂在身上怎么成，脱，快脱，脱下一起换。”她不由分说地移去木箱盖上的杯子、书籍、木梳、墨水瓶一类小东西，打开箱子，拿出自己的棉毛衫、毛衣，催促宾扬道：

“换，都换下来，我替你搓一把，尽快烘烤干。你快点呀!”

她像个大姐似的替宾扬放下了床上的帐子，让宾扬在帐子里面换，随而走到灶屋隔壁的男生屋去了，说是去替他找找男生的外衣外裤。

宾扬虽然心里直喊别扭，但湿透了的衣裳贴着皮肉实在不舒服，他顺手扯下晾绳上的毛巾，钻进李青艳的帐子，性急慌忙地脱去自己的衣裳，用毛巾匆匆抹一遍，手忙脚乱地套上李青艳扔给他的棉毛衫裤和毛衣。他原以为这样一来肯定要好受些，哪料到浑身上下还是感到冷，头痛得发胀，一点力气都使不出来。勉强穿上了不合身的干衣裳，伸出手去撩帐子，但由于用力过猛，刚把帐子挂上镀黄钩子，他一下趴在李青艳的被窝上，大口大口喘着粗气。

李青艳拿着一套蓝卡其中山装走进来，见了他这副模样吓一大跳，她把衣服一扔，扳住他的双肩骇然问道：

“你怎么啦，宾扬，怎么啦？”

宾扬从被窝上扭过脸来，他想轻松地笑一笑，但是嘴撇了撇却没笑出来，他忖度自己的脸一定扯得十分难看，强忍着难受说：

“没……没啥……”

李青艳的手搁在他额头上试探了一下，继而急速地收了回去：

“你一定是着凉了，额头好烫。”

说着便端过那杯麦乳精来，让宾扬喝。喝下两口宾扬摇摇头，紧皱眉头叹息说：

“我、我今天回不去了……”

“着急回去干啥？没人赶你，隔壁男生寝室有床。”李青艳急促地抢过话头说，“我替你找点退烧消炎的药。”

她转身打开一个糖果盒，在里头翻找出两小袋药，又倒开水：

“吃了这药还不好，明天我去替你喊赤脚医生，打退烧针。”

“谢谢！”宾扬见她端着茶杯拿药走近来，使劲地在床上翻过身来，喘吁吁地说，“我自已来……”

“你不用忙。”李青艳坐在床沿上，扶起他的肩膀，端杯子的胳膊托撑着他的后脑勺，摊开左掌心说，“来，我来帮你。”

她把药送进宾扬嘴里，又让宾扬连续喝下好几口水，直到宾扬把药片咽了下去，她才把杯子放到箱子上去。但她没离开床沿，还是让宾扬枕着她的臂弯，静静地坐着，她眼睛平直地瞪着龟裂起一道道缝隙的黄泥墙，长长的眼睫毛一眨一眨。

宾扬几乎是仰脸望着她，他吞咽了一口唾沫，说：

“回不去，给你添麻烦了。”

“麻烦啥，落雨天，我又不出工。”

“李青艳，读了尹丽妮写给你的信，我马上去查了，五封信，我一封都没收到，真的，一封也没有。”他说到这事一激动，气就喘得更急，“宋晓秀她爹可以替我证明，乡邮电所可以证明，你……你给尹丽妮写封信吧……”

“不要谈这事，不要提这件事了!”李青艳几乎是恼怒地打断了他。

宾扬两眼瞪得老大，大惑不解地问：“怎么了?”

“我问你，和你在一起的桑振业，是不是回上海了?”

“嗯，种完谷子他就走了。”

“这就对了。一定是他。”

“你说……”

“他一定又去找了尹丽妮，说了你很多坏话。”

宾扬感到几天来笼罩在眼前的稠雾渐渐消散了，他讷讷地说：

“这是可能的。”

“不是可能，是肯定。”李青艳朝宾扬俯下脸来，“你知道吗?红卫兵运动掀起那一阵，他追过尹丽妮。”

“啊!”宾扬大大地愕然，他的眼前掠过在马路辩论台上桑振业和尹丽妮相互握手的那一幕。

“宋晓秀回娘家的第三天，我又接到了丽妮的来信。她在信上说……说让我不要再打听那五封信的事了，就当她从来没写过那五封信，只怪她瞎了眼，没看透你……你，她说没看透你是个道德败坏的资产阶级狗崽子。她说她刚刚了解到，你半年之前一面和她保持通信联系，一面还在和大名鼎鼎的女流氓童玛雅勾勾搭搭，名声很臭。她还说……你别忙，你别急，我还没讲完……”李青艳按住了宾扬耸动的肩膀。

听着李青艳说的话，宾扬的气喘得更急起来，胸脯不时地起伏着，他睁大双眼，几次想打断李青艳的话作点解释，可李青艳按着他，细长细长的眼睛里透出冷峻的目光：

“她还说，你早……早就和那女流氓有过……说你和童玛雅公开地在知青点睡在一起。”

“不!”宾扬腾地一下翻身坐起来，使劲摇着头说，“这是诬蔑，这是造谣，这是胡编乱造，故意、故意……”

“宾扬，你给我讲。看着我的眼睛，给我讲。你、你真没和童玛雅……”

“没有，在乡下从没有过。李青艳，你得给我解释，向尹丽妮解释……”

“恐怕不行了。”李青艳显得非常冷静。

“怎么了?”

“她信上已经说了，她看透了你，下定了决心，和你彻底一刀两断。”李青艳一字一顿地说。

“扑通”一声，宾扬倒在床上，大睁着双眼，失神地盯着白花花的帐顶，呆滞的眼睛里淌出了泪水。他孤寂艰辛的插队生活中唯一的寄托和希望破灭了，他觉得眼前飘过密密层层的云团，一大团一大团的黑云团魔鬼似的张牙舞爪、闪掠而过……他觉得憋闷，觉得窒息，他的脸在抽搐，身躯在竹笆床上痉挛，心怦怦地狂跳着不能自制，脊梁上一阵一阵冒着冷汗。

一只小巧的手抹去了他眼角的泪水，他凝神望去，飘悠恍惚的云团中间显出一张秀气的脸，一双亮晶晶的充满怜爱的眼睛一眨不眨望着他。

“宾扬，听我说，听我说……”

这声音低柔得像拂面的春风，这声音仿佛来自非常非常遥远的山巅，他感觉到她在使劲地搀扶他重新坐起来，他极力昂起头朝她身上靠去，他重新依偎在她的臂弯里，他嗅到了来自异性身上的温馨，她穿的那件过时的冬天的罩衫上仍残留有一股刚才生火时的柴烟气息，奇怪的是这股气息很好闻……他的脸稍一转动，便能感到自己枕在她柔软的胸怀里，他想移开点，可稍一用力，反而依偎得更紧了。

“别动。”李青艳在阻止他，“宾扬，那你听我说，你和童玛雅没有那种事，尹丽妮怎么会听说呢？说你的人，为啥不说和其他姑娘有那种事，非要说你和童玛雅呢？”

屋檐在滴水了，滴滴答答的既单调又杂乱，又下雨了，听声音还下得不小。黄泥墙上嵌着的那块糊满泥痕水渍的玻璃窗外，黑乎乎的一片，啥都看不见了。

深秋的雨夜又来临了。

宾扬眨眨眼，心绪稍稍安静下来，他断断续续地说：

“是这样的，李青艳，我讲给你听，全讲给你听。听完之后，你看还能不能写信给……给尹丽妮解释……”

起风了。风呼啸着撞到知青点茅屋的山墙上，似要把黄泥墙吹倒，风声里还能听到青坪寨上的狗吠。

宾扬乏力地给李青艳讲起他和玛雅的关系，讲起他和玛雅下乡以后的那段接触，那仅仅是两年前的事……

1969．8

宾扬在到达遥远的山乡之前，就晓得玛雅在猫儿冲生产队落了户。安顿下来不久，他便听说猫儿冲离打狗湾很近，走山间小路只消一顿饭多点的工夫，六里地。

他没有马上去找玛雅，他们是在赶场天相遇的。玛雅曾到打狗湾来找过宾扬两次，两次都是在宾扬这里吃了饭，然后由宾扬送她回猫儿冲的。说是送，其实是借故去爬山，去钻树林子玩。插队头半年里，男男女女的知青都在集体户内，两个人要避开大家说些知心话儿，是不现实的。况且玛雅长得实在撩人，不但同户的桑振业和陶志雄斜着眼直盯她，连方菊莉和卢培蓓都露出妒忌的眼神。宾扬给她俩介绍说玛雅是他家的亲戚，卢培蓓不屑地哼一声：

“亲戚，哼！”

方菊莉是将信将疑。姜家花园的一切，住在永吉里的方菊莉是听说过的。她依稀记得，姜家花园确实有过一门经常要求接济的亲戚，但她绝没料到，这门亲戚的女儿和宾扬年龄相仿，且长得如此美丽妖媚。宾扬从她的眼神里看出，她明白当年为啥遭到他拒绝那回事了。没过多久，关于玛雅的那些流言就传遍了周围远远近近的集体户，几乎所有的上海知青都晓得她是个放荡的女流氓，是勾引造反派头头落水的下贱女人，是知识青年中出名的流氓头子“黄狗”公开的情人。姜宾扬和她交往，虽有一层亲戚关系打掩护，引出的窃窃私语也不少，但是宾扬晓得，没有一个人知道他和玛雅之间有着深沉的爱，没有一个人知道他和玛雅有过男女之间的那种事。

他爱玛雅，她更感激玛雅。不管外界的传言多么可憎可怕，他相信玛雅对他的感情是真挚的，他相信她所说的一切。两次和玛雅去爬山、逛树林子，他都有过那种冲动。一次是在高山的半腰间，四面都是高高低低的青枫树，他们满以为没人看见，可到了真正坐下来的时候，两人看到坡脚有农民在遛马，山上有农民在砍树，拐过山梁梁的水潭边，还传来一两声嬉笑。还有一次是在桦树林里，阳光很好，雀儿在鸣叫，踏进林子的时候，他们就留神了，林子里外远远近近都没有人。宾扬躺倒在温暖的铺着层干树叶的地上，头枕着玛雅的大腿。玛雅起先一直用手摩挲他的头发，轻轻搔他的发根，继而她俯下脸来，深情地久久地亲吻他。宾扬的眼帘里，一会儿是摇曳的绿叶，一会儿是晴朗的蓝天，一会儿是玛雅那双令他痴迷的眼睛。玛雅也躺下来了，紧紧地偎贴着他。宾扬只觉得自己紧挨着一团火，他稍撑起身子来，凝视着目不转睛地盯着他的玛雅，他抚摸着玛雅隆起的胸部。玛雅轻轻合上了眼睑。宾扬瞅着玛雅，玛雅轻吁短叹着，两条又细又长又弯的眉毛一阵阵耸动。宾扬仿佛听到血液在自己的皮脂下面奔涌，他拉住了玛雅的手，玛雅顺势把他的手放在她的腹部。他试探着亲她，亲她的下巴亲她的颈部，玛雅欢悦地呻吟一声睁大了眼睛。宾扬还没意识到是怎么回事，玛雅陡然地尖叫起来：

“哎呀！蛇，蛇！”

她迅速地跳起来扑倒在宾扬怀里，险些把刚站起来的宾扬撞倒。宾扬顺着她手指的方向望去，果然一棵桦树干上，悄无声息地盘踞着一条酒盅粗的花蛇，脑袋一昂一昂地相当怕人。

这以后他们不约而同地打消了在幽静偏僻的地方约会玩耍的念头。上一个赶场天宾扬在街上遇见玛雅，玛雅约他到猫儿冲去，她说他还从未去过猫儿冲，她说到了星期天猫儿冲男女知青都要去赶场，她借故留下来等他，这样他们会度过一个快活的星期天。宾扬懂得她的意思，毫不犹豫地答应了她。这一个星期里他总觉得时间逝去太慢，他还在担忧老天爷不帮忙，若是一下雨那么知青们总有人不愿跑山路去赶场的。幸好天遂人愿，到赶场天不仅没下雨还出了太阳。山野浓翠溪水清澈，宾扬的心境也特别好，他在朝猫儿冲走去时，饶有兴味地观察着山岩，欣赏着一座连一座摩肩接踵的山峰和远远近近的坝子、梯田。

猫儿冲猫儿冲，在几座大山里，因其中一座山的形状恰似蹲坐着的老虎而得名。塆塆里一大片茅草屋掩映在绿树浓荫之中，寨子后有一泻银练般的细细的瀑布从山巅直坠河潭，远远望去真有一番诗情画意。走进寨子必经一片稀疏的林子，这是玛雅同他讲过的。但在林子跟前宾扬发现林中的小路分了岔，似乎有好几条小路，他怕走错了路，便停下来细细端详。林子边石坎下有个人在打水，宾扬从他穿的黄卡其布窄裤腿和上身那件海魂衫一眼便认出他是个知青。他笑问童玛雅住在哪儿，那人仰起一张满是络腮胡子的脸瞅了他几眼，反问他是哪里的。听宾扬说来自打狗湾，他让宾扬顺着左面那条路走，说走出林子就能见着童玛雅住的茅草房。

宾扬道谢时那人继续低头打水，宾扬便沿左面那条小路走去。

林中的小路曲曲弯弯依稀可辨，乍一看这林子不大，可走起来路就显得很长很长。宾扬穿出林子时感到上了当，迎面是笔陡笔陡的一片白岩，岩石之间龇牙咧嘴，岩脚下是一丛丛一蓬蓬的刺笆笼笼，哪里还有进寨子去的路？宾扬转过身来正要往回走，一阵杂沓的脚步声传来，他预感到不妙刚要设法回避，那个给他指路的“海魂衫”闪出来指着他大叫：

“黄狗，他在那儿!”

霎时五六个知青扑了上来，团团围住了宾扬，凶狠狠地盯着他。

宾扬的心怦怦跳，脸上却在佯装镇静，他勉强一笑说：

“都是上海知青，你们……”

“你就是姜宾扬?”话没说完“黄狗”厉声截下了话头，手指着宾扬问。宾扬是从他一只耳朵的上部残缺认出来他的。这个声名赫赫，下乡之后还在知青中耍霸道、逞威风的流氓头子长得敦实粗壮，很有股蛮劲。

宾扬望着他不知所措地点了一下头。

“黄狗”出手就送过来一拳，打在宾扬下巴上，疼得他捂着下巴弯下腰去。五六个家伙顿时一拥而上拳脚齐下，顷刻工夫把宾扬打倒在地上。宾扬只顾用手护着眼睛，背脊上被沉甸甸地踩上了两只脚，有一只脚使劲地蹬了两下疼得宾扬哼出声来。“黄狗”怒骂道：

“姜宾扬，臭瘪三！老子实话跟你讲，童玛雅是我的，你他妈的想来舔老子盆中的食，老子踏断你的脊梁骨，叫你一辈子瘫在床上爬不起来。听见了吗?”

“啊……”宾扬只感到疼，答不出话。马上他的背脊上又踩了一只脚。宾扬疼得咧歪了嘴，说：“听见了，听见了。”

“听见了就识相点。念你是童玛雅的亲戚，这回老子饶了你。”宾扬背脊上的脚移开了。只听“黄狗”又一声吼：

“走!”杂乱的脚步声踢踢踏踏由近而远地离去了。

等到宾扬忍住疼痛翻转身来，双手撑地费老大劲站直身子，跌跌撞撞扶住一棵树干的时候，那帮流氓的人影子也不见了。

他怎么也弄不懂这帮人是如何晓得他和玛雅的关系的，他始终猜不透玛雅约得好好的事怎么会变成这个样子！但他总算知道了平时和玛雅交往鬼混的是些什么样的人了，以后再让他来猫儿冲找玛雅，他是没有这个胆量了。

宾扬踉踉跄跄地拖着这儿疼那儿肿的身子回到打狗湾，看到了尹丽妮的来信。

1971．11

深沉的静谧安宁之中，宾扬竟然醒过来了，连他自己都搞不懂是怎么回事，抑或由于那几声狗吠声吧！

被窝里烘热烘热，又有几分潮湿，他分辨不清是自己出的汗还是被子本身的潮气了。这是青坪寨上海知青集体户的男生寝室，他是知道的，这间屋里只住了他一个人，他也是明白的。他在这里已经躺了三天，从前天晚上躺下以后，他就没有离开过这张床。前天他还以为男生寝室里住着人，直到李青艳领他过来，让他在铺开的床上躺下，他才晓得青坪寨集体户所有的男女知青全回上海去了，就留下了李青艳孤零零一个人，只因为她家弟弟妹妹多，负担重，不能汇钱来让她买车票。

宾扬病得很重，持续高烧，李青艳喊来的赤脚医生，给他打了两针柴胡，烧才给压了下去。白天醒着的时候，他几次提出要起床回打狗湾去，守着他的李青艳每次都按住他的肩头，劝他不要发疯，说雨还在下，他的身体还没恢复。其实他也只是说说而已，他明知自己身子虚弱，就连坐起身来吃李青艳特意煮的稀饭，他的头都晕，哪走得动漫长难行的山路！

这会儿半夜三更醒来，他陡然觉得出奇的轻松，头脑也格外清醒，内心顿时感到一阵宽慰和欣喜，唯独潮腻腻的被窝有点不舒服。他静静地躺着，聆听屋外的夜风掠过树梢，掠过田坝。

沟渠里有流水声，屋檐水隔开很长时间往下落一滴，那声音轻微低弱。

茅草屋内一大股潮气，黑幽幽的啥也看不见。但是，在病中宾扬已经看熟了，一扇两层竹笆敷上牛屎的门通向隔壁的灶屋；女生寝室的门稍好点，是梓木板的，关上以后给人一种严实的感觉。

宾扬想到李青艳就睡在那梓木板门后头，心里涌上一股温情。这些天里她一直在宾扬床头晃来晃去，替他倒水给他拿药，为他这个病人忙这忙那。忙完了，她静静地坐在旁边，拆开一双双线手套，又用那些白线织着线裤、线衫。有几次宾扬微微张开眼睑，瞅着她沉静的凝然端坐的姿态，觉得她非常美丽。茅草屋内光线暗淡，又是连续的雨天，幽暗中她脸上的表情、侧影的曲线另有番令人心醉的神韵。她的嘴唇一噘、眉梢一动、睫毛一眨，或是拿织针轻轻搔着头皮的动作，都是轻柔的、俏美的。

是啊，现在宾扬的生活中没有姑娘了！玛雅和他断绝了往来，尹丽妮也下决心和他割断了书信维系。想起来也真怪，人世间的事，冥冥中似乎确有神灵在拨弄一般，当初宾扬和尹丽妮重新相遇相逢，是在李青艳上海的家里，而如今，尹丽妮决定同宾扬一刀两断，又是李青艳转告他的。那回是宾扬第二次去李青艳的家，他可绝对没有想到，会在李青艳家的阳台上遇到尹丽妮。他的脑子里连续几天想着李青艳家阳台上的两间板屋，他的眼前不时掠过李青艳瞅着他的眼神和她的呼唤般的声音，她的身上有着什么东西吸引着他。他又一次去了她家在她家遇见尹丽妮时他显得有点局促不安，有点尴尬，他根本想象不到，尹丽妮家同样遭到了“文化大革命”狂风的袭击，他根本没想到，尹丽妮的性情、境遇和到姜家花园来抄家时相比截然不同了。

1966．10

在革命大串联的高潮中，自小讲究组织性纪律性的尹丽妮同样受到了诱惑。特别是伟大领袖毛主席在八月十八日、三十一日和九月中旬三次接见了赴京串联的红卫兵以后，北京——伟大祖国的首都更是成为她梦寐以求、日夜向往的地方了。她渴望去瞻仰雄伟的天安门城楼，她渴望去亲手抚摸一下金水桥的栏杆，她做梦都盼着能亲眼见到伟大的统帅。她是幸福的她也是幸运的，女中红卫兵团组织国庆赴京串联小分队，每个班只挑选两名根正苗红的优秀红卫兵参加她被挑中了。十月一日，在天安门广场红旗的海洋里，在“毛主席万岁”欢声雷动的呼喊中，在千千万万倾斜着身子、挥舞着小小的红塑料封面语录本的手臂丛林中，尹丽妮见到了毛主席。她淌下了热泪，她喊哑了嗓子，她的脚尖都踮疼了，但她整天还是沉浸在欢乐和激动之中。她毕竟是听话的，她只在北京玩了几个地方，没有像其他胆大泼辣的姑娘一样搭上火车去东北、西北串联，她不敢想象不买火车票到处去闯、去游逛的那种动荡的生活。她是少数随队回上海的女中红卫兵之一。回上海的火车已是拥挤不堪嘈杂混乱到了极点，盥洗池旁、行李架上，甚至厕所里都站满了人。北京到上海一天一夜的路途，误了点的火车走了两天两夜。尹丽妮坐上一个位子，连挪一下脚步都不敢，她蜷缩在角落里，听着车厢里操着南腔北调的红卫兵们兴致勃勃地交换着去延安、去泰山、去井岗山革命根据地、去广西桂林等名胜古迹串联的体会，讲述着步行串联中的奇闻轶事。两天两夜时间，尹丽妮啃着干面包，很少喝水，憋着尿，忍受着车厢内污秽的几乎窒息人的空气，终于熬到了上海。最可怕的是列车开进上海站停靠时的一幕，火车还没在月台前停稳，等候在站台上黑压压的一大片红卫兵们，就朝着火车蜂拥而来。车厢门刚一打开，塞得满满的车厢里的人还没下去，下面的人就潮水般拼命地往上涌来，把车门死死地堵住了。上面的人急着下车，下面的人慌着上车，两下里死不相让，好几个车厢门口撕打起来。头脑灵活的人早已顾不得斯文，开大了车窗便往下跳，而有些在站台上的人，见在门口进不来，干脆用扁担撬开车窗，奋力往上爬。尹丽妮发现再不动作就会被堵死在车厢里，见一个矮胖矮胖的北京姑娘从窗口跳了下去，返转身来向她招手，她也大着胆子伸出腿去。

矮胖的北京姑娘在下面接她，她总算没被摔着。顺着站台往外走时，尹丽妮又一次回首瞅着她坐的那趟列车，长长的列车门口、车窗两侧，全都是争着上下的、喧嚷声不绝的男女。她不禁吁出了一长口气，再让她出去，有再好玩的地方游览，她也不去了。

下了公共汽车在回家去的路上，她陡感一股温暖和轻松，她要回家了，回家后可以痛痛快快洗个澡，可以舒舒服服睡上一大觉，睡个大懒觉都行，反正女中和所有的学校一样，现在不上课了。到了家她可得好好把这次见到毛主席的情况给爸爸、妈妈、哥哥、妹妹说一遍，她还得把在北京听到的各种各样有关文化大革命的消息、传闻、大字报内容给家里人讲讲，特别是有关打倒刘少奇、邓小平的小道消息。她还抄下了毛主席《炮打司令部——我的一张大字报》的大字报。抄的时候她们一起赴京的几个姑娘还有过一番小小的争执，有人说毛主席是伟大领袖，他不可能写大字报，他有什么需要说的，发一条最高指示就行了，这大字报是伪造的，抄下来没用；有人说大字报完全是真的，是毛主席在八届十一中全会亲自写的。当大家都掏出本子抄的时候，对大字报的副标题又争论了一番，姑娘们认定是誊写大字报的人漏了一个“第”字，应该是“我的第一张大字报”，而不该是“我的一张大字报”；但也有人叽叽喳喳，说谁都不敢随随便便篡改最高指示，人家怎么写，你怎么抄便行了。现在回想起这些情形，尹丽妮觉得比当初还要有趣、还要兴奋。

天哪，那迎面劈头盖脸的大标语写的是什么？

“揪出大叛徒尹烛尘！”

“尹烛尘忠实执行资产阶级反动路线，必须揪出来示众！”

哦，还有大字报，密密麻麻的毛笔字写满了好几大张白纸，贴在进门的楼道两侧，题目是：

“看大叛徒尹烛尘的丑恶嘴脸！”

尹丽妮的血液仿佛停止流动了，呼吸感到不舒畅了，毛发在一瞬间全竖了起来，她的目光匆匆扫过那些触目惊心的字眼，加快了脚步往家里跑去。叛徒，爸爸怎么变成了叛徒？尹丽妮在大字报、散发的传单和红卫兵、造反派编的小报上，读到过关于中央揪出六十一个叛徒集团的大案要案，爸爸怎么也会是叛徒呢？他只是个小小的所党委书记，他解放前当地下党时出卖过谁呢？尹丽妮的眼前飞速地掠过电影上那一个又一个可恨可憎的叛徒形象，他们乜斜着眼，经不起鬼子、特务的严刑拷打，出卖自己的同志，领着特务跑到地下党员家里一处一处地去抓人，爸爸会是这样的人吗？不会，不可能！他要是那么坏，解放十七年了难道那些受害者家属会不来找他算账？我们党会不知道？还会让他当党委书记？可……可中央不也出了叛徒集团吗？

尹丽妮的脑门像有人用针在扎，心跳得凶，脑子里全乱了。到了家门口，她掏出钥匙开了门，家里还算整洁，三室一厅的屋子里看得出经人整理过。但是尹丽妮又明显地察觉到，家里变了样，家被抄过了，屋子里显得空了，好几样贵重一点的家具给抬走了，窗帘布垂落在一边，墙上有被敲击过的痕迹，连床上的被子都少了两条。家里一个人也没有，小妹妹云妮也不在家，她会去哪儿呢？她精疲力竭地跌坐在沙发上，但她马上腾地跳了起来，原来沙发的弹簧都捅烂了，坐下去扎她的皮肤。她踉跄几步扑倒在床上，大睁着双眼盯住天花板。简易的三座吊灯灯罩被打碎了两只，残剩的一只灯罩也罩歪了。尹丽妮想象得出抄家时的情形，“破四旧”、“横扫一切牛鬼蛇神”的时候，她随队去抄过家，她还进过姜家花园。此时此刻，她体会到了姜宾扬被抄家时的那种心情了。

尹丽妮对自己在这种时候竟然会想到姜宾扬感到吃惊。她早以为随着时间的流逝会把这个人忘掉，忘得一干二净，那只是她青春童稚时期的梦，没什么值得留恋的。但奇怪的是她却没有忘记，相反对和他交往相处时的一切记得仍然那么清晰。

有些事是忘不了的，忘不了的。

天黑下来了，小妹云妮还没回来，爸爸妈妈没在家她简直玩疯了。可是哥哥该回来啊，他投身于红卫兵运动卖劲地造反，如今爸爸被打成叛徒，在红卫兵当中他还有什么威信？他为什么不回家来，难道他嫌弃这个叛徒的家他要划清界限？丽妮饿了，她开灯进厨房想在煤气上烧水随便煮点面条吃，热水瓶里空空的没有一点开水。丽妮把两个煤气灶全开成大火，一个用水壶烧一个用锅烧，水总是要喝的，日子还是要过的，抄了家还得把日子过下去，姜宾扬家被抄以后不也照样活嘛。她得感谢爸爸坚持没给家找个保姆。那时妈妈总说找个保姆好，爸爸说好是好对孩子培养独立生活的能力可不好，于是乎哥哥学会了煮饭炒菜做饼，哥哥进了大学丽妮也学会了下面条煮饭炒简单的菜。坚持孩子从小应养成劳动习惯、培养劳动人民感情的爸爸难道会是叛徒？丽妮不但感情上通不过在思想也通不过。过去她对出身于剥削阶级家庭的人说要划清界限，那时她觉得这事容易，现在她知道这不是一件容易的事了，瞧，爸爸成了叛徒她对爸爸却仍然充满感情。她划不清这个界限，她也不想去划，当然学校是不能去了，女中红卫兵团的活动是不能参加了，那也没有什么，待在家里做点家务管管云妮也一样。

大概是见她家开了灯，邻居轻轻敲门进来了。邻居告诉丽妮她家被抄了，爸爸妈妈都在单位，爸爸天天在挨批挨斗，妈妈则是走资派、叛徒的臭妖婆，造反派要她揭发批判反动丈夫，什么时候写出材料什么时候放回家来；而小妹云妮已被姨妈带去，这四间屋子还是姨妈来整理的，理完房间她带上云妮的一些衣裳和书包，和云妮一块走了。听完这些丽妮稍稍放心了，她忍不住又问哥哥回来过没有。

邻居说唯独没见过她哥哥继尘回家，想必他还在那里闹得凶吧。听说他参加的那个组织现在是全市响当当的红卫兵团体，和交大的“反倒底”、“红革会”，同济的“东方红”一样名扬四方。邻居说话时嗓音一直压得低低的，声音又短促又轻柔，说完没待尹丽妮道谢便匆匆告辞走了。丽妮知道她也是一位所长夫人，只因长期病休已逐渐步入家庭妇女行列。

这么说从此以后至少是短时间内甚至可能是较长时间内她就得一个人生活了，一个人煮饭吃一个人睡觉一个人过日子。云妮有姨妈照顾，哥哥是大学生自己会照顾自己，她当然只能一个人过了。妈妈什么时候回家？爸爸什么时候被放回来呢？他们不回来丽妮的米吃完了还有买菜买酱油到哪儿找钱呢？若是吃完了爸爸妈妈还不回来，她只有去找姨妈借钱来过日子了。

不知不觉之间丽妮发现自己必须变换一种方式生活了。这真不可想象不可想象，在北京回来的火车上她还感染着“文化大革命”热烈亢奋的气氛，下了火车回家路上她一脑子还是串联的收获，仅仅半天工夫严格说半天都不到，她却在这里算计着如何过日子、米吃完了拿什么去买的问题来。这文化大革命让人捉摸不透真捉摸不透，昨天不知今天的事今天难料明天的事，丽妮有什么办法她只好混，到了实在混不下去的那天，她可以锁起房门到高桥乡下尹庄去投靠爷爷和奶奶。那里是乡下总不会有人来骚扰退休的老头老太太吧！

一天光是做三顿饭光是盼着晚上到来睡觉日子实在难熬。一旦吃完了简单的饭，一旦闲下来没事干，丽妮就显得提心吊胆，她怕一个人待在家里时又冲来一帮造反派一帮红卫兵。她当红卫兵时觉得很正常很自豪，而此刻她想到红卫兵团有可能找上门来，心头就发怵打颤。她宁愿不在家让他们随便搜查随便乱翻，她想出门去躲避，却又怕去女中也怕在马路上遇到红卫兵团的人。

她是在这种情况下想去李青艳家的。她记得文化大革命刚刚开始时李青艳和自己一样积极，贴标语、游行、欢呼“十六条”的发表、破四旧抄家，李青艳甚至比自己干得还欢。但是自从应桑振业要求去抄过姜家花园以后，李青艳变了，变得对“文化大革命”的那些事冷淡了。丽妮为红卫兵的事去找过她几次，每次她都推说家里有事，要管小弟弟，要洗衣裳，要去买一段布料替妹妹裁内衣。当时尹丽妮心里还嫌她落后，难道管弟弟、裁衣裳、洗衣服比文化大革命还重要吗？只因为她俩平时相处得好，她没当面讲罢了。如今她不这样看李青艳了，她反而想，李青艳躲在家里当逍遥派也许是对的。

丽妮不喜欢去李青艳的家，她家条件太差，住的房子又破又小，兄弟姐妹又多，进屋去连个坐处也没有。往常去喊李青艳，她常常是坐电梯到六楼，然后走到七楼阳台上，站在那里一声声地喊。但现在，不去李青艳那里坐，她还能到哪儿去呢？

丽妮到了安乐大楼，还是像以前一样，在楼厅里等电梯。安乐大楼的一楼到六楼，除了二楼上的牙科诊所之外，其他楼层都是各个区公司的办公室，因此配有电梯。只有七楼到十一楼，才住着居民，熟门熟路的居民和来访者，往往先坐电梯到六搂，再往上头走。这是李青艳教丽妮的。

丽妮步上七楼，穿过幽暗的走廊踏上阳台时，正想张嘴喊一眼看到了李青艳和姜宾扬相对坐在两把小竹椅上。丽妮回身就走，退到走廊里，她又扪心自问，这是怎么啦？她不是把姜宾扬逐出自己的感情了嘛，她不是把那段友情当成过眼烟云了嘛，为啥一见他就那么冲动，一见李青艳和他坐着就大为不悦？噢，她应该看出李青艳对姜宾扬是有好感的，她怎么忽略了陶志雄毒打姜宾扬时是李青艳出面阻止的，她怎么忘了那次押着姜宾扬去公安局回来的路上是李青艳提议也给他买一块煎饼的？她真是太迟钝太傻了。怪不得李青艳对红卫兵团和学校里的事冷淡了，原来她已悄悄和姜宾扬接近了。

阴暗的走廊长长的，难免会有人路过，看见她站在这里人家会怎么想？丽妮必须拿定主意怎么办，是只当什么也不知道什么也没看见地走开呢，还是把他俩都当成同学进去打招呼？

走廊里有扇门响了一下，有人从家里走出来了，尹丽妮不能再木呆呆站着，她又一次走上阳台喊：

“李青艳！”

李青艳和姜宾扬两人显然都吓了一跳，他们不约而同回过头来。特别是姜宾扬又狼狈又尴尬，看得出他想笑又没笑出来，他站起来又坐了下去，继而乖乖地退到一旁去了。

李青艳的眼神也有点不自然，但她笑吟吟地迎着尹丽妮走过来扯住尹丽妮的手，朝姜宾扬说：

“都是认识的，我就不介绍了。那天我和丽妮是跟着你们学校那帮人进你家花园的，并不是有意去抄你家。”

这话是朝姜宾扬说的，话里还有抱歉的成分。尹丽妮就是从这句话里，认定了李青艳和姜宾扬并不很熟，也是在这刹那间，尹丽妮做了决定，要把她和姜宾扬过去相识并且有那么一段友谊的事，讲给李青艳听。

1971. 11

现在李青艳还记得尹丽妮讲起她和姜宾扬相识相恋时的眼神和语气，尽管尹丽妮故作镇静，李青艳还是看得出，尹丽妮的双眼熠熠闪光，尹丽妮的语气不时露出颤音。李青艳不是傻子，她看出来了，尹丽妮爱着姜宾扬，她早看出他俩多少是有点名堂的，她羡慕尹丽妮，竟然在丢失一架名牌相机之后，捡到了那一恋情，李青艳是做梦也碰不到那种罗曼蒂克的事情的。她的心里酸溜溜的，她竟和好友一起爱上了宾扬，她决定把自己按捺不住的感情埋葬，她要成全宾扬和尹丽妮，谁让她知道了尹丽妮家遭受冲击这件事了呢，人总得凭良心做事！尹丽妮是先给她讲爸爸被批斗、母亲被隔离、家庭被洗劫之后，再讲她和宾扬的事的。尹丽妮说她很后悔，觉得对不起姜宾扬。李青艳还能说什么呢？她只有替好友牵线搭桥为好友说好话的义务。她不但从这场感情的赛跑中退了出来，她还让他俩到她家阳台上来，他俩的家庭不是都不方便嘛。

李青艳至今不认为自己做借了，她一直认为这么做很高尚。虽然看到他俩在她家阳台上尽释前嫌亲昵交谈她的心里总是起着涟漪波纹，但她还是克制着躲到一边去了。

李青艳不明白尹丽妮这一回的感情是怎么陡然大变的，上一封信尹丽妮还请她打听宾扬为何杳无音信措词恳切，接着来的这封信却是这么绝情绝义，用的词句不但气恼愤怒还带着刻薄，李青艳读过后都不敢拿给宾扬看。

这一次宾扬到青坪寨来，纯粹是偶然地淋雨受感冒连续住了几天，真像是老天懂得李青艳的心事有意安排的。李青艳是知道姜宾扬在打狗湾的知青点的，她孤寂时多少次想到要去看看他，只因为中间横了一个尹丽妮她觉得不便前去，她只好从回娘家去的宋晓秀那里了解一点姜宾扬的情况。每次宋晓秀去后回来她总要问及姜宾扬，连宋晓秀这么个农村少妇都用怀疑的目光瞅她了，讲完姜宾扬的情况晓秀不时地拿话逗她几句，说得她脸红心跳极不好意思。

宾扬受冷发烧在男生寝室住下的这三天里，李青艳精心地服侍着他，想方设法让他尽快地痊愈起来。今天临睡前她觉察到他的眼神精力都比前两天好，且体温已降到38℃以下时，她的心又作怪地不安起来。她知道他一旦恢复健康就要回去，他一回去她又将孤零零地住在这三大间茅草屋里，前面是一个偏僻山乡的寒冷的冬天等待着她。冬腊月间的农活少，妇女的活更少，她怎么打发这些日子呢？她不敢想象。集体户里的男女知青们走光才半个月她已感到很难过，宋晓秀回娘家去时她厚着脸皮千叮咛万嘱咐要请姜宾扬来。他来了，虽然病了李青艳却觉得有事做感到充实，即使宾扬睡熟了她坐在床边编织线衫，她都感到踏实。他若走了她不敢想象自己会怎样痛苦难受，看着他走她一定会哭甚至哭出声来，这会儿只是想到他要走她都憋不住啜泣起来，怎么能入睡呢。宾扬在隔壁半夜醒过来她是有感觉的，她听到他的床“嘎吱嘎吱”响个不停，山乡里的竹笆床都这样一动就有响声。凭感觉她听出宾扬在床上坐起来了，他还拿起她放在他枕边的那只电筒照了一下，即使隔着帐子隔着一间屋李青艳都能看到电筒打出的光亮。他坐起来干啥？是喝水？没听见他端杯子的声音，是想方便还是……

李青艳的心“怦怦怦”一阵乱蹦乱跳怎么也无法安宁，她的脑子里乱作一团，浑身燥热燥热。他若是走过来了她该怎么办？她记得灶屋的大门每晚临睡前她都上了锁还顶上一根粗木杠子，但记不清自己屋子的梓木板门是否闩上了。以往的习惯她临睡之前都是随手闩门的，但是宾扬住下以后她怕他在病中半夜有事就没闩门，只是把门掩上了。昨晚睡下之前她神思恍惚记不清闩没有，她想起身去看看，又怕她这里一有动静让宾扬听到。若是闩上了他过来推门推不开怎么办？若是没闩他推门进来了又怎么办？那他们之间会发生些什么？

听天由命，只有听天由命。

李青艳闭了眼睛自己对自己默祷着。啊，他在起床了，从床上下来了，他穿衣裳没有李青艳没听到。他想干什么？她极力想分辨他的脚步声却听不见，寨上哪家有一条狗在吠，把他的脚步声淹死了。她听到了他开门的声音，男生寝室的两层竹笆一层牛屎敷的门，那门一开一关都有声音，“吱扭扭吱扭扭”的。这会儿他离她这间屋的门只有几步了，几步了！他真是疯了，黑更半夜想干什么？李青艳盼着自己的门是闩上的，那样他就只好乖乖地退回去、退回去。

“吱呀”一声梓木板门被推开了，这个该死的他真来了，他把门推开了。他想干什么？李青艳想惊叫一声想呵斥他想赶快坐起来命令他退回去，但是她什么都没做，她浑身软绵绵的一点力气都没有，只有心在狂跳像马蹄叩击路面像鼓儿乱擂像要从嘴里跳出来。

他来了，他走得很慢，可从门口到她床边也只有几步路。李青艳合上了眼睑只有装睡，她听到了自己的心跳自己的呼吸，她还听到他的手摸索着撩开帐了，她还感觉到他往角落里亮了一下电筒，随而马上熄灭了。她想他一定要借助光亮辨别什么。哎呀，他的脸俯下来了，她能听到他的喘息，她敛声屏息等待着，他若要上床来她一定劝阻他，她允许他坐在床边，点上一盏灯陪着她说一阵悄悄话，说一阵只有他俩才能听的话，她要央求他留下来多住几天。反正已经住了，就像闻讯来看宾扬的宋晓秀说的，一男一女两个人住在一起，寨上人还能不讲闲话？但管不了那么多了。李青艳的脸颊上痒酥酥的，宾扬在吻她了。噢，她浑身上下都因这一吻而起了某种变化，这是她长大以后接受的头一个男人的吻，她觉得他的嘴唇在她脸上停留了片刻，便离去了。她希望他再吻一下，不光是吻她的脸颊，还要吻她的眼睛，吻她的嘴，那时她就可以装作被他弄醒的样子睁开眼来让他点灯了，她为期待他的吻还微微启开了嘴。但是他的脚步声移开去了，他走出了屋子重新又拉上了梓木板门回男生寝室去了。李青艳听到他关上了男生寝室的门，听到他的竹笆床吱吱嘎嘎响起来。她想他一定以为她睡熟了什么都不知道。“哼，看他明天怎么拿眼睛瞧我?”

李青艳的神经松弛下来，她轻轻地出了一口气。直到此时她才明白，不仅他吻她她是会接受的，就是他伸出手来抚摸她，并要求上床来她也是会接受的。她无法抗拒他，她爱他，以后他再亲吻她，她一定要告诉他，她是多么幸福。

尽管有些遗憾，但李青艳的心还是踏实了沉静下来了，她终于弄清了宾扬也是爱她的。她蜷曲身子侧身安睡的那一刻，眼前又掠过尹丽妮的影子，但她心头坦然没有一点负疚。她已经让过尹丽妮一次了，这回不能再让了，她简直怀疑尹丽妮这些年来是否真心地爱着姜宾扬。她不相信隔开好久通一封信就能维系伟大的感情，那太靠不住太残忍了。况且崇明的农场里不是同样有很多小伙子吗?尹丽妮长得漂亮不会没有人追求的。而尹丽妮若真的同宾扬好起来了，两个人远隔千山万水，有什么幸福可言?只有她现在和宾扬在一起，那才是现实的，她要凄凉孤独地度过一个长长的冬天，宾扬也一样，他们同病相怜，他们要聚在一起互相照顾，互相关怀，在甜蜜的初恋中打发艰辛难熬的日子。倦意袭上来，身子很疲乏，李青艳却不在乎耽误了睡眠，她有把握了，明天她能留住宾扬，留他多住几天，她还有很多事很多话要问他。虽然他已被赶出了姜家花园、但她对富足豪华的姜家花园充满了好奇心，那次抄家对她的印象、对她的刺激太深刻了，她要细细问问有关姜家花园、有关他家的一切，对她来说，那始终是一个“谜”，一个诱人的“谜”。

1966. 11

姜宗豪从被关押的牛棚里放回来了，造反派放他的时候，照例疾言厉色地训斥他一通，只准他老老实实，不许他乱说乱动;并且通知他，在听候运动后期的组织处理之前，先把他每月六百元的工资，裁减为每月八十元。

回到姜家花园的这些天里，他贪婪地注意着马路上的巨幅标语，翻阅着自八月份关进牛棚以来两个多月的报纸、但他不敢到马路上看大字报，他怕被人看见，说他这个反动资本家乱说乱动窥测方向。

现随处看到的大幅标语，和三个月前已经有所不同了：

“万炮齐轰上海市委！”

“砸烂曹××的狗头！”

“打倒常××！砸烂杨××！揪出曹××！炮轰陈××！”

“把没病装病躲在幕后指挥的陈××揪出来示众！”

……

在成千上万“火烧”、“油煎”、“打倒”、“造反”的大幅标语中，在电线杆、梧桐树干、商店橱窗、长龙型无轨电车车身上，到处都能看到这样的标语口号。什么人都在喊“革命无罪、造反有理”，扩音喇叭一天到夜几乎是二十四小时都在吼叫，造反派讽刺嘲笑“保皇派”的保皇歌在弄堂里、马路上的中小学生嘴里唱得朗朗上口，赤卫队咒骂造反派是一批社会渣滓，揭他们底牌的大字报随处可见。工人在造反，学生在造反，商店营业员也在造反。商店营业员说他们虽然不是产业工人，但他们同样一无所有受资本家剥削，他们的成分应该是无产阶级，不应该是店员。连菜场里的临时工们，也在呼吁联合起来造反去，到处污七八糟一片混乱，似乎什么人都想从浑水里摸鱼。但是姜宗豪却从中看出来，这场无产阶级文化大革命的矛头，在不知不觉之中转移了，这一感觉在没放出来之前，他就有了。关在牛棚里，近一个多月来不是被几个草包造反队员吼来吼去搬砖头、拔钉子，就是进食堂洗菜、扫厕所。批判斗争大会少了，即使开，主要对象也不是他这样的资本家吸血鬼，而是厂里的党委书记、厂长一类实权人物了，造反派在批判他们执行了资产阶级反动路线。出了牛棚一看，更清楚了，造反派的矛头已经指向市委，指向原来当权的各级领导人——党委书记、公司经理、局长乃至市级领导。最有意思的是上海已经分成了两大派，造反的那一派新近拉起了一个山头号称“工总司”，据说有精兵强将三千；保市委的那一派是“赤卫队”，有一百万忠于人民的产业工人和革命群众。工总司造反的目的明确，旗子一打出来，就喊：“我们要夺权！”至于赤卫队，姜宗豪也明白，那一百万人基本上是以原来的单位、厂矿职工甚至民兵队伍为基础拉起来的，实力不强。夺权，夺谁的权？当然是夺掌握权力的那些人的权，不会夺到他姜宗豪头上来。从这个意义上来说，最大的疾风暴雨已经过去，以后的日子虽然难过，但比起已经过去的几个月，可要好些了。

好端端一个中国，为啥要掀起这场文化大革命呢？

习惯于思考政局，窥测风向的姜宗豪，现在比几个月前清楚多了。要把刘少奇打倒，看来是没有问题了，马路小报、商店橱窗贴出的大字报上，都附有北京人在那里批斗王光美的模模糊糊的照片，照片上的王光美颈子上挂了一大串破乒乓球，据说那是代表她出国时挂的项链。而文字略有出入的《炮打司令部》的大字报，也不时可以看到，刘少奇、邓小平要倒台，跟着他们的那条线上的大批干部，自然也要跟着下台，那是没有疑义的，一朝天子一朝臣嘛。仅止于此，也没必要把一个国家都搞乱，弄得学生全国到处跑，工人不做工，种田的农民都成立什么“农造司”啊。看来只有相信大字报上经常引用的最高指示了：

“中央出了修正主义，你们怎么办？很可能出，这是最危险的。”

“……少则几年，多则十几年，我们这个党就会变成修正主义的党，资产阶级的党，法西斯的党。”

毛主席这样认识形势，他又历来喜欢“大乱大治”的做法，加上下头总有一批唯恐天下不乱，一乱就来劲儿，一搞运动就能得利益的人，他们天生便以整人为职业，做梦也希望在批斗整倒别人的同时，攫到更多的利益，那么，这个国家不乱个天翻地覆才怪呢。上海这一个月里，几乎可说是达到了混乱顶峰，先是“工总司”成立公开同上海市委唱对台戏，随而是轰动全国的“安亭事件”。所有南来北往的火车都被卧轨的工人们阻挡在小小的安亭车站两侧，明明是这帮造反派擅离岗位，自说自话跑到北京去告状要求人家承认他们的组织，而当市委下达了停车命令，上万名乘汽车前去劝他们回沪“抓革命、促生产”的群众组织人员和造反派发生冲突时，造反派一面卧轨迫使南来北往的交通阻断，一面倒打一耙说来劝阻的群众组织破坏“抓革命、促生产”，因而使得安亭的人越聚集越多，造成全国性的影响，迫使中央表态。打着中央文革领导小组的旗号，坐着专车抵达安亭的张春桥，代表中央文革宣布了五条处理意见，满足了“工总司”的胃口，平息了安亭事件。十一月十四日，中共中央常委会议同意了中央文革对安亭事件的处理。十六日，毛主席的表态用大红纸抄出来贴满了上海滩的街头巷尾：

“可以先斩后奏，总是先有事实，后有概念。”

姜宗豪一下子看穿了事情的实质，在这件事上，毛主席不支持上海市委，反而支持刚刚拉起队伍的“工总司”。他老人家看来认为中国乱得还不够，还不到“大治”的火候。而上海人都快吃不消了。到了十一月二十六日，“捍卫毛泽东思想赤卫队”轰轰烈烈成立起来，不相信大红纸上抄出的“先斩后奏”是最新最高指示，公然提出：“坚决反对‘五条’！张春桥必须向上海人民低头认罪。”市长曹××似乎也没把原来的下级张春桥放在眼里，说那“五条”是大毒草……火药味越来越浓，越来越集中体现在一个“权”字上，姜宗豪心头暗暗叫苦，如此发展下去，两大派势力必会为个“权”字而大打出手冲突起来，而最终吃苦的，自然就是普普通通老百姓了。

姜宗豪预感到了这一切，加之姜家花园呈现的残败惨景，以及一家人的吉凶未卜，更觉忧心忡忡。妻子宋婕茵是完完全全疯了，疯得没一点正常细胞，夜半三更听她尖笑、惨叫和嚎哭那是常事。精神医院的医生说得一点不错，一旦复发，她的病会更加严重，这一回的疯癫症状，比起上一回来，更可怕得多了。父亲姜宇溟终于被后妈一家赶了出来。他们说要同这个老吸血鬼划清一切界限，把他赶出了陕西南路上的公寓，他回到姜家花园来了。老大宾汶好久不曾回来了，她也许还不知道父亲被放回了呢！而老二宾泓，除了两三天去一趟学校之外，整天心惊胆战地缩在厨房里，和老佣人邹素贞混在一起，甚至晚上都和素贞睡在一张床上。她嘴里说是怕妈妈夜里闯进屋去，可姜宗豪看得出来，她更怕随时会闯进姜家花园的红卫兵和造反派。姜宗豪现在不认为二女儿这么做有失体统、主仆不分了，他由衷地感到，现在这个家里，还少不了邹素贞这个老佣人，若是她一走，他真怕回家来连口热饭热汤都吃不上。老三宾涓自从离家出走之后，姜宗豪再没见过她，不过听说她还是和永吉里桑家那个小子混在一起。桑振中在造反，有流言传来说他混得还算得法，拉起了一支不大不小的队伍，一呼百诺，左右逢源，势力正在扩大。姜宗豪目前根本没有精力来管教三女儿，即便有机会，他也不会像初次听说宾涓和桑振中勾搭上以后那么恼火，命令她一刀两断。他的下意识里有着一种卑贱的脚踏两只船的思想，国乱、家败，眼看四下里无倚无靠，说不定桑振中闯出一条路来，什么时候还得仰仗仰仗他呢。

所有这些，说到底还是他的心病，他最大的心病是何翠卓和唯一的儿子宾扬。不论是关在达丰厂的牛棚里，还是放出牛棚回家以后，他始终不曾得到何翠卓的丁点消息。他大着胆子给她原先的办公室打过电话，电话里回说她在监督劳动，不准许接电话，随而又追问他是谁。幸好姜宗豪过去熟悉她接触的业务，回答自己是绣鞋厂外销科，对方才作罢了。她挨斗后身子有没有落下病，有没有关进牛棚，若是关进了牛棚她在荣自西路小院里的那套房子，是否被人强占去？她和他相好了十几年，偷偷摸摸、鬼鬼祟祟，从来没有好好享过福，到头来落个贱妇、荡妇，让众人耻笑众人骂的下场，姜宗豪一想起这些心头就犹如刀割针戳。唯一能自我安慰的，是她虽然出身不好，但她没有任何其他瓜葛和背景，红卫兵和造反派除了对她的作风问题批臭批倒之外，捞不到别的稻草，现在斗争锋芒既已向着“走资派”向着权力，她的处境恐怕要稍好一点。即使是监督劳动，她本来就在仓库，搬过来搬过去无非是那些出口的拖鞋、绣花鞋、尖头皮鞋、各式帽子、手套之类，活是不会很重的。最让姜宗豪过不去的，是儿子姜宾扬那双眼睛。在从牛棚放回家的那一个瞬间起，姜宗豪就感觉到宾扬这双眼睛的压力了。他和何翠卓之间那种事的败露，注定了他必将面对家人责备的目光。三个女儿的目光姜宗毫不在乎，她们都已有了各自的男人和对象，她们多少能理解。让他受不了的是宾扬，他还是个儿子，况且他闯见过自己和何翠卓在一起，早已用冷漠的举止和鄙视的目光表示过他的反感，结果自己还是栽在这件事上。那么宾扬心目中将怎么看待自己？他会不会原谅父亲？

从牛棚里出来有一段日子，宾扬除未喊过他一声爸之外，倒也不曾当面责问和埋怨过他，连言语之间指桑骂槐的话都没吐露过。相反姜宗豪看得出，儿子是在故意回避他，甚至连目光也不朝他望，于是乎他也极力不同儿子在一起，尤其是单独在一起，他忍受不了儿子那副神态。是的，他可以忍受造反派的批判、斗争、奚落，他可以忍受在不明真相的群众面前出丑，但是他忍受不了宾扬乜斜的目光。

他自忖，让漫漫流逝的岁月掩盖一切吧！他没料到，宾扬会突如其来地闯进他的屋子，宾扬会逼视着他，劈头盖脸朝他说出一阵令人寒心的话，叫他半天都缓不过劲来。

虽然抄家的狂风稍有平息，且上面还发出了关于抄家的什么规定，家里人都有股喘过气来的感觉，但是宾扬却仍觉得，“文化大革命”的风暴仍在铺天盖地地席卷而来。不是嘛，几个月前跑到他家来参与查抄的尹丽妮的家，现在也被抄了。她的家在宾扬的眼里，曾经是令人羡慕的革命干部、知识分子家庭，父母亲都是国家的有功之臣。还有，李青艳不时告诉他，副食店里的货色品种，一天比一天减少，像过去时常能见到的桂圆、柿饼、莲子、百合等物，现在都不见了。由于外地人的大量抢购，上海滩的肥皂、香烟都将凭菜卡购买。而离姜家花园最近的永吉里，被抄家的家庭在逐渐增多，在旧社会当过几个月警察的家庭被抄了，开过夫妻店的小业主的家庭被抄了，还有什么在单位上说漏了嘴讲错话的人家被抄，日记本上写了心里话的人家被抄……弄堂里不时贴出新的大字报揭露漏网地主、漏网右派和漏网的反革命分子，群众专政队的势力和雪亮的眼睛可以发现任何阶级斗争的新动向。

妈妈的疯癫发展到了让人忧心的程度。她的手臂上被红卫兵、造反派的皮带抽烂了，没有及时擦药水，发炎红肿化了脓，她又每天用手指甲去摸、去抓、去掐、去挖那溃烂的脓疮，以至那伤口一天比一天肿大，一天比一天骇人，天冷了，脓水淌出来和衣袖粘在一起，让人看了不忍目睹。

爷爷姜宇溟住回姜家花园以后，说陪她去看看病吧，没人接嘴。爸爸白天必须去厂里报到，早请示晚汇报迟到一分钟也不行。二姐宾泓害怕，生怕妈妈抓扯她的脸。老佣人邹素贞说妈妈脾气怪，她又走得快，万一她到了马路上疯跑起来，追也追不上，只怕会跑失了。宾扬早就想陪妈妈去看病了，只因为二姐说，医院里也在采取革命行动，不给“地富反坏右资”和叛徒、特务、走资派看病，去了要碰一鼻子灰，他才迟疑不决。

爷爷一开口，宾扬决心硬着头皮陪妈妈到医院去一次，反正不是看精神病，就看一下手臂上的脓疮，到街道医院去就行了。

一路上妈妈显得还正常，眼神都是温顺平和的。临行前邹素贞替妈妈梳了头，换了干净衣裳，还让她洗了脸。宾扬陪妈妈走着，妈妈那条没脓疮的手臂挽住宾扬的胳膊，母子俩和常人上医院没啥差别。除非细瞅妈妈的眼神，才会察觉她有点不对劲儿。

挂号处没让宾扬填写成分。看来二姐真是吓怕了，听说一所医院这么干，她一定以为全市的医院都这么干了。宾扬吁了口气，他最大的心事放下了。这以后只要陪着妈妈让医生诊断，请护士洗净疮口、上药包扎就行了。若妈妈答不上话，他在旁边代为解答一下。

医生和护士还真客气。他们查看了妈妈的疮口，没细问是怎么变成这副样子的，就相信了宾扬的解释：碰破皮后没及时治疗受到感染。宾扬陪妈妈去清洗疮口、挤脓水、上药膏时，一位中年妇女戴只大口罩问宾扬，你妈妈是不是还有其他病？宾扬见她两条眉毛细长细长说话十分和气，便如实相告说妈妈有精神病，时犯时发。中年妇女听说后主动提议，说现在扎银针疗效非常好，什么病都能治，也没有副作用，她听说其他医院用银针治好过精神病。“我们给你妈妈看一下，你愿意吗?”宾扬当然愿意。中年女医生连忙说她去安排一下，不久就拿来一张纸让宾扬签字。宾扬作为儿子自然可以代表家属签字，他还欣慰地想，今天这一趟没白跑，看来是碰上热心为人民服务的好医生了。他听说过银针大显神通连外国人也到中国来学的事，因此待妈妈包扎好疮伤就陪妈妈去了中年女医生那里。

妈妈表现得十分安详，一点没露出异样更没显疯态，她顺从地听着中年女医生的招呼，进屋后躺在病床上，几个医生护士围着她的病床，撩开她的衣裳，露出雪白的腰部。

宾扬不好意思朝那里望，只是远远地站在屋角落里。中年女医生拿出银针时笑着对宾扬说，如果扎一次稍有效果，请他隔几天就陪母亲来一次，他们一定给她随到随看。“文化大革命中”碰到这么好的医生真是少见，宾扬不住地连声道谢。

一切进展得顺利，哪晓得头一针刚刚扎下去，妈妈就尖声大叫起来，仰着脸就要往床下跳，不是旁边几个医生护士及时按住了她，医生连银针都来不及拔出来了。等医生护士们的手刚一放松，妈妈不知哪来的力气，早就一骨碌翻下床，撞开身前的医生护士，把一张三屉桌上的病历、酒精瓶、温度计、蘸水笔什么的统统横扫到地上，然后一阵风般冲出了诊断室，直往转角楼梯那头冲。

宾扬惊骇得连一声招呼都没打，赶紧追出去。他跑到转角楼梯时，妈妈已经冲下了楼，把楼厅里挂号的队伍冲开了，往医院外跑去。

宾扬急得大叫：“妈妈，妈妈你等等我!”

他想到妈妈悍然不顾冲到马路上乱跑乱撞，有可能撞到汽车上去，于是大睁一对惊恐的眼睛，撩开腿拼命地追。

还好，出了医院妈妈没直接冲到马路上去，她只是沿着人行道的边沿疯狂地边跑边惨叫，路人纷纷往一边避让，侧目瞅她，有孩子嘴里连声惊叫：

“疯子，疯子！”

宾扬粗声喊着：“妈妈，妈妈！”他注意到行人的目光都扫到他脸上来，他也顾不了许多，不顾一切地直追而去。

近了近了，离妈妈总算越来越近了。

妈妈一会儿惨叫一会儿狂笑，素贞阿姨替她梳好的头不知啥时全披散开来，真不可想象她怎能一边狂喊狂叫一边还跑得飞快。她的惊呼锐叫几乎吸引了所有的路人，连慢车道上骑自行车的人也停下来看她了。她的声音盖过了自行车铃声盖过了汽车喇叭和城市的噪音。宾扬终究年轻终究有一股爆发力，追过一条街他便追上了妈妈，他扑上去张开双臂就把妈妈紧紧抱住。妈妈根本不认识他，拿那只没伤的手打他捶他拧他擂他，一边打一边笑一边挣扎。妈妈的力气真大，只几下就同宾扬一道摔倒在地上。宾扬不管妈妈怎么掐怎么抓挠都不松手，跌倒在地还一声声呼喊：

“妈妈妈妈，我是宾扬，宾扬，是你的儿子、儿子啊！”

“你不是我的儿子，不是儿子！”妈妈大叫大嚎。围观的路人早已成一个围子站拢来，听着妈妈的嚷嚷，人堆里还冒出嘲弄的笑声。

妈妈张嘴朝宾扬咬来，宾扬下巴角让妈妈咬痛了又恼又急地哭喊起来：

“妈妈、妈妈……”

听到他的哭声妈妈安静下来，妈妈也哭了，她边哭边伸手抚摩宾扬的后背，宾扬极力抑制自己的悲痛让妈妈安静下来，然后试着扶起妈妈。人群里有人窃窃私议：

“发过了发过了，疯劲过去了。”

在众目睽睽之下宾扬扶着妈妈一步一步走起来，宾扬低垂着头不想让任何人看到自己记住自己，他更怕遇见熟人碰到同学，他难受极了伤心极了，他觉得丢尽了丑出尽了洋相，在几百个围上来的路人中他相信一定有永吉里的人有姜家花园附近的人，要不了多久他和妈妈在马路上在大庭广众之下丢人现眼的事就会在周围几条街上传开去。

宾扬越想越火越想心中越来气。妈妈落到这个地步全都是爸爸害的，他有了妈妈这样好的妻子偏还要在外头乱搞女人，终于刺激了妈妈使妈妈旧病复发。光是文化革命，光是红卫兵造反队冲进姜家花园来抄家，妈妈不会疯的。回到姜家花园时宾扬郁积了一大股怨气。妈妈已彻底平静下来显出极度的衰竭和虚弱，她几乎连路都走不动了，进了姜家花园就要瘫倒。邹素贞冲上来帮着搀扶妈妈。一家人全围了上来，爷爷姜宇溟、爸爸姜宗豪、二姐姜宾泓，他们都或用眼神或直截了当问怎么回事。

宾扬简单回答了几句，讲了一下妈妈陡然发作疯癫的过程。

当邹素贞服侍妈妈安静地躺下以后，宾扬才觉察天已黑下来快到吃晚饭时候了。此刻他根本没心思吃饭，他憋着一肚皮火直冲爸爸的房间，他要发泄他要同爸爸算账他要表示自己的愤怒和蔑视。他咚咚咚冲上楼，大踏步走近爸爸的屋子，“嘭”一声推开了门。门撞在墙上的声音吓得爸爸离座而起，脸也泛了白，他一定以为又是造反队、红卫兵冲来了。待定睛看清是宾扬，他一脸的惊愕，眼里掠过阵阵不安之色：

“你……有事……”

“都是你！”宾扬的手笔直地横举过来，指向爸爸，咬牙切齿地愤然道，“都是你害的，你害妈妈落到了这么凄惨的地步。你这不要脸的。”

爸爸的脸色一阵红一阵白一阵青，他始终在克制自己，两片嘴唇抿得紧紧的紧紧的。宾扬不想睬他的脸，转身就走。不料爸爸却在这时说话了：

“她不是你的妈妈，你不是她亲生的。”

不啻是一声晴天霹雳，宾扬缓缓地转过身来，紧盯着父亲：

“那你说，我是谁的儿子？谁的儿子？”

“你是……我的儿子……”父亲双手抱着脑袋，颓然跌坐在椅子上，勾垂着头，下巴抵紧了胸口。

宾扬震惊地瞪着父亲，他觉得这个爸爸既生疏又熟悉，既离他很近又离他很远。是的，宾扬几乎天天见着他，可他此刻又显得那么陌生。不，宾扬不能善罢甘休，他得问清楚，得明白他的妈妈是谁：

“那么，谁生下我来的？”

屋里一阵沉默。

“是你姑妈生的。”屋门口爷爷的声音突然响起来，他缓缓地一步步走进来，一只骨节凸出已见褐色老年斑的手，搭在宾扬肩膀上，还轻轻拍了两下，“你爸爸和妈妈一连生下了三个女儿，后来有了精神病，姜家花园没有儿子。而你姑妈姜宗瑛，恰好生下了你，由我提议，从你一生下来，就把你带过来养，成了你现在爸爸妈妈的儿子。”

姑妈姜宗瑛，那个在中学里教书的老师是他的妈妈！宾扬将信将疑地问：

“那么，宾成哥哥，就是我嫡亲的哥哥喽！”

“呃……那当然。不过，你从小就是在这里长大的。”爷爷喉咙里似堵着一口痰一样，咕噜了一声，才点头。

姜宾扬还想往下细问，花园里陡地喧哗起来，一个嘹亮尖脆的女人嗓门在吼着：

“哎，姜家花园的人都死光了？给我下来，下来。再拖拖拉拉我们要采取革命行动啦！”

二姐宾泓跌跌撞撞地跑进屋来，整个脸慌得全扭歪了，她把嗓门压得低低的，牙齿打架般颤抖着说：

“爸爸，他们，他们……永吉里居委会的群众专政队……来、来了！”

她说着一个劲直抹眼泪。

宾扬心里奇怪，他们来干什么呢？家都抄得差不多了，难道还想来捞一票？

1980．11

楼梯脚下有人在喊童玛雅，玛雅一时没听出是谁，连忙开了门请来人上楼，并给来人开了楼梯灯。她一个人闷闷不乐待在家里像嫁不出去的老姑娘实在乏味，巴不得来人聊聊消磨一点时间。

来人磕磕碰碰踏着楼梯上来了，玛雅没想到来人竟是冯永杰，是宾扬小学里的同学后来他们又一起去插队。这人还是那么难看，一张瘦瘦的刀条脸上已经有了细细的皱纹，那双大得有点怕人的眼睛半合着。她还记得十一年前是冯永杰把宾扬带来的，也是在那天夜里她没费多大劲儿就把宾扬拖下了水，和宾扬有了那唯一的一次性关系。她忘不了那一回经历，看见冯永杰马上想了起来。

冯永杰精神状态极佳，说话时神采飞扬，两只眼睛光波闪闪，嗓门都大多了。他说专程来找童玛雅是想请她陪同一齐去姜家花园，他要去还宾扬的钱。上个月电视机修理部开张时他张口向宾扬借了四千，店面开出来生意应接不暇，十来个人一个多月时间里净赚了六千多，要修的电视机特别是黑白机还在源源不断送来。玛雅一听喜出望外，这个人虽然长得难看但每回来都给她带来好消息。这一回她再没像对卢培蓓那样回绝，她要装得啥也不曾发生过陪着冯永杰去，看宾扬还敢当着他的面侮辱人吗？她要找机会向宾扬赔礼道歉，请他一定要原谅。她爱他她爱他发疯似的爱把他看成是她唯一该嫁的人。她不能任性、不能耍脾气胡乱发作了，她的年龄不小了青春不再来不能任性拖时间了。这些天来她的心一直在受煎熬受折磨烦躁苦恼不得安宁。她笑吟吟地请冯永杰稍坐片刻，说她换身衣裳就走，她要稍作打扮要充满信心。

两人踏着夜色走向姜家花园时，玛雅问冯永杰家中如何，他的父亲大名鼎鼎的冯天王和在烟厂当女工的母亲近况如何？冯永杰脸色阴沉下来说爸爸妈妈都死了，他们怎能从那场灾难中活出来，他们能活出来反而奇怪了。

玛雅连声说着对不起，心里暗忖本是无话找话谁知触到了他的痛处。

哪料到冯永杰倒并没放在心上，走几步脸上又开朗起来，他说现在一个人住永吉里一套房子，有一间前楼一间亭子间，前楼上还搭着一只小阁楼，在上海未婚男子中他的住房算是宽敞舒适的了。

玛雅问他为何不快点找个对象?

他说正想托你介绍一个，你的门路多交际广人头熟又是漂亮女人，和你在一起的肯定个个都呱呱叫。

玛雅问他想找什么样的人?

不料这个丑八怪开口就一鸣惊人，他说：“我和你也熟了童玛雅，我喜欢直来直去打开天窗说亮话。第一插队落户的姑娘我不要，她们都老了，是好花都开过了，这你听了别生气，你除外。第二我要找年轻的，只要二十岁左右，超过二十三岁我不要，过了二十三岁的姑娘没谈过恋爱那是骗人。第三我要漂亮的，漂亮得像电影演员像模特儿像童话里的公主，稍微难看一点的我都不要。”

玛雅使劲嗅嗅鼻子没闻到酒气，她再侧转脸端详一下冯永杰，他也不像在开玩笑说单口相声，他讲得一本正经，十分严肃。

玛雅心里说，你也不看看自己那张“番司”。但她嘴上道：

“那你有些什么条件呢?”

“我嘛，我有房子刚才讲过了，我还能满足愿意嫁给我的漂亮姑娘的一切要求……”

“一切要求?”玛雅想你口气好大。

“你不信?”冯永杰把脸转过来盯着她。

玛雅笑笑，一点头，表示确实不信。

“有什么不信的，一个月我这铺面就赚六千多，你想想，一年是多少?”冯永杰大言不惭地说。

玛雅想说这又不是你一个人的，十来个人呢！再说街道、里弄会看着你赚那么多钱不眼红?但她不想给冯永杰泼冷水，有时候一个人做做白日梦也是自我安慰。她在家不也睁大双眼经常想入非非吗?她答应一定为他留心，有愿意的姑娘马上通知他。

“一定要漂亮的。”冯永杰再次声明，他说这一辈子活过三十年了，他娘的三十年来一直让人看不起，这会儿时来运转他也没更大本事，偏偏要讨个花容月貌百里挑一的美丽姑娘当妻子，也好让人刮目相看。“否则，我为什么要来找你童玛雅。”他摆出一副非要活出个样子的姿态。玛雅这下才知道他来找她的真实意图，并不是只让她陪他去宾扬那儿，不过玛雅装作没听明白，还是很乐意地陪他去那里。

幸好，没有白走，姜家花园里有灯光，一揿电铃，小铁门“哐啷”一声就开了。扩音器里连问都没问一声，这个宾扬，也太粗枝大叶了，万一来一帮流氓或是小偷那怎么办？他一个人在家时可千万不能这样随便，她得好好叮嘱他。

但是进了底楼小客厅，玛雅不由得大失所望，她看到客厅里有好几个人，她头一眼认出的是尹丽妮，这个自以为有学问的女人几次把宾扬从她身旁夺走，她是在马路上撞见以后才晓得女人的妒忌是怎么回事的。结果这个不要脸的却又嫁给了永吉里的桑振业，那个趴在地上向玛雅磕头玛雅都只会朝他吐唾沫的臭家伙，只因为他的哥哥桑振中造反有功坐直升飞机蹿上去了，十足一个丑货现在读了研究生竟又厚着脸皮找上门来了，看到她玛雅眼睛里的血都要溅出来。另一个人还完全是个小姑娘，看上去只有十六岁，长得非常漂亮十分美丽，笑起来甜咪咪的像只粉嫩的苹果。冯永杰进屋后一直双眼直勾勾地紧盯着她，这个家伙大概就是想娶这么个小姑娘当老婆吧。可她是在宾扬这里，主动找到宾扬门上，她忿然地扭过脸去，她早应该想到的，和这么个姑娘比，她童玛雅即使再年轻再会梳洗打扮刻意化妆，她都将败在这样年轻貌美看去让人浑身舒服的小姑娘脚下。幸好小姑娘给冯永杰和玛雅各端上一杯茶来，自我介绍说她叫牙牙，她说宾扬舅舅出去拜访客人了，说好一会儿就回来的，请客人们等一等。玛雅这才一下子想起来，这是宾扬的大姐宾汶的女儿，真不敢相信，“文革”前扎着小蝴蝶结一副天使模样的牙牙，如今竟长成个大姑娘了。玛雅这才只把妒忌的眼角扫向尹丽妮，而不再对牙牙耿耿于怀。她有点神经兮兮了，看见女人在宾扬身旁就吃醋。还有一个人玛雅不妒忌，牙牙给冯永杰和玛雅介绍说这是宾成舅舅，他在外地工作，回沪探亲顺便来看望宾扬舅舅。玛雅极力显得彬彬有礼地和他打招呼，是姜家花园的人她都尊重，她晓得他们都是姜宇溟老爷爷的儿孙骨血，是宾扬的亲属。

众人有一句没一句地闲扯着，听得出都无深谈的兴致，他们都在等待着主人的归来。唯独玛雅感觉得出，坐在对面的尹丽妮不时把嫌弃和不甚友好的目光向她扫过来，她也不客气地蹙起眉头，厌恶地瞅着对方。玛雅从来没像今晚这样注意自己的坐姿，留神自己的风度，她不时睁大双眼直视尹丽妮，心里忖度着："哼，我就这样坐着，看你找宾扬有什么事，看你还要出点什么花样来勾引宾扬？你是个嫁了桑振业又离婚的女人，还指望宾扬娶你吗！休想，贱妇！"

尹丽妮是觉察到玛雅咄咄逼人的目光的，她和冯永杰两人一进来尹丽妮就猜出她是谁了。冯永杰是谁尹丽妮知道，嫁给桑振业之后她也时常出入永吉里，知道他和桑振业、姜宾扬是小学同学，又是永吉里赫赫有名的冯天王之子。原来他插队，现在想必也已回来，只是不知他在哪儿工作。她主动和冯永杰聊起来。冯永杰马上答说他在开电视机修理行生意很好有发展前途，进入八十年代上海滩的黑白电视机进入千家万户，以后电视机往大屏幕往彩电发展，他的修理行可以发展成修理中心，甚至有自己装配电视机的可能。尹丽妮点着头，不时端起茶呷一口，她刚来时牙牙斟茶介绍，这是最好的碧螺春，又嫩又清香，一斤茶须用六万个茶叶头制作，泡的时候必须先倒开水后放茶叶，否则那细嫩的茶叶会给冲烂。尹丽妮没想到喝杯茶竟有如此大的讲究，她喝了几口才知道这茶味儿确实不一般。姜家花园的子孙注重享受必定是无师自通的。尹丽妮脸朝着冯永杰听他滔滔不绝大讲电视机的种类、电视机的发展、电视机的修理装配、电视机的晶体管线路电子管线路，神经却是绷得紧紧的留神着玛雅扫过来的目光。这个女人虽然放荡虽然有着坏名声可她实在漂亮，怪不得宾扬在山乡会被她迷住。瞧她那睨人的样儿，一个眼风只怕就能把男人勾引过去，当初她在那样偏僻荒凉的乡间要把宾扬抓在手里还不是易如反掌！是的，尹丽妮那时候是听了回上海探亲并活动读了工农兵大学的桑振业的话，相信了桑振业讲的一切。谁听了不相信呢？她当然恼火当然愤怒，她毅然决然割断了与宾扬维系着的书信联系和最后一丝感情联系，那时这么做固然不全是嫉恨和受骗的感觉，还有更为实际的考虑，但至少听信他人之言也是一个不可忽视的因素。直到李青艳的户口办回上海决定同她悉心照料的那个男人结婚时，尹丽妮去好友那里贺喜，她才知道这件事有诈，宾扬在农村恰恰没和童玛雅搞在一起，他也没有收到过她一封一封连续发去的五封信。李青艳几乎是噙着泪恳求丽妮同宾扬好下去，可那时尹丽妮已接受了桑振业的爱情，投入了这个工农子弟的怀抱欲罢不能了。那回尹丽妮瞅着李青艳谈起宾扬时的神态心头也升起过凝云，她为啥话音发颤眼神发亮说到最后还垂下泪来？尹丽妮晓得李青艳对宾扬是有感情的，她目光犀利地盯着她问："你和他在一起插队为什么不同他好？"哪晓得李青艳浑身颤抖泪如雨下地承认，她若在乡间住下去她会爱他甚至和他住在一起过日子，但她的户口已办回并且为此付出了代价，她不能光顾爱情而不管生活了。尹丽妮理解她，难道自己不也是这样吗？人都在生活的实际利益中周旋，若不是爸爸的"亮相"、"结合"要由桑振业的哥哥桑振中说了算，若不是她从崇明农场回沪上大学得仰仗桑振中的门路，她不可能接受桑振业的爱情。类似桑振业这样精明能干、自视很高，却又非常利己的男子在尹丽妮的身旁太多了，她是抱着将就的态度接受这种婚姻事实的。现在她不得不承认，那年头她毕竟太年轻毕竟幼稚，很多事情人都是在亲身体验碰了壁之后才会接受教训的。她哪里晓得爱是不能将就的，特别是她这种对精神生活要求甚高的人，"将就"成为她走错路的开始。可话说回来，又有几个人不是在生活中以实际利益的标准来为人处事的呢？不能想象的是，经过了这么折腾她会以一个客人身份难堪尴尬地坐在姜家花园陈设典雅、富丽堂皇的客厅里，而十四年前的初恋还让她久久不能忘怀。上次电影院门口的重逢激起了她心头的波澜。是的，她在读研究生期间不乏追求者，这回追她追得最凶且她也不讨厌的那位是个书呆子，八百度的近视眼镜使这人干什么都有股笨拙滑稽的神态，但就是他写出的论文频频得到指导老师和教授们的称道，学校还风传将送他出国深造。而他呢，他对丽妮说即使学校不送他也能办成自费留学手续，他的父母在美国有关系，他的舅舅、舅妈都在美国，他的父亲也有同学好友在那里执教。尹丽妮再笨再傻也听得出，他的言外之意是只要她答应同他共结百年之好，她今后出国是不成问题的。丽妮来找宾扬时给自己寻找的就是这么个理由，她想把这一切都坦率地告诉宾扬征求他的意见。其实她完全知道这是自欺欺人的理由，自从遇见宾扬之后她的脑子里时常浮现出他的形象。十几年来尹丽妮接触的青年男子并不少了，崇明农场里的、上海社会上的、高等学府中的，她还没遇见过一位像宾扬这样好的人。唉，女人为什么非要等到了三十岁才会知道自己究竟要个什么样的男人？她不想和宾扬在人生的道路上失之交臂，她想只要有希望得再争取一次。如果宾扬说出国很好，他看不出有什么不妥或者不表示任何异议，尹丽妮便准备认命，跟着那八百度的书呆子远涉重洋去体会一下另一种人生。如果宾扬挽留她或是说出（哪怕仅仅只是透露）一点惋惜的意思，她后面的话就好说了，她就可以逼他有个态度了，事情也便会明朗起来。

尹丽妮就是抱着这一目的硬着头皮到姜家花园来的。揿电铃的时候，她情不自禁想起那次随桑振业来这儿抄家的情形以及她发现姜宾扬是这幢花园洋房的小主人时引起的震惊。如今她辨别是非的能力已大大提高，想到宾扬和她相识相交始终瞒着家庭巨富的时候她心里就感动。这些年来看够了那些浅薄的青年为一点成就沾沾自喜，为身居舒适的工作岗位自鸣得意，为稍有点财富便目中无人，为家中有一间可以辟作结婚用的屋子在恋爱中挑肥拣瘦，为升级加工资而兴高采烈，为……哦，和所有这些人比起来，姜宾扬是多么高尚多么有道德，况且他那时也处在出风头的年龄，他可以表现阔绰让人时时处处感觉到他的身份，可他没有他没有，他是一个多么好的人，丽妮竟会恨他鄙视他！

想到这点她至今还悔之莫及。

进入姜家花园听说宾扬出去一会儿便回来，她决定耐心等待，她下这一趟决心不容易，她不能草草收兵。在客厅里见到宾扬的表哥宾成见到他的外甥女牙牙，尹丽妮大有世事沧桑人生不再来之感，当年抄家时她看到的宾扬的爷爷、宾扬的母亲和老佣人一个都不在了，唯有英国式露出木结构的花园洋房依旧，偌大的花园草坪依旧，室内布置更有焕然一新之感，壁上新贴了吊灯光影里泛出好看的颜色的墙布，沙发一变当年硕大笨重牢实的陈旧感而显得灵巧自如仍不失典雅，门窗重新安装刷漆连纱窗也全是新的，那只大吊灯的式样更是造型别致亮闪闪令人眼花缭乱，比起当年抄家时被陶志雄野蛮地打碎的那一只，又要好看几分。

尹丽妮没想到会在这里撞见童玛雅，从童玛雅跟在冯永杰身后一进客厅尹丽妮浑身便不自在，这么说她至今还在姜家花园自由出入，瞧她那样儿傲然自得仿佛就是姜家花园的主人。尹丽妮头一眼看见她心里就反感。听，她这会儿在同宾扬的表哥谈起投资的事来了，说什么落实政策得到了大笔钱的资本家们退休之后成立了爱建公司，现在正筹集资金准备干点事业。这些人经商、开厂、做生意有一套，门路又多又广，钱投进去比存放在银行里的利息高多了，她想建议宾扬拿出一笔钱来投资。从她一面讲话一面斜眼过来的神态看，尹丽妮总觉她充满敌意的目光中透着鄙视，而那些话也故意在讲给她听，表明她童玛雅和宾扬之间的关系非同一般。

童玛雅愈是显示出这副样子，尹丽妮心头愈是反感。本来她想若等得时间太久仍不见宾扬回来，她就留话或是留条告辞，顺便把宾扬的电话号码抄下来，这会儿她执拗地坐着，非要坐等到宾扬回来不可，她不能在童玛雅面前输这口气。

只是，姜宾扬到哪儿去了呢？牙牙说舅舅走的时候没讲，只说是同人约好了，让她在这里代他接待一下宾成舅舅，他去去就回。

跟着卢培蓓走进安乐大楼，顺着晦暗的楼梯逐级上楼，宾扬的心头真是百感交集、慨叹万千，当年一次一次到这里来的情形历历在目。那时他是抱着希望而来，是心头萌动着感情而来，是有一股不可抑制的欲望冲动而来。如今他却是来探望一个在感情上背叛了他的女人，探望一个濒临死亡的人。他随卢培蓓穿过那条熟悉的到了夜里亮着昏黄的灯光可以辨识道路的走廊，踏上七层楼的阳台。阳台上那两间板屋依旧，窗口透出灯光。宾扬进去准备着遇到满屋的人，他晓得李青艳的父母健在，她的兄弟姐妹又多，却不料里外两间屋都静悄悄的。踏进里屋里，从床头边站起一个二十来岁的姑娘，卢培蓓介绍说这是李青艳的妹妹。姑娘淡淡一笑，连忙倒了两杯茶，无声无息地退出去了。

卢培蓓说，听说他答应来了，李青艳特意要求家人都离开的。现在她的任务也已完成，该走了。宾扬想阻止她，她却转身就出了屋子。宾扬想追出去喊她，让她在门外稍候，躺在床上的李青艳说话了：

“宾扬，你坐。”

宾扬拉过一条板凳，坐在李青艳的床边。李青艳变得太厉害，电灯光影里，她的脸清瘦苍白，无一丝血色，微微一笑，只看见一张皮。宾扬震惊的同时心头顿时生出怜悯之情。来之前他只晓得李青艳膝盖骨里生的瘤动过手术后，这几年里竟然恶化，确诊为骨癌，而目前癌细胞也已扩散，无药可救了。他没想到她会这么惨，惨得令人骇然。他的心头本还存着好多疑问，他本来还想在她临死之前搞清楚，她当年为啥那么突然背叛了他。现在他什么都不想问了，什么都不想知道了，他只想在她的床边坐一会儿，看她有什么要求，听听她还有什么话讲。恐怕，像来之前所想的，稍坐片刻，仅仅是表示一个意思，那是不行了。他面对的是一个走近死亡线的人，哪怕姜宾成傍晚打电话来说晚上到姜家花园，宾扬也只得让牙牙多陪他一会儿，他要在这里多坐一阵，陪一陪李青艳，毕竟他是爱过这个人的。她当年虽对不起他，但如今他不能这么无情无义。

“宾扬。”李青艳又在唤他了，声音虚弱得几乎让人听不清，“我要死了，我晓得的，我活不了多长时间了，这是命。临死之前，我……我只有一桩心事放不下，那就是……是……我对不起你……”

泪水从李青艳眼眶里淌出来，顺着她清瘦苍白的脸颊往下滚落，扑簌簌滴落在枕头上。她的头枕在松软的凹陷下去的枕头上，被子几乎拉齐到她的脖子，说话时她一次一次挣扎着想昂起头来，神情显得特别可怜。

宾扬浑身紧张地盯着她，不知如何劝慰她是好，他只能讷讷地道：

“你不要说了，你也不要动，我……我没有责怪过你……”

他这完全是安慰她的话。他没对任何旁人谈起过李青艳的背叛，一个姑娘甩了他，他哪里好意思四处对人讲，但他心里是怨她责备她诅咒过她的。

“我晓得的。”李青艳竟然相信了，她的一只枯瘦的手风中落叶般颤抖着往宾扬跟前伸过来伸过来，五根纤细的骨节分明的手指，想抓什么东西。宾扬明白了她的意思，连忙把自己一只手伸过去。她抓住他的手之后就往身前拖，宾扬只得更靠拢地坐近去。他感觉到她的手冷冰冰的，仿佛血液的温度已骤然降下去。李青艳的双眼睁大了，晶莹地闪着波光：“就因为你从没有怪过我，就因你没来骂……骂过我，我的心头一直存着这件事。”

说话使她费了很大的劲，她轻吁着气，合下的眼睑蝉翼一般在颤动，胸脯也在微微起伏着。

宾扬望着她，他不晓得怎么办，在人生的道路上，他还是头一次经历这样的场面。

李青艳又睁大了眼睛，她细长细长的眼睛里充满了泪水，睫毛稍一眨动，泪珠就会落下来。她叹息了一声，说：

“看得出，感情的火焰，在你心里是彻底地熄灭了。”

“呃……”宾扬不安了，他想否认，想说他还记得她或是能够安慰她的话，但他的嘴巴张了张，却没说出声来，他不能违背自己的良心欺骗一个临死的人。

“可我……”李青艳仰起脸来，双眼一动不动地盯着天花板说，“说来，你也不会相信了，算了吧。”

泪水又如泉涌一般溢出她的眼睛，那泪水淌过她苍白寡瘦的脸时，深深牵扯着宾扬的心。宾扬用那只没被她抓住的手，掏出一块手帕，侧身靠近小心翼翼地拭着她脸颊上的泪。李青艳啜泣着，温顺地转动着脸庞，任凭他给她轻拭泪水。她喘息着道谢：

“谢谢，宾扬，谢谢……”

宾扬重新坐下时，她冲动地把宾扬的手拉到下巴底下，两只手紧紧抓着，柔声问：

“宾扬，你还记得我们俩在乡下的那些事吗？还记得吗？”

“记得。”宾扬低声答着，不忍心久视她那张瘦得怕人的脸，把目光移开了。没有灯罩的电灯光，把他和李青艳的身影映在墙上，不住地晃动。这回他没骗她，他确确实实还记得乡间的那些往事。

“记得，记得，我也记得。”李青艳的脸上泛起光泽，用向往和动人肺腑的怀念语气说，“宾扬，我要告诉你，那……那些日子，是、是我这一辈子度过的最……最幸福的日子。真的，真的。”

宾扬庄重地点着头。他能不信吗？当初，他也是坚信的。

1971．11

宾扬在青坪寨大病初愈的那天，天晴朗开了，一早晨的太阳，催开了岭腰山巅上飘飘悠悠的蒙纱雾，凉爽中带点儿暖意的山风，吹跑了笼罩在空中的乌云。

这在山乡的深秋是难得的好天气。

他决定要趁天晴气爽，回打狗湾去了。身子虚，走走歇歇，万一走迷了路，偏了道，还要向人打听打听。宾扬想吃过早饭就走，那样就有一整天的时间来对付漫长的路途。

起床走进灶屋，李青艳已经从井台边担了一挑水回来了。宾扬瞅她一眼，她的双眼含着笑意，脸上却涨得绯红绯红，连忙把脸转开去了。

宾扬不觉一怔，昨晚上他偷偷摸进她的寝室吻她的一幕，顿时闪现在眼前：躺久了，睡不着，想到这次病倒在青坪寨，全靠李青艳的悉心照料，说不清是对她的感激、对她的爱，还是感情的冲动，宾扬蹑手蹑脚坐起身套上毛衣和棉毛裤，拿着一只电筒，大着胆子走过来了。他起先还带着一点失落心理，怕她把门闩上了。当他试探着一推她的门竟然开了时，他就揣着怦怦狂跳的心迈过了门槛。亲吻她的那一瞬间，她熟睡中微烫的脸颊和自然松弛的细腻的皮肤，几乎使他不顾一切地扑上去。但她的呼吸声提醒了他，他顿时感到她是个活生生的人，一个有自尊的人，他不能趁着她酣睡浑然不知时占有她，那是卑鄙的可耻的，那对她简直是一种罪恶。宾扬仅仅只是吻了她一下便依依不舍地退回去了。

他以为这一切她丝毫不知道，而且她永远也不会知道。可当他俩的目光刚一相碰时，宾扬就晓得他错了，昨天夜里她一定没有睡得很熟，他吻她的时候她肯定有了感觉，否则她不会显出那副不自然的羞涩娇怯的模样。宾扬不敢再望她了，他的心里阵阵不安，不知李青艳将作何想。但他又隐隐约约察觉到，李青艳当时没有拒绝他喝斥他，见了面也没责备他埋怨他，那么她好像是默许了这件事。

吃早饭了。她煮的是菜粥，先做成稀饭，放进盐、猪油、味精和一小点酱油以后，在最后一滚时放下霜打过的白菜。粥盛上来时，菜叶还是绿的，很有几分诱人。

喝了半碗粥，宾扬挑起话头，说天气转晴了，他想吃过早饭回去。说完他等着李青艳表态。

李青艳不吭气，默默地喝粥，灶屋里静静的，院坝里有只母鸡在咯咯地叫。过了一阵，她才说：“你全好了吗？二十五里山路，你一气走得回去？”

宾扬说完全好了，他一起床就量过体温，一分热度都没有了。至于走路，那不在话下，在打狗湾出工劳动，挑着粪还要走好远呢，空甩着两只手走，慢一点三个小时准到了。

李青艳伸手过来，在他额头上摸了一下，她做得那么自然，完全像个姐姐在对待小弟弟。宾扬笑了一说："没骗你吧，是没有热度了。"

她说吃完早饭再讲。

收拾干净碗筷，宾扬又一次走进男生寝室，想看看有什么忘了带的东西，他看到被窝还没折叠，连忙去把被窝折起，把床铺整理干净。收拾完了走到灶屋里，不见李青艳从女生寝室走出来，也朝里面望了一眼。

李青艳坐在自己的床沿上，默默地垂着眼泪，不时用手帕拭一拭眼角。

宾扬愕然地走近她身旁，声音低柔地问："你怎么啦？青艳。"

他自己也不知怎么把她的姓省略了。

她赌气般说没什么，啜泣出声了。

宾扬的手搭上她微微耸动的肩膀："那……那你怎么哭了？"

"你别管！"她伸手撩开了他搭上她肩膀的手，脸也不抬地说，"你走吧。"

"你不送我出寨子？"

她不答，嘤嘤地哭起来。

宾扬心里一阵慌乱又一阵不安，他不知如何劝她只是伸出双手托起她的脸，俯下头去就想吻她。

李青艳回避着他左躲右闪。她愈是这样宾扬愈是显得固执显得坚决，他先在她的额头上胡乱吻了一下，继而出其不意地吻着她的两片嘴唇。李青艳先是不情愿地哼了一声，直到宾扬紧紧搂住了她，她才顺从地缩了缩肩头偎依在他的怀里。宾扬一忽儿工夫就感到她那两片温热的薄薄的嘴唇有了回应。他们热烈地吻着吻得又久又长几乎喘不过气来。

当宾扬移开脸端详她的时候，她的脸上挂着泪痕，微眯着眼睛轻轻晃了一下头，幸福地轻吁了一口气，又一头埋入他的胸怀，伸过双臂来环抱着他的脖颈微喘着说：

“宾扬，我喜欢这样。你亲着我的时候，我快活得想哭。”

说着她冷不防热烈地亲了宾扬一下，由于动作太急，咂出了轻响。

宾扬张开双臂拥抱着她，把她抱离了地面兜了一个圈子。她在他的肩上捶着：

“放下，放下，你要累的，我那么重。”

他把她放下来，两人紧紧挨着坐在床沿上，宾扬倚靠着她折起的被窝，她仰着脸倒在他的怀里。宾扬的双手轻抚她的脸颊、额头、下巴、鼻梁时，她不时嗅着他的掌心，羞怯地吻一下，嘴里喃喃着：

“宾扬，真幸福，真幸福。”

宾扬被她的轻言细语和微喘的呼吸声激励着，把自己的脸俯下去和她烫乎乎的脸贴在了一起。

寨子上有个妇女在尖声落气地呼喊娃崽：“小老四，别忘了放牛。”

李青艳像被这声吆喝提醒了，她坐起来，捋一捋鬓发，轻轻捅了一下宾扬：

“去，把门闩上。”

宾扬明白了她的意思，走过去闩上了女生寝室的门。李青艳抽出一张报纸，利索地把泥墙上的玻璃窗遮住了。

茅草屋里，遮掩了窗，幽暗得如同夜间，唯有透过泥墙的裂缝筛进来的一小条一小条光束，告诉宾扬这是白天。荒凉的偏远的村寨安宁沉寂，在这里没人会来干涉他们，没人会来窥视他们，他们是安全的，他们只有两个人，一男一女。宾扬被这种环境鼓励，心头充满了膨胀的欲望，他带着体会的情愫亲吻着李青艳。李青艳微闭着眼，轻喘轻哼着，不时发出某种满足的慨叹：

“宾扬，你爱我吗？宾扬，你爱我吗？”

“爱。”

“为什么为什么？”

“你的身上有股说不清的什么东西吸引着我……”

“真的吗真的吗?”

“真的。”

“噢，宾扬，我真快乐!”

宾扬浑身的血液沸腾得像泛滥的洪流。他的手紧张得发颤，现在他知道李青艳也是爱他的了，他不消担心她会拒绝他呵斥他了，他心中还在升起更大的欲望，他和玛雅是有过那种事的，现在他也强烈地想和李青艳有这种事。是的，玛雅离开了他尹丽妮离开了他，他身边只有李青艳还爱着他了。他在又一次和李青艳久久相吻时把手移到了李青艳隆起的胸部，李青艳没有扒开他的手，他就轻轻地摩挲起来，隔着几层衣裳轻轻抚摸着。李青艳微启着嘴，似乎什么也没感觉到，只是把眼睛瞪得老大。宾扬觉得她的模样她的神态美极了，他把额头抵着李青艳的额头，低声地请求着:

“青艳……”

“嗯?”她特别警觉。

“我……我想摸摸你这里。”

说话时他微微用力压了一下她的乳房。

她叹息似的轻吁着，脸涨得通红通红。当他极力想看清她的眼神时，她把双手举起来捂住了自己的眼睛，嗓音发颤地说:

“你想怎么，你就怎么……”

她说得那么含糊，但宾扬全听明白了。他尽量轻柔地把自己的手伸进她的毛衣，伸进她的内衫。他的手有点凉，他很快触摸着了她的腹部，柔软温热的腹部，他在她的腹部来回揉了揉。李青艳敛声屏息，一点表示也没有。他又把手往上伸，一下子摸住了她的乳房，食指触到了她的小小的乳头。李青艳呻吟似的哼了一声。宾扬展开巴掌，在她的乳房上轻搓轻揉着。李青艳的眉头一会儿蹙紧一会儿又倏地舒展开来，两只细长细长的眼睛瞪得雪亮雪亮，她局促地呼吸了两下，双手捧住了宾扬的脸，低低地轻唤着:

“宾扬，宾扬，我要告诉你，我喜欢你这样，你摸着我我真舒服，真的舒服，来、来!”

宾扬全身袭遍了不可抑制的兴奋和欢乐，他颤栗地吻着李青艳，李青艳的嘴张开了，轻轻咬着宾扬的嘴唇。哦，宾扬从来没有这么激动这么亢奋，尹丽妮和他好过玛雅甚至和他有过那种事，但对她俩却都不像对李青艳这样爱得奔放爱得狂烈，在李青艳的轻唤、鼓励和迷醉的情态中，有着她对他无限的信赖和一种崇拜的感情。他撩起了李青艳的衣裳，想看看李青艳裸露的身体。

李青艳半坐起来，双眼喷吐着醉乱的光亮问：

“你想看看吗？我给你脱了吧！”

宾扬感动地瞪着李青艳，她太让他惊奇太让他不知所措了，他的心在嘭嘭乱跳着，几乎是目瞪口呆地盯着她。

当她赤裸着上身双手自然下垂坐在他面前时，他觉得眼前金光银光交相辉映着，心如同大风吹落的枯叶在空中狂舞纷乱。她的嘴微微努起瞅着他，双眼灼灼发亮地顾盼着他。他看到她的皮肤光洁柔滑，耸起的乳房雄赳赳地鼓胀着，身子稍一动，那两只乳房就轻摇轻晃起来。宾扬心头一阵浮躁，神经无以自制，他扑了上去紧抱着李青艳哼哼地说：

“这样子，你要冷的，你会着凉的，我们躺下、躺下吧……”

他没听到李青艳的任何表示，于是便自作主张地拉开了她的被子，随而急急地解着自己的扣子。

当宾扬赤裸着身子上床拥抱着全身温暖柔滑、阵阵发颤的李青艳时，他神魂飘荡，他贪婪地嗅着她身上那股姑娘的肉体气息，他那么近地看着她灼灼放光的两眼、看着她波动起伏的胸脯、看着她随着呼吸微微扇动的鼻翼。他觉得心醉神迷，整个灵魂都随之骚动起来了……

不晓得过了多久。不知道是中午还是下午，或者是早上，反正是一辆马车的轱辘滚过高低不平的麻石寨路时隆隆的响声惊动了他们两人。宾扬和李青艳昏厥一般搂抱着，纹丝不动，只有两对眼睛，睁得又大又亮。赶马车的汉子，正在寨路上粗声粗气地讲着他从外头听来的趣事：

“嗨！开会天天祝他永远健康的那个林彪林秃子，偷了三只鸡，跑到外国去，摔在河里头死了。街上都有人在悄悄传哪……”

宾扬俯脸瞅了李青艳一眼。李青艳咕哝着：“专门胡说八道，林彪那种人还会偷三只鸡，乡下人拉开嘴巴乱讲。”

宾扬皱着眉头道：“前几天公布了《公安六条》，哪个还敢指名道姓骂林彪，既然有人传，说不定是出事了。”

李青艳不想讲这种话题，她说林彪逃没逃我们都得住在乡下。她双手扳住宾扬的肩膀，问：

“还走不走了？”

“要走……”

“你坏！”她轻轻捶他的胸膛。

“但不是今天走。”

“明天也不要走。”

“一天一天住下去，你不怕人说？”

“怕啥？知识青年谈恋爱，农民都不管。他们说你们城里人就这个样，骚在外头。”李青艳贴紧了宾扬的身子接着说，“我们知青点，几个人都有对象。农民还替我着急，问我，你咋不赶紧找一个。现在我找着了，他们会管我吗？”

宾扬点了点头：“那我们出去转转，到周围玩玩。”

李青艳伸出两条光裸的臂膀，紧抱住宾扬的脖颈，撒娇说：

“今天哪儿都不去了，今天就这样，休息。你给我讲点好听的，讲讲你的家，讲讲你们姜家花园。哦，我头一回进去，真觉得你家是座宫殿呢！”

宾扬苦笑了一下说：“那早不是我的家了。我们家被勒令赶了出来，不是刚抄家时赶的，是在隔开几个月以后赶的。”

拥抱着心爱的李青艳，宾扬低声地给她讲了起来，讲着那些辛酸的经历，讲着她很想探究一番的姜家花园。

哦，姜家花园的灭顶之灾，就是从被勒令搬家的那天夜里开始的。

1966. 12

这一次是被彻底扫地出门了。那天夜里宾扬在盛怒中听说自己不是妈妈宋婕茵的儿子，而是姑妈姜宗瑛的儿子时，完全给眼前的事情闹糊涂了。正当他想进一步追问解开疑窦时，永吉里居委会的群众专政队闯进了姜家花园，以方菊莉的母亲和陶志雄的母亲为首的居委会干部，和凶神恶煞般挥舞着棍棒的专政队员，当众向全家人宣读了勒令，并且贴到了墙壁上。同时，他们威逼老佣人邹素贞立即离开姜家花园，永远不准她再来侍候资产阶级的老爷太太少爷小姐。邹素贞说她怎么能离开这一家人，她已经在姜家花园住了长长远远的一段日子，她惯了，她不能离去，她不拿钱也愿意和姜家的人在一起生活。居委会干部和群众专政队员七嘴八舌痛骂起来，说邹素贞是十足的奴才，是中毒太深，是被资产阶级的小恩小惠笼络住了，她要再不走就轰她走，批斗她。邹素贞吓得哭了。宾扬不敢想象家里若是走了素贞阿姨，谁来煮饭炒菜，谁来服侍爷爷服侍疯了的妈妈？但看情况素贞阿姨是留不下来了，她必须得走，她不走说不定要吃皮肉之苦。

还是爷爷见过世面，他倒不怕那帮专政队员和居委会干部，他嗓门洪亮地提议，扫地出门也好让佣人走也好，是否限定个日期？三天五天十天八天，长短都可以。马上逼着人走，夜里黑漆漆的东西怎么搬，碗筷往哪儿拿？再说佣人又到哪里去，邹素贞的家在乡下，总得去封信约她的子女来一趟上海，把她接回去，否则路上出了事谁负责？

群众专政队和居委会干部听完爷爷的话又训斥了他一顿，说不要他这个老吸血鬼来出馊点子，但他们显然接受了爷爷话里的合理成分，几个人走到一边去叽叽咕咕讲了几句话，又来宣布一次：勒令全家人包括佣人，一个星期七天之内，滚出姜家花园。至于搬到哪儿去，一两天之内就来通知。可见他们冲进姜家花园，是一哄而起拥来的，事前没好好商量过。

通知第二天下午就来了，让一家人搬到永吉里去。爸爸给邹素贞仍在浒墅关乡下的唯一的女儿发了电报，请她来接母亲。邹素贞出了嫁的女儿赶来了，还给姜家花园带来了两笼松糕，糯米粳米混蒸的，上面撒了枣子、赤豆、冬瓜条，宾扬小时候很喜欢吃的。但这回看到她带松糕来，连宾扬都觉得，这母女俩的觉悟太低，太不懂得形势了，现在什么人看到资产阶级都躲得远远的，她们母女一个不愿回去享清福，一个还来送礼，真是的！

临走前那天夜里，素贞阿姨把宾扬单独叫去了，她让女儿进厨房去烧开水把家中所有热水瓶灌满，她把宾扬叫进睡觉的那间小卧室，关上了门。她让宾扬坐在床沿上自己搬一只小板凳坐在对面。她劝宾扬不要和姜先生吵，她说姜先生作为一家之主有他的苦恼有他的难处，你当儿子的长大了应该学会体贴人谅解人，不能耍小囡脾气。她说宾扬你以后也会有女朋友有对象结婚讨老婆，到那时你一定会理解自己的父亲。现在是大难当头千万不要忙中添乱刨根问底，有些事晓得太早只会自添烦恼。

宾扬起先有点丈二和尚摸不着头脑，弄不清素贞阿姨找他是啥目的，却不料她说出这一番入情入理的话来，他惊愕地睁大眼睛几乎不敢相信这些话出自老佣人的嘴里。素贞阿姨说她在姜家花园几十年了，她什么都知道什么都明了，她讲的话不会错。她说姜先生是好人，说妈妈婕茵是好人，她就是婕茵出嫁时带出来的，她不偏袒妈妈不偏袒姜先生，有些事像一团乱麻讲不清楚。她劝宾扬晓得了婕茵不是他的母亲，让他还是要对婕茵好，说到底是婕茵把他拉扯大了，她还是妈妈。当宾扬跃跃欲试地说要去找姑妈也就是真正的妈妈时，素贞阿姨又说那你也该去找找何翠卓。一听这名字宾扬的头都胀大了。但素贞阿姨又七弯八绕地说："你若听我的话你就去，她也是你的妈妈一个可怜的妈妈。她嫁给你的舅舅宋恩光，只因为宋恩光有精神病她始终不能生娃娃。姜宗瑛生下你最初是答应过继给她的，连手续也办了，她甚至还把你带去抚养过一段日子。后来只因为婕茵不生男孩由爷爷提议你才住进了姜家花园，成了姜家百万财产第三代的嫡系正宗继承人……”

都什么时候了素贞阿姨还在唠叨什么继承人，现在的问题是扫地出门以后连吃饭都发愁。但宾扬没有打断素贞阿姨的话，她毕竟给他讲清了很多事情，至少把宾扬的来龙去脉和有关系的人都讲清楚了。这一下他突然之间有了三个母亲，一个是生他的姜宗瑛，一个是抚养他长大的宋婕茵，一个是曾经带过他一段日子的何翠卓。素贞阿姨一定要宾扬答应，他不但去探望姜宗瑛，还一定要想法去看望何翠卓。宾扬迟疑着犹豫着，他不想见那个脸庞清瘦眼神忧郁害了爸爸的女人。素贞阿姨又嘟嘟哝哝说起来了，她说都是过来人说出来也无妨，她要宾扬想一想和一个有精神病的人过日子是啥滋味。她还说她多次陪同婕茵去看病，精神病医生讲的话她多少听懂一些，她说有精神病的人没有男女间的那种要求那种感觉，她说她并不懂，但这话确实是医生讲过的。

宾扬是个思维敏捷的人，听到这里他还能不明白？他全懂全明白了。说到底素贞阿姨在替爸爸说话，要他谅解爸爸也谅解何翠卓。他没话说了。素贞阿姨伸出皮肤粗糙的手拉住宾扬，泪汪汪地盯着宾扬要他答应。

宾扬看她那副神态，若不答应去看望何翠卓她是会伤心是会失望地离去的，他的心一软就答应了。素贞阿姨如释重负地站了起来，她说她一离去也许永远不会到上海来了，她郑重其事地叮嘱宾扬，乡下是个清静地方，如果在上海真正避不过风头，活不出来，一定到乡下去找她，乡下的日子当然没有姜家花园好，但粗茶淡饭总是有吃的。

宾扬被她说得大受感动，险些垂下泪来，素贞阿姨的女儿提着水壶进屋来，宾扬连忙退了出去。

爷爷在客厅里大着嗓门自言自语，说什么没啥关系人生就是如此，他当年初来上海滩闯荡市面还不是穷光蛋一个，财富都是身外之物，千金散失终能复来，要紧的是活下去，是争一口气。他讲着话在客厅里来回踱步，瞥见宾扬他讲得更来劲了。

二楼上的房间已被群众专政队全部贴上了封条不让进去，爷爷只好将就睡在客厅里了。再过一个礼拜连楼下的房间也没住的了，不知要住到永吉里什么样的房子里去。

宾扬愈想愈觉得今后的日子暗淡前途无望，夜里经常失眠。

素贞阿姨走的那天哭得伤心极了。稀奇的是处于疯癫状态的妈妈也哭了，她说她真愿意跟着邹素贞到乡下去，什么人都不要看见只要看见稻田棉田看见河流就成。可惜专政队不许她乱说乱动，连送一下素贞的自由都没有。爸爸在一侧连连向素贞阿姨使眼色示意她别接嘴，万一妈妈闹起来真要去乡下又是麻烦事，别说不让去即使让去家里人也不会放她。宾扬马上想起外婆就是投湖死的、舅舅就是落水死的。素贞阿姨临走前对宾泓千叮万嘱，像嘱咐自己的女儿一样要她担负起给全家买菜、烧饭的使命，二姐倒是满口答应一直把素贞阿姨送到大铁门前。

临到姜家花园三代人搬迁那天，大姐宾汶带着女儿牙牙来了，她说是来帮忙哪怕拿一点零碎东西也好。宾扬见她不像是来帮忙更像是来同自小长大的花园洋房道别。大姐回到娘家来比过去啰嗦了。她说住在婆家一天到晚提心吊胆，姐夫苏彦同红卫兵顶嘴被打落几瓣牙齿仍不接受教训，嘴巴上不加锁总有一天要闯大祸，怎么劝他也没用，他一有机会就有牢骚怪话，还讲什么辩证法逻辑思维。苏彦的爸爸经常唠叨：我们成了犹太人，所有有知识的人都成了犹太人，要骂便骂要打便打，这同党卫军冲锋队同盖世太保有什么不同？抄家究竟有没有法律依据？把知识分子都当坏人整，用什么人来建设国家？为数本来不多处境也不算好的知识分子遭受厄运遭受迫害，这个国家还有什么指望？大姐说她听到他们父子俩一发牢骚就站到门口窗边去，生怕他们讲的时候外人走进来听见。对苏彦她还可以劝几句，对公公她连劝也不敢劝，老头子被造反派红卫兵批斗时俯首贴耳唯唯诺诺，对子女可不客气，动不动就吹胡子瞪眼睛。苏彦的小弟是鼎鼎大名的“红革会”（红卫兵上海市大专院校革命委员会），说要同家庭划清界限，根本不和家里来往，他要脱胎换骨干革命，经受文化大革命的洗礼。可他钱用光了还得回家来要，老头子那儿要不到就问母亲要，问她这个当嫂子的要，难得回一趟家吃起饭来狼吞虎咽的样子，哪像个大学生倒似一个讨饭叫花子。老头子见他这副样子只好仰天长叹：这个世界属于谁，就把它交给谁吧，只求快快结束这场灾难。

大姐喋喋不休说个不停的时候，只有爸爸听得入迷入神，听得津津有味。不是妈妈突然发作，倒在花园里满地打滚，凄声惨叫着我不走我不走，只怕大姐还要讲下去。

“这幢房子是我家的，花园是我家的，花园里的一切全是我家的。我不走，我不让强盗住进来，不让他们抢东西!”妈妈走出房间时还是好好的，一步下台阶眼睛往花园里匆匆扫过，陡然就发作起来。大姐想上前去劝她捂她的嘴，她把大姐推开滚倒在地乱翻身，花园里的草屑、泥土、灰尘顷刻工夫沾满她全身她仍在滚。宾扬前去扶她她就有情蹬脚舞手乱扯乱抓。

可怕的时刻到来了。

来监督他们搬家的群众专政队呼啦啦闯进了姜家花园，他们早就下令只准带走锅碗瓢盆、桌椅板凳、褥子被窝等等日常必须用品，所有其他的一切东西都不准拿，多带一件毛衣都要经专政队同意。这会儿他们就是来检查监督的，冲进来他们看见妈妈在胡闹在撒无赖，以为她是故意拖延时间抗拒命令，他们呼啦啦围了上去。谁知妈妈还在那里凄厉地呼喊惨叫乱骂，专政队二话没说抡起鞭子就朝妈妈抽过去。爸爸冲了上去宾扬冲了上去，他们异口同声地申明，她是病人是疯子。

群众专政队把鞭子对准了宾扬对准了爸爸，理直气壮地吼叫，不允许装疯卖傻谩骂革命群众和造反派，她再骂还要打一直打到她不骂为止，谁敢阻挡一样不客气。大姐跑过来二姐跑过来连声哀求，她们请求专政队宽恕别再打妈妈，妈妈有精神病打上去也不觉疼。大姐一面央求一面去扶抱血糊满面的妈妈。牙牙吓得躲到花园的树丛后面，尖声大哭拼命嚷嚷：

"外婆，外婆，你们不要打外婆了，求求你们求求你们!"

她举起两只小手一再地作揖，双眼惊骇地瞪得老大老大，泪水糊满了她小小的脸庞。

大姐把妈妈扶抱起来以后专政队仍不罢甘休，他们仍粗暴地推开大姐甩出两根绳子套住妈妈的脖子，然后一左一右逮着妈妈使劲往外拉扯，并且像呵斥牲口样嚷：

"滚，快滚!"

妈妈就在他们的拉扯推搡下走出了姜家花园。牙牙在哭二姐在哭宾扬的脑子里嗡嗡直响，血全涌上了他的脸他得快走快走快别看这一幕快忘记这侮辱性的场面，再待下去他也要发疯也要干出可怕的事情来。

他好懊悔，带妈妈去街道医院包扎伤口以后他给家人说过，医院里有个慈祥和善客气的扎针医生，主动要替妈妈扎银针治疗。爷爷听说以后极力主张宾扬再陪妈妈去一回，爸爸和二姐也说去治总比不治好。群众专政队勒令搬家之后，一家人商量过，如若扎针无效干脆把妈妈送进精神病院去，与其让她在家里待着受苦受罪受侮辱全家为她担心，不如送她进精神病院。宾扬总想等搬完家再说，哪晓得扫地出门时还会出现这一幕。

哦，妈妈，可怜的妈妈。

宾扬觉得是自己的疏忽使妈妈遭到毒打、遭受侮辱，他的心在淌血在狂跳在刀割般疼痛……天啊，这样苦难的日子还要忍受到几时忍受到哪天？宾扬昂起头两眼望着冬天里层层叠叠的乌云，在心灵深处呼叫，你睁睁眼睁睁眼吧!

1967. 1

安亭事件（1966. 11. 10）。

解放日报事件（1966. 11. 28—12. 6）。

康平路事件（1966. 12. 31）。

全上海刮起了经济主义妖风，强占住房、撕毁抄家时封存的空房封条，强要补助、津贴、提级加薪、补发工资，索要造反费，串联费；从“走资派”手里拿到支票领取了补发工资的人，纷纷拥向无线电行、家具店、呢绒服装店，把一台台红灯牌收音机把三五牌闹钟，把毛呢大衣把大柜五斗橱搬回简陋窄小的家里。马路上整天人头攒动，川流不息的人群几乎要把上海出名的大商店挤塌。这情形和抄家初期家具店堆满了廉价的桌椅板凳、大件红木家具正好成了鲜明对照。物俗的风一刮起来顿时甚嚣尘上，据说全国好多地方纷纷效仿上海干了起来。而在北京，年底岁末是把“打倒刘少奇”的运动公开地推到社会上，这里在煽风点火，那里在推波助澜。新年头一天的元旦社论在收音机里一播再播：“一九六七年，将是向党内一小撮走资本主义道路的当权派和社会上的牛鬼蛇神，展开总攻的一年；是更加深入地批判资产阶级反动路线，清除它的影响的一年。”到处在开声讨会、批斗会、揭发会，“牛鬼蛇神”在挨斗，“走资派”们在挨斗。一月四日夜里，粉红色、天蓝色、白色、黄色的小传单像雪片一样撒下来，连姜宗豪也捡到一张，传单上赫然印着“打倒陶铸”的快讯，印着陈伯达、康生、江青等中央文革领导人的讲话，还印着口号的新提法：“打倒刘邓陶！”

乍看去，文化大革命这场运动，真正形成了“天下大乱”的局面。

但是姜宗豪从貌似混乱的现象中，还是理清了一条脉络，那便是上上下下的混乱争斗，都集中在一个“权”字上。

不是吗？大字报上抄出来：江青说，组织部是彭真的一套，宣传部有问题，统战部不高举毛泽东思想红旗，中联部搞“三和一少”，农业部搞“三自一包”……她一个女人，一口气点了国家的那么多个部，干什么？就是要把掌权的部长老爷们掀下来，换上她称心如意的人去。

上海进入元月份的情形就更明显厂，干脆直截了当地喊出来：“夺权！”

经过十一月份十二月份三次事件的震荡，上海崛起了两股引人注目的造反势力，在众多的“兵团”、“司令部”、“总部”、“团部”等七七八八的组织泛滥成灾的情况下，“工人革命造反总司令部”和“市委机关革命造反联络站”从一开始亮相就不同凡响，影响着上海滩的局势，左右着上海“文化大革命”的命运。“赤卫队”瓦解了，原来在上海叱咤风云的“红革会”一下子在这两股势力面前相形见绌了。他们在处于大乱的上海，提出的口号相当有策略：“炮打上海市委！火烧陈××！揪出曹××！打倒杨××！砸烂常××！”口号把人分成了四档，相当有分寸，张春桥跑到上海，说这口号连毛主席也背熟了。

这样的造反派，已经不是一般市民心目中的那帮唯恐天下不乱，吃饱饭就要瞎胡闹的害群之马了。姜宗豪一眼看透了，这是政治，这是在夺权，抢大印。

要不然，上海外滩十几层的大楼上，怎会在张春桥到达的同时，悬起从顶到底的巨幅红色大标语，指名道姓要张春桥、姚文元当市长副市长、市委第一书记第二书记呢？

最新最高指示传出来，更说明问题了。毛主席称《文汇报》、《解放日报》的夺权：“这是一个阶级推翻一个阶级，这是一场大革命。”一月九日《人民日报》头版头条刊登《文汇报》的《告上海人民书》时，编者按语说得更为明确：“……这是一场大革命。这件大事必将对于整个华东、对于全国各省市的无产阶级文化大革命运动的发展，起着巨大的推动作用。”

在姜宗豪看来，这就是要全国各省市凡是有造反派红卫兵的地方，一齐起来跟着夺权。

最能说明问题的是，在《解放日报》事件中，已为连续九天没读到报纸的上海人熟悉的“红卫兵大专院校革命委员会”（“红革会”），这个号称有六万之众的组织见夺权的潮头掀起，抢在“工总司”和其他组织前头，一夜之间把华东局、市委市府二十三颗大印全都夺到手里，来了个先下手为强。他们迅速向全市人民发布了《夺权通告》，跟着一不做二不休，掀起了“一·二八”炮打张春桥事件，把张春桥、姚文元两个中央文革大员，包围在市中心紧挨南京西路的俄式建筑物“中苏友好大厦”的北大厅里，责问、嘲讽、讥诮、训斥了他俩一通。不是第三天贴满全城的中央文革特急电报救了他俩人的驾，十万人的“炮打张春桥”大游行和全市性的“炮打张春桥大会”就开起来了。可这些狂热冲动得几乎盲目的大学生们，哪里又是已号称有一百二十万工人阶级参加的“工总司”的对手了。无奈之中，“权”还是滑落到张春桥的手中，而“红革会”，恰像骤涨骤落的潮水，开始一蹶不振了。

姜宗豪看透了文化大革命的形势，估计运动的发展随着毛主席的因势利导，全国各省市纷纷取得夺权的胜利，迎来新的相对平静，还须一年左右的时间。那就是说，作为一个被打入最底层的剥削阶级资本家，他还得忍受最起码一年的灾难性的日子。陪斗，在厂里干杂务工也不屑干的活，随时将承受路人的白眼、工人的训斥谩骂，甚而至于唾沫、拳头和皮带。他感到这段日子太可怕、太难熬了。他自小营养好又注意保养，还有一副健壮的身躯，只要随时提防着不让人打到要害之处，不被敲掉牙齿，不让人抽瞎眼睛，吃得下，睡得着，他坚信苦日子是熬得出头的。而家里其他人，只怕就熬不过来了。

爹爹姜宇溟，自从搬家后往进永吉里低矮幽暗的阁楼，已病倒在床上，长久未起了。夜半三更，还能听到他的咳嗽声，醒着的呻吟声。疯子宋婕茵，由宾扬再次陪同她去扎银针时，竟然把整整一条腿扎麻木瘫痪了。听宾扬回来哭着说，街道医院的医生护士，晓得她是资本家太太又是精神病人，故意拿她当试验品，在她身上乱扎乱戳，摸索隐秘的穴位，熟悉扎针的手法。不是宾扬察觉得早，及时冲进去掀翻写字台，摔掉酒精瓶，踢翻托盘，只怕婕茵要被他们扎得全身都是窟窿。家里最终还是把她送进精神病院去了，在那个环境里，她也许还能得到些许的安静。姜宗豪最忧心的，也是他最讲不出口和最无能为力的事，那便是何翠卓。她背了丑恶的名声，拖着柔弱的身躯，整天在仓库里当搬运工，回家后又没有个亲人倾倒一下郁积心头的苦闷。她能熬得过来吗？这是他心头最无底也无从解开的死结，为此他时常深夜里失眠，却又无可奈何。

姜宗豪始终想不通的是，天天埋首于家务之中的二女儿宾泓，为什么会给他讲这件事？是有意识地给他透露消息，还是被她看透了心思？而且，她又是如何晓得宾扬的决定和行踪的呢？

这已是元月末梢了，随着西伯利亚强冷空气的横扫，气温骤然下降了好几度，天近黄昏的时候，瑟瑟作响的寒风更显得凛冽。姜宗豪照例磨蹭到下班的工人们基本走光，才去放下了清扫厕所的铅桶和粪瓢，和一帮子“牛鬼蛇神”们在伟大领袖的石膏像前“请罪”后，走出达丰机器厂。在造反改名的风头上，现在这家厂更名为风雷机械厂了。其实，也只有他们这些身背黑锅头上戴着各种各样帽子的“牛鬼蛇神”，还在照八小时准时上班，准时下班。厂里一大半人，自觉不自觉地成了逍遥派。很多青工干脆直言不讳地说，我们是八九二三部队，即上午八点多钟来厂里逛一趟，九点就没影了；下午二点多钟来晃一下，三点钟就找不到人了。这笑话其实多少美化了他们，有些胆子大的人，十天半月才回厂探探风声哩。见多也不怪了，永吉里的居民们闲下来“吹牛开大道”讲，上海滩现在起码有一半工厂停工；铁路是开开停停半瘫痪，误点列车是正常的，准点列车反而撞了鬼；港口码头，基本上是堵塞状况。有更耸人听闻的消息，说上海的存粮仅够吃七天了。对解放前上海全国票券充斥市场、一麻袋钞票还买不回一麻袋米记忆犹新的居民们，在家里悄悄储备着萝卜头、酱菜、乳腐，以防万一。

出了厂门，挤上公共汽车，姜宗豪听到车前那辆宣传车的高音喇叭里正在播送着《中央文革特急电报》的内容：

“……二，红革会的某些负责人，无理绑架上海市委机关革命造反联络站的同志，必须立即释放，并向他们道歉。三，中国人民解放军采取保护革命群众组织的行动……”

宣传车在路口上拐了弯，渐去渐远，播送的声音听不见了。

走进永吉里的时候，昏黄的路灯光朦朦胧胧笼罩着一长条弄堂，只有稀稀疏疏几个行人。这里的男女老幼差不多全认识他，姜宗豪缩着脖子，快步往第四条横弄里走去。

走上楼梯，来到既是宾泓的卧室又辟作饭间的亭子间里，姜宗豪只见二女儿垂首木然待在床沿上，往常晚饭时在场的宾扬不见了。

宾泓见他进屋，随手揭开了纱罩，桌上三个菜，豆腐干丝、炒青菜、黄牙菜烂糊肉丝，打开砂锅盖，黄牙菜肉丝还是热气腾腾的。宾泓能把菜整成这样子，已是太不容易了。

二女儿边替他盛饭边说，爷爷要吃粥，要吃榨菜，都满足他了，此刻他吃完睡了。

姜宗豪随口问："宾扬还没回来？"

勒令搬出姜家花园以后，居委会和房管所给姜家在永吉里分了三间小屋：灶屋间上头的小亭子间，二楼的客堂，三层阁楼。除了客堂十四平方米稍稍像样一点，其余两间都不能正式算房间。姜宗豪未上楼，不知儿子是否在家。

宾泓抿着嘴，把盛好的饭碗端给爸爸以后，又转身到饭锅边，背对着爸爸轻声说：

"他不回来，他去姑妈家了……"

"噢！"姜宗豪微微一怔。这么说儿子是去寻找他的根了。

"他还说，晚饭不要等他。去过姑妈家，他想去……想去……"宾泓像被什么噎住了说不出口。姜宗豪端着碗筷，凝神听着。宾泓仿佛终于透过了气，说出来了："想去找何翠卓。"

姜宗豪不由自主挺直了腰，脑子里在忖度，儿子为什么突然之间会有这种举动？难道是他想搞清什么底细？难道是他凭着年轻人的机敏猜出了什么？他去找何翠卓，会怎样对待她？是去责难她谩骂她诅骂她，就像他曾经对待过自己一样，还是去询问、打听、查清底细？而何翠卓见了他，又将如何待他呢？

一大团疑问升上了脑际，姜宗豪丝毫没有食欲了。

何翠卓被赶出办公室，离开那架她早已使惯使熟练了的英文打字机，到仓库里来搬运帽盒、鞋盒、手套盒的时候，已经提防着那双眼睛了。她不想使自己被咸涩的泪水浸泡的心灵再遭受任何摧残打击了，她已经活得够孤苦、够凄凉、够可怜的了。和宗豪的关系败露之后，每天在仓库干活不说，公司里一有什么大大小小造反组织的批判会、斗争会，她都是照例必须到场的陪客，低头勾腰挂一块“反动资本家的奸妇”的牌子。每次批斗会，台下的人总用鄙视的、嫌弃的、讨厌的还有令人恶心的目光盯着她，背脊上、腰眼里、胸脯前不时要遭到横伸过来的拳击，回到家里她总还会在衣裳上、头发里发现口水、痰迹、鼻涕。下班回来，走进凄清冷寂的家里，里弄居委会的勒令往往贴在门上，不是命令她星期天扫弄堂，就是当晚去听训。那块门板上，还画着一个妖媚烫发女郎的漫画。不知哪个缺德的家伙，又用粉笔写了大大的四个字：奸妇淫女。旁边那些添上去的不堪入目的句子，更使她不敢抬眼看一眼。到了夜深人静时，还有小流氓围着她的院子，喊一些污秽下流的话，吓得她常常整夜不敢入睡。

这是人过的日子吗？她多少次想着一死了之，念头往往转到那上头了，想到姜宗豪，想到她心爱的儿子，她内心里又显得稍许坚韧了一些。幸好，仓库里的活不多，那些装着出口帽子、手套、鞋子的纸板盒，装装搬搬并不重，往仓库外运的时候，还有手推车子。况且，这年头没多少生意，有时候，一整天都没有货送没有运货的卡车开进来。她进入仓库，常常可以放倒一两只纸板盒，坐在堆叠得高高的纸板箱后面，默默地消磨时光。冬日里冷，稍坐久一些脚就僵身上就冻得发抖，但她宁愿挨冻受冷，远远地离开人群离开那双眼睛。

她最恐惧的就是那双眼睛。没人的时候，她一抬头，或会发现他站在仓库外头朝里盯着她，或会看见他站在窗户后头透过玻璃窗瞅着她。一看到他的目光，她就打寒颤，那目光是贪婪的明显地露出欲望的。何翠卓在这座过去的旧教堂改建的仓库办公室里干了多年，她晓得此人姓吴原来也是搬运工，只因为造反有功被公司夺权派头头委任为仓库负责人。

他的老婆孩子都在浙江乡下，他本人在老教堂后头添盖的平房办公室旁边占了一小间房子作宿舍。何翠卓留了神，只要他出现在她身边的时候，她就往人多的地方走，不远不近地待着，好让他近不了她的身。尽管如此，每天到了冷冷清清的仓库，走进空荡的让人感觉阴森森的旧教堂里，何翠卓总是提心吊胆的，干什么事都警觉地侧着耳朵倾听一下。

这天午后小组长关照何翠卓到办公室整理绣花拖鞋，让把它们装进塑料袋堆在桌上，准备处理给仓库职工，一块钱一双。以往这是常有的事，公司业务科室向外销厂定购了出口拖鞋、手套或帽子，定点外销厂总是在定购数之外多送来几十双，说是怕出次品，实际上是讨好进出口公司的职工，仓库因而也跟着沾光。何翠卓想到此事做起来比待在仓库里强，便进了办公室。

两点钟的时候，何翠卓听到姓吴的在大声嚷嚷，喊仓库所有的人去公司里听头头传达文件和中央首长关于夺权的讲话，“牛鬼蛇神”除外。这就是说何翠卓可以不去，她不禁暗暗吁了口气，至少可以太平半天了。在这个仓库里，“牛鬼蛇神”就是她的代名词。公司里的“走资派”、“地富反坏右”揪出来之后，统统被关在公司的“牛棚”里，没往下头仓库赶。而在这个职工人数本来就不多的仓库里，大半又都是搬运工，出身好，揪出来监督劳动的，就她一个人。

她把压瘪压走形的拖鞋一双双从大纸板箱拿出来，稍稍拍打几下拂去灰尘装进塑料袋，又放入小纸盒中。她听到搬运工们呼群结伴地朝大门外走去，听到原来在一起上班的打字员、管理员、统计员说笑着离去，偌大的旧教堂里顿时静了下来，静得仿佛同整个世界都隔离了。她拉了把椅子，坐下来慢慢地干，反正就这点活，下午时间干完是绰绰有余的。

正慢条斯理系着塑料袋的玻璃丝带时，她陡地感到窗口有双眼睛盯着自己，她惊骇地一转脸，看到一个影子在窗口掠过。继而办公室门“吱呀”一声被推开了。她用眼角瞥了一下，是他，姓吴的，满脸络腮胡子的家伙，她本能地绷紧了神经。这么说他没到公司去，他趁这机会支开了众人只留下了自己，他想干什么？这个畜牲！他来到了她的身边，她听到头顶上有一阵得意的笑声，他的一只手重重地压在她肩膀上。

要来的事情终于来了。何翠卓几乎不假思索就决定反抗，她缩了缩肩膀离座站起来身一侧就想往外走。

“哪儿去?”他低沉地喝一声，双臂一张堵住了她的去路。

“你想干啥?”她冷冷地反问一声。

他笑了，露出一嘴被烟熏得黑黄黑黄的牙齿，两只门牙显得特别大，还有点外突。

“想和你单独待一会儿。”

那声调那粗俗的样子让何翠卓从心底感到厌恶。

“你放正经点……”

“哈，你还知道正经！你他妈的当资本家姘头心甘情愿，陪陪老子就不干啦?”他的嘴一撇两眼冒出凶焰，“贱妇，老实告诉你，老子我等这机会等了好久了。”

说着他的脸往前探，两条粗壮的手臂拦腰抱了过来。

她锐声惊叫起来。

“你叫嘛，叫破喉咙也没人会来!”他冷不防一把抓住了她的手腕，脸刷地沉下来说，“即使有个把人跑进来，我也不在乎。你这是在勾引我，说出去了无非把你再斗一顿!”

“你……”她气愤得话也讲不出了。

他猛地把她的手往背后使劲一扭往起抬，她疼得叫起来；他又顺势抓住她的另一只手同样扭到身后，手无缚鸡之力的何翠卓除了听凭他摆布还能有什么办法！

“走!”他粗喝一声，把她扭到身后的两只手往上高高一抬，她疼得只能勾下腰头向前朝门口走去。

她被他押到他住的宿舍门前，他一脚踢开了屋门，把她推进屋。

何翠卓顿时感到屋内一股烘热，她的眼一扫，原来这家伙烧着一只电炉。没待她站稳他在后头重重地一推，把她推倒在靠墙的一张床上。她刚转过身来，他便如狼似虎般扑了上来，不顾一切地掀她的棉袄解她的扣子。她拼命抗争，用手抓用头拱用牙咬乱扯乱挠，但她哪里是他的对手，他几乎没费多大劲就把她压在了身子底下，她气喘吁吁精疲力竭被他扼住了脖子几乎已经软瘫了。他刚腾出右手从容地往她腰里摸来抽她的裤带，没上锁的门被一脚踢开，一个人影疾风般扑进来，姓吴的惊骇地转过脸去，一只大大的纸板箱兜头套下来。何翠卓趁这当儿连忙缩到一边去抖抖索索拉扯自己的衣裳捋捋自己蓬乱的乌发。冲进来的人影套住了姓吴的家伙拳头如雨点般击去。姓吴的被打得晕头转向，连声嚷嚷是我我是老吴，双手几次举起来要推去纸板箱，不料冲进来的人顺手操起一根木棒，狠狠地朝着纸板箱打过去。姓吴的嗥叫着双手本能地护住头部倒了下去。

“宾扬!”何翠卓一眼认出了来人，激动地喊出了声，浑身的血液都奔涌起来。

是的是他是宾扬一点没错，他怎么手臂上也套着红袖章，“造反队”三个字一晃一晃。

宾扬又朝倒在地上的那姓吴的打了几棒，姓吴的连声讨饶直往屋角落缩。宾扬一扔木棒，转身过来拉起何翠卓就走。

何翠卓被动地下了床，跟着宾扬出了小屋往教堂外跑去。她忘记了自己的身份忘记了此刻正是监督劳动时间。起先是宾扬跑在前，等她清醒过来时她几步冲到宾扬跟前，她路熟她带头跑向教堂的大门。

看大门的老头儿裹着一件蓝布大棉袄在门房角落里打瞌睡，电话铃声一阵阵响他都听而不闻。跑出旧教堂大门，何翠卓随着宾扬疾步混入了人流，她喘过一口气来又惊又喜地转脸瞅着宾扬，宾扬也在大口喘气脸绷得紧紧的，这是宾扬是她日夜思念的儿子是她时时又觉愧对的人。宾扬觉察了她的目光，有点不好意思地甩开了她的手。

“你……”她细心地捋着散乱的乌发目光投在他的手臂上，“你也入了造反队?”

“哦不。”他自嘲地一笑，顺手扯下了袖章，胡乱揉成一团塞进裤袋，“这是人家借给我的。”

天气很冷风刮在脸上似刀刮，她不由自主地眯缝起双眼问：

“你……怎么来的?”

他只顾往前走她紧随着，他没吭气她耐心等着，她想明白底细她想知道究竟，他为什么来？是听了风言风语还是知道了事实真相?刚才他救了她，她只觉得惊喜只感到激动，直到此刻她说话都是微颤微抖的。

宾扬带头拐了弯走上一条僻静的马路，他突然停下来等着她。她快步走上前去。当她走近他时，他轻轻说了一句：

“妈妈住进了精神病院。我来看看你。”

泪水直往外冒，她连忙伸手掏手绢，就是宾扬说的后面那五个字，深深打动了她。她多么盼望身边有个人来，这些天来她孤苦零丁寂寞冷清，时常面对的是冷冷的四壁是白眼和训斥，没一个人对她说一句安慰的话温暖的话。现在终于有个人主动来看她了，况且来看她的是她梦中都在想念的儿子。她什么都顾不得了，她来到了他的身旁，她要把心里话向他掏出来，她再不能让他离得那么远那么不可亲近了。

她拭着眼泪带点迟疑地说：“宾扬，我……我也是你的妈妈，你……你……”

“我知道了。”他显得十分平静，“素贞阿姨被赶回乡下去的前一夜，给我讲了。”

哦，是素贞讲的。那个死死替姜家花园保守着秘密的老佣人，她总算良心发现为我想一想了。

泪水又在涌出来，何翠卓透过泪水凝视着宾扬。宾扬也在转脸望着她：

“妈妈，我们到你住的地方去吧。”

何翠卓刚想爽快地一口答应，可她的眼前顿时掠过小院门口那些污言秽语，门板上的那张漫画，还有……还有恶毒咒骂她的句子。她的脸部抽搐着，掠过阵阵不安的阴影，她讷讷地说：

“改、改日去吧，这几天，门口监视得紧，少…少惹些麻烦，我们找个地方，吃点东西，坐下来谈。好吗?”

宾扬点点头。

何翠卓和宾扬并肩走着，她见宾扬没生疑心，稍稍放了点心。她想好了，回家以后，到了夜深人静，她得去找块湿布，把门上的那些粉笔字统统擦掉，把那张漫画撕去，把那些满篇骂人的大字报，也撕个干净，这样就能让宾扬去了。对，今晚上就干，等会儿和宾扬分手时，同他约好时间到家里去，到家里去。啊，她的生活中有了宾扬，她该是多么幸福，该是增添了多么美丽的色彩。天哪，只要有了宾扬，再苦再难以忍受的日子，她也熬得下去。噢，姜宾扬是她的骨血，是她亲生的儿子啊！

1980．1

一直到了十三年后，整整十三年以后，宾扬才知道了自己的真正底细，才揭开了他的出生之谜。

他是姜宗豪和何翠卓生下来的。

这是爸爸亲口告诉他的。只是，爸爸讲明这一事实真相的时候，已处于弥留之际，宾扬想要责备他，但不忍心了。

爸爸是为了姜家花园的巨额遗产，讲清这件事的。

而跌坐床头颓丧得双手抱头的宾扬，此时此刻哪里顾得上遗产，哪里管得了和三个姐姐商量对财产进行分割，他悔啊，悔之莫及呀！

他清清楚楚地记得妈妈那双眼睛，忧伤美丽得惊人的眼睛。这双眼睛是那么热烈，那么情切地凝视着他。他随着妈妈走进了一家单开间门面的饮食店。妈妈问他想吃什么，他扫了一眼黑板说吃馄饨吧！妈妈买了两碗馄饨端过来，他们就相对坐着。透过缕缕冒起来的热气妈妈说今天多亏你来了，要不妈妈不晓得要出什么事。宾扬说他先去了姑妈姜宗瑛家，姑父冷漠地接待了他，他不提起话头姑父就不讲话，姑妈生了病在床上睡着了，他们讲话都压低了嗓门，生怕吵醒了病人。姑妈家同样被抄了，宾扬从他家单调简陋大大逊色于前的家具陈设看得出来。他勉强坐到中午，吃了午饭见姑妈连连打呵欠他赶紧告辞，离开姑妈家他就坐车来了，从虹口坐车赶到妈妈上班的旧教堂，车竟开了近两个小时。一路上公共汽车不断地被宣传车、被辩论的人堆、被游行和集合的造反派队伍堵塞。进教堂仓库的时候幸好他灵机一动把李青艳借给他的造反派袖章戴上了，门房老头只透过玻璃窗瞅他一眼什么话都没问。宾扬说他顺着教堂找到后面的平房办公室时，正在发愁怎么不见人，恰好就看到那个家伙推门走进了妈妈在的办公室。他躲在一堆木料后头，把经过情形全看在眼里。

那时候宾扬就发现妈妈听他讲话时听得十分专注，生怕遗漏了一个字，她的眉眼她的整个身心都在关注着宾扬，倾听着宾扬吐出的每一句话。宾扬讲到李青艳的名字时，妈妈还凄婉地笑了一下，那笑至今还留在宾扬的记忆之中，这是谅解的笑是宽慰的笑。

他们几乎都没吃馄饨，只是舀汤喝，那汤是骨头煮的味道还鲜也还热乎。小饮食店里的门窗很严实，还挂着保暖的门帘，店堂里生着煤火坐下去就不想起来了。那时大约是午后两三点钟店堂里人很少，服务员光顾坐在里面厨房烤火取暖，也不来干涉他们。他们在那里足足坐了半个多小时，把馄饨汤喝干了才走。临别时妈妈约宾扬明天晚上去她住的蒙自西路，她等着他给他煮好吃的东西，宾扬答应下来，妈妈竟然啜泣起来。她有点难为情地当着宾扬的面抹眼泪，说希望宾扬理解她，她太激动了。宾扬没嫌弃她还愿意去看她，她又有了儿子怎能不激动异常。

他们分手了就在十字街口，宾扬记得他走出二三十步回头看时，她还站在那里眼巴巴地盯着他，见他回首她连连摆了摆手。没想到这就是他们母子的永别，一忆及此宾扬觉得永远不能原谅自己。他当时有种直觉，觉得何翠卓无论如何要比姑父姑妈对他更亲切。他恨自己为什么不往深处想一想，却始终相信老佣人邹素贞给他讲的那个故事。现在他知道了爷爷和爸爸只许她这样讲，宾扬并不责怪素贞阿姨，对死去的爷爷和处于弥留之际的爸爸他也无从恨起。

他只恨自己的迟钝恨自己的笨拙。

妈妈死了死得很惨。很久很久以后宾扬才知道，妈妈当天夜里就去擦写在门板上的污言秽语、去撕贴的那些大字报。不料正在干时被巡逻的群众专政队当场抓获，于是连夜对她进行批斗，批斗完了不让她回家把她锁进一间堆煤的黑屋子里冻了一夜。天亮时妈妈已经受冻着凉生了病，群众专政队没让她吃早饭就把她押到了单位那个教堂仓库。仓库负责人那个企图侮辱妈妈的家伙马上组织了斗争会。斗争完了妈妈被关进教堂里一间外面的百叶窗钉死的小屋里隔离审查。可怜妈妈又饿又冻拖着病体当夜还受到了那个家伙和几个搬运工的轮奸，也不知妈妈是从哪里捡到的那片玻璃，她用那片玻璃割断了自己的动脉血管，死后还背了畏罪自杀的罪名。

而宾扬当时却浑然不知还按时去了蒙自西路，找不到妈妈他竟有些不悦甩手而去，他把她只是当作一位曾经抚养过他几个月的妈妈，他哪里想到何翠卓就是他的妈妈亲生的妈妈！

爸爸讲完这段真情开始叮嘱宾扬如何处置所有的遗产。他说爷爷原先留来养老临死之前一气之下传给姜家花园的遗产，是爸爸四兄妹共有的不能独吞，得撇在一边，即使爷爷续弦的婆婆那家人来吵来闹，根据法律最终还得分一份给他们。反正爷爷的这笔遗产折成款子充其量也不过十几万，对姜家花园的百万家产来说只是个零头。爸爸双眼瞪得老大千叮咛万嘱咐念念不忘交代的就是这百万家产。他说这笔财产是他用爷爷分到名下的钱投资在达丰机器厂赚来的，说它是剥削得的也好说它是血汗钱也好反正现在完璧归赵又属于姜家花园了。照现今法律宾汶宾泓宾涓宾扬四个来分，可在姜家世代没有这个规矩，自小在姜家花园长大的三个姐姐是接受这种家庭教育和在这种氛围的熏陶下长大的，她们不会来争遗产。她们要来争也争不到，“文化大革命中”她们三姐妹已绝情绝义写出大字报和他脱离父女关系永不来往，彻底划清一切界限——政治的界限经济的界限，生气伤心了的爸爸竟然把这份动乱年月里签上了四个人名字的声明保存至今。在给三位姐姐分发每人三万元存款折子的时候，爸爸把“声明”拿了出来，三个姐姐羞愧得无地自容道歉不迭，哪里还敢提遗产的分割权利！事后爸爸让宾扬把这份声明保存好，最好还影印几份，须出示时才拿出来。爸爸拉着宾扬的手声调微弱地说，把百万家产留给他不单是他个人的愿望，也是爷爷生前的愿望，这不仅仅是对他宾扬的厚爱，主要是他的三个姐姐全都不中用。宾汶的丈夫苏彦在清理阶级队伍、清查“五一六”分子中死去以后，宾汶一直服侍公婆拉扯着牙牙长大，如今年近四十才考虑嫁人，还不知嫁个什么样的男人，而这男人即使聪明能干实际上和姜家花园已经丝毫没有关系了。宾泓是个庸庸碌碌的女人，而于青南只是个与苏彦个性不同的书呆子而已，他钻研历史翻阅古书埋头在故纸堆里，三万块钱足够他两口子过上安逸富康的小家庭生活了。而三姐宾涓是个精神病，那就更不消提，她的病一发作，只怕三万块钱也得宾扬代管。宾扬应该明白，财富这东西，只有积攒到巨大份额的时候，才会显示力量。而如果中国今后真能向着消费的经济社会开放的话，宾扬手头的这百万资金，是能帮助他成就一番事业光宗耀祖争来面子争来荣誉的。

当然，爸爸虽然濒临死亡，头脑还是清醒的。作为弟弟，即使是同父异母的弟弟，当他的三位姐姐有困难、有危机时，他有责任帮助她们。这话爸爸是背着三个女儿说的，但他却向宾扬重复了几遍。尤其是宾涓，她是个精神病人，她这一辈子都不可能幸福，更需要他这个当弟弟的悉心关照。

待在爸爸身旁，瞅着爸爸挣扎着说出他所有的心里话，宾扬充分体谅了作为一个父亲矛盾复杂的内心世界，人性的多侧面全在他临死前的几天里表现出来了。

爸爸还浮起笑容说，比起爷爷，比起宾扬的两个妈妈，甚至比起惨死的大女婿苏彦，他还是幸运的，他终于在活着的时候看到姜家花园物归原主了，终于看到百万家产回到了姜家子孙的手中。

噢，财产观念是怎样镂骨铭心地刻在爸爸的身上啊。

宾扬仿佛相隔很远地凝视爸爸。当这百万家产陡然落到他身上时，他毫无兴奋的感觉，他有的只是张皇失措，有的只是责任感。同时，他意识到，宾涓得由他来帮助照料了，他得切实地负起责任来。谁叫他是一个有着精神病史家族的后代呢！

1967．2

和桑振中在秘密状态下非法同居的姜宾涓，不但没觉得有什么可耻和难以见人，相反逐渐地适应了在“霹雳造反总部”守电话的生活，且从形势的变化中，看到了希望，看到了她和桑振中共同的如花似锦的前程。她记得桑振中的好运是和“烂香蕉”的相逢开始的。起先宾涓听到“烂香蕉”这个绰号只感到恶心，她马上联想到姜家花园时常丢掉的那些皮子泛黑、剥开成粘糊水晶状的香蕉。后来几乎天天听桑振中“烂香蕉”长“烂香蕉”短地讲，慢慢也听习惯了。更主要的是，从桑振中嘴里转述的“烂香蕉”的话，宾涓听来每一句都是相当深奥、相当有水平，有时还是尖锐得一针见血的。比如他在四个月之前就说工人阶级一登上文化大革命的历史舞台，就要主宰文化大革命的命运，后来实事证明他讲得不但精辟且极有预见性。又比如他讲造反派要团结起来，“野路子”的污七八糟的“战斗队”、“总部”、“兵团”、“司令部”最终将被人一击即溃，后来果然提出了响当当的“大联合、大夺权”的口号。再比如他鼓动桑振中追随他，围绕他的指挥棒转，要他快快加入“工总司”，“工总司”开成立大会时，宾涓听说只有三千兵马，不觉有点丧气，但桑振中引用“烂香蕉”的话说，别看现在只有三千，这三千是精兵强将，只要打开了局面，三千人马上会变成三万、三十万。事情又让他说中了，才几个月工夫啊，工总司已号称二三百万，最早的三千人马，成了响当当的“老造反”，成了封官晋级的政治资本。“烂香蕉”此人，不仅能言善辩，会讲会预测形势，他的魄力也大，认定了的事，甩开膀子就干，一干到底，该“打砸抢”的时候就下狠心“打砸抢”，该随风转舵的时候他就神不知鬼不觉地收帆调头了。“安亭事件”轰动全国时，他让桑振中往安亭给在凛冽寒风中卧轨的造反战士们送面包，这一雪里送炭的举动，使得桑振中立了一功。“《解放日报》事件”中，他和桑振中共同组织游行队伍，在南京路、九江路、外滩汉口路、四马路高呼口号，声援冲进报社的“红革会”战士，桑振中又立下一功。血洗康平路，打伤“老保”赤卫队九十一人的“康平路事件”在岁末的十二月三十一日发生时，他又和桑振中指挥各自的队伍在衡山路一带集合待命，准备随时迎头痛击“保皇派”的反攻，桑振中再次立下了汗马功劳。他和桑振中成了真正的造反派战友、成了难兄难弟之后，“烂香蕉”当机立断，邀约起五百造反派战士，一家伙冲进桑振中的厂里，把和桑振中对立的、貌合神离的、离心离德的、保皇派的所有组织统统“砸烂”、“踏平”，且要被围起来的群众，交出保证书，保证不再参加与“工总司”为敌或唱对台戏的任何组织，一夜之间，桑振中的“霹雳造反总司令部”成了里厂唯一响当当的与“工总司”有直接隶属关系的造反组织。很多职工和干部纷纷报名加入了这一组织，桑振中的队伍顿时壮大了好几倍，成了他夺取厂部大权的实力。桑振中本人，也眨眼之间成为厂里的风云人物，升官发财已是指日可待的事。“烂香蕉”直到此时才露骨地告诉桑振中，所谓煽动起红卫兵的狂热杀上社会横扫一切牛鬼蛇神，所谓鼓动工人们造反，全是在貌似混乱之中有其隐秘的目的的。北京那几个赫赫有名的造反学生领袖所属的红卫兵组织，都通了“中央文革”这片天，中央文革要打倒哪个，或是通过联络员抛材料，或是要通专用直线电话，或者秘密约见哪位造反头头，这些组织有了靠山，腰杆硬，造起反来无所顾忌，而且一揪一个准。这是啥搞“文化大革命”，这就是政治。上海也有通天的组织，那就是“工总司”，就是“市委机关革命造反联络站”，瞧着吧，新的市委主要就是这两派组织的头目。二月五日，正是立春过后的第二天，上海滩阳光明媚，锣鼓喧天，成千上万高擎造反派红旗的队伍，拥进市中心的人民广场。广场四周增加了活动围墙，警戒森严，在样板戏的唱腔、在高亢的颂歌、在扩音喇叭不断响彻云霄的口号声里，上海人民公社宣告成立，登上主席台站在张春桥、姚文元两旁的主要官员，果然都是“工总司”及“机联站”的，其他那些上了报纸的名字，连完全是局外人的读者一眼都看得出来，是拉来点缀陪衬的。“烂香蕉”说，夺权斗争要向纵深发展，上海市的科以上干部统统靠了边，谁来管事，谁来听“上海人民公社”的号令，就是夺到权力的各级造反组织。桑振中跟着“烂香蕉”干得更欢了，早出晚归，忙得不亦乐乎，他成了厂里“三结合”夺权委员会的主任，成了局夺权核心小组成员，一心要凭实力和造反资本当个局级领导的“烂香蕉”，经常去桑振中厂里为他“主持公道”。姜宾涓见过“烂香蕉”一次，那是桑指中带着她到“烂香蕉”的秘密据点和安坊 29 号三楼见的面。走进那幢房子的后门宾涓早认出了，这是什么秘密据点，这不是温媛和童玛雅的家嘛，过去她来过的，那个漂亮得撩人的童玛雅就住在这幢楼的二楼一间里。宾涓没跟桑振中讲，在走过二楼时，脚步放得很快，她不想在这里遇上温媛和玛雅。上了楼看到“烂香蕉”和另一位造反司令顾元伟时，宾涓决没料到，绰号“烂香蕉”的李勇奇是个眉清目秀、文质彬彬的男人，决无她想象中的那种粗俗和野蛮，相反“烂香蕉”的搭档顾元伟却是个高大粗壮的家伙。“烂香蕉”是认得姜家三小姐的，见她来了客气地一笑还推过来一把椅子，寒暄了几句。顾元伟眼角往宾涓脸上一扫，大约见她并无姿色，鼻子里“哼”一声就到隔壁去了。

事后桑振中告诉宾涓，别看顾元伟这副毫无知识、毫无礼貌的样子，他在造反队员中以足智多谋、敢拼敢杀而著称，威信还挺高。要不“烂香蕉”这么聪明的人，怎会甘心当他的副手？说到这儿他笑了，不过近来这个顾元伟昏头了，三天两头往和安坊 29 号跑，天天夜里睡在那里。“烂香蕉”已侦察到，他和二楼上一个漂亮的小姑娘勾搭上了。桑振中有预感，说顾元伟的位置，早晚是“烂香蕉”的。

“二楼上的漂亮小姑娘？”宾涓只是这么轻飘地问一声，表面上一点不露声色，心里却在忖度，这是童玛雅无疑了。哼，倒是会寻找靠山！姜家花园富足的时候，经常往姜家花园跑，厚颜无耻地伸手问爸爸要钱，如今造反派得势了，她一下又靠上一棵大树。真是个小老婆养的！转念想到自己，不也是前途无望，依赖着桑振中过不伦不类的日子！宾涓颓丧中又带有点悻悻，哼，这帮子造反头目，都不是好料，整天在外头东奔西颠的，说是在闹“文化大革命”，防止国家变色变修，实际不知在干些什么，以后得把桑振中看严一点。

心里有了防备，猜疑心就重。桑振中离她而去，她总要问，晚饭来吃吗，夜里来吗？桑振中来了，她总要有意识地掏他的话语，问他干了些什么去了哪些地方？宾涓装出对“文化大革命”、对夺权形势很有兴趣的样子，桑振中见她爱听，也总是讲得津津有味，眉飞色舞。内心深处，宾涓却是在算计着，上午开批斗会，中午开核心会议，下午三点对某某采取革命行动……时间扣得上，她心中也便坦然，如时间排下来空出一截，她便会笑嘻嘻地问：

“休息几个钟头，你们几个头头没去饭店吃一顿？”

总要闹清楚了，她才真正放心。多少天来，桑振中倒也没露出啥可疑迹象。

毛主席表态，新生的红色政权，可以叫老、中、青三结合的革命委员会。二月二十四日，“上海人民公社”更名上海市革命委员会。桑振中厂里即将宣告夺权全面胜利，成立厂革命委员会，上头批了下来，桑振中是厂革命委员会第一副主任。几天来他的情绪甚好，说一切工作准备就绪，只等开成立大会了。会前的一天，他说好到厂里转一圈就回来，回来后他俩躲到一个饭店去，好好庆祝庆祝，只怕开过大会，走马上任，事就多就忙了，聚会一次不容易。

这天宾涓很兴奋，什么人讲的女人的婚姻就是第二次投胎，她受尽屈辱冒着风险离家出走，总算没投错胎。厂革委会副主任，就是第二把手，比爸爸在达丰机器厂的地位还要显赫呢，几乎相当于“文革”造反之前的厂长！况且桑振中还说，吃亏的是他不是党员，若是党员，肯定能稳稳当当坐上第一把手宝座。以后他的主要目标，就是尽快地抓到一张党票。宾涓对此倒不怎么在意，反正他已当上了头头，而她的后半辈子，总算有靠头了。比起她的两个大学毕业的姐姐来，她的命算是好的，她是有福气的。她细心地打扮着自己，换上一身合体的衣裳，喜滋滋地等待着桑振中归来。她想好了，到了饭店里，她要好好地点几道菜，由她会钞，算是她对他高升的一番心意和祝贺。

桑振中没有按时归来。

等不到他回来吃午饭，宾涓一心一意等待着他来吃晚饭。她还替他着想，眼看要开成立大会，预想不到的七七八八的事情，多少都会冒出来一些，他遇上了，还能躲得开！下午四点他还没回来，宾涓有点沉不住气了。转一圈，怎么转了整整一天还不回来呢？冬春之交的上海滩，夜黑得早，等到暮色四合、华灯初上时分，焦躁不安的宾涓真的已经沉不住气了，她觉得心头烦乱觉得屋里憋闷，她干脆穿戴打扮完毕，走到门口去迎他。他若恰好回来，那就不须上楼，直接到饭店去，弄堂口不时有人进出，马路上公共汽车、电车、货车、小轿车不时地穿梭来往。宾涓说他回来她非忿忿地责骂一通，去饭店吃饭等到这时候，还会有什么好位置好菜，位置早被人占完好菜也给人先点了。及至马路上下班高峰期间川流不息的车辆渐疏渐少，眼看天色已晚夜色笼罩大地，家家户户都到了吃晚饭时候，桑振中仍没回来，宾涓晓得这顿计划中十分美满惬意的晚餐泡汤了。她一赌气噙着泪水跑回屋里，灯也不开和衣倒在床上嘤嘤地哭了起来。他骗了她，这个冤家，他到哪里去了在干什么，会不会当了官又勾搭上别的女人？他说定了今天一定来的，厂里已没多少事，即使意外地冒出点事来，也不会占去那么长时间啊！哭够了哭累了宾涓看表已过晚上八点，中午饭也就是马马虎虎整来吃的，此刻肚皮饿了，她懒心无肠地冲了一杯炼乳，她没情绪煮饭炒菜，桑振中不回来她心神不宁。她的眼前一再浮现出雅致的饭店里静幽幽的厢座餐位，桑振中正和一个妙龄女郎在那里斟酒碰杯，她的神经“嘣嘣嘣嘣”跳眼前恍惚迷离，她不能失去他如今的桑振中已是非常非常重要。她已经失去了家离开了姜家花园无依无靠，若是桑振中再抛弃她她就只有去跳黄浦江。

喧嚣渐消声浪渐弱大上海随着夜的到来深沉静寂下来。桑振中十点钟还不归来已使宾涓心焦如焚。他会不会在另外的地方还有一处秘密据点，那幢房子里也有一个痴心的女人？他是不是挨了打遭到其他造反队的袭击？这类事近来听得多了，造反派不但横扫牛鬼蛇神，让走资派坐喷气式，造资反路线的反，造反派相互之间还经常发生武斗，绑架对方头头，把人关进密室毒打搞逼供信。宾涓的脑子里乱作一团，两眼急得几乎喷出火来。

临近十一点，听到楼梯上的脚步声宾涓开灯推门扑了出去，冲到桑振中怀里险些把他撞下楼梯，她张开嘴没说出话来先哽咽抽泣。桑振中连声道歉频频地亲吻她安慰她，进了屋他们相搂相抱着坐在床沿上桑振中就开始解释。他说今天一进厂气氛不大对头，见了他的人瞅他的目光有些异样。他连忙去找住在厂里值勤注意动向的裘刚，裘刚让他看一张已撕下卷起来的大字报。

大字报题目是：《我们不信任和劳改犯同流合污的桑振中》。

大字报的内容旧事重提，说恽兆康写反动翻案小说被判刑劳改，而当年恽兆康的好友桑振中摇身一变，捞着了一根造反的稻草，竟然抖了起来要当新生的革命委员会的第一副主任了。对这样一个和劳改犯都划不清界限的人，我们无产阶级革命派的战友们怎能寄予信任呢？不能让这样的投机分子上台掌权，不能让这种角色来领导我厂的“文化大革命”。

“那……”宾涓听说此事，比桑振中还急，双手搂紧他声音发颤地问，“那你怎么办呢？”

她原先对他的猜忌对他的怀疑一扫而光，现在又为他遇上了这一麻烦忧心起来，同时宾涓还为自己的无端猜疑妒忌感到有点隐隐地对不起他。

桑振中看到这张已被裘刚当机立断撕下的大字报，一时也没了主意，他不禁有点懊悔又有点佩服裘刚。还是在“烂香蕉”率五百造反战士来厂里踏平五花八门的组织“霹雳造反总司令部”刚刚扩大队伍稳脚跟时，裘刚就给桑振中出过主意，让他趁此机会争取主动，带上一支二三十人的小队伍去揪和恽兆康有暧昧关系的那个女人来斗，以堵住七嘴八舌职工的口。当时桑振中自恃有“烂香蕉”做靠山，没人敢和他们对耍手脚。同时他心里又觉得那女人并不是本厂职工已经够可怜的了，何必兴师动众！却不料在新生的红色政权即将诞生之时，有人抓住这根小辫子做起文章来了。

桑振中沉吟片刻询问一皱眉头就有一个点子的裘刚如何对付，裘刚显然早替他想好了眉头也不皱地说，只有当机立断，飞快地派出一支队伍神速地把那女人揪到厂里狠批狠斗。

桑振中一拍桌子说就这么办。

队伍派出去后，裘刚又拿出一沓材料建议，此事唯有一不做二不休，才能堵死人的嘴。桑振中问他，此话怎讲？裘刚点穿说一面批斗一面立即和公检法的造反派联系，请他们派人来把这个唆使厂里职工书写反动翻案文章，以色相腐蚀青年工人的下流女人逮捕法办。

宾涓听到这里忍不住咒骂这个裘刚真不是东西。

桑振中吁了一口气说，还真亏了他出的这个主意，厂里那些蠢蠢欲动想扳倒他的人只好缩回了手脚。

宾涓眨眨眼疑惑地问，光是揪那女人来斗要耗去这么长时间？

“唉，你真不懂事。”桑振中叹了口气，往床上仰面一躺说，“既然请了公检法造反组织的人，那还不得要陪人喝酒吃饭。”

“一吃要吃去整整四五个小时？”宾涓仍有疑问。

“说出来你简直想象不到。”桑振中没听出宾涓的盘问口气，举起一只手道，“饭还没吃完，我哥哥和嫂子找到厂里来了。”

“他们来干啥？”宾涓马上想到她去医院堕胎是振华和周小霞帮

开的证明，她警觉地转身俯下脸问。

“不要急嘛，宾涓！我渴死了，给我倒杯茶来，要六安瓜片六安瓜片。”桑振中拍拍宾涓撑在床上的手臂，“等我喘口气，细细讲给你听。”

宾涓猜忌的心已渐归平静，她欣然答应，替他去倒茶，心里却在说，人就是怪，地位变了，接触的人一多，见的世面也大，什么事都会讲究起来。瞧他，喝茶都晓得要翠绿有光、清香回甜的六安瓜片了；要还是猫在永吉里桑家那破陋的房子里，他就只晓得喝茶末了。

桑振华的困惑和爸爸桑阿宝的苦恼几乎是同时产生的，都产生在号称百万大军的赤卫队一击即溃的日子里。

文化大革命初闹起来的时候，成千上万的红卫兵们纷纷出校门，大破四旧，大立四新，横扫一切“牛鬼蛇神”，对于“封、资、修”的事物一律砸烂，对于他们视为阶级敌人的一切人统统揪斗批判，运动很快波及到社会上，波及到厂矿里。一惯信奉马列主义党叫干啥就干啥的爸爸在厂里也参加了抄家活动，振华在单位上很自然地是破四旧、抄资本家的积极分子，核心人物。振华是工人家庭出身，当过兵，在解放军这所大学校里锤炼过，又是大队里的党总支副书记。但他心里有种临时观念，总觉得不管广播里怎么叫，报纸上怎么说，这些“打倒”“砸烂”之类的事是学生们闹起来的，闹过一阵就平息了。工人嘛，总是要上班干活，建设社会主义，具体到建工大队来讲，工人不造房子，都像红卫兵们那样四处串连造反，任务完不成怎么办？但是，运动的迅猛发展，逐渐使振华心中无底了。工人们也像红卫兵一样闹起来了，口号是“踢开党委闹革命”，是炮轰中共上海市委，是领导干部统统“靠边站”。爸爸桑阿宝是个纯朴的老工人，思想上想不通，眼睛里看不惯，回到家里酒量大增，喝多了酒就骂娘，骂炮轰上海市委的人是反革命，骂那帮起来造反的家伙是二流子、懒汉、瘪三、捣蛋鬼加流氓无产者。市里面赫赫有名的劳动模范、先进生产者急电致毛主席，说有一些人想趁文化大革命之机造共产党的反，他们一千个不答应，一万个不答应，识字不多的爸爸在致敬电上也签了名。桑振华虽然不像爸爸那样表现得那么激烈气愤、溢于言表，心中的感受和爸爸却是一样的，他只不过是在暗中忖度罢了。明眼人谁都晓得，每个厂每个单位调皮捣蛋的人都是少数，就那么几个扳着指头数得出的家伙，照理他们是阴沟里的泥鳅，掀不起什么浪花来的，可他们非要闹。明明中央要工人“坚守工作岗位，不要到厂外去串连”，他们非要去厂外四处乱窜；明明中央三令五申“不要成立跨行业的组织、不要成立跨系统的组织”，并说“对工人群众进行正面教育”，而他们却非要成立跨系统的造反组织。九月份上面发了一个关于《抓革命，促生产的通知》，十一月份“工总司”成立那天《人民日报》又发表《再论抓革命，促生产》的社论，说城乡生产单位搞文化大革命，同学校是不完全一样的，说工矿企业事业单位和人民公社，都绝对不能停止生产，生产一停，就会影响人民的经济生活，工矿企业要搞“文化大革命”，必须在生产以外时间进行，且绝对不应该到外地去串连。所有这些精神，和振华的思想是一致的。他是党总支副书记，建工大队里也有五六个战斗组、造反队，里面跳得凶的人物数得出有几个，为便于做工作，他把这些通知、文件、社论的精神，还一条条一字不漏地抄在笔记本上。他心里认准了，自己和爸爸对运动的认识是正确的、稳妥的，所以，振中造反，他和爸爸都不同意。爸爸还大发雷霆，把这个大逆不道的造反儿子赶了出去。振华私下对妻子周小霞说，让振中出去撞撞墙、碰碰壁，碰得个头破血流，他自动会回来的。谁料得到，造反势力日益增大，工总司成立之后，市委的“三不”态度传下来，“不赞成、不支持、不参加”，他们竟然组织规模巨大的游行，要曹××接见，见不成，他们吼叫着要去北京告上海市委的状，并且说干就干，当场行动。玻璃机械厂二十二岁的草包司令潘国平率领一帮冲杀成瘾的造反派砸坏检票口，冲到北站，强行登车北上了。王洪文在第二天领着一千多名工人强令开往郑州的602次列车向北京出发。在振华看来，上海市委命令铁路局阻留列车，完全正确，而王洪文下令卧轨拦车，造成轰动中外的重大事件，向上海市委施加压力，明明是蓄意破坏交通，沪宁线必须采取严厉措施镇压。振华又错了，张春桥像钦差大臣一样到了安亭，先斩后奏，和“工总司”达成了协议，签署了“五项要求”，并且得到了毛主席的支持。

在工总司、造反派、红卫兵们抄贴出来的最新最高指示的大红纸面前，振华停立了好久好久。连伟大领袖毛主席都表了态，看来他自己的脑子里确实有许多条条框框，看来他确实跟不上形势了。

随后上海又发生了第二次轰动全国的“《解放日报》事件”，并成立了和“工总司”针锋相对的“赤卫队”。“赤卫队”是市委支持的，“赤卫队”符合文件精神基本上是以本系统本单位互相熟悉、知道底细的同志组织起来的。爸爸在厂里是老“赤卫队”员，振华也在建工大队参加了“赤卫队”。“赤卫队”人多势众，“赤卫队”是为捍卫毛泽东思想而成立的，“赤卫队”势将成为上海群众组织中最大的一支劲旅。

事与愿违，仅仅一个月时间，市委在中央文革的压力之下，改变了立场，表态不支持“赤卫队”。“康平路事件”之后，“赤卫队”更是每况愈下，大多数群众感到不知所措，一哄而散。

“一月风暴”之后，造反派彻底左右了上海文化大革命的形势。“赤卫队”头目中一些有名望的劳动模范、先进人物，纷纷被押在卡车上游街示众。爸爸是老工人，只被人骂了几声保皇派、老糊涂就算过了关。而振华，在建工大队的造反组织联合夺权封官许愿的一阵风里，被勒令靠边站了。

这对他不能不说是一个震动。为什么，一心想领导好本单位的文化大革命，却站错了队？为什么听党的话跟党走，这回却错了？为什么，所有的党员干部都得靠边站，而领导权却要交到那些很多连党员都不是的造反头头手中？为什么？为什么？

振华解不开这一疙瘩，想不通。妻子周小霞带回来的消息，却似在家里炸了颗手榴弹，让爸爸赶出去的振中，现在成了响当当的老造反，马上要出任厂革委会第一副主任。

“爸爸，这回你得认输了。”周小霞边给爸爸端下酒的花生米，边开玩笑地说，“振中当上大官了。听人讲，他现在的职务，和过去的厂长书记一样大。”

“现在看起来……”振中坐在爸爸的侧面，留神着爸爸的表情，试探地道，“振中的看法，振中的观点，不一定是错的了。事实证明，他阶级斗争、路线斗争的觉悟比我们高……”

“觉悟高个屁!”爸爸一口喝尽了酒盅里的七宝大曲，瞪大一对红红的眼珠子，拍着桌子道，“他是投中了机。娘希匹，我就不相信，拐走资本家女儿的小流氓，当得好这个厂长。他这种人，趁早给我缩脚，否则，蹿得越高，跌得越重。”

爸爸大动肝火，振华不便多说。夜里，和小霞躺在阁楼里的床上，振华对妻子耳语：

“爸爸的脑子，比我还难转过来。”

“有什么转不过来的，随风转嘛。”在饮食门市部参加了造反队的周小霞，因为他们这一行业属于大集体，为争来全民企业待遇，他们统统参加了造反派，现在造反派得势当了权，她仍旧是饮食门市部主任。上头已经答应下来，他们这一行业革命无罪，造反有理，待夺权斗争取得全面胜利后，给他们转成全民企业。所以她对新生的革命委员会有好感：“唉！你别多想了，想不通，干脆去找找振中，请他指点指点。你今后怎么办？总不能老靠边站啊!”

被妻子点破了心思，振华叹了口气：“振中对家庭赌着口气，找上门去，还不知他理不理呢?”

“嫡亲阿哥，他凭啥不理?”周小霞激动地坐起半边身子，盖在肩头的被子滑落下来，裸露出半个雪白的肩膀，“他要不理，你摔几句话给他，让他别忘了，当初他搞大姜家三小姐的肚皮，还是顶着我们的名字去堕的胎，嫂子我还替他们背着黑锅呢!”

这种话当哥哥的怎么说得出口？振华暗忖着，并没抢白小霞，他晓得只要一讲出来，小霞会越说越来劲儿。她在饮食店工作，嘴巴不会饶人，他面对黑幽幽的小阁楼，吁出一口气，说：

“倒也是，想想他也不至于做得这么绝吧。振中这个人，并不像那些流里流气的造反派，他只是在厂里混的不得法，才狠起一条心造反的。”

“一反还真反成功了！”小霞兴冲冲地说，“等他结婚时，反正不会像我们这样，蹲在这小阁楼里度蜜月。”

一句话又戳到了振华的痛处。他参过军，入了党，大小当过党总支副书记，可混到头来，连间像模像样的房子都没混上。

靠边站了，到了建工大队也没什么事做。这天振华决定去找兄弟，提前了一个多小时，他摸到振中的厂里去了。

门房大约看出他的脸和振中相似，对他特别客气，先往里面打电话，然后走到门口，仔细地给他指点路径，怎么拐弯，第几幢楼，还一口一个桑主任，说桑主任在陪客人吃饭。

振华马上看出权力和官位显示出的威力了。他找到里面，有人在楼前等着，谦恭地笑问他吃饭没有。振华没顾上吃饭，但他说吃过了。那人把他带进一间贴满毛主席语录、毛主席和林彪画像的房间，为他沏了杯茶，请他稍候，说桑主任一会儿就来，他正在送公检法的客人。

这是振华听第二个人称振中桑主任了。哼，革委会的成立大会没开，任命还没宣布，人们都心甘情愿地承认他了。

无聊地打量了一番重新粉刷、油漆过的办公室，振华想这间屋原先说不定是哪位书记或厂长的呢。振中来了，两边脸颊鼓鼓的，胖多了，一双眼睛还带上点酒后的满足和笑眯眯的神情。他喊了声哥拖把藤椅在振华面前坐下，翘起二郎腿晃悠晃悠，一副踌躇满志的样子。振华喝了口茶和他闲聊了几句，无非是说振中离家后父母的近况，家庭的情况，话语中带了点抱歉的语气。

“我早忘了！”振中满不在乎地摆摆手说，“我对宾涓讲过几次了，等开过成立大会，把最忙的一阵对付过去，我们一道回永吉里看看。我们准备捞到房子，就正式结婚哪。”

振华暗暗吃了一惊，没想到这小子混到革委会副主任的官位上，还在同资本家的女儿勾搭鬼混，造反派喊出的口号，一向不都是最最革命的嘛。要在以前他早就摆出大哥的架子，教训他一番了，可如今……他咽了口唾沫没顺着兄弟的话头讲，话锋一转就转到他要讲的话题，他的苦恼，他的靠边站，他今后怎么办……

“那好办！”振中在他讲的时候一直在晃悠二郎腿，不时掏出一把指甲刀，修剪自己的指甲，有时还无意识地鼓起腮帮噘起嘴，做出吹口哨的样子，幸而他没吹出声音来。把指甲刀塞回衣袋，他又顺手拿起了桌上一份文件。振华本来想细细讲讲自己的思想波动，看兄弟这副样子，便尽可能简明扼要地讲完了自己的来意。谁知振中等他话音一落，想也没想就说：“好办！你在建工大队总还有几个谈得拢的朋友吧？”

“那是。”

“明天去单位，你就找他们，马上成立个新的造反组织，把宣言贴出去，要让全大队职工都知道，你们经过郑重考虑，决心和无产阶级革命派战斗在一起、团结在一起、胜利在一起。”振中讲话同过去乘凉吹牛皮时没啥两样，“然后，揪一两个公司或局里面的走资派、赤卫队头头来斗一斗，把声势造大一点……”

思想都没完全通就这么干，不是闹嘛。而且，不久前自己还是赤卫队小头头，是保皇派，怎能眨眨眼工夫，老母鸡变鸭，在政治上来个一百八十度大转变呢？建工大队里的干部群众，不会说他是投机分子吗？他两眼望着振中，疑惑地问：

“这样行吗？”

“怎么不行，照我说的干，没错！你没看满街都是‘受蒙蔽无罪，反戈一出有功’的大标语吗？你没见‘欢迎赤卫队受蒙蔽群众回到毛主席革命路线上来’的横幅吗？受蒙蔽群众和一些干部，很多是好同志嘛！我们工总司战士，也要团结大多数嘛！对不对？哥，大道理你比我懂，比我会讲。革命不分先后，造反也不分先后嘛。

你造了反，而且有群众跟你，‘三结合’时，就有你的份。”

振华听懂了。振中的一些话，刚使他觉得这个弟弟造反造出了点水平，满口吐出来的话，有点官味了，不料讲到最后两句，他又露馅了，讲得太赤裸裸了嘛。转念往细处想呢，振中确实讲得有道理。

振中的话再次打断了他的沉吟，他一针见血地说：

“哥，你还犹豫什么？你怕人家指你脊梁骂投机、骂出尔反尔吗？别理他们，一脚踏开他们，你得抓紧行动。‘文化大革命’是什么？”

振中几句话点透了他的心思，他一时讲不出话来，只是双眼瞅着这个已有几分陌生的兄弟，点头或是摇头。振中在笑，在振振有词地发挥他的演说才能，他又说：

“用春桥同志的话说，‘文化大革命’就是改朝换代。哥，我请你记住这句话，像记住语录一样记住它！”

振华苦笑了一下。文化大革命以来，有了《毛主席语录》前所未有的大规模普及，有了《林彪语录》有了一些群众组织自发编撰的《马恩列斯语录》，现在振中又让他记住《张春桥语录》了。

“改朝换代啊！那就是把所有不愿跟我们跑的干部全部打倒、换掉，换上愿意跟着我们死心塌地干革命的干部。”振中一边讲一边给自己倒茶，侧着身子嘴也没停，“你知道徐老三徐景贤是怎么造反的？‘文化大革命’从六月份闹起来，一直到十二月份，徐老三一直是个保皇派。他当市委写作组的支部书记，秉承旧市委意志办事，是市委的喉舌，他敢造反？他站出来造反，完全是姚文元从北京打给他了一个电话。他是接到电话的第二天，就公开打出造反旗号的。现在怎么样？上海市的第三把手。哥哥，除非你甘心情愿永远靠边站，否则，你明天就干起来。你一干起来，我再给建工局的造反派头头通个路子，打打招呼，别说他妈的大队革委会，公司革委会都混得过去。”

一副解放前白相人的腔调，振华心里说着，不由得蹙蹙眉。同时，他又不得不承认，兄弟的话给他指出了一条路。他没有正面谈干与不干的话，他只是轻声说出了自己的另一个担心：

“振中，你就认准了，夺权的造反派，能把权撑下去?”

“那还用问!”

“你有什么根据?”

“说你有点阿木灵，就是有一点。”

振华听了心里颇不是味，但没吭声，仍旧默默听着。

振中继续说：“到了今天，你还看不出，造反，造反，造反，就是因为毛主席的支持，造反派才能得势。安亭事件，是毛主席肯定下来的吧。没有老人家支持，光是一个张春桥，华东局、上海市委那些头头，都不会买他的账。‘一月风暴’夺权，也是毛主席支持的吧。上海人民公社成立，还是毛主席支持的吧。没有毛主席支持，想造共产党市委、省委的反，早把你抓起来杀头喽!”

振华瞅着兄弟唾沫飞溅、趁着酒兴那副趾高气扬的样子，仿佛一下子让他点通了穴道。是呵，他还是得承认，在看待“文化大革命”全局的形势方面，振中就是比自己强。他望着墙上的一条语录，望着面带微笑、神采奕奕地站在天安门城楼上的毛主席画像，嘴里不由喃喃地吐出一句：

“毛主席……”

1980. 11

过了十点钟，冯永杰没耐性了，他对姜宾成和牙牙说，他是来还宾扬四千块钱的，宾扬这会儿还不回来，请他们代收一下，写张收条，以后他凭这收条来宾扬家换回那张借据。

姜宾成说坐了这么长时间，再坐片刻没关系，他的脸膛黝黑黝黑，鬓角已略见灰白，明显地呈现倦容。冯永杰从衣袋里掏出四只大信封，请牙牙数一下。牙牙轻轻从信封里掏出钱就点起来。她不是在姜家花园里长大的，她成长的这些年里正是家庭蒙难、经济拮据的岁月，她的习惯自然同姜家花园的上几代人不一样。

看到那一张张拾元票子玛雅不由得触景生情，往昔那些日子似乎回来了又回来了，她跟着妈妈到姜家花园里求人接济的情景一幕幕清晰地映出来。最后一次姜家伯伯给了妈妈四千，靠着这四千块钱她们母女才在“文革”初期那段日子里过了一段太平生活。后来钱愈用愈少妈妈只好去里弄生产组干活，而她为了想方设法在毕业分配时得以留在上海去迎合那个混蛋顾元伟，铸下了一辈子都难以消失的精神创伤。她不愿回想不愿回想决不愿让那噩梦般的情景重新在眼前掠过……

她见冯永杰收起了牙牙和姜宾成签了名字的条子满意地起身告辞，并一再要俩人向宾扬转告谢意，心想自己是陪同冯永杰来的只好也一起回去。她乜斜了尹丽妮一眼，这个贱货难道还要等下去？尹丽妮没察觉她厌恶的目光，收一收挎包带子轻捷地站起来，也说该走了。她递张条子给牙牙让她转交宾扬，请宾扬务必给她挂个电话，电话号码她已写在条子上了。这个骚女人她是什么时候写条子的玛雅几乎没看到，可见她是如何地善工心计得提防她好好提防她。他们一齐告辞，姜宾成和牙牙也笑脸相送，他俩肯定也是如释重负，总算摆脱了这一陪客的任务。步下客厅前台阶时玛雅对他俩真感到羡慕，只因为他俩是宾扬的亲戚，他们就可以留在这里留在姜家花园，她什么时候能够住进这么漂亮的花园洋房里来呢？天哪，这是她的梦，姜家花园自小便是她绚丽灿烂、向往憧憬的梦想。她时时梦见它感到它是那么亲近那么逼真，可她又觉得它是那么遥远那么可望而不可即。这都怪她，怪她怪她的个性怪她的脾气怪她沉不住气，她一定要同宾扬重修旧好，把过去的一切不快一切肮脏的往事弃之脑后。

出了姜家花园几十步，玛雅同冯永杰往永吉里方向走，和尹丽妮一起多行几步她都觉得不好受。玛雅只顾自己拐弯连招呼也不同尹丽妮打一个，反正进了姜家花园也没人为她俩介绍。冯永杰倒和尹丽妮自来熟，客客气气打过招呼告了别。

尹丽妮沿着那条弯曲的弄堂走出去，玛雅和冯永杰走的是这边永吉里。到了永吉里冯永杰客气地邀玛雅上楼去坐一会儿，不过他的口气并不很热情只是客套，天这么晚了他一定知道她不会上去。玛雅婉辞还大了步子说要回家了。冯永杰说我送你回去吧！玛雅执意不肯，她大声说你还怕路上有人缠我，不可能了你不看看我都三十来岁不是黄花闺女了。冯永杰衷心地表示了谢意，送她到了永吉里大弄堂口，临别时还叮嘱她别忘了给他介绍对象的事，他说像他这样的丑八怪没几个热心人介绍一辈子也休想讨到老婆。

玛雅感到他心地真不坏，认真地答应了下来。和冯永杰分手后走了几步玛雅就留神马路两边，也许宾扬恰好在这时回来了呢！她放慢了脚步，稀疏的路人中没见宾扬的身影。她陡地一惊忽又想到尹丽妮是从那边弄堂走的，她若遇见宾扬俩人不又走到一处去了。不亲眼见到尹丽妮玛雅还沉得住气，在宾扬客厅里碰见了尹丽妮她便沉不住气了。这女人是研究生而且过去强烈地吸引过宾扬，现在她单身又表现得很主动，一个结过婚的女人当然比玛雅更懂得如何讨好男人，她已没有羞耻心没有少女的羞怯。玛雅忽觉浑身像莫名的小虫叮咬般不舒服，她踅回身子重又冲进永吉里往姜家花园跑去，她走得很急几乎是在疾奔。从永吉里横弄堂穿过去她就往姜家花园大铁门那儿瞧，那里黑漆漆静悄悄的只有门头柱上方两盏幽幽的灯，朦胧胧的光影里不见一个人影。她稍显放心便信步挨近墙顺着弯曲的弄堂走了出去。

一直走到弄堂口也没撞见任何人，她左右前后张望，没有尹丽妮徘徊等待的身影，只有十一月末梢的寒风吹落的梧桐树的黄叶，在人行道在马路上徐徐拖地而移。

玛雅不晓得宾扬会走这边弄堂还是走永吉里那头。她重又慢慢走回来，走到弯弄堂和通向永吉里的那条横弄交界处，转弯的地方有一片幽暗的阴影，玛雅走到那块阴影地，在阴影里慢悠悠地踱过来走过去。她决心在这里等待哪怕等上整整一个夜晚，既然宾扬尚未归来，那他总是要回家的。站在这里他无论从哪边走来她都能看到，她要等他决心等他直等到他出现。

弯弄堂里有风很冷，玛雅孑然一身不觉涌上泪来。她这么可怜地期待着真正的爱情，可爱情总是负她而去。宾扬宾扬你可知玛雅的心迹玛雅的痴情？她仰起脸来泪光闪烁的眼睛看出去一片闪烁迷离，有远远的光影有黑夜有幢幢楼房的窗口。她等她必须等她一定要等下去，她盼宾扬盼了十几年了，她一次次地失去宾扬一次次地吞噬苦果咽下咸涩的泪水。插队落户那阵子她满以为会同宾扬重归于好，哪晓得哪料到她撞见的会是今生今世只要活着就不会忘记的一幕……

她的泪涌上来不断地涌上来想抑制都抑制不住，那一幕在泪光里又闪闪烁烁地清晰地映现出来。

1971．12

这是年终岁末里的一个好天。乡下人都说今年是旱冬干得恼火，玛雅心里说天晴才好，下雨天阴沉沉的满地都是泥泞走路不方便出门都没情绪。农民忧心的是旱冬过后明年春天小麦的收成不好，麦子欠收洋芋欠收菜籽欠收，一年的工分值都得落下来，日子会过得更为艰难。玛雅心里想的是一欠收粮价会上涨，她到上海去收买全国粮票来卖转手赚点零用钱就更容易。这两年多和“黄狗”混在一起，所有的零用钱有一半是这么来的，她虽然从来不干但在旁边看着是根木头也熏出点烟火气了。上个月“黄狗”和煤矿工人打群架被抓进去，七审八审把他一年前伙同几个民工盗窃 1088 工地大批电缆线的事审了出来。从县公安局传出消息，这一次，哪怕他是上海知青，也不会放他出来了。

活该！

听到这消息玛雅兴奋得浑身发抖忿忿地说出了一句埋在心底多时的话。

下乡近三年这流氓占有着她不许她有半点自由，害得她不断地从赤脚医生小小的医务室里偷避孕药。久而久之她看出来他完全是把她当成泄欲的工具，哪里有什么爱情。他表面上对她百依百顺言听计从，内心里却生怕她有朝一日忽然甩手离去。最让她忍受不了的是他对宾扬的狠毒。

两年以前的夏日玛雅约了宾扬去玩，她盼这一天盼了好久好久，可以说自从下乡之前宾扬在她家和她有了爱情后，她一直在盼着和宾扬单独幽会。她把一切设想得十分美好，赶场天“黄狗”和他那帮难兄难弟是必定要出去的，自从下乡以后他们还没漏过一回，到了那天她只要借口身子不舒服就可以单独待在集体户里等着宾扬。赶场天吃过早饭他们果然咋咋呼呼走了，玛雅烧水洗了头发抹过身子，换上一身漂亮扎眼的连衫裙，情切切地等待着宾扬的到来。

只觉得“黄狗”一伙走出寨子好久了，宾扬还是不露面。直等到玛雅心焦火燎不耐烦地走出集体户茅草屋往打狗湾那个方向眺望，陡地看到“黄狗”领着一帮人兴高采烈地走回来。黄狗嘴里粗声粗气地说：“这一顿把那小子打得够呛，算是把他教训够了。他妈的这家伙也太不像话，竟敢来扒我‘黄狗’的灰，不破他的相算是客气的了。”

玛雅脸色惨白，美丽的双眼顿时露出惊恐之色。“黄狗”笑眯眯地对她说：“你听见了吗？这回对打狗湾那小子是客气的，若是你们之间还要藕断丝连扯不清楚，就不要怪我手下的弟兄在他脸上划一个十字。”

玛雅怕极了，也恨极了，但她一个女人只敢把恐惧和仇恨埋在心底。为了宾扬不受牵连伤害，她克制了去找他的欲望，但她也逐渐地回避心狠手辣的“黄狗”。她尽量和每个女知青搞好关系，促使她们一道去向大队提出和男知青分开居住。获准搬入另一处茅草屋以后，她日夜都和女知青们结伴在一起，万不得已时她才和“黄狗”那帮人去赶个场，但也非要拉上几个女知青做伴。实在回避不过她才无奈地满足这头畜牲的欲望，但她心灰意冷激发不起性欲常常使“黄狗”乘兴而来败兴而归，她就是要以此来报复“黄狗”。时间一长“黄狗”也觉得厌倦乏味，终于他又在外头勾搭上了另一名“赖三”①，玛雅乐得远远地避开了他。但她慑于黄狗的凶残始终不敢再主动去找宾扬，只是牵心挂肠地从其他知青口里零零星星获知点宾扬在乡间的情况。她听说自己去打狗湾找宾扬的情况是桑振业泄漏给“黄狗”的，她决心有朝一日要好好耍弄桑振业一番。她有强烈的报复心理，她要把折磨过她的心灵损害过她和宾扬关系的人都狠狠地耍上一通。这次“黄狗”盗电缆事发，县公安局到猫儿冲来提取证人证词，“黄狗”转卖电缆的线索就是她提供的，她希望公安局重判这个可恶的家伙，最好关他一辈子永远别放出来。前两天从县城回来的女知青说，从县法院传出消息，“黄狗”这次判刑是无疑的了，只是究竟判几年没听说。

得到这一消息玛雅的心就动了，特别是从打狗湾到猫儿冲来的农民嘴里听到，知青点里男女知青先后回上海去了，只留下那个出身不好的姜宾扬一人守着几间茅草房，好可怜的；这人比哪个男知青都无用，煮饭不会，洗衣不会，很多日常生活料理的事都不会，干农活也不得行，十足一个大憨包，到乡下几年了都学不会一点简单的事，手笨脚也笨。玛雅听了心里发痛，她一天也不愿多耽搁地赶到打狗湾来了。她晓得宾扬需要安慰、需要温暖、需要她。而在他最需要她的时候，她却无奈地不敢来找他，一想到这点她心里愈发仇恨“黄狗”这条蛆。

冬日的山野里太阳出来有股安详的气氛，宁静的山峦延伸到天边地边看不到的地方，小股小股的沟渠水贴着地面浅浅地向低处流去，偶见几只寻食的麻雀“叽叽喳喳”在翻犁的田土上空掠过。

走进打狗湾寨子同样有股安宁祥和的气氛。有几个老汉坐在家门口的阳光里翻着衣襟抓虱子，抓到了放进嘴里一咬一声响。有几个娃崽在追着两三条狗玩，不时惹得狗汪汪地咬。院坝里有人在晒谷子，在铡马草。

玛雅记得打狗湾知青住的茅草屋，走近时她的心怦怦直跳，她

---

① 赖三，女流氓之意，源于解放前流氓话“三头”，即妓院“长三堂子”。

想放声喊想往里冲想一头扑进宾扬怀里，可她又想让宾扬突然喜出望外决定一声不响猛一下闯进去。

但是，知青点茅草屋出奇的安静使她稍感诧异。难道宾扬出门了这么不巧，蹑手蹑脚走近大门一看，门是从里面闩上的。奇怪的是里头一点声音也没有，莫非宾扬还在睡大觉？玛雅不敢往坏处想心头却慌得不知所措。她和宾扬毕竟有两年多没接触了，宾扬会不会接触其他女知青……一种不祥的预感袭上心头，玛雅决定绕到屋后去看看。踮着脚走过前面的小窗她看到小窗被一层白纸糊上了。绕过山墙来到后屋檐下的小窗口边，玛雅浑身觉得一阵冰冷，四肢仿佛在这一瞬间僵直了。敞口的只用几根粗棍棍作栅栏的小窗后头堵着一只大大的斗笠，这斗笠质地甚好是竹篾编的，县知青办在他们来时每个人发了一顶，斗笠沿上还有红漆写了“广阔天地炼红心”一圈七个字。可上海来的知青都不喜欢戴它，倒是常常用它来堵窗户，不过都是晚上堵，白天就移开斗笠后头的锄把。宾扬此刻还堵着它干啥？玛雅是过来人一猜便明白，妒忌的火焰直往上冲，她凑近斗笠踮起脚挨近圆斗笠没堵严的方窗框的角角往里细望。她先是听到一阵轻唤似的呻吟继而听到女人在急促地低喊着：“宾扬，宾扬。”等眼睛适应了屋里的晦暗淡弱的光线，玛雅看到了对着窗的床，床在吱嘎发响淹没了两个人热切的低语，天气冷他们盖着被子，但玛雅还是看见了两个人裸露的肩膀。

玛雅恶心得想吐气愤得想嚎叫，她退后一步忘了这是后屋檐险些跌进泡冬水田里去。她及时收住了脚想砸门而入想一拳推开斗笠对着宾扬破口大骂，但她张张嘴却发不出声。她似乎是被气噎住了，有人扼住了她的脖子，她没这么做她不能站在后窗外她得走，她仿佛让狗咬了一口让鞭子抽得遍体鳞伤。她走到山墙边辨认了一下路径就灰溜溜地往猫儿冲走。宾扬已经找着了对象有了他的心上人她成为多余的了，凭啥他就不能有女朋友而非要等着她？他在乡间这么苦这么难熬，女人会给他一份安慰一份温暖，凭啥她能同“黄狗”同顾元伟干那种事宾扬和其他女人就不可以？那是他的自由他的权利，她若大吵大闹大哭大叫，只会逗得另外那个女人讥诮嘲笑。玛雅跌跌撞撞沿着山路走着泪如雨下，她完了她完了她这辈子别想有称心如意的爱情了，她只配堕落只配和"黄狗"一类流氓畜牲为伍供他们玩弄，她的命真苦她的命真贱……即使这样想她心里仍在执拗地忖度，那个女人是谁得到这一幸福的女人是谁？她为啥没听别的知青讲起过，一般谁同谁好在知识青年中都是公开的秘密啊！

李青艳的到来使宾扬欣喜若狂，当她出现在打狗湾知青点茅草屋里的时候，宾扬顿时感到光线淡弱的屋内刹那间亮堂起来。他抑制不住自己的狂喜，张开双臂紧紧地拥抱着她，连门都忘了关。

她说她是随着串换洋芋种的农民们来的，他们挑着洋芋种到打狗湾附近的寨子上来换，走到岔路口，农民们指了通往打狗湾的路给她，她顺着路走进寨来，只问了一个农民，就找到了知青点。宾扬看得出她也十分高兴，看得出她也想他。他从青坪寨回来，还不满一个月啊，她就赶来了。几乎可以说，从分手走出青坪寨来，他就在想她。和她一起在青坪寨度过的一个多星期，回想起来比经历的当时还要甜蜜，还要有滋味。但他克制着自己迫切想去青坪寨的欲望，他怕去的太频繁会遭到农民们的非议。李青艳毕竟是个姑娘，她一个人住在知青点上，一个男知青三天两头往她那儿跑，一起吃，一道住，不可能没人说些闲话的。但他又确确实实非常非常想她，想她的音容笑貌，想她的神态举止……甚至在想她的某一个眼神、某一个手势时，都有一股温情在心中激荡。哦，爱情真是令人迷醉和沉浸在欢悦里的事情，没想到她从天而降般地来了。宾扬听说她是一清早随着农民们走出寨的，手忙脚乱地给她整吃的。煤火不燃，他索性往里头扔包谷芯子，使得火燃大一点。李青艳见他那副笨手笨脚的样子，说不消忙了，稍煮一点面条吃吃就行了，她自己也动手了。

在她熟练地煮面条加佐料时，宾扬一步不离地站在她身旁，瞅着她的每一个细微的动作，瞅得李青艳几次含羞带娇地转过脸来，目光里流荡着幸福的波光。

吃完面她利索地洗了碗。当宾扬再次把她搂在怀里的时候，她轻轻地在他耳畔说："我们睡一会儿吧！走了二十几里山路，我有些累了。"她说睡一觉起来，趁着天气好，她给他把被子垫单都洗了，洗完晒干替他重新缝好。

宾扬啥都听她的，他闩紧了大门，关严了男生寝室的门，又堵好了窗洞。屋里马上变得幽暗、静谧，有一股安全的气氛。她铺好床，坐在床沿上，把他拉到她跟前，给他轻轻地解着钮扣。宾扬凝视着她，一股爱的激情涌上心头，他不由俯下脸亲吻她那细长细长灼亮灼亮的眼睛。她轻轻扭动她的脖颈，移转她的脸颊，柔顺地任凭他亲、任凭他吻，并不时地噘起嘴来回吻他。宾扬的双手在她肩上轻轻抚摩，她的肩头瘦削，显得很单薄，让人感到她是那么弱不禁风。

似乎是她开头讲的下午还要做事的话起了作用，宾扬感到她和他都有一点急迫，有一点局促。当他俩赤裸着身子躺在被窝里的时候，李青艳把脸埋在他的怀里亲、吻着他的胸膛，还喃喃地说：

"宾扬，你说怪不怪，只要一想你，我就想起我们俩像这样在一起。"

"我也是。"宾扬惊奇着她和自己几乎是一致的，这是不是相亲相爱的男女的感应？

他让李青艳到自己身上来。李青艳双手撑着枕头整个身子俯向他，甜甜地微笑着。噢，她的身躯虽然颀长瘦削，可她的一对乳房又大又丰满，特别是此刻往下垂荡着的时候，迷人极了。宾扬忍不住轻轻地抚摸着她。她往一边侧睡着，扳过他的脸去，把他的整个脸埋在自己柔软温暖、芬芳四溢的胸口，同时她的双手不停歇地轻抚轻慰着他的身躯。他觉得她的手又奇妙又温柔，他的身子在她抚摸下沸腾起来。他让她躺下去，在她耳边难为情地低语：

"青艳，我要……"

她很轻很低地哼了一声，双手环抱着他的背脊；他撕咬般狂热地吻着她，把自己的胸膛贴紧她耸起的一对乳房。她不能自禁地迎合着他。他神魂激荡地喃喃着：

“青艳，我最最亲爱的……”

青艳闭上眼睛轻声地喘息、呻吟起来，她看到雨后的山野里悬起一股雪白的飞瀑，浪珠水沫激溅在溜滑的崖石上，渗透进潮润的苔藓、野茸丛里……她嘴里吟唱般哼哼出声了。

……

屋外有风声，有远远的院坝里哄娃儿的老人轻吟低唱的歌谣隐隐传来，有川马得儿得儿的蹄声渐渐远去。

宾扬把灼热的脸贴在李青艳滚烫的面颊上。李青艳更紧地偎依着他，两条柔滑光洁的手臂死死缠着他的脖子。宾扬凝神瞅她一眼，她的眼睛里闪烁着泪光。

“你怎么了?”宾扬困惑地问。

她默然不语。宾扬问她，是不是怕怀孕？她苦笑一下，说她不怕，如真有了，她巴不得搬来同他住一起，守着茅草屋，出工劳动，赚工分养活他们自己，也养活孩子。宾扬叫她这么一说感动得再次抱紧她。他又问她为何流泪，直到此时她才说出来，她接到了家里爸爸的电报，电报上只说让她接电速归，车费钱已电汇，紧急得很，猜不出家里出了啥大事，但肯定是有重要的事，否则家里不会这么急着让她赶回去。两个月以前，秋收大忙即将结束，知青们纷纷在打主意回上海时，她给家里去过信，表示过想回去探亲的愿望，家里不让她回去，说负担重，来回车费又贵，得等她下头一个弟弟分配了工作，明年年底才允许她回沪探亲。只过了两个月，什么预兆也没有，突然来电报，又电汇钱来，催她回去，不是出了大事才怪呢！

宾扬没有插话，始终在听着她讲。她讲的时候，他的心在往下沉。她走了以后他怎么度过这样一个冬天？本来他觉得李青艳是这一个孤独的冬天送给他的礼物，是他相爱终身的伴侣，他的心是充实的，情绪是高亢的兴奋的，冥冥中他总感到眼下的生活再苦再艰难，但在二十五里之外的青坪寨，还有一个他心爱的姑娘，他只要花两三个小时就能见着她，和她一起度过很多美好的时光。可李青艳一走，他就只能孤零零一个人，守着打狗湾集体户偌大的几间茅草屋，憋闷了没人可去叙说，苦恼了无处发泄渲洒，生病了连个可以呼唤的人也没有。她这一去，至少也得过了春节才回来，也许还得等到春暖花开，春耕大忙的四五月份才能来。很多知青都是这样的，路途遥远，回一趟家不容易，他怎能苛求她提前回来呢！这样一来，他就得忍受好几个月的孤寂，破烂的茅草屋，高低不平的泥巴地，简陋的生活设施，煤火总不肯燃烧，要烤火还得去老乡家里……宾扬的泪水情不自禁地溢了出来。他的伤心很快被青艳察觉了，她支身坐起替他抹去眼角的泪，百倍温存地吻着他，像哄娃娃般对他说她去了就回来，她一整个心里都存着他，她放心不下他，她从来没同人谈过恋爱好不容易得到他怎肯轻易离开他，她爱他她崇拜他她要守着他过一辈子。她亲着他要他答应不要伤心不要难过，她说到上海以后马上给他来信，把家里发生了什么事告诉他，并把大致什么时间回来告诉他。见她如此温柔体贴善解人意，宾扬除了紧紧拥抱她回吻她还能说些什么呢？他淡淡地笑着说，为她能回去感到高兴，让她回去以后不要忙着来还是在上海多玩一些日子，说她回去一次很不容易。他说要送她，陪她一道去青坪寨帮她理东西，还要送她上车。他们说着说着平静下来，他们相对躺着更觉眼下的时间是多么珍贵多么难得。他们不停地亲吻着，他们紧紧地拥抱着，希望把身上的每一个细胞融汇进对方的血液里，恨不能你变成了我、我变成了你。宾扬一点也没怀疑李青艳这辈子就是他的妻子他的伴侣，他一无负疚地享受着别离前最甜蜜的爱情的甘露，他相信这爱的甘露将滋润心田一辈子直到生命消逝，他把世界看得如此适合自己的心意，他衷心感激命运之神把李青艳这么好的姑娘送进了他的生活……

1980．11

没想到那一次离别后他们再也没见面，没想到美好的梦境像镜框里镶的风景画让人一砸就烂，没想到重新相逢时李青艳已病入膏肓。

七楼阳台上有人站着叽叽咕咕悄声说话，李青艳家陈旧得几近倒塌的板房门口有人影晃动。宾扬一看表已过十点感觉到不便再坐，他轻轻从李青艳苍白柔弱的手中抽回自己的手，悄声耳语道：

“我该走了。你们家的人要休息了。”

“不！”李青艳猛地睁大了双眼瞪着他，两只眼睛贪婪而急切地盯着他，嘴唇微微蠕动着说，“宾扬，趁我还有一口气，来看我。”

宾扬沉重地点点头。

“把你的、你的那位……你的女朋友带来，让我看看……”

宾扬苦涩地一笑，摇摇头：“我还没有……”

一道愕然而震惊的光从她眼里掠过，她两眼汪汪地奋力仰起脸，伸出手要来抓他：

“那你……吻我一下。”

宾扬迟疑了片刻。她的两只大而忧伤的眼睛恳求地盯着他，两片薄薄的嘴唇不时蠕动着、蠕动着。

宾扬慢慢探近身子。她的睫毛一阵眨动，泪珠滚落下来。宾扬俯下脸去，他嗅到一股久久未晒的被窝气息，他把嘴往她已显露细细皱纹的额头上凑去。她却拼命把头往后仰，把嘴努起来，这一来她的脸显得更瘦模样更可怜。宾扬把嘴唇贴到她的嘴上，她的双手捧着他的脸，深情地吻了一下，用只有他听得见的声音说：

“真幸福，宾扬。不……不要记着我的背叛……”

她的泪又淌出来了。

宾扬鞠躬般地弯着身子用男子所能有的最轻柔的嗓音说：

“你保重。我从没记恨你，我永远、永远爱着那时候的你。”

李青艳的脸奇异地泛着滋润的光泽，她那瘦削的脸颊上的皮肤，像一层透明的薄纸，她嘴角露出一缕笑纹：

“谢谢……”

宾扬走出李青艳家的两间板房，阳台上聚着七八个身影，他什么也没有看清只是朝他们点点头扬扬手，表示自己走了，也有抱歉的意思。他想那一定是李青艳家的父母和兄弟姐妹，她家兄妹多这十多年里全长大了，那么多大人都挤在两间板房里晚上怎么睡啊？而且还夹着李青艳这么一个病人，日夜躺在床上，这日子真是难熬。经历了一场“文化大革命”，李青艳家获得了什么呢？她的父亲是医院杂务工，是工人，虽不算正统工人也是职工、劳动者，他们究竟得到了什么呢？两间破陋的板房，而当年的小孩，现在却全长大了，他们要成家立业，需要住房，需生活得稍好一些，可他们得到了吗？

回家的路上宾扬突然想到李青艳现在一定需要帮助，她三十来岁的人整天躺在床上要吃要喝要营养哪来的钱？而他姜宾扬唯一能帮她的，就是给她一点钱了。下次去看她时记着带上钱，趁说话她不留神时偷偷放在桌角或是塞进她被窝里。

说老实话对她的感情宾扬早已随着岁月的流逝而逐渐淡漠了。她回上海探亲后始终没有给他写信，她大概不可能想象宾扬在她的信应该来而没收到时那种焦急、难熬、急不可耐的心情，她大概更想不到他为收不着她的信几乎发疯发狂。直至来年春天忙栽忙插的时节到来，回上海去的知青们陆续归来，宾扬对李青艳已感到彻底失望的时候，他接到了她的信。那封信很短，第一句话就说：“我对不起你。”宾扬是双手颤抖着读完这封姗姗来迟的信的，信上只讲，回上海以后，没多久她就找着了工作，并且结了婚，还把户口调了回去，这一切都是她现在的丈夫办的。她找着了什么工作，和谁结婚？她的丈夫何以如此神通广大，人都不须来，凭信函就能把知青户口调回去。她信上都没有讲。信的末尾，她还是开头那句话：“我对不起你，宾扬，把我忘了吧。”

宾扬怎能轻易地把她给忘了！但必须忘，他绝望地在后山坡的坟地上发疯一样奔跑，衣裳挂破了他全然不知，身子撞上树干，他不觉疼痛，春天的大雨落下来把他淋得透湿他也毫无知觉，他伴着春雷嚎叫疯笑，他随着倾盆大雨放声大哭。这是他遭受女人的背叛最惨重的一次，他怎能轻易忘却？这是往他心上狠狠剜上一刀啊！是的，尹丽妮和他一刀两断，他也伤心也难过，可他和尹丽妮毕竟只是恋爱只是书信往来只是感情上的交流精神上的交流，她负心而去他除了悲伤心头还坦然。而李青艳和他，他们有过灵与肉的交流有过幸福的狂欢有过男女之间赤裸裸的奉献。李青艳怎么就能如此简单如此随便地把一切抛弃了呢？难道他们在一起时她的所有感情都是假的、都是装出来的？不，不不！宾扬怎么也不相信，他只相信诗歌里、小说中、电影上曾经讴歌赞颂的纯洁伟大的爱情大多是人们美好的愿望，在现实生活中大量的男男女女必须受到社会的、时代的、环境条件的制约，在众多严酷无情的制约的夹缝里滋生的爱情，只能是苍白的褪尽理想色彩的有时甚至是短暂的和变化多端的。

失恋的痛苦折磨着他啃噬着他，他当然不可能给李青艳回信，更不能去探问那些梗在他心头的一个个疑问，他只有忘却只有把这段感情的经历埋葬再别想起它。时间慢慢地消逝，日子一天一天过去，人这一奇妙的动物竟真的能战胜一切，能治愈心灵的创伤，而重新摆正姿势在世间活下去。后来他零零星星听到一些关于李青艳回上海的传闻：她的父亲在医院当杂务工认识了一位工伤截肢的劳模，这劳模不但在全市闻名在全国都很有名气，他在“文革”前是劳模文革中又是响当当的反戈一击的英雄，身上少说有七八个头衔。可惜他年纪轻轻前程无限时却在生产中被砸断了腿还非得截肢才能保命，长期住院他需要一位热心护理的姑娘。李青艳的父亲想到远在山乡插队的女儿便给劳模介绍，劳模说只要她愿意服侍他，他可以设法办回她的户口。收到电报李青艳回上海进医院当上了特别护理，有了工作办回了户口并且嫁给了截肢的劳模，一辈子的任务就是推着手车护理她的丈夫。知青们议论纷纷说李青艳用青春换了一张上海户口，有说合算的也有嗤之以鼻的。宾扬听到以后神色漠然，但他心头总有一个疑问，李青艳怎会如此低贱甘心情愿将感情易人？他本来想问问的，但是今天见了李青艳这副模样，什么话都闷在肚里不问了。

他只晓得李青艳好景不长，结婚两年多膝盖学生时代患过的良性肿瘤突发变成了骨癌瘫痪在床，劳模本来是要她服侍才与她结的婚，这会儿当然只得好合好散。劳模认为她已有了工作还办回了户口，算是对得起她了，不愿对离婚承担更多的义务。李青艳从此就靠着一点生活费在病床上打发光阴，一晃好几年。近来骨癌细胞广泛扩散，她在世的日子屈指可数了……

回家的路上宾扬浮想联翩感慨万千，他的心情沉重，几乎不晓得自己是怎么走回来的。拐进弄堂他才发现时间不早了，牙牙和宾成哥哥一定等得他心焦，走之前他对牙牙说去一会儿就回来，谁能料想他一去坐了那么久。

幽暗中听到有人叫他他不觉有点愕然，刚站下喊声又起他马上听出了这是谁。

“玛雅！”他本来只是自言自语不料失口就叫出了声。

玛雅热情奔放地扑到他身上张开双臂搂住了他：

“宾扬！”

宾扬嗅着她浑身香喷喷的高雅的香水味，陡地想起了她身上散发着花露水味和他度过的那个缠绵的初夜。

“宾扬，对不起，我向你道歉。”玛雅凑近他耳边恳切而热烈地说着，嘴唇几乎吻着他的脸。她说得真诚坦率：“我不该赶你其实我时时刻刻在想你巴不得你来找我你把我想得好苦，可见了你我又忍不住冒火我可怜我有火无处发。宾扬，你原谅我、我、我……”

黑夜帮助了她，宾扬看不见她的脸是羞愧还是激动，但他听得出她的声音既冲动又热烈还有点语无伦次。宾扬心肠软下来，也扳着她的肩膀说：

“玛雅，我也有错。头一回你主动上门，我不该说让你伤心的话。”

“我们谁也不怪谁互相谅解互相道歉就算两清，好吗?”

“好。”

宾扬感到她在扯着他往弄堂外头走，连忙站定了说：

“走，到家里去坐。”

“不，你家里有人，我已经告辞了一直在这里等你。你跟我到我家里去吧。”

“可宾成哥哥是客人，他是专程来看我的呀!”

“顾不上了，宾扬。”玛雅在宾扬的嘴角上热烈地吻了一下，“这么晚了反正他和牙牙得住下。你跟我走，路过日夜商店给家里挂个电话，你怎么说都可以，反正你今晚得跟我走，我一时半刻都等不了啦，宾扬宾扬!”

她紧紧地拥抱着宾扬不知哪来的勇气，十来年的隔阂与拉开的距离仿佛在这一瞬间缩短了。宾扬从濒临死亡的李青艳身旁刚离开，陡地和蓬蓬勃勃、生机盎然的玛雅站在一起，顿感生命的可贵和青春应该珍惜。他把玛雅往阴影里拉了拉：

“玛雅!”

“有什么话你尽管说呀!”玛雅被他真诚的呼唤打动了，把脸倚在他的肩上说，“说什么我都听。”

宾扬扳转玛雅的脸，轻轻地轻轻地在她唇上吻了一下。宾扬很冷静很理智，他没有冲动没有掀起感情的波澜，他经历过几次结局都不太妙的爱情了，要撼动他的心现在不如过去容易了。他知道如果随玛雅去和安坊会发生些什么，他明白只要愿意今晚上就能得到她，他清楚她如今是一个人住在那间十六平方米的房子里，和她待在一起不必担心她母亲温媛回来了，温媛早就嫁了人，她们母女几乎互不往来。但宾扬仍不想去，他要的不是感情的一时满足，他盼的是经久不息与生命同在的爱情，而匆匆促促忙忙乱乱中得到的爱情往往是靠不住的，这是一再被事实证明了的。可他怎么能把这层意思给她讲呢?

“玛雅，我们都不是小孩子了。”宾扬尽可能委婉但明确地表示着自己的意思，“在我们身后，已经拖着一长串辛酸的难忘的日子。我们的青春岁月快过去了，或者说有也不多了，因此我们更应该相互尊重。你说是吗，玛雅?”

“是的，宾扬。”玛雅的手在柔柔地摩挲着宾扬的下巴，手指拨弄着他的外衣钮扣，也被他的话说得逐渐平静下来，她娇媚地赞叹着，“宾扬，你讲得真好，从哪儿学来的。我真爱听。”

宾扬淡淡一笑：“但愿……我要说的是，我们俩现在都很冲动很热烈，感情的火焰似乎可以烧毁一切，可烧过之后，我们怎么办呢？我们都没想过。玛雅，你明白我的意思吗？现在我和你需要的不仅仅是火焰，更多的应该是理智，是经得住时间考验的长久的爱情。”

“嗯，我听你的，宾扬。”玛雅答应着，凑近宾扬，久久地吻着他，“宾扬，你和小时候有点不同了，变得我更喜欢了。”

“玛雅。”宾扬在她耳畔说，“我们需要重新理解，需要尽释前嫌，也需要时间来静心地考虑考虑，如果在我们的理智占上风的时候，在我们深思熟虑以后，我们仍然感到互相需要，我就去向你求婚。”

“我明白了，宾扬。”玛雅立刻变得轻盈而活泼起来，她伸开双臂搂住宾扬，热切地说，“我等着你来当我的新郎。”

“谢谢！玛雅。”

“我太快活了。”玛雅蹦跳起来，扑在宾扬怀里，他们久久地亲吻着，相偎相依地搂抱着……

宾扬回到姜家花园的时候，已近午夜十二点。客厅里仅亮着一盏茶色玻璃罩的壁灯，宾成哥哥和牙牙想必都去睡了，整幢小楼里静悄悄的。茶几上留着一张条，是牙牙写的，她说久等舅舅不归，送走了来的几位客人，她让宾成舅舅睡了。来的三位客人是冯永杰、童玛雅、尹丽妮。他们都好像有事，冯永杰是来还钱的，四千块，已由她和宾成舅舅代收下来，钱锁进了抽屉，明天早晨交给舅舅。茶杯旁边还有一封信，宾扬倒了杯茶，呷了两口，拿起信拆开了。

信是浒墅关乡下的邹素贞写来的，她问宾扬好，说她在乡下身板还硬朗，只是背有点驼，快七十了呀。她请宾扬接到信，无论多么忙也得去乡下跑一趟，她有重要事对宾扬说，非常非常至关重大的事，这是宾扬的妈妈宋婕茵生前托付的，她一定要亲口对宾扬讲，是有关一大笔姜家花园财宝的事。

宾扬读着信，喝着茶，毫无睡意了。乡下邹素贞的来信，让他想起一件事来：抄家财产归还姜家时，爸爸曾几次问及一包金银财宝的下落。但是人家回答说一起作价还了，或者是根本没抄着。爸爸追得紧，还引起了人家的反感。临死之前，分割完遗产，宾扬单独守在爸爸床头，爸爸又一次对宾扬叮嘱，让他查问一下那包金银财宝的下落。爸爸讲清了这些财宝的来龙去脉，他说这是宋家解放前在达丰机器厂陷入困境时借给姜家的一笔款子，靠着这笔款子达丰机器厂勉强维持下来了。后来时来运转，姜家将这笔钱归还给宋家，也即给了妈妈宋婕茵。一九五五年公私合营时，消息传来，凡生产资料一律要公私合营，而生活资料属个人所有。妈妈就用这笔钱统统去买了金条、大小金元宝、各种各样的金戒指金镯子。这是妈妈的私房钱，爸爸也不过问，但爸爸是知道的。只怪抄家时，爸爸不在家，妈妈又疯了，这批数额不小的金银财宝，究竟是让抄走了，还是弄哪儿去了，始终不得而知。宾扬记得爸爸还特地叮嘱，这批财宝若在，应归宾扬所有，因为妈妈死在爸爸之前，而爸爸是妈妈遗产的继承人，而宾扬，现在又是爸爸根据家规和爷爷的意思指定的财产继承人。宾扬当初听到此事有些漠不关心，百万遗产都成了他的，那一包财宝才能值多少？今夜里一读邹素贞的来信，他突然把这一切全想起来了。

“哦，妈妈，婕茵妈妈，你可真是找了个忠心耿耿的女仆，事隔这么多年，素贞阿姨仍记着这件事。”为了妈妈为了爸爸他该去乡下走一趟。

茶味清香浓郁，宾扬的双眼瞪得直直的，妈妈自杀前后的一些事，又掠过他的眼前。

1974．4

只有宋婕茵自己知道，她没有完全疯。她时常处于那种神志恍惚迷离的状态，但在一瞬间她又会陡地变得清醒起来，所有的人所有的事全涌进脑子里倏忽掠过眼前。

只是她始终让自己保持一种听之任之的态度，她没有断然反对家人们的决定——把她送进精神病院，她只固执地要求带上两身替换的衣裳，要熨的笔挺穿得身架的那种。她对人生对家庭对命运对子女对一切的一切都已彻底绝望她还在乎什么呢？

宾扬送她去街道医院包扎臂疮时她情绪稳定心平气和。医生护士要给她扎针她也是晓得的，不然一针扎下去怎会这么疼这么难忍骇得她跳起来惊呼锐叫着逃出医院！真正疯了她不知道疼怎么会叫！第二次宾扬陪她上医院她不知道，她脑子里很迷糊只晓得跟着宾扬走。她愿意和宾扬在一起尽管他不是她生的儿子，宾扬就像年轻时代的姜宗豪甚至比姜宗豪还要英俊洒脱一些，看到宾扬她想到自己的青年时代以及同姜宗豪的相识相恋相爱，那是美好的年华有吃有穿又好玩，整天打扮得漂漂亮亮人多精神！和宾扬相比她不喜欢三个女儿，她们要同家庭划清界限要走自己的路，她们身上没有女人气只有精明气，她们竟然还共同贴出大字报要和反动资本家姜宗豪脱离父女关系，要和反动的剥削阶级家庭断绝来往。她们忘了是谁给她们吃给她们穿把她们养大的，她们只晓得宗豪可憎可恨哪里了解一点底细。只有婕茵晓得犯了她这种病男人是多么痛苦，从这个意义上来说她不怪宗豪。阳澄湖畔宋家有精神病遗传史但他们一代一代还在繁衍还在生育，谁叫他们是人有人的欲望，况且生下来时他们一个个都是好端端正正常常的，一点看不出有什么不祥的预兆。外人只以为他们的精神病是后天发作不是先天潜藏的。宋家为此经常害人，哥哥害了何翠卓她害了姜宗豪。何翠卓和姜宗豪同宋家人结婚都没得到幸福，相反惹了一辈子麻烦，他俩相逢相遇同病相怜萌生感情是很自然的事。婕茵烦恼但没恨过他们，她更不恨他俩生下的儿子宾扬，想到宾扬是两个正常人生下的将来他的子女不会再有精神病遗传史，婕茵还满心地宽慰喜悦。

进医院躺在病床上下意识逐渐充溢在她脑子里，她看到白帽子在晃一个中年妇女在讲解，针扎进她身体扎在她腰部，起先她没感觉，后来她感觉酸困感觉钻心的疼，等她疼得忍受不了想嚎叫想跳下床宾扬已在医院里闹开了。待宾扬搀扶她走出医院时她的一条腿已经麻木僵直已经跛了，她看到宾扬泪流满面求她原谅说他对不起她，他是上了那些所谓医生的当，他们这帮畜牲在把妈妈当试验品作扎针试验。宾扬闹不清她是否能听懂，她其实是懂的。她被赶出了姜家花园她再看不到埋在石榴树下的财宝，她是丈夫的累赘女儿们还嫌弃她，她住在永吉里那不是人住的地方一天到晚憋气难受觉得窒息，如今她的腿已跛活在人世间还有什么意思！这年头正常人都要发疯精神病院里反倒清静一些。

她拄着拐杖甘心情愿地让宾扬把自已送进精神病院，她没有吵没有闹没有狂笑没有乱骂，她进入精神病院犹如客人住进熟悉的旅馆。这里的医生这里的护士她都认识，他们仿佛知道她必然还要来，对她很客气很同情。她觉得他们要比外面那些人亲切热情，他们只把她当作病人没将她看作“牛鬼蛇神”反动资本家家属。这里的人一忽儿笑一忽儿哭，有人唱有人跳还有人拿头往床上直顶，有个姑娘年纪轻轻的一直把手伸出窄长窄长的钢窗框外，嘴里“嗷嗷”吆喝着不停地挥手。春天是发病的季节婕茵即使在夜半三更里也睡不安宁，酣睡中被一声凄厉的呼叫惊醒被绕着病房奔跑的人吵醒是常事。可她还是觉得这里头比外面好，在永吉里家中她整天提心吊胆神经绷得紧紧的，总怕什么人闯进来什么人又来揪她去斗去打。在病房里她没有恐惧，真正闹得凶的人一做电休克就老实了，看见穿白大褂的医生护士他们都毕恭毕敬，还傻呵呵地笑。

多少天里婕茵做梦时常梦见妈妈。妈妈在对着她笑在向她招手，妈妈站在雪白的广阔无边的棉田上估着年成，妈妈在油灯光影里清点裹起来的银洋钿，一块一块又一块。当年她厚着脸皮回娘家替达丰厂借钱，妈妈就是这样数钱给她的，数过一道又复一道，妈妈是个管家理财的好手。可现在把那笔钱换成财宝埋在石榴树底下，连看一眼都没法去看。她是个败家子，她得去向妈妈解释，妈妈在招呼她，招呼她快去。

活下去对婕茵来说已毫无兴趣，她的家败了她的腿跛了，她脑子里整天盘旋着轻生的念头。她要跑出精神病院不是啥难事。医生护士都晓得她的病不重时而清醒时而糊涂，头一次住院最后那段日子还允许她穿过走廊下楼到花园里散步甩手做操，况且她从不大吵大闹、骂人打人、胡搅蛮缠。他们对她看管不严，她完全有办法逃出去。麻烦的是她现在走路得拄拐杖，要不她早逃出去见妈妈了。她晓得该到什么地方见妈妈见投湖自尽的妈妈。她想好了一个地方就是十一层高的安乐大楼，那里有一座电梯可以上到六楼，她曾经去安乐大楼牙科诊所补过一颗牙齿，晓得在那里坐电梯没任何人管。困难的是从六楼到十一楼她得爬上去，拄拐杖爬太难太累太费事，但她想只要爬上去就能见到妈妈了。

人们都说死是去坟墓死是进天国，婕茵却感到死是一种解脱一种幸运，死了以后什么都不知道什么烦恼都没有了。她盘算了很久没料到实施起来比想象还简单，多半是因为外面在闹“文化大革命”精神病院的工作也松懈下来了。她是早饭后穿戴整齐拄着拐杖穿过病房、走过护士值班室门口、快步走进餐室然后拐出走廊下楼的，天天早餐后她都下楼到花园里散步然后自觉地上楼回病房里躺下，所以没人问她也没人留神她。她到了花园里春天的阳光灿烂明媚，鲜花开着草地绿茵茵的满树茂密的绿叶，仿佛老天爷窥破了她的心思，故意把大自然装点得格外娇媚格外秀美来引诱她。她在计划时感到走出大门是最困难的因为那里有门房，值班的人只要问她一声就能把她拦回去，她若不听，他一吆喝或是打个电话就会有身强力壮的男护士冲来三下两下就把她拖回去了。没想到壮着胆走过门房时里面根本没有人，婕茵认为这是天赐良机还等何时。出了精神病院大门她拄着拐杖就往车站跑，现在她只要坐上公共汽车那就算真正地逃脱了，否则病房里一清点人数及时察觉追出来她还是逃不脱。

她到了车站总以为自己等了很久，明明看到一辆无轨电车远远地驶来，却慢得像蜗牛爬，到了十字路口它还要等红灯。

车终于开来了，婕茵由于性急慌忙在车门口跌了一跤，幸好有人扶了她一把，她才上车坐稳了位置。

下车的时候她已坦然镇定变得小心翼翼了。没人会想到她要去安乐大楼，精神病院即使发觉她逃跑也只会去永吉里找或是开着救护车满街找，不会想到她此时已走进了安乐大楼。

安乐大楼的电梯日夜总是忙的，白天忙着接送一楼至六楼各机关各部门的工作人员，清早和傍晚忙着接送七楼以上的住户。婕茵走进电梯，电梯间里全是陌生脸庞，见她拄着拐杖即使阶级斗争觉悟再高的人也不会想到她会破坏。电梯到六楼开了门她走出去，现在只剩下最后一道难关爬上十一楼。好在她已练习上楼练出了体质和水平，好在安乐大楼的楼梯很宽还有扶手。她一手抓着扶手一手拄着拐杖上得很快。不过如此上到十一楼她还是累得气喘吁吁浑身出了透汗，这主要是她怕人盘问心里急躁。爬上十一楼宽敞的大阳台她长长地出了口气，这下没人注意她阻拦她询问她了，这下她可以如愿以偿去会见妈妈了。毕竟阳台上的风大，把居民们晾晒的被单被里衣裳吹得哗啦啦哗啦啦响。哦，站在十一层楼的大阳台上可以看得很远很远，高蓝的天空上白云在浮荡，耀眼的阳光普照着上海这座喧闹的让灰雾尘埃笼罩的城市，隐隐的有汽车喇叭声传上来。远近高高低低的楼群鳞次栉比，有几幢高耸在普通楼房之上的大厦婕茵还能叫得出名字，有的她还进去过，去吃过饭去买过衣裳和化妆品。很多很多的窗户或是关闭或是半开或是敞开着，各种颜色的窗帘像花束一样点缀着窗框，到处可见一个个小阳台上晾满了衣裳像电影里的特写镜头。

婕茵边环顾四周边不停地往阳台边缘走。阳台边缘有一圈齐膝高的围墙她不费很大劲就能跨得过去，她站在矮矮的围墙上往下望，她看到人行道上的树长满了绿叶春意盎然，她看到一辆接一辆的汽车在爬行，她还听到一声喇叭里传出的口号：

“揪出‘二月逆流’的黑干将!”

这一声凶神恶煞般的嚎叫似乎提醒了婕茵，她的眼光从人行道如蚁的行人群里收回来，她仰起了脸，微眯起了眼睛。风吹来拂乱了她的头发，她伸手捋了捋，要去见妈妈了她得注意容貌仪表。她看见了蓝天白云，看见了蓝天白云下翻滚的沉甸甸的稻穗和绽开的雪白的棉桃，笑咧了嘴的棉桃里又闪闪悠悠显出了姜家花园宁静的英国式露出木结构的花园洋房。她有些头晕眼花有些乏力，她累了活得很累很苦该休息了。她又一次看见了妈妈给她送亲时的妈妈，她正想定睛凝神细细端详，陡地听到背后一声惊呼，不好有人觉察了她的意图锐叫起来。她把拐杖往阳台上一扔猛然立直了身子，那声惊叫还在延续她已经倾斜了身子，她觉得轻飘飘的一阵欢悦一阵恐怖，她双手抓挠了两下朝马路飘了下去，她是去见妈妈她是奔向棉田稻田奔向姜家花园的草坪……

1980. 11

夜里睡得很迟，宾扬早晨却醒得很早，是惦念着宾成哥哥和牙牙住在姜家花园，还是昨晚出人意料地和玛雅重归于好使他感到亢奋?

早餐是牙牙出去买回来的小笼包子，她听说宾成舅舅在外地很难吃到这种小笼蒸包，特地起了个早出去排队买回来的。买回家来又重新隔水蒸了一下，她还煮了泡饭，备了吃泡饭的花生、榨菜和螺丝瓜。

牙牙很会操持家务，宾扬很喜欢她，也有点可怜她。她过早地失去了父亲，变得早熟和沉静。宾扬知道大姐有再嫁的意思，牙牙为此同妈妈有了一层莫名的隔阂。她现在常往舅舅这儿跑，她给舅舅透露自己的心思，大学毕业后，她想出国，到那时妈妈若不支持她，希望舅舅能够帮助她。

宾扬心里是答应她的。不但是怜悯，更主要的是他觉得像牙牙这个年龄应该出去闯一闯，如果他不是继承到这么大一笔遗产，如果他年龄不是这么大，他也想跑出去闯一闯。

宾成哥哥起床后和宾扬谈及这一话题，谈及昨晚上来访的宾扬的几位男女伙伴，除了提请宾扬注意择友时留神，千万要识破是为他的百万家产上门来的客人之外，他还说了一段宾扬从未听说过，却铭记在心的话。宾成哥哥说，不知宾扬意识到没有，姜家花园三代人近一个世纪来追求的财富金钱，看起来是给他们带来了豪华富足甚至奢侈的生活条件，实际上同时也铸成了一副镣铐，锁住了他们自己。爷爷姜宇溟，爸爸姜宗豪，还有妈妈宋婕茵，现在轮到宾扬了……他们似乎都为这笔巨大的财产而活着，他们的命运逃脱不了金钱的制约。试想一下，人生在世，难道仅仅只是为了财富和金钱才活着吗？

重新继承到百万遗产，他看惯了人们投来的羡慕、尊崇的目光，他听惯了各种各样人物的好话，却没有一个人像宾成哥哥如此直率，如此一针见血地道出了金钱与他之间的关系。他这时候明白了，宾成哥哥为啥仍在造桥工地上沐风浴雨，姑父家国外有亲戚请他出去，他也没去。在中国的土地上，在中国的江河上，宾成哥哥有自己的事业，有自己的追求和理想，金钱对于他是第二位的事情。若他也只为金钱活着，他满可以跑到国外去，把姑父应得的那份遗产继承下来，在外国经商渔利，他不必像现在这样，只想让姑父把这笔钱划归国内存在银行里了。

宾成哥哥走了，匆匆忙忙离开上海，又到他的造桥工地上去了，但他留下的话，一直盘旋在宾扬耳畔脑际，促他思考，催他自勉。是啊，自从这笔百万家产到手，宾扬整日无所事事，过得很自在但也懒散，他当然尽可以不上班去为区区工资每天交代八个小时，他当然尽可以衣食无忧、受人尊重地一天天过下去。难道他这一辈子就如此这般消磨？

宾扬的背脊上透出冷汗了，他不成了童年时代鄙视的寄生虫了。

他不能这样过下去，他得寻找另外一种更有意义的活法。是的，有些事情必须得办赶紧去办，乡下邹素贞那里他该去一趟，这关系到另外一大笔财宝不能等闲视之。爸爸不是说了嘛，如若有朝一日国家政策允许，巨额的资产还是能帮助宾扬成就一番事业的。当时宾扬只是狭隘地理解爸爸还在拐弯抹角鼓励他开厂经商剥削别人，这会儿宾扬眼前豁然开朗忽觉得理解了爸爸的话。是的，他还得尽快地解决婚姻问题，玛雅既然已经表示出了主动他还等待什么，他应该去找她尽快去找她好好聊聊向她求婚具体商谈婚事。他们互相熟悉互相了解年龄相仿更主要的是互相吸引，他们能够相互理解他们各自都走过弯路遭到过侮辱受尽了命运的折磨，他们的爱经历了漫长的岁月现在像两股水流一般终于流到交汇处他们会幸福的，这样的爱将是稳固和牢靠的他还等什么？玛雅在等他在期待他一拖就是几天，他该去他该去他要尽快赶去。

宾扬去了和安坊 29 号二楼熟门熟路不须半个钟头就到了，如同一盆冷水兜头倒下宾扬看到玛雅家房门紧闭。向邻居询问邻居说她已关门两天没回家了，一定又是去旅游去玩了吧。

玛雅会去旅游会独自个儿外出，在这样一个秋去冬来的不是旅游的季节！她不是说好在家等他耐心等他的嘛。

宾扬不相信他写了个纸条，写上家里的电话号码从门缝里塞了进去，他要玛雅见条就给他家里拨电话，他有事找她。

宾扬悻悻而归，怏怏不乐地走回姜家花园。路过十字街头他看到冯永杰的电视机修理行，顺便拐了进去。冯永杰见他来连忙迎上前，拽住他的臂膀就走出店门过马路走进一家新开业的咖啡厅，颇有派头地喊了两杯精咖啡、四块奶油糕。

宾扬本来只想对他说声四千块钱已收到约他哪天去家里取借条，不料冯永杰如此热情话语不断。

不是星期天不是恋人幽会时间咖啡厅里人影稀疏，轻音乐在柔柔地奏着挺有韵味的，使人感到舒服惬意。

冯永杰拉宾扬坐在角落里压低嗓门说话，谈完钱的正事冯永杰问宾扬现在往哪里去。宾扬眉头一皱说去找玛雅的，原先和她约好的，她不在，他语气里透出些许懊丧的情绪。

冯永杰扬起眉毛惊讶地说："你还没听说吗？"

宾扬大惑不解地摇摇头，心里顿时有些紧张。

"她那老搭档下山①了，又瞄住了她，盯得死死的。"

"谁？"

"你认识的，'黄狗'嘛。"冯永杰用探究的目光瞅着宾扬。插队期间宾扬去猫儿冲找玛雅，被"黄狗"一帮人打的事情，后来在知青中传开来，好多人都知道。

宾扬扭转脸，颇不自然地避开冯永杰的目光：

"他们还没断？"

"断，这么容易？宾扬，玛雅要和'黄狗'断，这辈子怕难了。"

"为什么？"

"玛雅现在是有十万港币的漂亮女人，'黄狗'这种人听说了，凭着早几年的那些关系，不把她盯死了，他就不是'黄狗'了。"冯永杰掏出一包烟，抽出一支来递给宾扬。宾扬摆摆手。他自己点燃了狠吸上两口，又告诉宾扬，"黄狗"在乡下盗窃电缆，被县公安局抓获后判了五年，五年刑满正好知青政策松动，他搞"病退"回到了上海。那时玛雅还没遇到她海外回来的父亲，仍是个穷知青，"黄狗"也没去缠她，只顾在外头贩卖电影票戏票舞票音乐会票，专门在紧俏的票子上"翻斤头"赚钱，也勾搭年轻风骚的女人。有回在贩票时和另一拨流氓吵起来，"黄狗"拔刀捅伤了人家，又被抓了起来"二进宫"判了三年，最近刚放出来。

"那……玛雅就随他走了？"宾扬着急地问。

"不，宾扬，玛雅是避风头躲他还来不及呢！实在避不开他，就和他敷衍周旋。"

---

① 下山，沪语，意即从劳改农场回来了。

“你怎么晓得这么清楚？”

“不瞒你说宾扬，玛雅给我来了个电话，让我遇见你，一定转告，眼下不要去找她，找也找不到……”

“她在哪儿？”

“她连我也不告诉。”冯永杰苦笑一下，又狠吸一口烟，拿起一块蛋糕咬了两口，还招呼宾扬吃。宾扬端起杯子，喝了一口苦涩的清咖啡，又蹙眉把杯子放下了。冯永杰伸手过来，在宾扬肩上亲昵地拍了几下，笑着道：“宾扬，听我一句，把童玛雅这个人甩脑后去吧。另外找一个，找个年轻美貌纯洁的姑娘。凭你这条件，比玛雅漂亮十倍、百倍的小姑娘都找得到，你愁什么啊！不信？不信我替你挑，我当介绍人，比不上那些电视电影里的女人，我冯字颠倒写给你看。”

“谢谢。”宾扬一口把咖啡喝了下去，搁杯子的同时站起来告辞。

冯永杰坐着没动，双眼有些担忧地望着宾扬颓丧地走出去。

马路上喇叭声车铃声响成一片，川流不息的行人熙熙攘攘，宾扬视而不见听而不闻地沿着人行道走去。他的心里一片怅然一片茫然，玛雅的遭遇令他忧心令他懊恼，如果不是“文化大革命”不是遭受造反派的凌辱玛雅不会堕落，玛雅的命运也绝不会是今天这个样子。都说“文革”早已过去那噩梦似的十年已经一去不复返，可那段岁月的阴影还是浓重地笼罩在他们这一代人身上，尹丽妮是这样李青艳是这样玛雅同样如此。那阴影不也笼罩在宾扬的心头上冯永杰的心头上吗？

命运似乎注定了宾扬在恋爱上不会得到幸福。

他和尹丽妮相恋而尹丽妮最终离他而去。

他和李青艳相爱而李青艳却背叛了他。

尹丽妮和他的恋爱完全是童男少女式的精神上的爱，他们甚至连真正的亲吻、拥抱也不曾发生过。

李青艳和他的爱情混杂着感情肉欲和同病相怜的情绪，他们在一起相互得到安慰得到满足，他们满可以幸福一生却被命运的魔掌扯开了。

玛雅和他呢？他们是一起长大的，他们的命运一波三折，他们之间的关系充满着恼恨、猜疑、情爱、妒忌和误解。宾扬满以为他们总算走到一起来了，邪恶的神秘莫测的一股力量又来从中作梗了。

这力量来自何方呢？

宾扬再次感受到了人的渺小和软弱无力。人能干什么？他的经历一次一次说明命运可以随意地捉弄人、折磨人、摧残人、抬举人，他根本无法左右自己的生活道路。时代的巨潮和一个又一个的历史事件以及那莫名其妙的阴影，始终把人有时掀下深谷，有时托上浪尖。

但人还得活下去。在富裕和贫穷中活下去，在贪婪和知足中活下去，在欢乐和悲伤中活下去，在嫉妒和困惑中活下去，在人世间活下去。他要体验饥寒，他要体验痛苦的失恋和冲动的情爱，他还将体验时间的无情流逝、病魔的折腾和死亡的威胁，他甚至还可能体验残酷的战争和瘟疫，还有——类似整整一代中国人无可奈何地体验过了的“文化大革命”的那股恐怖的飓风。

哦，人生一世难道是容易的吗？